# COINCIDE

고요한 밤이 산속을 뒤덮자, 지하실은 더욱더 어둡게 변해 한 치 앞을 확인할 수 없었다. 습한 공기에 묻은 흙냄새와 낯선 나무 냄새, 퀴퀴한 먼지 냄새 등이 장용빈 의원으로 하여금 정신이 들도록 재촉하는 것 같았다.

"……."

장용빈 의원은 이미 몇 시간 전에 깨어났으나, 무슨 이유인지 정신을 바로 잡을 수 없이 몽롱해 지금도 꿈이 아닌지 의심스러웠다. 그래도 다행히 오랜 시간이 흐른 끝에 흐릿했던 의식이 차츰 또렷하게 돌아오고 있었다. 그즈음 몸이 마음대로 움직이지 않아 이상히 여긴 그는 상당한 시간이 흐른 뒤에야 자신이 의자에 묶여 있음을 알게 되었다. 말을 하려 해도 입이 테이프로 덮인 채라 소용없었고, 두건을 쓴 탓에 온통 깜깜했으며, 호흡이 자유롭지 않아 갑갑했다. 사방이 어둡고 조용했으므로 눈을 감고 있다는 착각마저 들었다.

'뭐가 잘못된 걸까?'

장용빈 의원은 조심스럽게 움직여 보았지만, 칠흑 같은 어둠 속에서 제가 내는 부스럭거리는 소리와 급격히 빨라진 호흡 소리만이 뚜렷할 뿐이었다.

'기억이…… 잘.'

장용빈 의원이 부유스름한 머릿속을 되짚으려는데, 설핏 저가 내는 소리 외에 다른 인기척이 느껴졌다. 그는 반사적으로 움직임을 멈췄고, 고요가 그곳을 떠돈 몇 분 뒤 목소리가 들렸다.

"생각보다 오래 걸렸어. 양을 조절하는 게 이렇게 힘들 줄은. 조절만 잘했다면 어제 깨어났을 텐데……."

애석하게도 장용빈 의원은 아직 약 기운이 퍼진 상태라, 움직임이나 사고하는 것이 조금 힘들었다. 때문에 지금 들리는 목소리조차 확실히 인지하지 못하여 발음만 간신히 알아들을 수 있었다. 그러다 뒤늦게, 목소리의 주인공이 저를 납치한 사실을 깨닫게 되었다. 거기까지 파악한 장용빈 의원은 분노하거나 겁먹은 것이 아닌, 걱정을 하고 있었다.

'이런 일이 일어나다니…… 그런데! 나 혼자가 아니었잖아? 수겸이, 수겸이는?'

비교적 침착했던 장용빈 의원은 정신을 잃기 전 마지막 기억이 언뜻 떠올라 몸부림치다, 목소리가 들리는 쪽으로 움직이려 했다.

"그래 봐야 힘만 빠질 텐데? 어차피 여긴 산속이라 지금 아무리 난리를 쳐도, 그걸 알아듣고 와 줄 사람은 없어."

그러는 사이, 장용빈 의원의 정신이 서서히 맑아지고 있었다. 말을 마친 납치범은 장용빈 의원의 두건을 벗겼는데, 그래도 그곳은 여전히 어두워 멈칫하게 되었다. 하지만 자세히 보니, 위에 있는 창문의 깨진 틈으로 어스레한 푸른빛이 보였다. 곧이어 풀벌레 소리가 은근히 들릴 뿐, 주위에 사람의 소리는 들리지 않았다.

"······."

납치범의 말이 사실인 것 같아 넋을 놓으려는데, 그런 장용빈 의원의 얼굴 앞에 돌연 밝은 빛이 나타났다. 줄곧 어둠 속에 있던 중 난데없이 나타난 빛 때문에 눈이 부셔 괴로워진 장용빈 의원은 곧바로 눈을 감고 고개를 돌렸다.

"······."

랜턴을 켜고 난 납치범은 옆에 있는 간이 탁자 위에 그것을 올려놓았다.

"······이제 곧 동이 트겠네. 뭐, 여기는 대낮에도 거의 안 보이니까."

혼잣말하던 납치범은 스스럼없이 장용빈 의원 앞에 섰는데, 마치 자신을 봐 주기를 바라는 것 같았다. 얼얼한 눈을 슬그니 뜬 장용빈 의원은 돌렸던 고개를 천천히 바로 하고서 모자를 쓴 납치범을 쳐다보았다.

"······."

제가 보는 게 맞는지 의심이 들어 장용빈 의원은 계속 눈을 깜박이며 얼떨떨한 반응을 보였다. 납치범은 무념한 얼굴로 장용빈 의원의 입을 막은 테이프를 뗐다. 그러는 동안에도 납치범에게서 눈을 떼지 못한 장용빈 의원은 조심스레 그에게 말을 건넸다.

"수겸아······."

장용빈 의원은 항상 곁에 있어 준 공수겸 보좌관이 납치범이라는 게 거짓 같아 차라리 꿈이구나 싶었다. 그러나 이 낯선 공간에, 낯선 공기, 낯선 통증들이 장용빈 의원 앞에 낯선 표정으로 선 공수겸 보좌관이 있는 지금이 부정할 수 없는 현실이라는 걸 냉정히 가르쳐 주고 있었다.

"하⋯⋯."

고개를 늘어트린 장용빈 의원은 한동안 말이 없었고, 선뜻이 모자를 벗어 버린 공수겸 보좌관은 저가 앉았던 의자를 옮겨 간이 탁자 옆에 앉았다. 밖은 어느새 날이 밝아 오고 있었으며, 그들이 있는 지하실은 흔들림이 없었다.

"도대체 이게 무슨 일인지⋯⋯ 설명 좀 해 줄래?"

"⋯⋯."

"내가 너한테 서운하게 한 게 있어?"

"⋯⋯."

장용빈 의원은 납치범의 얼굴을 확인한 후 맥이 빠진 것 같았다. 이 모든 게 거짓 같았으나 확실히 장난은 아니라는 생각이 들었다. 그럼에 도 도무지 원인을 알 수 없어 어떻게든 그것을 풀기 위해 공수겸 보좌 관에게 질문했다. 하지만 낯설다 못해 오싹한 분위기의 공수겸 보좌관 은 묵묵히 장용빈 의원의 얼굴을 들여다보기만 했다. 그게 기분 나쁠 만도 한데, 장용빈 의원은 화를 내기는커녕 안타까워하는 모습이었다.

"난⋯⋯ 네가 이러는 이유, 모르겠어. 혹시 아버지가⋯⋯ 시키셨어?"

"⋯⋯."

여전히 대답 없는 까닭에, 장용빈 의원은 질문하는 것을 멈췄다. 이 어 그가 부옇게 얼룩진 창문을 하염없이 보고 있을 무렵, 익숙한 동시 에 낯선 목소리가 들렸다.

"⋯⋯배고프지?"

장용빈 의원은 흠칫 놀라 공수겸 보좌관과 눈이 마주치게 되었는데,

분명 목소리나 얼굴은 익숙했지만 어쩐지 전혀 다른 느낌이었다.

"마지막으로 먹은 게 그저께…… 아니, 더 된 것 같은데. 아무튼 지금 배가 무척 고플 텐데…… 목도 마를 테고."

공수겸 보좌관은 자리에서 일어나 간이 탁자 위에 놓인 검은 봉지를 집었다.

'내가 정신을 잃은 지 그렇게 오래되었다고?'

그러고 보니 제 몸이 상당히 지쳐 있어 장용빈 의원은 너무 황당한 나머지 기가 막혔다. 이내 공수겸 보좌관은 장용빈 의원을 힐금대며 말했다.

"네가 차를 새로 산 그날, 출출하다고 편의점에 들렀었잖아. 그 덕분에 일이 쉬웠어."

그 말을 듣고 난 장용빈 의원은 뒤죽박죽된 기억을 찬찬히 떠올려 보았다. 그날 저가 먼저 출출하다고 근처 편의점 앞에 차를 세워, 공수겸 보좌관에게 먹을 걸 사 오도록 시켰었다.

'그걸 먹고 졸음이 쏟아졌었지……. 아마도 그때 약을 섞은 걸 텐데.'

공수겸 보좌관은 생각에 잠긴 장용빈 의원을 지켜보더니만, 머지않아 검은 봉지에 든 복숭아 하나를 손에 쥔 채로 의자에 묶인 그에게 느긋이 다가갔다. 그 달콤한 향내에 코끝을 자극받아 곧 복숭아를 확인한 장용빈 의원은 소스라치게 놀랐다. 공수겸 보좌관이 아무렇지 않게 저가 그토록 싫어하는 복숭아를 내민 통에, 장용빈 의원은 얼굴에 닿은 그것을 피하기 위해 몸을 틀려 애썼다.

"배가 고플 거 아니야. 먹어."

"윽……!"

"먹어!"

그렇게 서로 지지 않으려 고집을 부리다, 어느 틈에 공수겸 보좌관이 복숭아를 놓쳐 바닥에 떨어트리고 말았다. 끝내 복숭아의 맛도 보이지 못 한 공수겸 보좌관은 욱기를 감추지 않았다. 한 사람은 화가 치밀어 주먹을 부들부들 떨었으며, 나머지 한 사람은 의자에 몸이 묶인 채 이리저리 피하다 보니 기진맥진하여 콜록거리기만 했다. 숨을 가다듬던 장용빈 의원이 어느 정도 안정을 찾을 즘, 그 앞에 선 공수겸 보좌관은 태연스레 말하기 시작했다.

"……한 가족이 있었어. 어머니, 아버지, 두 아들…… 아주 가난한 가족이었지. 말 그대로 찢어지게 가난했어."

어느덧 천장에서 눈길을 돌린 공수겸 보좌관은 지하실 구석구석을 둘러보며 말을 이었다.

"그렇게 지독하게 가난하면서도…… 힘에 부치진 않았던 거지. 가족끼리 사이가 좋아서 그랬나. 아무튼 산속의 초라한 살림살이에, 마을 사람들과도 마주치지 않도록 피해 다니면서, 한 번도 배불러 본 적도 없이. 불편한 게 많았는데도 잘 살아가고 있었다고. 그러다 어느 여름에, 더 형편없어진 살림살이를 지탱해 보겠다고 아버지가 일자리를 구하러 도시로 가게 된 거야. 원래 가끔씩 멀리 나갔다가 필요한 만큼의 돈을 벌어서 집으로 돌아오고는 했었거든……. 아무튼 차비를 겨우 마련해서 혼자 도시로 가 버렸고, 집에 남은 가족들은 배를 곯아 가며 서로를 의지한 채로 가장을 기다렸지. 그러다 생각보다 빨리 아버지가 돌아왔는데…… 좀 이상했어. 평소 같으면 쌀 한 가마니를 등에 진 모습이어야 했건만…… 한 손에 검은 봉지만 들고 있으니 느낌이 이상할 수밖에."

장용빈 의원은 공수겸 보좌관의 이야기에 귀를 기울이면서도, 자신이 처한 상황이 이해되지 않아 받아들이기 힘들었다. 더구나 저를 납치한 사람이 공수겸 보좌관이라는 게 너무 충격적이라 도무지 와닿지 않았다. 아까 몸부림치며 묶인 줄을 확인하고 보니, 어찌나 탄탄하던지 아프고 죄기만 해 조금의 여유도 찾을 수 없었다. 이 지하실도 생전 처음 보는 공간이라 오래되었다는 것 외에는 알 수 있는 게 없었다. 특이한 계단이 보였으나 문은 눈에 띄지 않았으며, 높은 벽 위에 작은 창문 하나가 있었는데 유리가 얼룩덜룩해 밖이 잘 보이지도 않았다. 다만 조금 깨진 틈이 있었다.

"……."

"하지만 기다리던 사람이 돌아왔으니 반가운 마음이 더 컸지. 아버지는 묵묵히 검은 봉지를 가족에게 내밀었어……. 그 봉지 안에 탐스러운 복숭아 네 개가 든 걸 보고, 형제는 신이 나서 받아 든 거야. 뭐, 사정이야 뻔했지. 도시에 가서도 일자리를 구하지 못한 아버지가 복숭아만 겨우 얻어서 집에 온 거였거든. 결국은 나아진 게 없었는데, 그때까지 군것질거리는커녕 과일도 구경 못 해 본 형제에게는 그게 쌀 한 가마니보다 더 값진 거였어."

공수겸 보좌관은 별안간 입을 다물고 뜸을 들이다, 이윽고 한숨을 내뱉은 후에 말을 이었다.

"그 달콤하고 향긋한 냄새에 취해 얼른 툇마루로 간 형제는 커다란 복숭아를 하나씩 손에 들었어. 안 그래도 배고파서 쓰러질 것 같았는데…… 동시에 한입씩 베어 문 형제는 처음 느껴 보는 복숭아의 맛을 음미하려고 눈을 감았지. 그건 어떤 말로도 설명할 수 없는, 그 정도로 감탄이 나오는 맛이었어. 동생은 그 한입만으로도, 배고픔도 갈증도 단숨에 씻어낼 수 있었어. 그러고는 옆을 쳐다봤는데, 형이 아직도 눈을 감은 채 음미하고 있었던 거야. 동생의 웃음소리에 눈을 뜬 형은 따라 웃으며 자신이 든 복숭아를 봤는데…… 표정이 이상하게 변하고 만 거야. 베어 문 자리에서 뭔가를 발견한 거였지. 그걸 자세히 보던 형은 갑자기 복숭아를 바닥에 떨어트리고는 하얗게 질려 버렸어. 동생이야 영문을 모르니 그 모습을 그저 바라보는 수밖에……. 그런데 돌연, 형이 기절해 버린 거야."

"……"

"알고 보니 그 복숭아에 이상한 게 있었던 거지. 형이 먹은 그 자리에 애벌레가, 그것도…… 반쯤 잘린 상태였거든. 운이 지독하게 나쁘다고 밖에 할 수 없었어. 생애 처음으로 먹은 복숭아에서 애벌레를 발견한 것도 모자라, 그 반쪽이 자신의 뱃속에 있다는 걸 알아 버리고 말았으니."

뭔가 중요한 얘기인 것 같았음에도, 장용빈 의원은 어리둥절하기만 하여 그 속에 뜻하는 바를 알 수 없었다.

"그 후로 형은 복숭아라면 아주 진저리를 쳤어……. 물론 그걸 더 먹을 형편도 못 되었지만. 어쩌다 복숭아가 눈에 띄는 날에는 찡그리며 외면하고는 했었지…… 그랬었는데, 너도 그러네."

공수겸 보좌관은 소름끼치게 차가운 눈으로 장용빈 의원을 응시했다. 그에 움칠한 장용빈 의원은 일삼시 당황한 끝에 처음으로 섬뜩해졌다. 어떻게든 제 눈을 피하는 장용빈 의원의 모습을 보며 공수겸 보좌관은 어렴풋이 쓴웃음을 지었다. 재빨리 품에서 사진 한 장을 꺼낸 공수겸 보좌관은 그것을 잠깐 들여다보다, 장용빈 의원에게 시선을 던졌다.

"여기, 그때 복숭아를 먹었던 그 형제가 찍은 사진이 있어."

그는 사진을 잘 볼 수 있게 가까이 내밀었으나, 장용빈 의원은 어쩐지 무서운 느낌이 들었기에 그 사진과 마주하기를 거부하며 고개를 숙여 버렸다.

"……왜? 아까까지만 해도 기 죽은 기색이 없더니. 찔리는 거라도 있나?!"

어딘가 겁먹은 듯한 장용빈 의원의 모습에 자극되었는지, 격해진 공수겸 보좌관의 목소리가 지하실 안을 울렸다.

"여기서 널 도와줄 사람은 없어! 피하지만 말고 어서 이 사진을 봐!"

눈을 감았던 장용빈 의원은 끝내 눈을 떠 공수겸 보좌관을 쳐다보았다. 치밀어 오른 화가 퍼진 공수겸 보좌관의 얼굴에는 이성이랄 것이 없어 보였다.

"수겸아. 도대체 나한테 왜 이러는 거야……."

"그래서! 지금 설명하는 중이잖아!"

더 이상 버틸 수 없다는 걸 안 장용빈 의원은 몸과 마음이 쓰라리고 지쳐, 자포자기로 공수겸 보좌관이 내민 사진을 보게 되었다.

"……."

사진에는 터울이 많을 것 같은 형제가 찍혀 있었는데, 둘 다 환히 웃고 있어 보기 좋았다. 아주 활짝 웃고 있어, 형제의 앞니에 김이 붙은 것도 잘 알 수 있었다. 자세히 보니 그들은 바보 흉내를 내며 즐거워하는 분위기였다.

"……?"

끔찍한 것이 찍혀 있을까 봐 마음을 졸였던 장용빈 의원은 막상 사진을 확인하고서 고개를 갸웃거렸다. 이어 그는 사진의 상태도 관찰하게 되었는데 색이 바랬고, 접힌 자국이 눈에 띄었다. 눈물 자국 또한 있는 것으로 보아, 아마도 그 사진을 무척 소중히 여긴 것으로 짐작되었다. 사진에 찍힌 날짜는 이십칠 년 전을 가리켰으며, 시간이 좀 걸렸지만 사진 속 형제 중 형이 누구인지 알 수 있었다. 전체적인 분위기는 달랐으나, 작년부터 지겹도록 봐 온 그 얼굴을 잊어버릴 리 만무했다.

"……'구승희'?"

"……."

공수겸 보좌관의 얼굴은 여전히 싸늘했으며, 그의 공허한 눈동자는 장용빈 의원만을 향했다. 난데없이 등장한 '구승희'로 인해 혼란스러워진 장용빈 의원은 그저 떨떨하면서도 경계심이 들어, 그 사진에서 눈길을 돌리려 했다.

'갑자기 '구승희' 사진은 왜…….'

그를 보고 공수겸 보좌관의 호흡이 거칠어지는가 싶더니, 고개를 돌리려던 장용빈 의원을 잡아 계속 그 사진을 보게끔 하려 했다. 이번에도 장용빈 의원이 저항하자, 그의 뒤통수를 감싼 공수겸 보좌관은 억지로 그 사진을 보도록 고정시켰다. 도대체 왜 이런 일이 생긴 건지 알 턱이 없는 장용빈 의원은 종시 공수겸 보좌관의 힘을 당해 내지 못하여 다시 그 사진을 보게 되었다. 그렇지만 그에 굴욕을 느낀 장용빈 의원이 곧 눈을 꼭 감아 버린 터라, 이를 본 공수겸 보좌관은 분에 못 이겨 소리쳤다.

"봐!"

공수겸 보좌관은 장용빈 의원의 귓가에 대고 격하게 소리쳤다.

"어서 보라고!"

"이러지 마. 왜 이러는 거야……."

"어서, 네가 꼭 봐야 해! 봐!"

장용빈 의원은 귓가에 울리는 공수겸 보좌관의 목소리 탓에 괴로웠음에도, 오기가 생겨 더욱 눈을 뜨지 않으려 했다.

"수겸아, 제발."

"수작 부리지 마! 어서 보라고!"

참다못한 장용빈 의원은 눈을 감은 채로 공수겸 보좌관에게 소리쳤다.

"왜?! 도대체 왜 이러는 거야? 난 분명히 사진을 봤어! 거기에 '구승희'가 있는 것도 봤다고! 그런데, 왜?!"

"지금 네가 가지고 있는……! 네 왼손의 원래 주인이니까!"

격앙된 외침을 들은 장용빈 의원은 저도 모르게 슬며시 눈을 뜨게 되었다. 그 말을 내뱉고 난 공수겸 보좌관은 무엇 때문인지 한 손으로 제 입을 막더니만, 그대로 계단으로 뛰어가 밖으로 나가 버렸다.

"……."

지하실에 혼자 남겨진 장용빈 의원은 넋을 놓은 채, 멍히 앉아 있을 뿐이었다.


지하실을 급히 뛰쳐나온 공수겸 보좌관은 근처 숲 속으로 달려가 불쑥 올라온 속을 게웠다. 내내 상기했던 사실임에도 불구하고, 그것을 입 밖에 쏟고 나니 흘여 속이 메스꺼워 견딜 수 없었기 때문이었다.

"……후."

조금 진정이 된 공수겸 보좌관은 뒤에 있는 나무에 몸을 기댔다. 급하게 계획한 납치보다, 알고 있는 사실을 받아들이는 게 훨씬 힘들었다. 그때 빽빽한 숲 속에서 경쾌하게 지저귀는 새들의 소리가 들렸고, 그것은 이상하게도 그의 감수성을 자극했다. 어느새 흐느끼는 자신의 얼굴을 감싼 그는 조용히 생각에 잠겼다.

'아니기를 바랐었는데…… 정말이었어.'

뭔가를 생각한 공수겸 보좌관은 몸을 곰작이며 고개를 들었다.

'장용빈은 왜 모르고 있는 거지? 연기를 하는 것 같지는 않았는데…….'

들었던 고개를 다시 내린 그는 감정이 메마른 표정으로 생각했다.

'아니지, 그런다고 진실이 바뀌지는 않아.'


정적만이 흐르던 지하실에 공수겸 보좌관이 돌아오자, 축 늘어졌던 장용빈 의원은 깜짝 놀라 그에게 고개를 돌렸다. 의자에 묶인 그의 불안한 눈빛에 강한 의구심이 담겨 있어, 그것을 확인한 공수겸 보좌관은 가볍게 코웃음 쳤다.

"아직도, 내가 한 말이 믿기지 않아?"

"그런 걸 믿는다는 게 더 이상하지."

곧바로 대꾸한 장용빈 의원이 얼른 반대쪽으로 고개를 돌리던 찰나, 그의 얼굴에서 뭔가를 짐작하는 기색이 스치는 걸 발견한 공수겸 보좌관은 눈을 빛냈다.

"그래서? 못 믿겠다고?"

"……."

공수겸 보좌관은 성큼성큼 걸어가 장용빈 의원의 앞에 서더니, 그의 왼쪽 손목을 보려 억지로 옷을 끌어당겼다. 장용빈 의원은 반항하고 싶어도 더는 기운이 없어 그것을 내버려 둘 수밖에 없었다. 그의 옷을 찢어 팔꿈치까지 올린 공수겸 보좌관은 마침내 웃을 수 있었다. 하지만 그 웃음은 기뻐서라기보다 울적한 느낌이 짙었다.

"그렇다면……."

장용빈 의원의 왼쪽 손목 위쪽에 희미한 경계선 같은 게 보였는데, 마치 천에 다른 천을 이어 붙인 느낌이었다.

"이건 어떻게 설명할 생각이지?"

"……."

시선을 갈팡댄 장용빈 의원은 머릿속이 얼키설키 뒤엉켜 혼란스럽기만 했다.

# 44

황남영 차장이 눈을 떴을 때 가장 먼저 보인 것은 거실 천장이었다. 전날 생각지 못 한 장인목 병원장의 방문으로 심신이 피폐해진 탓에, 그가 돌아간 후 극심한 두려움에 떨다가 거실에서 쓰러지듯 잠들어 버린 터였다.

"……."

잠이 덜 깬 황남영 차장은 하리망당히 주위를 둘러보다, 거실 창 너머 내리쬐는 햇살이 자신을 덮고 있다는 걸 알게 되었다. 아직 잠에 취한 그녀는 머지않아 미동도 없이 다시금 눈을 감아 버렸다. 얼마간 시간이 지나 햇살의 밝기가 강해져, 감긴 그녀의 눈꺼풀을 찌르는 지경에 이르렀다. 본능적으로 그것을 피하며 표정을 찡그린 그녀는 팔을 작게 허우적대다가 몸을 일으켰다.

'아침이 와 버렸구나…….'

맥이 빠진 모습의 황남영 차장은 이내 기계적으로 움직이며 출근 준비를 하기 시작했다. 언제나처럼 그것은 정확하면서도 서두르는 기색이 보이지 않는 몸짓이었다. 하나하나 차근차근 준비하는 그녀는 참 착실해 보였으나, 한 번도 시간을 확인하지 않았다.

황남영 차장이 출근 준비를 하며 시간을 확인하지 않은 건 아주 오래된 일이었는데, 그도 그럴 게 확인해 봤자 제게는 무의미했다. 어차피 지각을 해도 그걸 지적할 사람은 없었으므로 시간 따위는 그녀에게 중요하지 않게 되었다.

"……."

급할 게 없다는 것처럼 여유롭기까지 한 황남영 차장의 얼굴에 불안이라고는 한 올도 찾아볼 수 없었다. 중간에 한 번 멈칫했지만 그것도 길지 않았으며 죽 물 흐르듯 진행되었다. 그렇게 습관적으로 고요하고도 쓸쓸히 출근 준비를 마친 그녀는 무감각해 보이는 얼굴을 하고 집을 나섰다.


내내 표정 변화가 없던 황남영 차장은 지하철역에 도착한 직후 처음으로 눈살을 찌푸리게 되었다. 지하철역 입구부터 사람들이 욱시글득시글했기 때문이었는데, 항상 늑장을 부리던 그녀가 하필 일찍 나오는 바람에 넘치는 인파를 보게 된 것이었다.

"하."

바쁘게 움직이는 그들 사이에서 온전하게 버틸 자신이 없었던 황남영 차장은 걸음을 옮기려다가 잠시 멈칫했다. 무슨 생각이 들었는지, 그녀는 똘똘 뭉친 그들 사이로 들어가 버렸다.

'……숨 막혀.'

지하철역 안에는 황남영 차장이 예상한 것보다 훨씬 많은 사람들이 복잡하게 얽혀 있었다. 한걸음을 뗄 때마다 수많은 사람들과 부딪히는 횟수가 셀 수도 없었거니와, 이대로 인파에 휩쓸릴지도 모른다는 생각마저 들었다. 늘 이런 상황을 신물이 날 만큼 혐오스러워하던 그녀였음에도, 이상할 정도로 침착한 모습이었다.

'사람이 참…… 많아.'

숨 막히도록 가득한 사람들이 제각각 비명을 지를 때마다, 좀 피곤한 모습이 된 황남영 차장의 눈동자에 웃음기가 떠오르는 것 같았다. 이윽고 간신히 열차에 탈 수 있었는데, 이미 넘치는 사람들로 꽉 들어찬 그곳은 공기가 턱없이 부족한 듯했다. 거기에다 땀 냄새와 더불어 오래된 듯한 화장품 냄새, 어디선가 나는 마른 오징어 냄새까지 모든 냄새가 뒤섞여 황남영 차장의 코를 찔렀다. 무엇보다도 좀체 움직일 수 없어 온몸이 구겨지는 기분이었다. 그렇지만 그녀는 모든 것을 감수한 채 흔들림 없는 모습으로 일관했다.

'나오면서 느꼈지만 평소와 다르지 않았어. 뒤를 밟는 사람도 보이지 않았고…… 어제 그렇게 들통나 버려서, 당장 무슨 일이 생기는 줄 알았더니.'

황남영 차장은 복잡하게 얽힌 사람들을 조심스럽게 곁눈질했다. 모두가 제 일에만 집중하는 분위기였고, 조금이라도 부자연스럽다거나 수상한 움직임을 보이는 사람은 있는 것 같지 않았다. 어쩌면 이 모든 게 기회일지 모른다고 여겨져, 침울하던 그녀의 심장은 조금씩 요동치기 시작했다.

'들킨 건 어제고, 지금 상황으로 봐서는 아직 조치를 취하기 전인지도 몰라! 만일 그런 거라면…….'

다음 역이 가까워짐에 따라, 이곳저곳에서 억센 움직임이 일어 나며

지 사람들은 앓는 소리를 토해 내었다.

"……."

아직 내릴 역이 멀었기에 황남영 차장은 손잡이를 꼭 붙잡고 있었다. 만약, 장인목 병원장이 오늘 당장 저에게 무슨 짓을 할 거라면 회사에서 기다리는 중일지도 몰랐다. 생각이 거기까지 미치자 그녀는 정신이 번쩍 들었다.

'돈은……? 내가 지금 가진 게 얼마나 되더라?'

지하철역에 도착하고 나서야 생각해 낸 지금, 황남영 차장의 수중에는 얼마 없었다. 만약의 사태에 대비해 미리 여러 가지를 준비했더라면 이토록 마음이 컴컴하지 않았을 거라는 생각에, 그녀는 자신을 질책하고 싶었다. 그러면서도 가진 것이 없더라도 몸을 피해야 한다는 생각에 변함이 없었다.

이윽고 역에 당도한 열차의 문이 열리니, 기필코 내리고야 말겠다는 사람들이 우르르 몰려 나갔다. 문가에 선 황남영 차장은 손잡이에 몸을 의지했으나, 부딪혀 오는 인파에 당해 낼 재간이 없었다. 안간힘을 써 겨우 버티는 중에도 그녀는 배를 보호하려 애썼다. 제 뱃속에 터를 잡은 작은 생명이 너무나 소중했기에, 장인목 병원장이든 누구에게든 뺏기고 싶지 않았다.

"……!"

잠깐 방심한 새 손잡이를 놓친 황남영 차장은 속절없이 내리는 사람들 사이에 섞이고 말았다. 뭐라 소리 낼 겨를도 없이 이번 역에 내릴 판이라, 그녀는 어떻게든 벗어나려 손을 뻗었다. 저마다 바쁜 출근길에서 저에게 눈길을 돌려 줄 사람은 없는 것 같아 낙담하던 황남영 차장은 불현듯, 여기에서 내리면 안 될 이유가 없음을 깨닫게 되었다.

'……어차피 회사에는 가면 안 될 테고, 중간에 아무 데서나 내려야 할 것 같은데. 차라리 이대로 내리는 게?'

생각을 마친 황남영 차장이 뻗은 손을 급히 거두려 할 때였다. 옥신각신하는 사람들의 뒤로 두툼한 손이 불쑥이 나타나 그녀의 손을 꼭 잡았다.

"?!"

그 손은 힘이 굉장히 세서, 황남영 차장을 잡은 채로 매우 안정감 있게 잡아당기고 있었다. 열차 안으로 들어오게 된 그녀는 그 손의 주인을 확인할 수 있었는데, 그는 평범한 회사원의 모습을 하고 있었다. 뭔가가 떨떠름한 상황이었지만, 그녀는 자신의 손을 잡아 준 그에게 고맙다고 인사했다. 내키지 않아 딱딱한 그 인사를, 그는 털털하게 웃어 넘겼다. 열차 안은 아까 내린 사람이 많아서인지 한결 여유로웠다.

'당황할 것 없어. 앞으로 내릴 역은 많아.'

다음 역에서 열차의 문이 열리자마자, 황남영 차장은 이번에야말로 내리려 했다. 그런데 아까 그 회사원이 황남영 차장의 팔을 잡고서 자꾸 열차 안으로 잡아당기는 것이었다. 영문을 알 수 없어 그녀는 자신을 놓지 않는 그를 노려보았다.

"저기요!"

화가 난 황남영 차장이 언성을 높이는 데도, 그는 시종일관 능글맞게 웃었다.

"왜 이러시냐고요, 대체!"

"……황남영 씨."

지지 않으려 일부러 악을 쓰던 황남영 차장은 그에게서 제 이름이
나오자 곧장 얼어 버리고 말았다.

"당신이 내릴 곳은 여기가 아니야."

급작스레 두려움이 엄습한 나머지, 그녀는 지금 자신이 어떤 표정을
짓고 있는지조차 몰랐다.

아스라이 매캐한 머릿속을 미끄러지듯 더듬던 장용빈 의원은 어느
덧 충격에서 헤어나, 앞에 선 공수겸 보좌관을 보았다. 그의 눈에는 풀
어 달라는 요구도, 두려움에 떠는 기색도, 모든 걸 받아들일 수 없다는
고집도 없었다. 그렇다고 슬픔이 고인 것도 아니었으며, 그저 쳐다보
는 게 전부였다. 그로서는 그렇게 해서라도 기댈 곳을 찾는 것 같았다.
물론 그 대상이 공수겸 보좌관일 리는 없었는데, 그렇게 어딘가 시선
을 둠으로써 휴식을 취하는 듯했다.

"이게…… 내 왼손이 정말 '구승희'의 것이라면, 대체 무슨 수로?"

장용빈 의원이 혼잣말처럼 읊조리니, 그 작은 소리를 알아챈 공수겸
보좌관은 그를 쏘아보았다.

"도대체 어떻게, 나도 모르는 사실을 알아낸 거지……?"

몹시 지쳐 보여 말도 겨우 하고 있는 것임을 알 수 있었다. 그러면서
도 진지한 터라, 그런 그의 모습을 보고 공수겸 보좌관은 고개를 돌려
뭔가를 생각했다. 이윽고 고개를 되돌린 그는 무미건조한 얼굴로 끄
덕였다.

"말해 줄게."

부모님이 미국 플로리다로 떠난 후 혼자 오피스텔로 이사한 공수겸 보좌관이 이삿짐을 정리하려는데, 느닷없이 장용빈 의원이 들이닥친 날이었다. 그가 멋대로 도와주겠다며 나서는 통에 그 뒷감당은 모두 공수겸 보좌관의 몫이 된 그날, 뜻밖의 단서를 얻게 되었다. 별로 없는 옷 중, 하필 가장 아끼는 하늘색 옷에 지워지지도 않는 손자국을 남긴 장용빈 의원 때문에 속이 상한 그는 문득 이상한 것을 느꼈다.

"……."

장용빈 의원의 양손이 찍힌 하늘색 옷을 펼쳐 보던 공수겸 보좌관은 미심쩍이 고개를 갸웃하더니, 그 옷을 다시 대야에 담가 두었다. 그러고는 피곤에 찌든 몸을 침대에 뉘었다.

'아…… 내일은 부디 때가 빠지기를.'

한편으로 무심결에 눈치만 채고 끝내 인지하지 못한 그것에 대하여 생각해 보았으나, 그보다 기절할 것 같이 피곤한 게 먼저였으므로 까무룩 잠이 들고 말았다.


"……."

무슨 이유에서인가 아직 이른 시각에 눈을 뜬 공수겸 보좌관은 곧바로 대야에 담가 둔 옷을 보러 갔다. 어제는 알아내지 못한 그것을, 어서 확인하기 위해서였다.

'지워졌나? 금방 지워질 것 같지 않던데.'

푹 젖은 하늘색 옷에는 여전히 손자국이 또렷했는데, 막상 그를 본 공수겸 보좌관은 부아가 치미는 걸 억눌러야 했다.

'……역시!'

하늘색 옷을 펼치며 쓴웃음을 지은 그는 뭔가를 확인하더니만 고개를 끄덕였다. 그 옷에 찍힌 장용빈 의원의 손자국이, 오른손과 왼손의 지문이 서로 달랐기 때문이었다.


"……."

공수겸 보좌관의 설명을 듣고 난 장용빈 의원은 어느 순간 고개를 떨구어 버렸다. 기운이 모자라서이기도 했지만, 전혀 생각지 못 한 것이라 충격이 큰 탓이었다.

"말하자면, 네가 너무 부주의했어."

"그거…… 그때라면, 설마 그때부터 이걸 계획했다고?"

그 말에 공수겸 보좌관은 조용히 고개를 저었다. 장용빈 의원은 눈을 감고 생각하다가 슬며시 눈을 떴다.

"그거로는…… 수술 여부는 알았어도, 누구의 손인지는 알 수 없어."

"그래. 그때까지만 해도 호기심이 좀 들었을 뿐, 구체적으로는 알 턱이 없었어. 그렇다고 너한테 직접 물어볼 수도 없었고. 거기에다 넌 항상 정장을 입고 있었으니 직접적으로 확인할 길이 없었지. 대신 움직임 하나하나를 자세히 살펴보는 수밖에……. 머리로는 '의식하지 말자' 해 놓고, 눈으로는 너를 좇았어."

장용빈 의원은 축 늘어진 모습을 하고 있었지만, 귀로는 공수겸 보좌관이 하는 얘기를 한마디도 놓치지 않으려 했다.

"그렇게 관찰한 결과, 대부분 오른손을 사용하더라. 그것도 자연스럽게 넘기면서⋯⋯. 눈에 띌 정도도 아니어서 그런 걸 찾아내는 데도 시간이 꽤 걸렸어. 아무튼 넌 조심했던 모양인데⋯⋯ 그런 틈에서도 그 왼손을 발견한 거야."

"⋯⋯그렇겠군. 양손의 지문이 다르다고 해도 어느 쪽이 내 손이 맞는지는 알 수 없을 테니까."

"뭐, 구체적인 의심은 아니었지⋯⋯. 그런데 말이야, 장인목도 단서를 제공했어."

고개를 늘어뜨린 장용빈 의원은 자못 놀라 귀에 신경을 집중했다.

"작년에 처음으로 네 집을 찾았을 때, 혼자 거실에 있는 걸 봤거든. 내가 있는 줄도 모르고 혼잣말을 하던데."

**기껏 살려 놨더니.**

"⋯⋯."

"그래서 내 나름대로 조사를 해 봤는데⋯⋯ 어찌된 일인지 네 수술에 관한 건 아예 없더라고. 거기서부터, 낌새가 이상했어."

공수겸 보좌관은 회상을 하던 와중 감정이 북받쳤는지, 인상을 쓴 채로 뒷걸음질 쳐 벽에 기댔다. 그가 말이 없자 장용빈 의원은 잠자코 있다가 중얼거렸다.

"아까 네가 말한 가족이, '구승희'의 가족이었겠지⋯⋯."

공수겸 보좌관은 어느새 지친 눈으로 장용빈 의원을 힐긋거렸다.

"그리고 아마 그의 동생이⋯⋯. 그 사진, '구승희' 옆에 있는 꼬마가 너일 테고."

차분히 말한 장용빈 의원은 고개를 들어 공수겸 보좌관을 쳐다보았다. 그는 여전히 무표정하게 장용빈 의원을 응시하고 있었다.

"정말, 두 사람이 형제라고?"

"그 사진 하나뿐이었어. 우리 형제가 함께 한 사진……. 물론 부모님과는 더더욱 없었지. 가난했으니까."

"……."

"그 사진은…… 우리가 갑작스레 부모님을 잃고서 헤어지기 전에 찍은 거야. 나도 형처럼 고아원에 갈 뻔했었는데, 다행히 마음씨 좋은 사람의 도움을 받게 되서……. 그분 덕에 생긴 사진이야."

다소 자조적으로 말한 그는 허공으로 향했던 시선을 다시금 바닥으로 옮겼다.

"내가 너무 둔했지. 설마 네가, 우리 형과 관련이 있을 줄이야……. 의혹이 많기는 했지만, 그때까지도 눈치를 못 채고 있었어. 그러다 네가 '구승희 사건'을 흥미롭게 보기에, 마음이 싱숭생숭해지는 거야. 마냥 좋다고 할 수도 없는 게…… 만약 살아 있다면, 지금 조용히 사는 중이라면 괜히 들쑤시는 꼴이니까."

"……."

지친 중에도 공수겸 보좌관을 곁눈질하는 장용빈 의원의 얼굴에서는 시종 우울한 빛이 떠나지 않았다.

"결국 조사하게 되고 말았지만! 그런데 조사를 하면 할수록, 뭔가가 이상한 거야……. 딱 포착되는 건 없었지만 조사를 위해 만났던 사람들보다, 주변이 수상했거든. 조사를 하는 내내 옥죄는 느낌이 들어서 탐탁스럽지 않았는데…… 어느 날, 운 좋게 황운보를 만나게 된 거지."

공수겸 보좌관은 담담하게도 남 얘기하듯 말하고 있었다.

"여러 번 얘기했었지? 내가 황남영을 따라갔다가, 황운보를 만나서 대리 기사를 부른 거. 이미 고주망태가 된 황운보가 하는 얘기를 듣는 순간 확신이 드는 것 같았어. 그 얘기 자체는 별로 놀라울 게 없는 것 같았지만…… 하필 그 사건이 일어난 때와 비슷한 시기에 규양병원으로 온 변두리 의사가, 그런 얘기를 한다는 게 너무 이상하지 않아?"

장용빈 의원은 조금 당황스러워하다, 이내 고개를 숙였다.

"그때 황운보를 부축하다가 웬 열쇠 꾸러미를 발견하게 되었는데, 그중에서도 유난히 낯선 열쇠 하나가 눈에 띄더라고. 그게 뭔지는 몰랐어도 어쩐지 도움이 될지도 모른다는 생각이 들어서 일단 본을 뜨고. 그래, 열쇠에 찍힌 번호에 지역 번호도 있어서 생각보다 찾기 쉽던데. 그리고 네 지문 채취도 했지. 종일 네 뒤치다꺼리하는 사람한테 그리 어려운 일은 아니잖아? 그렇게 계획을 하나하나 실행하면서도, 속으로는 계속 내 생각이 틀리기를 바랐어. 거짓말로 들리겠지만 그냥…… 내가 한 짐작이 사실은 아니라는 게 밝혀져서, 미련을 버렸으면 했어."

"네 생각이 맞았다고……?"

장용빈 의원이 가라앉은 목소리로 넌지시 묻자, 공수겸 보좌관은 그에게 눈길도 주지 않고 끄덕였다.

"어떻게…… 확인했다는 거야?!"

눈을 반짝인 장용빈 의원이 소리쳤는데, 난데없이 큰 소리가 들린 곳으로 눈을 돌린 공수겸 보좌관은 멍하니 있다가 피식 웃었다.

"……?"

"기억 안 나? 여기 오기 전에, 내가 뉴스에 나온 도난 차량에 대해 말했던 거."

공수겸 보좌관의 말을 듣자마자, 장용빈 의원은 망치로 머리를 얻어 맞은 것처럼 굳어 버렸다.

"그 도난 차량에서 발견된 지문이 '구승희'의 것이라고 했잖아. 그 게 어디서 나왔을 거라고 생각해?"

장용빈 의원은 더는 말하지 않겠다는 듯 입을 다물었으나, 사실은 제가 받은 충격이 상당하여 말을 못 하는 것으로 봐야 옳았다. 비록 공수겸 보좌관에 의해 납치되기는 했더라도 뭔가 오해가 있어서라 여기고 있었건마는, 그토록 결정적 증거가 있으니 어쩔 도리가 없었다.

"황운보. 음특하다는 건 알았지만, 그런 장소를 숨겨 놓고 있는 줄은. 다른 건 몰라도 사치스러운 차가 눈에 들어오기에 안성맞춤이다 싶었어. 그렇게 비싸고 좋은 것이라야, 황운보가 난리를 치며 찾으려고 혈안일 테니까! 그래서 차를 찾으면, 결국 '구승희'의 지문을 찾게 되는 거지."

"……"

장용빈 의원이 힘없이 바닥만 보는 모습에, 공수겸 보좌관은 그를 외면하고서 말을 이었다.

"경찰도 어리둥절할 걸. 차량 절도범의 지문을 찾았는데 그 주인이 이십일 년 전 사라진 '구승희', 게다가 왼손 지문만 가득했을 테니……."

공수겸 보좌관은 조소를 날리는 듯한 태도였지만, 그게 정확히 누구를 겨냥한 것인지는 알 수 없었다.

"헤어지기 전에 형이 내게 약속을 했어. 나중에 자기가 돈을 많이 벌면, 그때 날 다시 만나러 오겠다고. 뻔한 걸로 들리겠지만…… 내게는 아니었어. 형을 철석같이 믿었으니까."

한숨을 쉬고 난 그는 수유 뜸을 들인 끝에 입을 떼었다.

"그랬었는데…… 초등학생이 되고 친구들이 생기고 나니까, 그 약속이 가물가물해진 거야. 그러던 어느 날 텔레비전에서 '탈옥수 구승희'가 나와 버렸고. 놀란 부모님은, 그러니까 지금의 부모님은 얼른 텔레비전을 끄고는 신문도 숨기셨지……. 하지만 그렇게 대대적으로 보도되고, 사람들 사이에서 정신없이 오가는 얘기를 어떻게 모를 수 있었겠냐고. 부모님 앞에서는 시치미를 떼고 있었지만, 아무튼 나는 '구승희'…… 형에 대한 걸 알게 되었어. 형이 범죄자든 탈옥수든 그런 건 관심도 없었어. 그저 막연하게 신기했고…… 그래서 그렇게 생각했었지. '아, 이제 형이 날 찾으러 오겠구나.' 하고."

얘기를 할수록, 공수겸 보좌관의 눈동자에는 쓸쓸한 빛이 그렁그렁 맺혔다.

"아무도 모르게…… 형이 오면 바로 떠날 수 있게끔 짐을 싸 놓고, 이제나저제나 밤늦도록 잠도 안 자고 기다렸었다고. 그런데 시간이 아무리 흘러도 형은 코빼기도 보이지 않는 거야. 그게 일주일이 되고, 보름이 되고, 한 달이 되고. 그렇게 일 년이 지나고 나니까…… 자연히 포기가 되더라."

장용빈 의원은 일순 표정이 일렁이더니, 공수겸 보좌관을 보며 외쳤다.

"미안해! 너한테 그런 사연이 있을 줄은……. 믿어지지 않겠지만 나도 지금에서야 알았어. 그때 수술을 했다는 건 알았는데, 그게!"

그는 차마 더 말하지 못하고 말끝을 흐렸다.

"네 왼손이 '구승희'의 것인지 몰랐다? 그런다고 뭐가 달라져야 말이지……. 넌 그렇다 치고, 네 아버지 장인목은? 황운보는?! 아직도 모르겠어? 이건 네가 사과한다고 끝날 게 아니야!"

저릿한 괴로움에 눈을 감은 장용빈 의원은 힘겹게 말을 건넸다.

"네 말이 맞아. 그러니까 나한테 기회를 줘. 내가 아버지를 설득해 볼게……."

"이십일 년 전 죄수였던 '구승희'를 빼돌려서 제 아들의 도너로 삼아 버린 걸?"

"……설득해 볼게."

장용빈 의원은 사뭇 진중해 보이면서도 옅게 떨었는데, 그를 관찰하던 공수겸 보좌관은 화가 치솟는 동시에 웃음이 나왔다.

"하!"

"……."

공수겸 보좌관이 기가 막혀 큰 소리를 내자 움칠한 장용빈 의원은 감았던 눈을 떴다.

"이를 어쩌나. 지금 그래 봤자 소용없어! 안 그래도 이미 장인목한 테 문자를 보냈거든. 이곳에 막 도착해서, 아직 의식이 없던 널 찍은 사진과 함께……. 일주일 안에 진실을 밝히라고."

"……."

"그랬는데도 아직까지 소식이 없어. 하나뿐인 아들이 걸리면 다를 줄 알았는데……. 예상은 했지만 참 지독한 사람이야."

## 46

몸 안의 피가 모조리 싸느랗게 식어 버리는 가운데, 황남영 차장은 깊은 실의에 빠질 때나 느낄 수 있는 그것이 오랜만이기는 해도 그다지 낯설거나 생소하지는 않았다. 어릴 적부터 아버지가 횡포를 부릴 때마다 어김없이 찾아왔던 것이었기 때문에 크게 당황스럽지 않았다. 단지, 일찌감치 포기하고 살아오던 터라 잊고 있던 느낌이 되살아난 것에 대해 무척 씁쓸한 기분이 들었다.

"……."

황남영 차장은 주변에 숨어 있던 세 명과 함께 집에 돌아와 있었는데, 두 명은 집 안을 마음대로 돌아다니며 그녀의 짐을 챙겼고 본인은 거실에서 죄인처럼 앉아 있었다. 평범한 회사원인 척하던 남자이자 나머지 한 명인 자가 전화기를 내밀어, 흠칫한 황남영 차장은 그늘진 눈으로 그를 쳐다보았다. 그는 물끄러미 그녀를 바라보더니 이내 심드렁히 말했다.

"황운보…… 한테 전화해. 출장 갈 거라고, 아주 긴 출장이 될지도 모른다고."

황남영 차장은 몸도 마음도 굳어 버린 모양을 했으나, 속으로는 당장 집 밖으로 뛰쳐나가고 싶은 마음이 간절했다. 그렇지만 지금 그녀에게는 그들을 떨쳐 버릴 수단도, 도움을 청할 곳도 없었다. 할 수 있는 거라고는 저를 위협하는 세 명에게 감정을 들키지 않도록, 차갑게 굳은 모습을 유지하는 것이 전부였다.

"……."

눈앞에 보인 전화기를 아무렇지 않은 척 건네받은 황남영 차장은 속으로 오랫동안 한숨지었다.

'이대로 전화를 해 버리고 나면 나는 꼼짝없이, 어쩌면 소리 소문도 없이 사라질지도 모르는데!'

내심 비명을 지른 황남영 차장의 눈에 자신을 빤히 보는 그가 보였다. 겉으로 너무 태연자약하여 도무지 속을 알 수 없는 것처럼 보인 그녀는 굳은 표정으로 일관하며 아버지에게 전화를 걸었다.

'이렇게 끝낼 수는 없는데, 달리 방법이 없어…….'

포기하면 안 된다는 걸 알면서도, 황남영 차장은 알 수 없는 허무를 뿌리칠 수 없었다. 무의식적으로 배를 감싼 그녀는 시시하도록 우스운 이 상황에 치를 떨었다.

'왜 이렇게 전화를 안 받아?'

통화를 하려는데 황운보 교수가 전화를 받지 않으니, 황남영 차장은 그것마저도 속상했다. 처음에는 그런 아버지가 야속했던 그녀는 시간이 흐르면서 점차 변하게 되었다. 두연, 다른 생각이 머릿속을 비집고 들어왔기 때문이었다.

'……어쩌면 다른 수가 있을지도 몰라. 어서 생각해 내야 돼!'

궁리하는 중임을 증명이라도 하듯 황남영 차장의 눈동자가 조심스레 돌아갈 즈음, 무언가가 날아와 그녀 옆에 던져졌다. 그것은 그녀의 짐이 든 가방이었는데, 그냥 보기에도 퍽 단출해 보였다.

"짐, 다 챙겼는데요."

그들의 그런 행동이나 말투는 황남영 차장을 얼마나 무시하고 있는지 명백히 보여 주고 있었다. 그런 그들을 따라가게 된다면 어떤 취급을 받을지 불 보듯 뻔했다.

'안 돼, 제발! 이들을 벗어날 수 있게…… 제발!'

드디어 전화기 너머에서 익숙한 목소리가 들렸다.

"여보세요."

"아버지? 저예요, 남영이요!"

황남영 차장은 아는 목소리가 들리자 그것이 기뻐 저도 모르게 소리쳤다. 평소에는 너무나 싫어 피하고 싶은 아버지였음에도 이번만큼은 달랐다. 당연히 싫은 건 여전했지만, 이 순간에는 그가 유일한 돌파구가 될 것만 같았다. 물론 황운보 교수가 그전과 같이 나쁘기만 한 존재라면 희망이 없겠으나, 최근에는 곧잘 자신을 위하는 투였기에 기대를 걸어 볼 만하다 생각했다.

"어, 그래……."

자다가 받은 느낌이 강하게 드는 것이, 아마도 잠이 덜 깬 모양이었다. 그런 아버지의 상태를 파악한 황남영 차장은 불안이 가중되어 윽박지르고 싶은 것을 간신히 참았다.

"아버지, 저 남영이라고요."

"……알아! 듣고 있어."

황운보 교수는 자신을 재촉하는 딸의 말투에 신경질적으로 반응했다. 이에 황남영 차장은 답답했겠지만, 황운보 교수도 그 나름대로 사정이 있었다. 도난당한 제 차에서 '구승희'의 지문이 발견되었다는 소식을 접한 직후부터 줄곧 잠을 설치다, 오늘에야 겨우 잠든 것이었다.

　'하필이면!'

　그런 아버지의 사정을 알 리 없는 그녀로서는 피가 끓어오르는 것 같았다.

　"끊었나……? 여보세요?"

　비몽사몽인 아버지의 흐리멍덩한 음성은 황남영 차장의 화를 돋우기에 충분했으나, 그녀는 되도록 침착한 목소리로 말을 건넸다.

　"아버지, 몸은 어떠세요? 좀 괜찮아지셨어요?"

　앞에서 딱딱한 인상의 남자가 자신을 빤히 바라보고 있었지만, 황남영 차장은 그에 상관하지 않고 제 말하기에 여념이 없었다.

　"어…… 여기야 뭐. 워낙 시설이 좋아서, 내가 불편할 건 없고……. 나는 뭐, 괜찮지."

　황운보 교수는 졸음을 무릅쓰고 말하는 중이었는데, 딸에게 빨리 끊으라 하고 싶었음에도 그건 체면을 구기는 것 같아 차마 말하지 못하고 있었다.

　'아, 졸려……. 대충하고 좀 끊지.'

　"그러세요? 그래도 제가 언제 찾아뵈어야 하는데…… 말씀만 들어서는 안심하기 힘들어서요."

　황남영 차장은 어떡해서든 위기에서 벗어나고자 최선을 다하는 중이었다. 그녀를 감시하는 자들의 미간이 구겨지는 와중, 그들을 살짝 곁눈질하던 그녀는 그걸 못 본 척하며 아버지의 대답을 기다렸다.

'내가 이날까지 어떻게 살았는데, 이대로 당할 줄 알아?!'

그럼에도 불구하고 황운보 교수는 딸이 지금 어떤 상황인지 모르는 까닭에, 그저 평소보다 긴 안부 전화가 반갑지 않을 뿐이었다.

"네가 왜 그런 생각을 하는지 모르겠지만, 난 정말로 잘 지내고 있으니까 걱정 마."

"그……!"

황남영 차장이 뭔가 말하려는데, 감시하는 자들 중 하나가 그녀의 무릎을 툭 쳤다. 그를 쳐다보니 슬슬 화가 난다는 얼굴을 하고 있어, 마른침을 삼킨 그녀는 하는 수 없이 출장 얘기를 꺼냈다.

"잘 지내신다면 다행이죠. 사실은 제가…… 출장을 가게 됐거든요."

"뭐? 출장을 가?"

"네……. 갑자기 결정된 거라, 이제야 연락드리는 거예요."

"……갑자기? 너무 뜬금없잖아."

몸이 나른해 더욱 성의 없이 통화하던 황운보 교수는 딸이 출장 간다는 말에 정신이 번쩍 들었다. 그전 같았다면 제 시중을 들어줄 사람이 없어진다는 생각에 노발대발했을 것이었다. 더구나 딸을 괴롭히는 재미로 사는 그라면, 한층 더 난리가 날 것이 분명했다. 하지만 현재 규양병원의 특실에서 예쁘장한 간병인이 매일 정성껏 보살펴 주는 데다, 딸과도 일부러 거리를 두는 터라 잠시 머뭇거릴 뿐이었다.

"아, 언짢으신 거예요? 정 그러시다면 회사에…… 확인해 보시겠어요?"

또 따가운 눈총이 느껴진 황남영 차장은 그것을 애써 무시한 채, 기대하는 답이 나오기를 기다렸다. 아버지가 좀 변했다지만 완전히 변한 게 아니라 여긴 그녀는 어서 그전처럼 난리 쳐 주기를 바랐다.

"아니…… 꼭 그럴 것까지야. 네가 사회생활하는데, 아버지가 되어서 그걸 막을 수는 없지."

황운보 교수는 잇달아 그녀를 속상하게 만드는 반응을 보였다. 사실 거기에는 딸을 위하는 것도 있었고, 내심 귀찮은 게 섞여 있기도 했다.

'오늘따라 끈질긴 것 같은데…… 대충하고 끊으면 될 것을 왜 이러나 몰라. 넌 그냥, 잘난 아버지 덕에 고생 끝인 줄이나 알아! 두고 봐, 곧 내 덕에 시집도 잘 가서 떵떵거리며 살게 될 테니까……!'

"제가 어디로 출장을 가는지 아세요?"

"어디든! 갈 만하니까 가는 거겠지. 참, 얼마나 걸리는데?"

"네? 그게…… 저도 잘 모르겠어요. 확실하게 정해진 게 없어서요."

황운보 교수가 못 이기는 척 질문한 게, 황남영 차장에게는 반색할 만한 것이라 목소리가 저절로 높아졌다.

'참지 말고, 평소처럼 의심하고 구속하라고!'

유난히 그리워지는 아버지의 횡포가 나오지 않자, 그것이 간절한 그녀로서는 애가 탈 지경이었다.

"아주 급한 모양이구나. 네가 차장이 되더니…… 그만큼 회사에서 널 믿고 있다는 뜻이겠지. 뭐, 그런 거라면 됐어! 자질구레하게 보고할 거 없으니까, 넌 네 할 일해라. 끊는다!"

되도록 시간을 끌어 보려던 아버지와의 통화가 허망스레 끊겨 버려,

황남영 차장은 온몸에 소름이 돋는 것 같았다. 하지만 이리 전화기를 뺏길 수 없어 아직 통화하는 척 연기를 했다.

"네…… 그러실 만하죠. 아무리 갑자기 생긴 출장이라도 의심 들 만하시겠죠. 이번에 하게 될 거요? 출장 내용 말씀이시죠? 시간이 좀 걸릴 텐데, 괜찮으시겠어요? 저…….."

천연덕스럽게 연기하던 황남영 차장은 소리 없이 짓누르는 공포 탓에 눈물이 솟았다. 감시하던 자들은 이미 통화가 끊긴 것을 아는 눈치였으나, 조용히 그녀를 관찰하고 있었다. 그러다 그녀가 말을 멈추고 부들부들 떠는 모습을 보더니, 말없이 그녀에게서 전화기를 건네받았다.

"……."

표정 없는 얼굴로, 참담한 심정이 된 황남영 차장은 눈물이 그렁그렁한 채로 아버지를 원망했다.

'이 천하의 쓸모없는 인간!'

힘에 겨운 모습을 한 황남영 차장은 앞에서 쳐다보고 있는 세 명을 보았는데, 그들은 하나같이 굳은 표정임에도 황남영 차장을 향해 한껏 빈정대는 것이 느껴졌다. 문제는 그녀가 그것을 정확히 꿰뚫었기에, 마지막이 될지도 모르는 순간을 지켜보게 될 그들이 끔찍했다.

"……이제 기운이 떨어진 거야?"

비꼬는 것 같으면서 비꼬는 게 아닌 것 같기도 한, 묘한 투의 말을 건넨 공수겸 보좌관은 입을 꾹 다문 장용빈 의원에게 다가갔다. 연이은 충격을 이겨 내려 노력하던 장용빈 의원은 어느새 후줄근히 바래고 있었다. 먹거나 마시는 게 없어 고갈되는 체력을 받쳐 주는 것도 없을뿐더러, 처음에는 몰랐던 더위까지 몸을 스멀스멀 기어올라 더는 모른 척할 수 없었다.

"……."

공수겸 보좌관은 한숨 돌리는 셈 치고 지하실 안을 자세히 살펴보았다. 아무 뜻 없이 눈동자를 천천히 굴리던 그는 무뜩 아련한 기분이 샘솟았다.

'밖에 있는 집은 거의 쓰러질 것 같던데, 여기는 낡은 것 치고 튼튼해 보이네…….'

그들이 있는 장소는 장용빈 의원에게 낯설었지만, 엄밀히 따지자면 공수겸 보좌관에게는 추억의 장소와도 같았다. 그가 어머니 뱃속에 있었을 적 잠시 살았기 때문이었는데, 그곳은 공수겸 보좌관이 아직 세상에 나오기 전 '구승희'를 포함한 세 명의 가족이 살았던 처소였다. 넓고 편안했으나 전기가 들어오지 않아 촛불로 버티고 살던 중, 아내가 둘째를 가진 걸 '구승희'의 아버지가 알게 되었다. 그래서 그나마 전기가 들어오는 곳을 찾아내고는 아내의 몸이 더 무거워지기 전에 이사한 것이었다. 공수겸 보좌관은 옛날, 돈 벌러 나간 아버지를 기다리다가 어머니가 해 줬던 얘기를 떠올려 마침내 이곳을 찾아낼 수 있었다.

'내가 살았던 집보다는…… 넓은 것 같은데. 아쉽네. 집이 그 정도로 위태롭지만 않았다면 굳이 지하실을 쓰지 않았을 텐데.'

지하실은 너무 어두워 낮에도 불을 켜지 않으면 앞이 제대로 보이지 않을 정도라, 습한 동시에 음습한 느낌이 강하다 보니 특히 지금 같은 때에는 견디기 불편했다. 사실 그는 처음에 지하실이 아닌 집을 염두에 두고 계획에 이용하려 했으나, 그러기에 벽이 허물어질 것 같다는 점과 문도 열기 불안한 것 등을 이유로 포기하고 만 것이었다.

'생각보다 더운데.'

땀이 잘 나지 않는 체질이라 체력 소모가 크지 않은 이상 끄떡도 없는 공수겸 보좌관도 늘어지는 호흡과 함께 날로 무거워지는 더위를 체감하고 있었다. 땀이 나지 않더라도 공기가 축축하다는 것은 충분히 알 수 있어, 그는 인내하는 마음으로 장용빈 의원을 보았다. 의자에 묶인 그는 불편할 정도로 실의에 빠진 모습이었는데, 그것이 꼭 시들어 버린 식물 같았다.

"혹시나 해서 말해 두는데, 누군가가 도와줄 거라는 생각은 버리는 게 좋아. 예를 들면…… 금석이?"

"……."

규양병원 앞에서 머뭇거리던 금석이 드디어 결심을 하고 안으로 들어가려던 찰나, 갑자기 그의 휴대전화가 울렸다.

"……?!"

휴대전화를 손에 쥔 금석은 자신이 보는 게 맞는지 의심스러웠다. 뜻밖에도 발신자가 장용빈 의원이었기 때문에, 몸을 부르르 떨던 그는 당황하다가 결국 전화를 받았다.

"여…… 여보세요?"

"아, 금석아! 미처 연락을 못 하고 있었는데, 이제야 겨우 네 목소리를 듣네!"

밝은 목소리가 들리자, 잔뜩 긴장했던 금석은 한순간에 그것이 풀리는 것 같았다. 하지만 발신자가 가리키는 것과는 다른 사람의 목소리가 들린 탓으로, 이내 다시 경계하게 되었다. 게다가 무엇 때문인지, 소곤거리는 게 몹시 수상히 여겨졌다.

"……수겸이 형? 형이 왜 의원님 전화를 쓰고 있어요? 그동안 연락이 안 된 이유는 뭔데요? 의원님은 같이 계신 거예요? 의원님…… 화가 많이 나셨어요? 도대체 어디 계신 건데요? 제가 얼마나 놀란 줄 아세요? 뭐가 어떻게 돌아가는 지 알 수가 없잖아요! 왜 대답을 안 하세요? 전화 끊으면 안 돼요!"

금석은 그동안 답답했던 마음을, 여러 질문을 한꺼번에 쏟는 걸로 대신했다.

"금석아……. 대답할 틈을 줘야지."

"아…… 죄송해요."

"의원님 말이야. '구승희 사건' 조사는 잠시 쉬자고 하시면서, 날 데리고 멀리 나오셨어."

"또요?!"

"그게, 그렇게 됐어. 안 풀리는 게 있어서 고민하시다가, 네 계정을 보셔서……. 네가 말도 안 하고 차를 몰래 몰고 가 버리는 바람에 화가 많이 나셨거든. 그런데 너랑은 연락도 안 되고, 막히는 건 늘어 가니…… 그래서 결국 잠적하신 거지."

잠자코 공수겸 보좌관의 설명을 듣던 금석은 숨을 깊이 내쉬며 고개를 끄덕였다.

"하긴, 의원님 성격이야 저도 잘 알죠……. 그래도 그렇지, 저한테는 연락하실 수 있었잖아요! 이 전화가 조금만 늦었어도, 제가 지금 어디에 있는지 아세요? 규양병원에 와 있다고요."

"뭐? 안 돼, 당장 나와야 돼! 사실은 의원님이 잠적하시기 직전에…… 아버님 댁에 있던 돈을 말도 없이 가져오신 상태라 좀 곤란하거든."

그 말을 듣고 놀란 금석은 규양병원 안으로 향하려던 발길을 즉각 반대로 돌렸다.

"그래요? 얼마나…… 그렇게나?!"

장용빈 의원이 가져갔다는 금액을 들은 금석은 깜짝 놀라 죄인처럼 허리를 숙여 버렸다.

"……그렇다니까. 이 전화도 몰래 빠져나와서 겨우 하는 거야. 의원님이 신신당부하셔서 여기가 어딘지는 말할 수 없고, 그냥 의원님과 내가 괜찮다는 것만 알아 둬."

공수겸 보좌관이 계속 소곤거리다 보니 금석의 목소리도 점점 작아지게 되었다.

"고생이 많으시네요, 형."

"어쩌겠어⋯⋯. 이런 일이 한두 번도 아닌 걸. 당분간은 이럴 수밖에⋯⋯!"

순간, 휴대전화 너머로 다급해하는 게 느껴져 금석은 저도 모르게 인상을 썼다.

"여보세요? 괜찮아요?"

"네, 네⋯⋯! 의원님한테 들킬 뻔했어. 아무래도 그만 끊어야겠는데."

"그러면 저는⋯⋯ 어떡해요? 차는요? 시, 시계는?"

"글쎄, 네가 알아서 해야겠지? 상황 봐서 또 전화할게!"

"어, 수겸이 형! 그게⋯⋯!"

그렇게 급자기 통화가 끝나자, 멍하니 휴대전화를 응시하던 금석은 사리살짝 규양병원을 힐금대었다. 이윽고 한숨지으며 그곳을 등지더니만, 그 길로 다시금 고향으로 향했다.


"그렇게 되었으니 괜한 기대는 마."

'금석이마저⋯⋯.'

늘어진 채로 공수겸 보좌관의 말을 듣고 난 장용빈 의원은 속이 쓰렸다.

"금석이가 네 말을 믿어? 그렇게 간단히⋯⋯?"

"너도 알다시피, 그동안 무책임한 네 뒤치다꺼리를 다 내가 맡아서

했잖아. 또 네가 말도 없이 사라진 게 처음도 아니니, 금석이가 아닌 누구라도 이상하게 여기지 않을 걸? 거기에다 네가 납치된 걸 아는 건 네 아버지 장인목뿐이야. 행여 누군가 경찰에 신고한다고 해도, 장인목이 나서서 아니라며 우겨 줄 거라고! 그러니…… 너한테 희망은 없어."

장용빈 의원은 고개를 조금 움직여 미소 짓는 시늉을 했다.

"머리 좀 썼구나……."

기어드는 장용빈 의원의 목소리를 듣고 보니 어딘가 포기하는 것 같으면서도 이해한다는 투가 느껴져, 공수겸 보좌관은 그것이 매우 거슬렸다. 그렇지만 이대로 앉아 그와 입씨름을 했다가는 계획이 어긋날 것을 알았으므로, 거슬리는 걸 애써 무시하기로 마음먹었다. 손목시계를 확인한 공수겸 보좌관은 재빨리 테이프를 집어 장용빈 의원에게 다가갔다. 그러자 장용빈 의원이 굼틀거리며 경계심을 보였다.

"수겸아……."

문득 움직임을 멈춘 공수겸 보좌관은 장용빈 의원을 똑바로 보며 딱딱하게 말했다.

"내 이름은, 구승찬이야."

정색한 그는 장용빈 의원의 입을 테이프로 막아 버린 후 두건을 씌웠다. 이어 랜턴을 끄고서 바로 계단을 올라가 밖으로 나간 다음, 그곳 입구를 자물쇠로 잠그고 나서야 안심할 수 있었다.

'계획은 세웠지만…… 입을 열지는 모르겠어.'

공수겸 보좌관의 얼굴에 잠깐 긴장감이 스치는가 싶더니, 순식간에 그것을 떨친 듯 보였다. 그는 지하실을 등진 채로 다 쓰러져 가는 허름한 집을 지나, 어둡게 그늘이 질 만큼 빽빽이 우거진 숲 속으로 사라졌다.


일편 병원장실에서 장인목 병원장이 통화 중이었는데, 휴대전화에 귀 기울인 그의 얼굴은 냉하기 이를 데 없었다. 가만히 듣기만 하던 그는 슬며시 콧방귀를 뀌고는 말했다.

"어쩌나 보려고 했더니. 예상을 벗어나지 못하는 걸 보면 안타까울 정도야."

더 말하려던 장인목 병원장은 손가락으로 입술을 두드렸다. 그렇게 무언가 생각에 잠기더니만, 곧 차게 굳었던 표정을 부드럽게 펴는 것이었다.

"아무튼 잡았다니 다행이야. 그래도 무슨 짓을 할지 모르니, 끝까지 방심하지 말라고. 거기서…… 제일 가까운 별장으로 가 있어. 나중에 내가 갈 테니 그때까지 잘 보호하고."

통화를 마친 장인목 병원장은 자연스럽게 시선을 옮겨 앞에 선 탁성일을 보았다. 여전히 무뚝뚝한 얼굴의 그는 장인목 병원장을 조용히 바라보고 있었다.

"요즘 들어 일이 많군."

"……."

장인목 병원장이 살짝 불편한 기색을 보이자 탁성일은 바로 시선을 돌려 버렸다. 방금 한 통화로 인해 안도한 듯 보였던 장인목 병원장은 또다시 골치가 아프기 시작했다.

'……남 사장.'

잠깐 인상을 쓰던 장인목 병원장은 곧 탁성일에게 물었다.

"그래서 그동안 알아낸 건 없나?"

"위치 추적해 볼 만한 건 없고, 상대방이 누군지 모르니 알 길이 없습니다."

그 말을 들은 장인목 병원장의 얼굴에 심상치 않은 그늘이 생겨, 탁성일은 시선을 바닥으로 내렸다.

"……면목 없습니다."

"남 사장이 누군지 알아냈나?"

"……."

"작정을 한 모양이군."

치밀어 오른 화를 참지 못한 장인목 병원장은 큰 소리를 지르며 자리에서 일어났다.

"남 사장이 누군지는 알지 못 하지만, 병원장님이나 의원님 주변에 있는 사람들 중 남 씨 성을 가진 남자를 찾고 있습니다."

"그건 아마…… 소용이 없을 것 같은데."

병원장실을 힘주어 걷던 장인목 병원장이 홀연 걸음을 멈춘 통에, 탁성일은 그를 의아스럽게 쳐다보았다.

"순식간에 단서 하나 남기지 않고 사라져 버렸다고. 이건 분명히 치밀하게 계획했다는 거지. 그런데 고작 이름 찾는다고……!"

욱기 때문에 어깨가 뻣뻣이 뭉치는 걸 느껴 멈칫한 장인목 병원장은 이내 숨을 깊게 쉬며 재도 힘주어 걸었다.

'남 사장…… 남 사장.'

혹 아는 사람이 아닐까 하는 생각에, 장인목 병원장은 바로 제 기억을 헤집기 시작했다. 자신이 알고 아들이 아는, 그들 부자를 스쳐 간 사람들 중 있는 것인지도 몰랐으므로 더 신중해질 수밖에 없었다.

"……."

머지않아 장용빈 의원이 아직 미국에 있을 무렵, 오랜만에 한국으로 돌아왔던 그때가 떠올랐다. 당시 부자는 숲에 둘러싸인 레스토랑에서 오붓이 식사를 하며 회포를 풀고 있었다.

장인목 병원장은 만족스러운 미소를 짓고 아들을 바라보았으나, 사실은 내심 못마땅히 여기고 있었다. 미국으로 가기 직전까지 서먹서먹하기는 했어도 유일한 핏줄인 터라 반가운 마음이 컸지만 문제는 그게 아니었다. 몇 년 만에 만난 아들이 한 시간이 넘도록 한 사람에 대해서만 얘기하는 것이 그에게는 불만이었다.

"……."

아들의 입에서 노래처럼 불리는, '즐거운 얘기'를 듣는 장인목 병원장은 시간이 지날수록 차츰 그게 거슬렸다. 그렇지만 오랜만에 얻는 귀중한 시간을 굳이 깨트리고 싶지 않아, 그에 적당히 장단을 맞추고 있었다.

"처음에는 어리벙벙하기에 불안했었는데, 이제는 저보다 더 잘하더라고요. 수겸이…… 그 녀석이라면, 뭐든 해낼 거예요."

'그래야 될 거야. 자기가 흔한 무지렁이가 아닌 것을 증명하려면 그냥 잘하는 정도로는 어림도 없지! 아무튼 운 하나는 억세게 좋은 녀석이야. 어쩌다 내 아들 눈에 띄었으니 망정이지, 안 그랬으면 미국에서의 대학 생활은 꿈도 못 꿨을 걸.'

속으로 자신을 솔직하게 표현하는 장인목 병원장이었으나, 그걸 아들에게 들려줄 수는 없었다. 다만 조금 웃는 체하며 긍정의 뜻을 보이는 것이 전부였다. 그렇게 그가 서운한 마음을 감추고 잠잠히 귀를 기울인 덕에, 아들은 모처럼 가진 부자의 시간에 막힘없이 얘기할 수 있었다.

"……."

수월한 것처럼 보인 부자간의 대화는 어느덧 흐름이 끊겨 서로 난처해하고 있었는데, 장인목 병원장은 아무렇지 않은 모습으로 요리를 깨작거렸다. 하지만 못내 느닷없이 찾아온 고요가 어색해 입맛을 잃을 판이었다. 그것은 아들도 마찬가지였기에 슬쩍 아버지의 눈치를 살폈다. 이어 재빨리 눈을 굴려 곰곰이 생각하던 아들은 곧 환히 웃으며 장인목 병원장에게 말했다.

"한번은 이런 일도 있었어요! 재작년 미국에서 아주 오래된 옛날식 사진기를 산 적 있었거든요. 그런데 이게…… 다 좋은데 작동이 안돼서 무척 아쉬웠죠. 그래서 근처 전문가들에게 도움을 청했는데도, 소용이 없으니까 속이 타더라고요. 제가 그런 걸 숨기는 사람이 아니라서 수겸이한테 푸념을 몇 번 했거든요? 그러고 나서 제가 그 사진기를 만지작거리니까, 갑자기 수겸이가 그걸 뺏더니 시간을 달라는 거예요. 그렇게 한…… 반년쯤 지나고 나니까, 수겸이가 대뜸 소포 하나를 내밀더라고요. 거기 주소를 봤더니 한국에서, 수겸이 부모님한테서 온 거기에 얼른 뜯었죠. 그런데 거기에, 잊고 있었던 그 사진기가 있는 거예요! 놀라서 혹시나 했더니 그게 작동이 되더라고요!"

아들은 그때가 아직도 눈에 선한지 휘둥그레져서는 열변을 토하고 있었다.

'……하아.'

"알고 보니까 수겸이 어머님이 제 사정을 아시고, 혼자서 그 사진기를 고치신 거더라고요. 사실은 그분이 옛날에 시골에서 사진관을 하신 적이 있으시대요. 소싯적부터 그쪽에 관심이 많으셔서, 원래는 사진작가를 꿈꾸셨다고……. 아무튼 대단하신 것 같아요. 전문가들도 포기했던 걸 새것처럼 고치셨으니까. 모르긴 몰라도 실력이 상당하신 것 같던데, 솔직히 좀 안타까워요."


불현듯 떠오른 과거를 회상하고 난 후, 장인목 병원장은 어떠한 기색도 보이지 않은 채 가만히 서 있기만 했다.

"시간도 넉넉하지 않은데, 이대로는 힘들 것 같습니다."

탁성일이 그늘진 얼굴로 중얼거린 와중, 장인목 병원장의 질문이 넌지시 튀어나왔다.

"그때…… 그 녀석이 김과수가 보낸 자들을 따돌리고 사라졌을 때, 혼자 있었나?"

장인목 병원장의 의도를 정확히 파악할 길 없었음에도, 탁성일은 그 물음의 무게를 직감적으로 알아챘다.

"……아닙니다. 보좌관과 함께였습니다."

"음, 항상 함께였지……. 그 보좌관의 가족은? 아들의 실종 신고를 했다던가?"

"그의 부모는 지금 미국에 있어서 아들의 소식을 모를 겁니다."

탁성일의 대답을 듣고 난 장인목 병원장은 다시 침묵했는데, 골똘히 생각에 잠긴 그의 호흡은 한결 여유로워져 있었다. 그를 본 탁성일은 어서 다음 지시를 기다렸다.

'구승희…….'

장인목 병원장은 말라 버린 입맛을 다신 뒤, 탁성일을 돌아보았다.

"대답해 보게."

"……."

"자네는…… 이십일 년 전, '구승희'에 관한 진실을 바라고 있어. 그래서 내 아들을 납치하고, 날 협박하고 있지……. 하지만 이대로 내 입이 열릴지는 너무 불투명하다고. 그렇다면, 자네는 어떻게 할 텐가?"

끝이 없을 것 같던 숲을 헤치고 나온 공수겸 보좌관의 시야에 한산한 도로가 들어왔다. 그곳 건너편으로 더 가면 그가 숨겨 둔 차가 대기하고 있었는데, 그 차는 이 계획을 위해 불법으로 구한 것이었다.

"후우."

걸음을 멈춘 공수겸 보좌관은 괜스레 하늘을 쳐다보았다. 그러다 파도처럼 밀려오는 긴장감 탓으로 중심을 잃을 뻔해, 급히 허리를 숙여 간신히 마음을 진정시켰다. 이내 굵은 모래알이 섞인 땅바닥을 하염없이 들여다보던 중 시선을 돌리니, 그곳에 자리한 구멍가게가 눈에 띄었다. 그곳의 외양이 어떻건 그에게는 무척 익숙한 느낌이 들었으므로, 보고 있는 것만으로 마음이 편안해졌다.

"……."

넋을 놓은 채 그 구멍가게를 찬찬히 살피던 공수겸 보조관은 그곳에 설치된 공중전화에 시선이 고정되었다.

"!"

별안간 당황한 공수겸 보좌관은 잠시 온몸이 굳어 꼼짝도 하지 못했다. 눈을 깜박이는 것조차 잊고 있던 그는 느른히 호흡하며 한 손으로 얼굴을 쓸어내렸다.

'아…… 그걸 잊어버리다니.'

공수겸 보좌관은 서둘러 주머니에서 낡은 휴대전화를 꺼냈는데, 그 것은 이천 년대 초기에 쓰였던 물건이었다. 그가 차를 불법으로 구할 당시에 같이 마련한 것이었다. 원래 쓰던 휴대전화는 추적당할 걸 우려하여 일부러 꺼 놓았기에, 그가 사용할 수 있는 건 그것뿐이었다.

"……."

낡은 휴대전화를 손에 쥔 공수겸 보좌관은 좀 망설였으나, 더 이상 시간을 끌 수 없어 종시 전화를 걸었다. 통화 연결음이 들리자 그는 어쩐지 조마조마했다.

'……왜 이렇게 전화를 안 받으시지? 역시 모르는 번호라서?'

평소보다 길어진 통화 연결음은 자연 공수겸 보좌관을 불안하게 만들었고, 그에 따라 무슨 일이 생긴 건 아닌지 걱정이 앞서게 되었다.

"……네."

한참이 지나 누군가가 전화를 받았다. 그런데 어느 나라 언어인지도 알기 힘들 만큼 발음이 부정확하게 들릴뿐더러 목소리도 작게 들리는 것이었다. 그로 인해 공수겸 보좌관은 당황했지만, 시간이 좀 지나고 나니 전화 받은 사람이 어머니임을 알고는 속으로 안도했다.

"어머니?"

"네, 어…… 어? 수겸아!"

몽롱하게 들린 그녀의 목소리는 상대방을 확인하고서 급격히 반기는 투였다.

"어떻게 된 거니? 통화하기가 왜 이렇게 힘들어? 내가…… 하~암."

공수겸 보좌관은 시간을 확인하며 갸웃거렸다.

"지금, 통화 괜찮으신 거죠? 그곳에서는 늦은 시간이 아닐 텐데, 혹시 무슨 일 있으세요?"

"무슨 일이라니…… 네 전화만 기다리다가 나도 모르게. 그런데 많이 바쁘니?"

쏟아지는 졸음 탓에 겨워하던 그녀의 목소리는 어쩐지 무척 공격적으로 변하는 느낌이었다. 그런 것을 떠나, 공수겸 보좌관은 오랜 세월 동안 자신을 지켜본 그녀에게 그간 외운 거짓말이 통할지 주저하고 있었다.

"그야, 뭐. 아시잖아요, 항상 어떻게 돌아가는지. 얼마 전에 의원님이 아버님이랑 다투셔서……."

어머니가 거짓말을 귀신같이 구별하는 건 아니었음에도, 저를 이제껏 정성스레 길러 주었고 '계획'과는 무관했기 때문에 죄책감이 들었다.

"아, 그래."

염려와 달리 잘 넘어가는 듯했으나, 그녀의 반응이 어째 미지근하게 느껴져 조금 이상했다.

"이제라도 연락이 닿아서 다행이야."

"아…… 연락이 좀 늦었죠? 사실은 사정이 생겨서요."

"으응? 번호가…… 다른 번호가 뜨는데, 네 전화는 어떻게 하고?!"

그녀는 아들의 휴대전화 번호가 다르다는 걸 이제야 확인한 모양이었다. 이에 공수겸 보좌관은 몰래 심호흡하고는 준비한 대답을 했다.

"실은 휴대전화가 고장이 나서 수리를 맡겼거든요. 급하게 다른 휴대전화를 구하기는 했는데 이게 좀 구식이라서."

"어쩌다…… 너는? 넌 괜찮니? 의원님은 괜찮으시고?"

정확히 무엇 때문인지 몰라도, 그날따라 어머니가 장용빈 의원을 걱정하는 게 적잖이 언짢았다.

"그냥 휴대전화에 이상이 생긴 거지, 저나 의원님은 전혀 상관없으니 걱정 마세요."

"응……."

이번에도 그녀의 반응은 미지근하여, 공수겸 보좌관은 그것이 의아스러움을 넘어 불쾌했다.

"혹시, 의원님한테 무슨 일이 생긴 거니?"

"네?"

"아니, 네가 의원님을 보좌하니까……. 사실은 요즘 꿈자리도 안 좋고, 또 너는 연락이 안 되고 해서. 그래서 혹시, 무슨 일이 생긴 건 아닌가 하고."

웃어넘길 수도 있었지만 공수겸 보좌관은 뜨끔하고 말았다. 행여 어머니가 뭔가를 알아챈 건 아닐까, 자신이 무슨 실수를 한 걸까 하는 여러 의문들이 한꺼번에 머릿속을 파고들었다.

"수겸아?"

"참, 왜 그런 걱정을 하고 그러세요? 만약 저나 의원님한테 무슨 일이 있다면…… 지금 어떻게 연락을 드리겠어요? 저는 그렇다 쳐도, 의원님한테 무슨 일이 생긴다면 당장 그분의 아버님이 가만있지 않으실 걸요? 겉으로는 내색하지 않으시지만 외동아들인 의원님을 얼마나 아끼신다고요. 그러니 걱정 마세요."

지금 공수겸 보좌관에게는 '계획'이 중요함에도, 한마디 할 때마다 몹시 산란해지고 있었다. 그러다 어느 순간 이 세상의 하나뿐인, 유일한 형제였던 '구승희'가 스치자 일렁이던 가슴속이 잠잠해졌다.

"그렇지, 그렇기는 한데 난…… 너무 불안해서 말이야. 너는 지금 목소리를 들어서 안심이지만 의원님은…… 그렇지 못하잖니?"

"무슨 말씀이신지 알겠는데요. 정말 괜찮으세요. 툭하면 어딘가로 숨는 의원님의 그 버릇, 어머니도 잘 아시잖아요. 지금이 그렇다니까요? 제가 옆에서 지켜봐서 아는데, 의원님은 정말 안전하세요."

평상시와 달리, 그녀는 상당히 끈질기게 아들을 물고 늘어졌다. 어째서 그러는지 영문도 알 수 없거니와, 그런 것을 생각할 겨를도 없어 분통이 터지려 했다.

"미안하지만 어떻게, 의원님 목소리라도……."

"왜 그래야 하죠?"

집요하게 느껴지던 그녀의 물음은 착 가라앉아 버린 아들의 목소리에 주춤거렸다.

"……."

공수겸 보좌관은 곧이어 짜증이 섞인 한숨을 쉬었는데, 뭔가를 생각하는 것 같았다.

"수겸아……."

"말씀드렸잖아요. 그런데 왜 계속 저를 안 믿으세요? 어머니는 제가 그렇게 못 미더우세요? 의원님만 걱정하시느라 잊으신 것 같은데, 저는 의원님의 보좌관이에요. 저도! 의원님만큼 바쁘고 힘들게 살고 있다고요! 의원님이 아무렇게나 저지른 일의 뒤치다꺼리를 하느라!"

"……."

"그렇게, 혼자 하루하루 버티고 있어요. 눈코 뜰 새 없이, 하소연할 상대도 없이 오롯이…… 저 혼자!"

정말 화를 내야 할 상대는 따로 있다는 것과 그간 켜켜이 쌓인 분노를 분출할 곳이 어디인지는 공수겸 보좌관 스스로도 잘 알고 있었다. 그럼에도 불구하고 아무런 상관도 없는 어머니에게 짜증을 내는 게, 우스울 정도로 당연한 것 같았다. 하지만 이내 제 행동이 부끄럽게 느껴진 그는 입을 다물어 버렸다.

"……."

"저……."

이윽고 어떻게든 얼버무리려 공수겸 보좌관이 입을 열었는데, 어느새 볼 위로 흐르는 눈물에 당황하고 말았다. 어색히 끊어진 그들 모자간의 대화가 다시 이어지기 힘들게 느껴질 무렵, 더는 지체할 수 없어 그가 진부한 말을 둘러대었다.

"저, 그만 끊어야겠어요. 의원님은 잘…… 계시니 걱정 마세요! 다음에 다시 연락드릴게요."

"……."

어머니가 뭐라 말할 새도 없이, 사실은 공수겸 보좌관 본인이 어떤 말이든 들을 자신이 없었다. 때문에 공수겸 보좌관은 서둘러 전화를 끊고서 바로 전원을 꺼 버렸다. 숙였던 고개를 든 그는 미국에 계신 어머니가 그토록 끈질긴 이유를 생각하다, 불현듯 멈칫했다.

'설마…… 범인이 나인 걸 안 장인목이 수를 쓴 건가?'

그럴듯한 가설이었으나, 공수겸 보좌관은 그것을 깊이 생각하지 않았다. 부모님이 자신을 아는 만큼 자신도 부모님을 어느 정도 알기 때문이었는데, 만약 장인목 병원장과 관련되었다면 저가 뭐라 한들 그렇게 통화가 끊기도록 놔두지 않았을 게 분명했다. 더구나 통화할 당시, 그런 부자연스러움은 발견할 수 없었으므로 확신할 수 있었다.


'……저기 있구나.'

무심히 걷던 공수겸 보좌관은 곧 제가 숨긴 차를 발견하고서 걸음을 서둘렀다.


특유의 분위기 탓으로 그냥 있어도 흘기는 걸로 느껴지는 눈을 가진 한 남자가 길가에 재주도 좋게 숨어 있었다. 계절에 맞게 단출해진 차림새로 인해, 오른쪽 팔에 한 뱀 문신이 더 잘 보였다. 감정이 담겨 더욱 모질게 인식되는 그의 눈은 그날처럼 미용실 [단발머리]를 향하고 있었다. 장용빈 의원이 방문했던 그날부터 죽 그래 온 터라 지금은 일과처럼 받아들이고 있었다. 누가 시킨 것도 아니건만 그는 부지런히 그 자리를 지켰다.

'분명히 뭔가가 있는데.'

[단발머리]는 손님이 하나도 없어 박재익 혼자 한가로이 가게를 지

키고 있었다. 그 주변 역시 한산한 까닭에 사람이라고는 흘기는 눈의 그가 전부였다. 그는 태평하게 수건을 정리하는 박재익을 뚫어져라 보며 입술을 잘근잘근 씹었다.

'항상 그랬어. 남을 위하는 척하다가…… 제 것도 아닌 걸 빼앗아 버리지. 그것도 내 것을!'

옛날의 앙금이 되살아난 그의 눈에 적의를 더한 살기가 똬리를 틀었다. 그 누구도 시키지 않았는데도 이곳을 지키는 이유는 단 하나, 자신의 감 때문이었다. 그전부터 마음에 들어 하지 않은 탓도 있었으나 선량한 얼굴을 한 박재익이 언젠가 필시 뒤통수를 치고 말 거라는 감이 강하게 든 것이었다. 비록 지금까지는 아무 일도 일어나지 않았지만, 그러한 감은 사그라들기는커녕 점점 더 무게를 더하고 있었다.

'이십일 년 전 그것도, 원래는 내 차지였는데……!'

박재익과 그는 초등학교 동창으로, 처음 본 순간부터 '적의'를 품어 왔다. 자신과 너무 다른 박재익의 일거수일투족이 매우 거슬렸기에 지금껏 이를 갈며 속속 괴롭혀 온 터였다. 그러다 이십일 년 전 일을 계기로, 박재익에게 본격적으로 집착하기 시작했다. 그에 박재익은 인내심을 발휘하며 최선을 다해 그를 피하려 노력했으나, 그는 그것을 비웃으며 더 지독하게 괴롭히기를 서슴지 않았다. 피하려 할수록, 박재익의 무엇이든 알아내고 그 속을 비집고 들어가 결단코 할퀴는 것에 혈안이 된 그였다.

"오늘도 아닌가."

그는 [단발머리]를 흘기죽죽한 눈초리로 보며 중얼거렸다. 이토록 박재익에게 맹렬히 집착한 탓에 그는 웬만한 건 다 알고 있었다. 이를 테면 오늘은 왜 박재익 혼자 미용실을 지키고 있는지에 대해서도 그랬다. 평소대로라면 동생인 박재나가 오빠 옆에 있어야 했지만, 동생을 아끼는 박재익이 한가한 날을 골라 휴가를 준 것이었다.

"……."

그 사실을 안 그는 박재나가 없는 틈에 뭔가가 일어날 거라는 확신으로, 다른 날보다 더 날이 선 모습을 하고 있었다. [단발머리] 창 너머로 보인 박재익의 느긋한 얼굴이 왠지 약 올라 인상이 험악하게 변하려던 중, 돌연히 휴대전화 진동이 느껴졌다.

"!"

그가 진동을 무시하고 넘어가려는데 그것은 끝이라는 걸 모른 채 계속 떨려 댔다. 그로 인해, 더욱 열이 올라 욕이 터지려는 걸 가까스로 참은 그는 신경질적으로 휴대전화에 눈을 돌렸다.

"도대체 어떤……!"

희번덕대며 휴대전화를 보고 상대방을 확인한 순간, 두연 식은땀이 솟는 것 같았다. 그것은 바로, 저가 알고 지내는 인물 중 최상위를 차지한 사람이 걸어 온 전화였다. 이십일 년 전에도 이 사람에게 연락이 왔을 때 얼마나 기뻤는지 실감이 안 날 정도였다. 결국 박재익이라는 생각도 못 한 상대에게 뺏기고 말았으나, 그래도 지금껏 잊지 않고 연락해 준 게 감사할 따름이었다. 게다가 이 사람이 모시는 인물은 자신 같은 사람은 감히 우러러 보기에도 벅차, 더더욱 무시하면 큰일이라고 여겼다.

'왜 이런 때에?'

자꾸만 펄떡이는 심장을 눈치채지 못한 채, 그는 급히 전화를 받았다. 그러면서도 미용실 [단발머리]를 흘깃거리는 것을 잊지 않았다. 동경하는 동시에 존경해 마지않는 사람과 되도록 침착히 통화하던 그는 멈칫하게 되었다.

"네?"

굳어 버린 그의 모습에서 적이 당황하고 있음을 짐작할 수 있었다.

"······아, 그게."

미간을 꿈틀거리며 미용실을 응시하던 그는 잠시 후, 결정을 내린 듯 입을 꾹 다물었다.

"알겠습니다! 곧 그리로 가겠습니다!"

기세 좋게 통화를 마친 그는 미소로 일관했다. 그러다 고개를 돌려 미용실 안에 있는 박재익을 원수 보듯 하더니만 바로 어딘가를 향해 달려갔다.


'지금쯤이면······ 친구랑 만나고 있겠지?'

밖의 상황을 까맣게 모르는 박재익은 오랜만에 찾아온 여유를 즐기고 있었다. 그는 동생과 있는 것이 좋았으나 혼자 고독을 씹는 것도 싫지 않았다. 특히 지금처럼, 자신을 괴롭히는 사람이 없는 한가로운 때는 그에게 가장 귀중한 것이었다. 하지만 이런 상황일수록 언제 손님이 들이닥칠지 모르기에, 졸린다고 해서 산뜻 낮잠을 청할 수는 없었다. 그래서 그는 하릴없이 잡지를 펄럭이며 심심한 맘을 달랬다.

'아, 그게 있었지.'

얼마 전에 사 놓은 땅콩이 생각난 박재익은 곧장 가게 안쪽으로 들어갔다. 줄곧 잊고 있다가 퍼뜩 생각나 가지러 간 것이었다.

행인이 없어 쓸쓸한 감이 더해진 거리는 이제 호젓한 느낌마저 드는 가운데, 누군가가 뚜벅뚜벅 걷고 있었다. 그 발걸음은 태연자약하게 [단발머리]를 향하고 있었으며, 너무 자연스러운 나머지 그걸 의심스럽게 보기가 민망할 정도였다.

이윽고 [단발머리] 출입문에 달린 종이 경쾌하게 울려, 마침 땅콩을 찾아 가지고 나오던 박재익이 소리가 난 쪽으로 급히 외쳤다.

"어! 어서 오세요~"

크게 소리쳤음에도 미용실 안이 조용하여, 넌짓 갸우뚱거린 박재익은 이상한 느낌이 들어 잠시 망설였다. 그러나 곧 대수롭지 않게 여기고서 미용실로 들어섰는데, 가게 안에는 남자 한 명이 우뚝 서 있었다. 이내 그 방문자를 알아본 박재익은 한순간에 머리부터 발끝까지 굳어지고 말았다.

"……."

박재익은 심장이 땅에 떨어질 것처럼 놀랐지만, 제가 느끼는 감정을 들키고 싶지 않았다. 때문에 그는 애써 태연한 체 시선을 돌렸고, 되도록 자연스레 넘어가려 했다.

"처음에는 누구신가 했어요. 원래 이 무렵에는 손님이 없어서 놀랐죠, 뭐. 이름이…… 그때 찾아오셨던 분 맞죠?"

"……"

가게의 중심에 서서 말없이 박재익을 보는 이는 공수겸 보좌관이었다. 그가 어떠한 표정도 없이 말도 하지 않은 채 서 있기만 했으므로 몹시 수상한 분위기를 풍겼다. 옷차림도 그때와 사뭇 달라 같은 사람으로 보기 힘들었다. 장용빈 의원과 함께 이곳을 찾았을 당시 말쑥했던 반면, 지금은 칙칙해 보이는 옷으로 꼭꼭 싸맨 모습이었다. 눈초리 또한 달라, 분명히 무표정했으나 어딘가 서느렇게 식어 있었다.

"무슨 일로 혼자 찾아오셨는지 모르겠지만…… 좀 앉으세요. 아, 땅콩이 있는데 드실래요?"

박재익은 조금 어색한 말투로 공수겸 보좌관에게 자리를 권했다. 우두커니 섰던 공수겸 보좌관은 그 말에 반응하여 근처에 있는 의자에 앉았다. 그 움직임에 흠칫한 박재익은 제 손에 들린 땅콩도 권하며 짐짓 밝게 얘기했다.

"박재익 씨."

침묵만이 무겁게 깔릴 즈음, 공수겸 보좌관은 여전히 무미건조한 모습으로 대뜸 박재익을 불렀다. 그런 그의 눈은 허공을 좇고 있었으며, 목소리는 울림이 뾰족해 심상히 들리지 않았다.

"……"

이름이 불리자 박재익은 마음이 송두리째 덜컹거리는 것만 같았다. 동시에, 무언가를 기어코 맞이하고 말았다는 생각이 들어 얼굴에 엉성히 자리한 미소를 거둬들이게 되었다. 그들이 있는 곳은 실내인 데다 밖의 날씨가 맑았음에도, 그곳 천장에는 서서히 거무데데한 먹구름이 형성되고 있었다. 그것은 그들의 마음을 대변하는 것 같았다.

"……."

심산해진 박재익은 떨리는 눈동자를 굴리다, 어느덧 저를 쳐다보고 있는 공수겸 보좌관을 발견하게 되었다. 박재익은 속으로 털컥 놀랐으면서도 겉으로는 식은땀조차 흘리지 않고 있었는데, 무슨 생각인지 자신을 매섭게 보는 공수겸 보좌관의 눈을 피하며 일부러 다른 말을 늘어놓았다.

"장 의원님은 잘 지내시죠? 그런데 오늘은 왜 의원님도 없이 혼자 오신 거죠? 뭐……."

자리에 앉는 와중에도 부자연스럽게 명랑하던 박재익은 흔들림 없는 공수겸 보좌관을 보고 더 이상 피하기 힘들 거라는 예감이 들었다.

"제가 이렇게 찾아온 이유를 알고 계시겠지만…… '그 사람'에 관한 일 때문입니다, '구승희'."

'구승희'라는 이름이 들린 탓에, 겨우 진정됐던 박재익의 마음은 재차 혼란스러워졌다. 그는 펄쩍 뛰어서라도 부정하려 했지만, 그러기에 공수겸 보좌관의 눈동자에 맺힌 의지가 너무 확고해 보였다. 그에 당황한 박재익은 어쩌지도 못하고 마른침만 삼킬 뿐이었다.

"……."

그들 사이에 놓인 탁자를 바라보던 박재익은 갑자기 헛웃음을 보였다.

"하. 예상은 했지만…… 좀 황당해서요. 무엇 때문인지 몰라도 잘못 아시는 거예요. 그때 제가 「그 사람」과 얘기했다는 것 때문이라면…….
제가 아는 얘기는 그때 다 했거든요. 더 이상은, 말씀드릴 게 없어요."

말하는 내내 탁자만 본 박재익은 모르는 사람이 보더라도 수상쩍게
볼 만했다. 그런데 공수겸 보좌관이 그것을 놓칠 리 없었다.

"……."

별다른 말없이 고개 숙인 박재익을 응시한 공수겸 보좌관에게서는
아무것도 읽을 수 없었다. 다만 애초에 자신이 이곳에 온 이유가 옳았
다는 걸 굳히는 듯했다.

"그때 박재익 씨가 한 얘기, 별게 아닌 듯한 그 얘기에 의문점이 생
겨서 말입니다. 지금 보이시는 행동은, 여기 오기 잘했다는 생각이 들
게끔 만드는군요."

공수겸 보좌관이 말을 마치자마자 박재익은 숙였던 고개를 들었다.

'의문점? 무슨……. 그냥 떠보는 걸까?'

박재익은 놀라움과 당황스러운 감정이 번진 채 경직되어 있었다.

"이상한 게 있었다고요? 그럴 리가 없는데……."

"길게 끌 생각은 없으니 지금 짚고 넘어가 보겠습니다."

어딘가 직선적이다 싶은 공수겸 보좌관의 말투로 인해, 초조해진 박
재익은 딱히 할 말이 떠오르지 않아 연거푸 헛웃음이 나왔다.

"갑자기 이게 무슨……!"

"첫 번째."

지극히 단호한 공수겸 보좌관의 목소리에 정신이 번쩍 든 박재익은
침묵할 수밖에 없었다.

"당시, 박재익 씨는 그 교도소에서 '구승희' 씨와 친했다고 하셨습니다."

"친…… 했다기보다. 「그 사람」이 워낙 말수가 적었었고, 저랑은 그나마 몇 마디 했었다는 거죠……."

박재익은 살금살금 눈치를 살피며 아무렇지 않은 척 말했으나, 그 목소리는 미세하게 떨리고 있었다.

"그곳에서 그 '몇 마디'를 나눠 본 사람이 박재익 씨, 단 한 명뿐이니 친했다고 봅니다. 게다가 정영진 씨 부자에 대한 말을 했다면, 더더욱 그렇게 봐야 합니다."

"……."

냉정하게 들린 그 말이 생각보다 설득력 있는 것 같아 박재익은 주눅이 들어 버렸다.

"정확히…… 얼마 만에, 어떤 계기였습니까?"

"……?"

질문을 받은 이가 어리둥절하게 자신을 쳐다보자, 공수겸 보좌관은 잠시 뜸을 들이고서 얘기했다.

"그때 말입니다, 박재익 씨. 의원님과 제가 왔을 때는 저희가 허술한 게 많았습니다. 박재익 씨한테 얘기를 다 듣고 나서도 한동안은 무엇이 이상하였는지조차 모르고 있었죠. 그러다 문득 의문이 들어서 그걸 확인하려는 것이니 대답해 주시기를 바랍니다. '구승희' 씨와 얼마 만에 대화를 나눴고, 그 계기가 뭐였습니까?"

공수겸 보좌관은 차분하게 말했지만, 그의 품새는 박재익을 설핏 꿰

뚫어 보려는 느낌이 강했다. 박재익은 그것이 저를 죄는 것 같아 당장 그를 쫓아내고 싶었음에도, 무작정 그럴 수도 없어 난감해하고 있었다.

"박재익 씨."

"그! 그건, 말씀드렸던 대로! 그건…… 대화였다기보다, 제가 들어 주는 쪽이었어요. 어느 한쪽이 들어 주는 거였죠. 계기는…… 잘 모르겠어요. 제가 먼저 다가간 게 아니라서…… 알 수가 없죠! 그때가 언제인지도 모르겠고, 잘 기억이 나지 않아요. 오래되었으니까 당연하잖아요? 안 그래요……?"

박재익은 최대한 느긋하게 말하며 웃었으나, 그의 눈동자는 표가 나도록 허둥대고 있었다.

"기억이 나지 않는다……."

그 수상한 태도는 공수겸 보좌관의 마음에 불을 피워 점점 열기를 더하게 되었다. 비록 겉으로는 침착한 모습 그대로였지만, 그것은 스스로를 절제한 것에 불과했다.

"박재익 씨는, '구승희' 씨보다 보름 먼저 그 교도소에 복역하셨더군요."

"……."

"박재익 씨와 '구승희' 씨가 같이 수감되었던 기간은 기껏해야 두 달……."

공수겸 보좌관이 혼잣말인지 아닌지 헷갈리게 중얼거리는 한편, 박재익은 관심 없다는 듯 땅콩을 먹으며 다른 곳을 보았다. 하지만 초조해진 마음을 쉬이 가라앉히지 못해, 귀로는 상대방이 중얼거리는 말에 온통 집중하고 있었다.

"음······."

생각에 잠긴 공수겸 보좌관은 미간을 찌푸리며 고개를 갸웃댔다. 그 모습을 곁눈질하던 박재익은 안 좋은 느낌이 들어 겁이 덜컥 났다. 차라리 말이나 해 준다면 부인이라도 할 텐데, 그렇다고 자신이 먼저 물어보면 더 이상해질 것 같아 어쩌지도 못하고 있었다.

"이거 도통, 이해가 안 가서 말입니다."

작게 한숨지은 공수겸 보좌관이 곤란하다는 표정을 섞어 미소 지을 무렵, 어느새 땅콩을 집는 손길을 멈춘 박재익은 그와 눈이 마주친 데 당황하여 웃어 버렸다.

"저희가 조사한 바, '구승희' 씨는 상당히 낯을 가렸던 걸로 알고 있습니다. 정 목사님을 만났을 당시 들은 얘기 또한 마찬가지였죠. 성실하고 착한 사람이었지만······ 편하게 얘기하기까지 몇 달이나 걸리는 바람에, 그때까지 아주 애를 먹었다고 하시더군요."

그 말을 하는 동안 공수겸 보좌관은 박재익을 똑바로 보며, 저가 하는 얘기에 어떻게 반응하는지 관찰하고 있었다.

"그런······ 사람이, 뼈와 가죽만 남긴 채 말라 버릴 만큼 큰 충격을 받고 마음의 문을 닫은 사람이, 두 달이라는 짧은 시간 동안 전혀 알지도 못하는 박재익 씨한테 속에 있는 얘기를 털어놓았다?"

"······."

"도대체 이유가 뭘까요. 그걸 알아보려고 계기를 물은 건데······ 박재익 씨가 잘 모르겠다, 기억이 안 난다 하시니."

박재익은 곧 아무렇지 않은 척했지만, 마음속으로는 어지럽도록 황망해 그 자리에서 벗어나고 싶을 뿐이었다. 때문에 공수겸 보좌관이 부러 말끝을 비꼬았는데도 그걸 알아듣지 못한 채로 심장이 요동쳤다.

"박재익 씨?"

긴장감 탓에 정신이 아득해진 박재익은 자신을 빤히 보는 공수겸 보좌관이 부르는 소리에 뒤늦게 반응했다.

"네."

"괜찮으신지 물었습니다."

"아아. 물론 괜찮죠. 말씀하세요."

부자연스레 웃은 박재익은 바로 눈길을 내렸다.

"식은땀이 좀 보이시는데, 정말 괜찮으신 겁니까?"

"……말씀하세요."

공수겸 보좌관을 얼른 돌려보내고 싶어 박재익은 어색히 웃다가 정색했다.

"제 말은. '구승희' 씨와 박재익 씨가 아무리 비슷한 점이 많더라도…… 스스로 말하지 않은 이상, 서로를 어떻게 알고 가까워지신 건지 알 수가 없으니 이상하다는 겁니다."

"그거야, 저한테 그렇게 말씀하셔도 저는 뭐라고 할 수가 없는 걸요."

박재익에게는 그저 불편한 말들이라, 기분이 상해 맥연히 얼굴을 붉혔다.

"아, 진정하십시오. 조사를 하면서 이상하다고 여겨지는 걸 바로바로 짚고 넘어가다 보니……. 저는 그토록 조용했다는 사람이, 어떻게 그 짧은 시간에 그럴 수 있었는지 궁금해서 그랬습니다. 그냥 던진 질문이 이런 결과를 부를 줄은 몰랐습니다."

평소대로 사무적인 말투를 쓴 공수겸 보좌관은 표정 역시 달라져, 처음에 본 모습은 잘못 본 것으로 생각될 정도였다.

"갑자기 찾아오셔서는 이상한 질문을 하시기에. 기억이 안 나는 건 맞아요! 그 이유라는 거, 생각해 본 적도 없지만 알지도 못하고요."

"질문은 했지만, 그렇게 언짢게 반응하실 줄은 몰랐습니다. 불쾌하셨다면 사과드리겠습니다. 어서 답을 얻어 내야 할 텐데……."

"……."

제게 사과하는 데서 마음이 조금 풀린 박재익은 살며시 허공을 보았다. 이러다가도 다음에 무슨 말이 나올지 몰라 내심 조마조마했다. 일변으로는, 지금 공수겸 보좌관을 쫓아낸대도 언제 다시 올지 모르니 차라리 혼자 가게에 있을 때 빨리 끝내는 것이 나을 거라 여겨져 인내심을 발휘하기로 했다.

"생각을 해 보세요. 제가 「그 사람」과 얘기를 한 적이 없다면, 그 공장 사장님이나 정영진 씨에 대해서 어떻게 알겠어요?"

"……."

"저는 그 사건에 대해서 상관하기도 싫었고, 원래 남의 얘기에 관심이 없어요! 다른 사람이 아무리 난리를 쳐도 저는 무관심으로 일관했다고요. 그런데도 그걸 알고 있다는 건, 저와 「그 사람」이 얘기했다는 증거죠."

어떻게든 의심을 피하고자 최선을 다하는 박재익의 노력이 통했는지, 공수겸 보좌관은 설득당하는 모습을 보였다.

"하긴, 그것도 무시할 수 없는 사실이기는 합니다. 박재익 씨의 동생인 박재나 씨도 그렇게 말씀하셨던 걸로 기억합니다. '오빠는 탈옥수 사건에 대한 건 다 무관심했다'고."

'재나……?'

"그럼에도 불구하고, 당시 정 목사님이 부친상을 당하신 걸 어찌……."

'재나!'

박재나에 대한 얘기가 나온 순간, 섬뜩 두려움이 스친 박재익은 건드려서는 안 되는 것을 건드렸다는 듯 멈칫하더니 서둘러 말을 늘어놓았다.

"그래요. 제 말이 그거라고요……. 그리고 재나는 그때 잠깐 관심을 가졌었지만, 그때뿐이었어요. 곧 저처럼, 바깥에서 일어나는 일은 전부 무시했어요! 우리는…… 그랬다고요!"

"……."

그를 본 공수겸 보좌관은 골똘히 생각하다, 느릿하게 고개를 끄덕였다.

'재나는 아니야! 걔는 아무것도 몰라!'

이내 공수겸 보좌관은 뭔가가 생각난 양 주위를 두리번거렸다.

"박재나 씨……."

'아니라고! 재나는 아무 상관도 없어!'

얼어 버린 박재익은 가만히 멈췄지만, 동생의 이름이 공수겸 보좌관의 입에서 나오자 기절할 것만 같아 그것을 참으려 안간힘 썼다.

'걔는 안 돼!'

"그러고 보니. 박재나 씨가 여기에 없네요. 어디에 가셨나요?"

"……."

"어…… 설마 어디가 아프셔서?"

"아뇨! 아닙니다. 재나…… 동생은 친구 만나러 갔어요."

"아, 그런 거였군요."

간신히 정신을 차린 박재익은 자리에서 일어나 다른 일을 하는 척 공수겸 보좌관을 등졌다.

"아무튼 '구승희' 씨와 가까우셨다니……. 정말 박재익 씨가 대화하셨더라도, 저로서는 완전히 믿기 힘들어서 말입니다. 정 목사님 부자에 대한 얘기가, 사실 언론에서 많이 다뤘던 거라."

"그러시겠죠. 저도 처음에는 기분이 안 좋았었는데, 생각해 보니까 이해가 되기도 해요."

박재익은 등을 돌린 채 얘기해서인지 마음이 훨씬 편해져 다시금 느긋이 말할 수 있었다.

"이해해 주신다니 고맙습니다. 그래서 말인데, 혹시 '구승희' 씨가 다른 얘기는 안 하던가 해서 말입니다."

"음……."

"뭐, '구승희' 씨가 해 준 얘기 중에 어떤 것이든지 좋습니다. 개인적인, 언론에서도 알 리 없는 아주 사소한……."

"글쎄요? 그런 게…… 있었다고 해도 오래된 일이라 기억이 잘 안 나서요."

 겉으로는 태연했으나, 박재익의 머릿속은 일사불란해져 공수겸 보
좌관을 제게서 떨어트리려면 무엇이든 해야 한다는 생각이 절실했다.
더는 골치 아프게 엮이고 싶지 않았기 때문에 어느 때보다 열심히 생
각하는 중이었다.

 '그냥, 모두 거짓말이라고 할까? 「그 사람」과 얘기한 적 없다고.'

 그때 장용빈 의원과 공수겸 보좌관이 부담스러워 빨리 내쫓고 싶었
음에도, 정영진 목사의 소식이 절절히 궁금해 그걸 자연스럽게 묻기
위하여 위험을 감수하고 했던 말을 이제 와서 아니라 하면 곧이곧대
로 받아들일지 의문이었다. 물론 그럴 리 없다는 걸 스스로가 가장 잘
알고 있었다.

 "흐음."

 박재익은 뒤에서 혼자 생각에 빠진 공수겸 보좌관을 음시하고는 어
찌해야 할지 골몰했다. 동생을 위해서라도 무슨 수를 써야 했지만, 도
무지 떠오르지 않아 답답하기만 했다. 오늘 아침만 해도 이렇게 될 줄
상상도 못 했건마는, 예기치 못한 방문으로 인해 낭패를 보고 있었다.

 "수고스러우시더라도 잘 생각해 보셨으면 합니다. 사실 정 목사님
도 기대하고 계셔서."

 "……."

 초조하게 눈치를 보던 박재익은 차라리 지금 손님이 들어오기를 바
랐으나, 낮이었음에도 주변에 행인 하나 없어 그가 바라는 일은 일어
날 것 같지 않았다. 그런 와중에도 정영진 목사에 관해서는 귀담아듣

게 되었다.

"그러면, 당시 '구승희' 씨가 박재익 씨에게 했던. 주변 사람을 걱정했다는 말 중에 더 구체적인 건 없었습니까?"

"아."

그 말에 반응한 박재익은 눈을 돌리다가 그만 공수겸 보좌관의 눈과 마주치고 말았다.

"많은 건 바라지 않습니다만 그때 나누셨다는 말씀 중에서 최대한……."

"그건……! 무리인 것 같아요. 별 내용도 아니었고, 지금 기억나는 것도 거의 없어서요."

"정 목사님에 대한 얘기는 무엇이었습니까? '구승희' 씨와는 가족 같은 사이였다는데, 별 내용이 없었다는 겁니까?"

두 사람의 눈이 다시 마주칠 적, 공수겸 보좌관은 차분히 질문했다. 그 모습 자체는 냉정하면서도 태연했고, 말투 또한 과장되지 않았지만 어딘가 미미하게 집요한 구석이 있었다. 정작 질문을 받은 박재익은 얼떨떨하면서도 어째 화가 나지는 않았는데, 그저 이 상황이 어서 끝났으면 싶었다.

'이게…… 무슨!'

"박재익 씨는 '구승희' 씨가 공장 사장님과 정 목사님한테 미안해했다, 그밖에 여러 사람들에게도 사과했다고 하셨습니다. 그렇다면 다른 얘기는 없었습니까? 구체적으로 무엇에 대해 미안하다는, 그런 말은 없었습니까?"

"저는 잘, 기억이 나지 않아서요."

공수겸 보좌관의 기세에 눌린 건지 박재익은 짧은 대답만 겨우 했다. 그렇게 모르쇠로 일관하는 것이 좋게 느껴지지 않았으나, 지금으로썬 그게 제가 할 수 있는 최선이었다.

"실은, 정 목사님이 하신 말씀이 있어서 그렇습니다. 자신은 '구승희' 씨에게 고민을 토로한 적이 많았는데, 혹시 그런 얘기는 없었는지 말입니다. 예를 들면, 장래에 관해서 라던가."

공수겸 보좌관은 구슬리듯 담담히 말했지만, 그의 눈빛은 포기를 모르고 궁금증을 발했다. 그 눈빛 탓으로 박재익은 숨 쉬는 데 불편한 느낌을 받아, 그것을 멈추게 하기 위해 무엇이든 말해야 할 것 같았다.

'정영진……'

"아시다시피 '구승희' 씨가 교도소에 간 것도 정 목사님을 위하다가 그랬으니, 뭔가 있을 줄 알았습니다만."

"……그렇게 말씀하시니까, 하나 생각나는 게 있는 것 같아요."

곰곰이 생각하던 박재익은 어쩔 수 없다는 식으로 말했다.

'정영진, 고민…… 장래.'

박재익은 속으로 공수겸 보좌관이 했던 얘기들을 되짚어, 조각을 하나하나 이어 보았다.

"……."

조용히 생각을 마친 그는 자신을 송곳처럼 찌르는 공수겸 보좌관의 눈과 마주했다.

"오래된 일이고, 떠올리고 싶지 않은 일이라……. 그런데 계속 생각해 보니까 기억나는 게 있어요."

"아."

"정영진 씨는 독실한 목사시죠?"

"그렇죠."

공수겸 보좌관은 박재익의 달라진 태도에 놀란 듯하면서도, 크게 끄덕이며 대답했다. 다시금 자리에 앉은 박재익은 몰래 공수겸 보좌관을 곁눈질했다.

"제가 그때, 정영진 씨가 어떻게 되셨는지 물었었잖아요. 그…… '구승희' 씨가 한 말이 있다 보니 저도 마음이 쓰여서."

"……."

공수겸 보좌관은 박재익이 하는 말에 집중하며, 공감한다는 뜻으로 고개를 끄덕였다.

"사실은 안심했었어요. 그분이 목사가 되셨다는 사실 때문에. 교도소에 있을 때, 들은 적이 있었거든요. 정영진 씨가…… 목사가 되고 싶어 했다고요."

말해 놓고도 조마조마하여 조심히 공수겸 보좌관의 눈치를 살폈는데, 그는 그저 고개를 주억이는 것이 전부였다. 그를 확인하고 나서야 안심하게 된 박재익은 조심스럽게 말을 이었다.

"물론 공장 사장님도 좋은 분이라서 죄송한 마음이 컸지만, 정영진 씨한테는…… 그 이상의 애착이 가는 모양이었어요. 그만큼 친했다는 거겠죠. 그래서 저도, 마음이 가나 봐요."

"네……."

가만히 듣던 공수겸 보좌관이 언뜻 수긍하는 모습을 보이자, 내심 기뻐한 박재익은 겉으로는 울적한 모양을 했다.

"그것도…… 간신히 생각해 낸 거라, 다른 건 정말 모르겠어요."

"……."

공수겸 보좌관은 말이 없었으나 딱히 저가 걱정할 만한 게 아닌 것 같아 마음이 놓였다. 하지만 그게 끝이 아님을 알았으므로 방심하지 않으려 노력했다.

"두 번째는……."

'뭐지?'

"그나저나 많이 힘드셨겠습니다. 지난 번, 박재나 씨의 말을 떠올려 보면…… 얼마나 고생이 많으셨을지 짐작되더군요."

박재익은 무슨 말이 나올지 몰라 마음을 편히 가지기 힘들었기에 무턱대고 웃어 버릴 수도 없었다. 더구나, 잊을 만하면 나오는 동생의 이름 탓에 신경이 따끔거렸다.

"그런 건 상관없어요. 그런데 하실 말씀이 뭔가요?"

그는 동생의 이름이 더 이상 공수겸 보좌관의 입에 오르는 걸 원치 않았다. 때문에 화제를 바꾸려 애썼는데, 문제는 공수겸 보좌관이 그걸 무시하고 있다는 것이었다.

"박재익 씨가 출소한 후에도 '구승희 사건' 때문에 떠들썩했겠습니다."

"뭐, 어쨌든 무시했어요. 저와는 무관한 일이니까요."

"무시를 한다고 해도 한계가. 어딜 가나 사람들이 떠들었을 테니 귀에 들어오는 일도 있었을 겁니다. 아니면, 박재나 씨를 통해 상담했을 법도."

"동생은……! 아무런 상관도 없다고요! 처음에야 관심이 있었을지 몰라도, 그다음부터는 저처럼 무관심했어요. 신문이든 뭐든…… 멀어지려고 했다고요. 솔직히 「그 사람」 때문에 시달린 것도 있는데, 얼마나 질렸는지 몰라요!"

또다시 박재나의 이름이 들려, 애써 침착을 유지하던 마음이 날뛰고만 그는 별안간 얼굴을 붉히며 감췄던 성을 토해 내었다.

"난…… 아무것도 모르고, 동생도 그 일과는 전혀 상관이 없어요. 그런데 왜 이제 와서…… 꼬치꼬치 물어보는 거죠? 왜 갑자기 찾아와서 저를 괴롭히는 거냐고요!"

소리치고 난 즉후, 박재익은 조심해야 하는 순간에 이리 어이없게 무너진 자신을 어떻게 주워 담아야 할지 알 수 없었다. 공수겸 보좌관도 갑작스러운 상황으로 인해 살짝 당황하는 눈치였다.

"……."

"저, 죄송하네요. 그동안 사람들한테 시달렸던 기억 때문에 갑자기, 그렇게……."

"……."

"그러니까…… 그렇게 흥분할 일은 아니었는데, 아무튼 제 동생과는 아무 상관도 없다는 거죠."

"이해 못 하는 건 아닙니다. 박재익 씨한테도 남에게 말하지 못할 고충이 있으실 거라 생각합니다."

"……."

"결론은. 박재익 씨와…… 동생분은 '구승희 사건'에 관심도 없었고, 아무 관련이 없다는 거군요. 정말, 다른 사람에게서 들은 얘기가 전혀 없다고 생각하시는 겁니까?"

"네!"

박재익은 고개를 크게 가로저으며 단호히 대답했다.

"알겠습니다."

순순하게 받아들인 공수겸 보좌관은 말끄러미 박재익과 눈을 마주했다. 그걸 도전적으로 느낀 박재익은 조금 겁이 나면서도 그 눈길을 피하지 않았다.

"박재익 씨가 아직 복역 중이실 때 '구승희' 씨가 실종됐고, 그 후 출소하신 박재익 씨는 '구승희 사건'과 담을 쌓고 지내셨습니다. 그리고 동생분도 그에 못지않게 무관심했다고 하셨습니다. 맞습니까?"

'재나는 아무것도 몰라!'

한껏 진지해진 박재익은 고개를 끄덕였다.

"그렇다면 박재익 씨는 도대체……."

"?"

"당시 정 목사님이 부친상을 당하신 걸, 어떻게 아신 겁니까?"

"……그거야."

넋 놓고 있던 박재익은 상황이 어떻게 돌아가는지 알기 힘들었다.

"'구승희' 씨가 실종된 다음 해에 생긴 일을, 설마 교도소에서 '구승희' 씨한테 들으셨을 리는 없고. 대관절 무슨 수로 아셨는지 묻는 겁니다."

"……."

"그렇잖습니까. '구승희 사건'은 일절 무시하셨다는 분이 어떻게?"

박재익은 뭔가 잘못되었다는 생각에 머릿속이 얼어붙었으나, 이대로 잠자코 있을 수 없어 더듬거렸다.

"그, 그게……."

"박재익 씨가 말씀하셨죠? 각종 언론에 대해서는 물론, 사람들이 얘기하는 것도 무시하셨다고 말입니다. 그건 박재나 씨도 마찬가지였다고 하셨는데, 도대체 무슨 수로 아신 겁니까?"

"……은연중에 다른 사람들이 하는 얘기를 들은 것 같아요."

박재익은 이내 기어드는 목소리로 중얼거렸다. 그는 그렇게 대답하면서 얼굴이 너무나 화끈거렸지만, 그래도 아무 대답도 못하는 것보다는 낫다고 여겼다. 또한 여기서 무너지면 박재나까지 위험해진다는 생각에 어떻게든 버텨 볼 심산이었다.

"아."

그런 어이없는 답변에도 공수겸 보좌관은 대단히 사무적으로 반응했다. 못 믿겠다고 따지는 것도, 비웃음이 섞인 것도 아닌 오롯이 냉정한 분위기였다. 그럼에도 박재익은 그 모든 게 수치스러워, 시선을 조금 내리고는 말이 없었다.

"그렇다면 정 목사님에 대한 건 어떻게 설명하실 겁니까? '구승희' 씨에게 직접 들었다고 하셨잖습니까? 그분의 장래 희망이 목사셨다고 말입니다."

"……."

무엇이 잘못되었는지도 알지 못한 박재익은 속절없이 추궁당하고 있었다. 적어도 저는 그렇게 느낀 탓으로 궁지에 몰린 기분이었다.

"직접 들으신 게 맞습니까?"

"그게, 왜."

"왜냐하면, 그분은 목사가 되고자 고민한 적이 없어서 그걸 '구승희' 씨한테 상담한 적은 더욱 없기 때문입니다."

"하지만 지금은 목사님이 되셨다고……."

눈앞이 흐려질 것 같았으면서도 박재익은 안 떨어지려는 입을 간신히 떼어 말했다.

"네, 그렇게 말씀드렸던 건 맞습니다. 하지만 목사님이 되신 건 오로지 우연이었습니다. 정 목사님이 부친상으로 힘드실 때 찾아오신 분이, 목사님이었기 때문입니다."

"아……."

공수겸 보좌관이 차근차근 설명해 준 후에야 비로소 알아들은 박재익은 더럭 겁이 나 버렸다. 자신을, 동생을 보호하려 내뱉은 말들이 이렇듯 되돌아오는 게 견디기 힘들었다.

"박재익 씨?"

'아…… 피곤하다.'

기운이 쑥 빠져 눈에 띄게 지쳐 보인 박재익은 어느 순간 공수겸 보좌관을 외면한 채, 어딘가 허술한 동시에 꺼려지는 분위기를 풍겼다.

"박재익 씨?"

마냥 피할 수 없었던 박재익은 좀 머뭇거리다가 공수겸 보좌관을 보았다. 힘없이 한드작거리는 백지장, 지금 박재익의 모습이 그러했다. 그런 모습의 박재익은 더러 힘이 없게 보였지만, 그가 못마땅하게 여기고 있음을 아는 공수겸 보좌관은 그저 침착한 태도를 유지했다.

"지금 보면 아시겠지만 박재익 씨가 하신 말씀 중에 앞뒤가 안 맞는 게……."

"세 번째는 뭐죠?"

급격히 피곤해진 박재익은 홀연 졸음이 쏟아져 앉아 있기 힘들었다. 그 무성의한 태도에 당황하지 않은 공수겸 보좌관이 자연스럽게 말을 건네, 마치 모두 연출된 상황 같았다.

"세 번째, 박재익 씨가 저희에게 하셨던 말씀 때문입니다."

일찰나에 티 나게 변한 박재익은 퍽 시큰둥한 반응이었는데, 어디에도 빠져나갈 구멍이 없다는 걸 안다는 양 자포자기한 모습을 보였다. 그러나 그것은 어디까지나 겉모습이 그러할 뿐, 속으로는 전전긍긍하여 어떻게 할지 궁리하는 중이었다. 아무리 막다른 곳에 있더라도 자신은 혼자가 아닌 까닭에 이대로 있을 수 없었다.

"……."

박재익은 관심이 없는 척 졸린 태도였음에도, 귀는 누구보다 쫑긋 세우고 있었다.

"그동안 '구승희 사건'을 조사하면서 여러 사람들을 만나게 된 건 아실 겁니다. 그런데 그중에서 유독 박재익 씨만 다른 사람들과 차이가 나는 질문을 하셨는데…… 뭔지 아십니까?"

"……."

"박재익 씨가 말씀하시기를, '그 사람' 주변 사람을 모두 다 만나 본 거냐고 하셨습니다. 이 조사를 하면서 그런 질문을 한 사람은, 유일하게 박재익 씨뿐이었습니다."

그 말을 듣자마자 박재익은 대번 안심하게 되었다. 뭐가 나올지 몰라 걱정하던 차에, 막상 별것도 아닌 게 나와 기뻤다.

"참…… 무슨 말씀인가 했더니. 그거, 궁금해서 물어본 걸 가지고. 질문 자체가 이상한 것도 아니잖아요? 그런 걸로 트집을 잡으세요?"

박재익은 불안에 떠는 자신을 떨치고자 공수겸 보좌관을 똑바로 보며 실소를 터트렸다. 그 과한 반응 탓에, 가만히 있는 공수겸 보좌관이 우스꽝스럽게 보일 정도였다. 하지만 시간이 흘러도 공수겸 보좌관의 모습은 흐트러질 줄을 몰라, 그것이 마음에 걸린 박재익은 비웃는 걸 멈추게 되었다.

"질문 내용은 이상할 게 없습니다만, 그 안에 다른 것이 숨겨졌다면 얘기가 달라집니다."

"……."

"박재익 씨가 '그 사람'의 주변 사람을 모두 다 만났냐고 하셨을 때, 그러니까 '구승희' 씨의 주변 사람을 모두 다 만났냐는 그 말을 하셨을 때…… 누군가를 염두에 두신 거라면?"

여전히 시큰둥한 반응의 박재익이었으나, 그의 심장은 다시 빠르게 두근거렸고 동시에 혼란스러웠다.

"그 질문을 하실 때의 박재익 씨는, 누군가를 찾고 있었다고 생각합니다."

"……흥."

박재익이 일부러 큰 소리로 콧방귀를 뀌는 통에, 멈칫한 공수겸 보좌관은 그를 쳐다보았다.

"뭔가 했는데. 기분 나쁘셨다면 죄송해요. 그런데 지금 말씀하시는 게…… 좀 이해가 안 돼서. 제가 그런 말을 했던 건 맞아요. 그런데 그건, 그냥 궁금해서 물어본 거예요. 오래된 일을 조사하신다는데, 그것도 국회의원께서! 그래서 물어본 거라고요."

공수겸 보좌관을 향해 느긋이 웃은 박재익은 금세 시큰둥한 표정을 하고서 고개를 돌렸다. 그러고는 한숨을 깊게 쉬더니, 곧 코웃음 쳤다.

'제발 그만하고 돌아가!'

박재익은 마음속의 외침과는 사뭇 다른 모습으로 최선을 다해 비아냥거리고 있었다. 그것이 통했는지, 공수겸 보좌관은 한동안 말이 없었다. 그가 어서 떠나기를 바란 박재익은 딴청을 피우면서도 혹시나 하는 마음에 신경이 쓰였다.

"그러고 보니 뭔가 달라진 것 같습니다."

조용하던 공수겸 보좌관이 담담하게 말해, 박재익은 문득 경계심이 일었다.

"그때와, 계절도 달라졌지만 박재나 씨도 안 계시는군요."

"……."

"그러고 보니, 박재익 씨는 박재나 씨의 눈치를 많이 살피시던데……."

"아직 뭐가 더 남았나요? 뭔지 몰라도 재나는 건드리지 마세요."

그 말은 박재익의 진심이었으며, 그래서 더 날카롭게 반응하고 있었다.

"그때 박재익 씨는 저희에게 말씀하시는 내내, 저쪽에서 매섭게 감시하시는 박재나 씨를 자꾸 쳐다보셨죠."

공수겸 보좌관이 미용실 안쪽을 가리켜, 사물사물 불안해진 박재익은 일부러 그를 외면하려 들었다.

"그 모습이 어딘가 이상해서 도무지 잊히지를 않았습니다. 그때, 박재나 씨를 보는 박재익 씨는."

더 들어 주기 힘들었는지, 박재익은 고개를 돌려 공수겸 보좌관을 노려보았다.

"박재익 씨의 시선이. 박재나 씨의 눈치를 살피셨다면 당연히 얼굴을 봤어야 했는데……. 묘하게도 그보다 아래를, 정확히는 박재나 씨의 발을 보시더군요."

순각, 공수겸 보좌관을 향해 노려보던 박재익의 눈동자가 당황히 흔들렸다.

"박재나 씨의 발. 그때 박재나 씨의 모습을 떠올리자면 전체적으로 수수했던 걸로 기억합니다. 염색도 안 한 검은 머리에, 옷도 꾸밈이 없이 깔끔했었습니다. 팔찌나 목걸이가 없어서 더 튀었던 걸로 기억하는데, 그에 비해 발은 화려했죠. 발톱이 알록달록했고 구두도 고급스러웠으니. 다른 데는 검소하신 것 같은데…… 유독 발만은 무척 신경 쓴 느낌이라 인상적이었습니다."

공수겸 보좌관은 잠시 말을 멈추고 박재익의 안색을 살폈는데, 그의 얼굴에는 표정이랄 게 없었지만 바닥이 드러나기 직전임을 알 수 있었다.

"그래서 생각했죠. 분명, 박재나 씨의 발은 '구승희 사건'과 관련이 있다."

멍하니 있던 박재익은 눈을 질끈 감아 버렸다.

"저는 말입니다. 명색이 보좌관이다 보니 그게 이로울 때가 있습니다. 박재익 씨나 박재나 씨에게 강한 의문이 들었을 때도, 바로 그 이점을 이용했죠. 박재나 씨가 그토록 발에 애착을 가지시는 이유가 뭔지."

"……."

"우선은 구두를 아주 좋아하시더군요. 발에 관련된 건 뭐든지. 그런데 정말 의아하게도 그 외에는 아무것도 없었습니다. 그렇게 발을 아낀다면, 본인 말고도 친오빠라는 사람까지 신경 쓰는 발이라면 분명히 뭔가가 있어야 했는데! 추측하기로는 수술일 것으로 생각했건만, 그에 관련된 기록을 찾기 위해 아무리 뒤져 봐도 나오는 게 없더라는 겁니다. 그런데 이상한 건 박재익 씨가 복역하신 다음 해에, 박재나 씨는 무슨 이유인지 중학교 입학을 좀 늦게 하셨더군요. 박재익 씨가 출소하신 그해에…… 이상하지 않습니까, 박재익 씨?"

말끝에 언성을 높인 공수겸 보좌관은 호흡을 가다듬고 박재익을 가만히 바라보았다.

"……."

어느새 박재익은 주름이 지도록 눈을 꼭 감고, 두 손을 무릎 위에 올려놓은 채였다. 마치 오장육부가 꽉 막힌 것처럼 잔뜩 울울해 보이는 모습을 하고 있었다. 공수겸 보좌관은 현실에서 도망친 듯한 그 모습을 한참 동안 응시했다. 더 이상의 의사소통을 거부하고 있으니 무슨 말을 한다 해도 통하지 않을 걸 알기에 공수겸 보좌관은 말없이 일어섰다. 마음속에 불만이 일었으나, 지금은 물러나는 수밖에 없었으므로 이내 주먹을 파르르 흐느끼고는 무표정하게 돌아섰다.

"……."

공수겸 보좌관이 [단발머리]를 떠난 후, 숨마저 참고 있던 박재익은 심히 상기된 얼굴을 한 채로 눈을 떴다.

"후아! 헉, 허……."

참았던 숨을 토한 박재익은 아직도 공수겸 보좌관이 있는지 조급스레 두리번거렸다. 이윽고 미용실 안에 혼자 있는 것을 인지하더니만, 자리에서 일어나 발이 닿는 대로 괜히 한 바퀴를 돌았다. 자신이 보기에도 상황은 이미 걷잡을 수 없어 보였기 때문에 두려움이 엄습한 나머지 견디기가 힘들었다. 온 힘을 다해 방어했음에도 불구하고, 저도 모르는 사이에 일이 꼬여 가는 것만 같아 어찌할 바를 몰랐다.

'어떻게…… 어떻게?! 왜 이렇게 된 거지?'

문득 걸음을 멈춘 박재익은 참담한 심정으로 쓰러지듯 의자에 앉았다. 모든 게 끝나 버린 것 같아 어떤 표정도 지을 수 없어 그는 잠자코 허공을 보았다. 위기 탓으로 죄는 마음에 우울까지 더해지려는데, 그의 뇌리에 박재나가 스쳤다. 그는 멈칫했지만 상황을 변화시킬 만한 것은 떠오르지 않았다.

'재나…… 내 동생.'

박재익의 눈동자에는 슬픔이 아닌, 박재나에 대한 걱정이 고여 있었
다.

'아아······.'

햇빛이 쨍쨍한 날이었으나 박재익의 심중에는 이미 해가 저문 상태
라, 마음속 깊이 어둠이 찾아온 그에게 현실의 햇빛이라는 건 그림 속
의 그것과 다를 게 없었다.


그 시각, [단발머리]를 감시하러 돌아오는 '뱀 문신을 한 남자'의 걸
음걸이가 좀 이상해 보였다. 한 발을 디딜 때마다 힘이 있으면서 끝에
는 어그러지고 말았는데, 낯이 벌그데데해진 그는 비틀거리는 와중에
도 그런 것조차 즐기는 모습이었다.

"······흥흥."

얼음장 같던 그의 얼굴에 웃음이 스미던 찰나, 곧 머리를 흔들었다.
술을 마시고 난 후부터 눈앞이 흐리멍덩한 데다, 정신도 아리송한 까
닭이었다. 그는 방금 전까지 그가 존경해 마지않는 '그'에게 술대접을
받아서였다. 전혀 예상하지 못한 '그'의 부름을 받고 급히 가 보니, 아
무나 출입할 수 없는 술집에서 저를 반갑게 맞이한 '그'가 흔쾌히 따라
주는 양주를 마실 수 있었다. 마음 같아서는 그 명랑한 아가씨들에 둘
러싸인 채 계속 좋은 분위기를 이어가고 싶었다.

'꿈같은 시간이었어.'

눈을 가늘게 뜨며 회상에 잠기다, 제게 무엇보다 중요한 임무가 있
다는 사실을 기억해 낸 그는 흠칫 고개를 흔들었다. 그 때문에 꽃밭에

떡하니 차려진 술상을 마다하고 나온 터라 마냥 실실거릴 수 없었다. 잠깐 흥에 겨워 분위기에 취하느라 못 이기는 척 '그'가 따라 주는 술을 마셨으나, 끝끝내 힘들여 그 자리에서 빠져나온 것이었다.

'내 인생에 또 그런 날이 있을까…….. 가만, 그러고 보니 '그분'은 왜 날 부르신 거지?'

취한 숨을 내뱉던 그는 불현듯 스친 의문으로 인하여 머리를 긁적이게 되었다. 술잔을 받을 적에도 그것이 적잖이 궁금했었지만 차마 물어볼 수 없었다. 그에게는 '그'의 위치가 보통 높은 게 아니었으므로, 궁금하다고 섣불리 물어볼 수 있는 입장이 아닌 탓이었다.

'아무튼 위험할 뻔했어. 그 자리에 더 있었더라면 취기 때문에 잠들어 버렸을지도 몰라. 그럼 그사이에 물거품이 됐을지도…….'

오랫동안 박재익을 감시해 온 그는 장용빈 의원이 '구승희 사건'에 대해 들쑤시고 다닐 때부터, 더욱 눈에 불을 켜고 박재익을 지켜보고 있었다. 물론 그전부터 박재익을 증오하는 마음이 커 그를 쫓으며 괴롭히는 걸 즐겼으나, 이제는 의미를 달리하여 항상 주시하는 상태였다.

"……!"

술 때문이 아니어도 그의 머리는 썩 영리하지 못했는데, 편시 생각에 잠기던 그는 박재익을 떠올리자마자 용수철처럼 튀어나와 [단발머리]의 맞은편에 숨었다. 그동안 죽 감시해 온 탓에 그곳에 가니 집에 온 양 제자리를 찾은 느낌이었다.

'저 녀석은 반드시 무슨 짓을 저지를 거야! 내가 그걸 발견하고 '그분'께 알려 드리면!'

그는 무슨 짓을 해서라도 제가 선 자리에서 벗어나고 싶었으며, 난데없이 자신을 부른 '그'와 같이 높은 자리에 앉아 여럿을 거느리고 싶었다. 이십일 년 전 예정대로 저가 쓰였었다면, 그랬다면 계단을 닥치는 대로 뛰어야 하는 지금과는 다르게 살았을 것이었다. 하지만 무슨 영문인지 예정이라는 것은 허망하게도 그의 기대와 어긋나고 말았다. 뜬금없이 아무런 존재감도 없는 박재익한테 그것이 넘어가, 그에 당황한 사람이 한둘이 아니었다.

'이…… 쥐새끼 같은!'

한번 올라온 화는 취기 때문에 가라앉기는커녕 얼굴에 피가 몰린 듯한 형상을 불러왔고, 호흡도 매우 가빠져 지금 날씨보다 더 뜨거운 숨을 내뱉도록 만들었다. 자신이 생각하는 그림이 나오면 마음먹었던 대로 바로 행동으로 옮겨 공을 세우는 것이 그의 계획이었다. 그를 생각하며 화를 겨우겨우 가라앉힌 그는 곧 [단발머리]를 노려보았다.

'……?'

느긋하게 미용실을 지켰던 박재익은 그새 무슨 일이 일어난 것처럼 안색이 어두워져 있었다. 늘 바보같이 떨떨한 표정을 짓는 평소와 달라 처음에는 잘못 본 것인지 헷갈렸으나, 눈을 끔벅인 후에야 무슨 일이 일어났음을 깨닫게 되었다.

"!"

신경질이 나 욕을 중얼거린 그는 곧장 미용실 주변을 훑어보기 시작했다. 그나마 그곳에 나온 행인이 적다는 사실로 스스로를 달랬다.

'제길! 하필 잠깐 다른 데 다녀온 사이에! 내가 이 순간을 얼마나 기

다렸는데…….'

　속상한 맘에 눈물을 질금거릴 무렵, [단발머리] 근처 모퉁이를 빠르게 돌며 사라지는 누군가의 뒷모습이 눈에 띄었다. 술에 취한 지금으로써는 확신할 수 없지만, 그 뒷모습은 이제껏 이 동네에서 본 적 없는 것 같았다. 갈등하던 그는 상황이 급박했기에 더 요모조모 따질 수 없어 그 뒷모습을 쫓으려 했다.

　"……!"

　그가 민첩하게 움직이려고 한 순간, 갑자기 눈앞이 핑 돌아 그대로 바닥에 주저앉고 말았다. 아까 마셨던 양주가 많이 독한 탓에, 얼얼하니 머리가 어지러울뿐더러 팔다리도 마음대로 움직일 수 없게끔 된 것이었다. 드디어 고대하던 일이 벌어졌건마는, 저는 고작 허우적거리는 게 전부라는 사실이 믿기지 않아 더 분했다.

　'말도 안 돼.'

　이 모든 것이 현실이라는 게 고통스러웠으나, 그를 억누를 길 없어 끓는 증오심을 곧바로 박재익에게 몰았다.

　'박재익!'

　마음대로 움직여지지 않는 몸뚱이를 주먹으로 때리고 난 그는 눈을 들어 박재익을 흘겨보았다. 울적한 얼굴을 하고 있는 박재익을 보고 있자니 속에서 열불이 났다. 이내 박재익에게서 시선을 내린 그는 이를 악문 채 분노로 몸을 떨었다.

## 49

"네 덕분에 시간 가는 줄 몰랐어."

고등학교 동창인 예상미와 오랜만에 만난 박재나는 모처럼 밝게 웃으며 즐거운 시간을 보내고 있었다. 고등학교를 졸업하고 바로 미용사가 되어 박재익과 [단발머리]에서 일하느라 제대로 쉰 적 없는 박재나에게는 그야말로 꿀맛 같은 휴식이었다. 때때로 자유 시간을 보낸 적이야 많았으나, 여태 친한 친구를 만나는 일은 거의 없었다. 예를 들면 예상미가 그랬는데, 두 사람은 절친한 사이였지만 고등학교를 졸업하고 서로 바쁘게 지내는 통에 십수 년 만에 만나는 것이었다.

"무슨 소리야~"

두 사람이 가로수가 선 길가를 나란히 걷던 중, 같이 신바람 난 예상미가 박재나의 어깨를 가볍게 밀었다. 그들은 서로를 다시 만나 반갑고 기뻐 무슨 말을 하더라도 미소가 번졌다.

"그나저나, 재나 너는 체력도 좋다! 어떻게 두 시간이 넘도록 구두 매장을 돌아다닐 수가 있어? 나는 서른 넘어가니까, 바로 신호가 오는 거야. 운동을 틈틈이 해 봐도…… 몸이 예전 같지 않더라. 아, 벌써부터 이러면 어떡하나."

가방 외에 짐이 별로 없는 예상미와 달리, 몇 개씩 되는 종이 가방을 뿌듯한 표정으로 든 박재나가 눈을 가늘게 뜨며 말했다.

"으이그! 호강에 겨웠구나? 나도 너처럼 하루 종일 책상 앞에 앉아서 일하고 야생마 같은 아이 둘을 키운다면! 그렇다면 이런 건 꿈도 못 꾸지!"

박재나는 양 팔에 걸린 종이 가방들을 흔들며 장난스럽게 말했다.

"그런데 너 괜찮겠어? 너무 많이 산 거 아니야? 네 오빠가……."

"얘는! 구두 사라고 할인권 챙겨 준 게 누군데, 이제 와서 이러기냐?"

"그거야 너랑 오랜만에 만난다니까, 우리 신랑이 너 주라고 챙겨 준 거지! 그리고 솔직히…… 네가 이렇게 한 번에 다 쓸 줄은."

박재나가 든 종이 가방들에는 모두 형형색색의 구두가 들어 있었다. 예상미는 박재익을 잘 알았기 때문에, 또한 구두에 큰 애착을 보이는 박재나를 잘 알아 적이 근심스러웠다. 시간이 많이 지난 지금은 좀 달라진 줄 알았건만, 그게 틀렸다는 걸 직접 확인하고 나니 마음이 편치만은 않았다.

"그래, 네 신랑한테는 고맙다고 전해 줘!"

익살스레 웃는 박재나를 말없이 바라보던 예상미는 마지못해 웃었으나, 한편으로 마음에 걸리는 것이 한둘이 아니었다. 박재나는 늘 밝고 긍정적인 성격을 가진 데다, 자신보다 일찍 취업했기에 당연히 지금은 잘살 거라고 생각했다. 하지만 예상미의 눈에 비친 박재나는 여전히 무던한 옷차림에, 발만은 꾸밈이 있어 묘한 모습이었다.

"너는, 예전 그대로다."

"뭐야? 그 할머니 같은 말투는?"

'만나는 사람은 없는 것 같은데…… 내가 나서 볼까?'

저를 물끄러미 보는 예상미의 시선을 모른 채, 박재나는 여고생처럼 깔깔거렸다.

"너…… 기분 나쁘게 듣지 마. 너……."

"연애하라고?"

"……."

당황하는 예상미를 빤히 바라본 박재나는 친구를 외면하며 말했다.

"그때도 말했잖아. 우리 오빠 먼저 장가보내겠다고! 가난하면서 뭐 하나 쉬운 게 없는 세상살이, 나는 불만이나마 가지고 사는데 오빠는 그것마저 없는 소심한 사람이라고! 오죽하면…… 우리 고등학생일 때 오빠가 한참 어린 너한테 꼬박꼬박 존댓말 썼던 거, 기억하지? 지금도 그렇다니까!"

박재익에게는 자신보다 어린 사람한테도 조심하는 버릇이 있었는데, 그걸 악용하는 사람이 많아 걱정이 태산이었다.

"지금이야, 내가 곁에서 대신 화내고 있지만…… 언제까지고 그럴 수 없잖아. 그러니까 오빠한테 좋은 여자가 생기면, 그다음에 알아서 할 거야."

"그래! 설마 지금도 그러실 줄은 몰랐지. 내가 괜한 말했네."

"알면 남자 말고, 어디 좋은 여자 없는지 알아봐!"

갑작스런 정적에 민망해진 예상미는 그새 박재나의 얼굴을 보는 것이 힘들어 공연히 다른 곳을 쳐다보았다. 그런데 설핏 옆구리에 이상한 느낌이 들어, 그쪽으로 고개를 돌린 예상미는 곧 눈을 크게 뜨게 되었다.

"어어……."

"놀라는 표정 한번 좋은데~"

예상미의 옆구리를 건드린 것은 바로 박재나가 내민 뮤지컬 표였다. 그걸 당장에 알아본 예상미는 호들갑을 떨며 기뻐하는 모습이었다.

"너, 어떻게?! 이걸 어떻게 구했어? 나 이거 구하려고 그렇게 발품을 팔고…… 어디서 났어?"

그것은 여느 뮤지컬의 표가 아닌, 브로드웨이 배우들과 연출진이 내한한 인기 뮤지컬의 표였다. 그래서 표를 구하기가 하늘의 별따기와 같았으므로, 그것을 결국 구하지 못한 예상미는 무척 좌절했었다.

"어떡해~ 우리 식구 수에 딱 맞아! 자리도 좋잖아?!"

너무 기뻐 눈물을 글썽이는 예상미를 조용히 안아 준 박재나는 그녀에게 속삭였다.

"내가 준비한 선물을 그렇게 좋아해 주니 나도 좋아. 근데 상미야, 그렇게 고마우면 나 이것 좀 대신 숨겨 주라."

"……."

박재나는 자신이 가진 종이 가방들을 들어 보였고, 친구가 한 말이 무슨 뜻인지 알아 버린 예상미는 감동이 멎어 가는 걸 느꼈다.

"열심히 사더니…… 둘 데도 없으면서 샀다고?"

"야, 둘 데야 있지! 근데 갑자기 많이 사 가면, 오빠가 놀라잖아."

박재나에게서 떨어진 예상미는 쓴웃음을 지으며 그녀를 바라보았다. 그동안 열심히 일하면서도 꾸준히 구두를 사 모으는 박재나를, 박재익도 처음에는 놔두었었다. 그러나 박재나의 방에 점차 빼곡해지는 구두들을 보고는 슬슬 경계하기 시작했다. 그러다 보니 박재나는 현재 박재익의 눈치를 살피는 중이라 마음대로 할 수 없었는데, 그렇다고 이미 사 버린 예쁜 구두들을 환불할 마음도 없어 예상미에게 도움을 청한 것이었다.

"하여간……. 박재나, 이제 좀 달라졌나 했더니."

"상미야, 부탁 좀 할게! 한 번만~"

울먹이던 모습이 간데없이 사라져 버린 예상미는 옛날처럼 제게 부탁하는 박재나를 밉살스럽게 보았다. 그럼에도 다음 순간, 그녀는 또 옛날처럼 대답하고 말았다.

"오래는 못해."

"됐다! 그럼, 오래는 못하지!"

"야, 진짜 알아들은 거야? 오래는 안 돼! 야생마 같은 우리 아드님들 때문에라도 불안하다고!"

박재나는 친구의 대답을 듣자마자 환호하느라 정신이 없는 것 같았다. 그에 기가 막혀 뭐라고 소리치던 예상미는 문득 웃음이 새고 말았다. 한순간 여고생 시절로 돌아간 것만 같은 착각이 들어서였다.

"알지! 걔네들 건강한 거, 나도 잘 알지. 근데 목마르지 않아? 우리 저기서 뭐 좀 마시자, 내가 살게."

길가에 새로 생긴 생과일 음료수 전문점을 발견한 박재나가 거길 손가락으로 가리키며 말했다.

"어? 마침 잘됐다."

두 사람은 곧장 그 매장으로 달려가, 야외 탁자에 자리를 잡고는 서로 계산하겠다며 옥신각신했다. 시간이 지나자 그들은 경치를 즐기고 있었는데, 각자 원색이 싱그러운 음료수를 앞에 둔 채였다. 유난스레 색이 예쁜 나머지, 그것이 든 유리잔이 예사로이 보이지 않을 정도였다.

"좋다. 게으름 피워 보는 게 얼마 만이더라."

"이대로 더 있으면 잠들 것 같아. 내일이면 또 허리가 휠 텐데……
아쉽다."

사람이 별로 없던 그 매장에 손님이 조금 늘어날 즈음, 새로운 관심거리가 생기게 되었다.

"어머, 저게 뭐야."

느릿하게 두리번거린 박재나의 눈에 뭔가가 들어와, 저도 모르게 소리를 내 버렸다. 그 소리에 흠칫한 다른 손님들은 잠시 어리둥절해하다, 어느 한 곳에 시선을 고정하며 놀라워했다.

"너무 귀엽다! 웬일이야!"

"단체로 산책 나왔나 봐! 종류도 많아."

수를 헤아리기 힘들 만큼의 강아지들이 단체로 산책을 나와 그 생과일 전문점을 지나는 중이었다. 여러 종류의 강아지들이 한꺼번에 길을 거니니, 그 모습이 보통 눈에 뜨는 것이 아니었다. 그 강아지들은 따로 고용된 젊은이 두 명이 목줄을 잡고 있었는데, 다행히 강아지들 모두 얌전히 잘 따른 덕에 그렇게 힘겨워 보이지 않았다. 그러나 그 모습이 너무 눈에 띄어 여기저기서 다가오는 사람들로 인해 좀처럼 앞으로 나아가지 못해, 고용인 두 명이 애를 먹고 있었다.

"어떡해! 너무 귀엽다! 우리 식구가 다들 비염이라, 강아지를 실제로 본 게 언제였는지도 기억이 안 나……."

강아지들을 보며 발을 동동 구르던 예상미는 휴대전화를 꺼내 그리로 가려 했다. 이미 대부분의 사람들이 산책 나온 강아지들을 둘러싼 채 사진을 찍거나 감탄하고 있었다.

"서둘러야겠다. 사람들이 점점 더 모이잖아, 빨리!"

친구의 팔을 잡은 박재나는 재빨리 사람들을 제쳐 그 강아지들에게 다가갔다. 매장에 있던 직원들과 손님들은 물론, 그곳을 지나던 행인들까지 하나둘 모이는 바람에 강아지들은 저마다 어리둥절해하는 모습이었다. 그렇게 모두가 한 곳에 정신이 팔린 사이, 어느덧 한 명도 남지 않게 된 매장 안으로 누군가가 들어왔다. 그는 주위를 살핀 끝에, 야외에 있는 탁자로 다가가 음료수가 담긴 한 유리잔에 어떤 알약을 빠트리고서 바로 그곳을 떠났다.

"털도 부드럽고, 숨소리도 얼마나 귀엽던지."

이내 강아지들은 산책을 마저 하기 위하여 간신히 가던 길을 갔고, 마음껏 사진을 찍은 예상미는 아직도 아쉬워하는 모습으로 강아지들이 떠난 길목에서 눈을 떼지 못했다. 그런 예상미를 본 박재나는 친구가 불쌍히 느껴졌다.

"그래…… 털이 부드러웠어? 말이 나온 김에, 옷에 묻은 털이나 잘 털어. 다들 비염이라며? 괜히 고생시키지 말고."

"아, 맞다! 잊을 뻔했어."

이윽고 자리에 돌아온 그들은 약속이나 한 것처럼 서로 유리잔을 들었다.

"고맙다, 미안하다, 사랑한다!"

쾌활히 건배한 그들은 음료수를 한 모금 마신 직후 웃음을 터트렸다.

"아무튼 오늘 기분이 좋다~ 오랜만에 너랑 만나서 원 없이 수다 떨고, 생각도 못 한 선물도 받고……?"

즐겁게 얘기하던 예상미는 두연 이상한 느낌이 들어 옆을 보았는데, 박재나가 있어야 할 자리에 아무도 보이지 않았다. 이에 소스라친 예상미는 급히 주변을 살피다, 바닥에 쓰러져 있는 박재나를 보자마자 비명을 지르고 말았다.

"재나야?!"

그제야 사람들이 다가와 일제히 부산을 떨며 구급차를 불렀다. 그때까지도 의식을 잃은 박재나는 미약한 떨림도 없이 바닥에 늘어져 있었다.


느닷없이 낯선 사람들에게 붙잡혀, 억지로 서울에서 경기도로 끌려온 그녀의 마음은 이미 나락으로 떨어지고 있었다. 난생처음으로 맞닥트린 상황으로 인해 경황이 없어 그녀는 미처 주변에 도움을 청할 정신도 없었다. 그저 자신을 납치한 일당에게 겁먹은 속내를 들키지 않으려 최대한 태연자약한 모습을 유지했다. 그러나 서울을 벗어나게 되자, 두려움에 눌렸던 치욕이 서서히 일어서 겨우 정신을 차리게 되었다. 그렇지만 달리는 차 안에서 저를 감시하기 위해 주위를 에워싼 자들이 철옹성과도 같아, 더 뭘 하지는 못하고 있었다. 또한, 행여 그녀가 바라는 방심을 야기할 만한 것은 나타나지 않았다. 침묵으로 일관한 그들은 그녀를 감시하는 걸 게을리하지 않았으며, 조금의 틈도 허락하지 않았다. 게다가 차창 모두 까맣게 되어 위치조차 파악할 수 없다 보니, 그녀는 치욕이 날을 세우는 속을 혼자 감당해야만 했다.

"어이, 황남영."

낮고도 낯선 목소리가 자신을 가리킨 탓에 고요했던 황남영 차장의 눈이 약간 일렁거렸다. 곧이어 차가 멈춰 줄곧 움직임이 없던 일당이 몸을 들썩이는 것으로 보아, 아마도 황남영 차장이 감금될 장소에 도착한 모양이었다. 몰인정하게도 차 문이 왈카닥 열리는 통에, 그녀의 심장은 사납게 떨렸으나 침착하려 애썼다. 그녀는 제 손에 들린 여실히 단출한 가방을 보았는데, 지금 처한 상황을 고스란히 와닿도록 만들었기에 곧 눈길을 돌려 버렸다.

"……."

마른침을 삼키며 천천히 차에서 내린 황남영 차장은 다시 한번 공포를 느껴야 했다. 눈앞에 펼쳐진 광경은 평범한 별장이 전부인 터라, 배경이라고는 나무와 들판뿐이었다. 그곳은 매우 한적해 소름이 돋을 정도였으며, 근방에 움직이는 사람은 그녀를 잡아 온 일당이 전부였다. 주위에 누군가가 있다면 난리라도 칠 심산이었던 그녀는 곧 하얗게 질린 얼굴로 하늘을 보았다.

'이럴 수가…….'

속으로 자조하던 황남영 차장은 끝내 더 이상 침착하기를 포기하게 되었고, 교과서에서나 나올 법한 평범한 구석빼기 별장 안으로 하릴없이 들어섰다. 먼저 안에 들어와 있던 몇 명이 서로 무슨 말을 주고받는 게 보여 황남영 차장은 무심코 거길 쳐다보았다. 그녀의 시선을 느낀 그들은 말을 멈추더니, 다들 그녀를 훑어보고는 딴청을 피웠다. 그들이 보인 몸짓들이 무엇을 뜻하는지 눈치 빠른 그녀가 모를 리 없었으므로, 이내 수치스러워 소리를 지르고 싶었지만 제 상황을 인지한 그녀가 할 수 있는 건 하등 없는 것 같았다.

"……."

일당 중 대장으로 보이는 자가 황남영 차장을 상층의 작은 방으로 데려갔는데, 그녀가 사는 집에서 쓰는 방보다 넓었으나 그런 것이 눈에 들어올 리 없었다. 방으로 안내한 자는 홀연 말도 없이 나가 버렸고, 남겨진 그녀는 자포자기하여 그곳 한가운데에 오도카니 섰다.

'이런 데가 있었다니……. 당장 내게 무슨 일이 생겨도 누가 알까?'

멍히 그곳을 돌아보던 황남영 차장은 어른의 상체만 한 창가로 향했다. 답답한 심정의 그녀가 창문을 열려 했더니만, 그것은 열리기는커녕 되레 튼튼히 버티는 것이었다. 창문을 열기 위해 몇 번을 시도하던 그녀는 종내 한숨짓고서 뒤로 물러났다.

'역시.'

그 별장은 평범해 보였지만 전체적으로 대단히 견고한 터라 누군가 들어오면 바깥과 단절되고 마는 곳이었다. 안에 있는 사람을 보호하는 것이 원래 목적이었으나, 지금 황남영 차장에게는 다른 의미로 다가왔다.

"당황하지 말자. 설마, 나를 죽이지는 않겠지."

신경이 곤두선 황남영 차장은 다분히 신경질적으로 머리를 쓸어 넘기며 빠르게 중얼거렸다. 이윽고, 하얗고 단순한 침대에 제 가방을 던진 그녀는 살금살금 방을 나섰다.

"……!"

방을 나온 황남영 차장은 도통 속을 알 수 없는 일당 중 한 명이 그 층 거실에서 저를 멀뚱멀뚱 쳐다보고 있는 걸 보고 흠칫했다. 그녀는 곧바로 시선을 돌려 문이 열린 욕실을 향해 걸었는데, 걷는 내내 감시자의 시선이 구물구물 피부를 파고드는 것 같았지만 어쩌지도 못해 입술을 깨물었다. 이렇게 계속 감시당할 것이라 생각하니 차라리 미치는 게 나을 것 같았다.

'언제까지……? 도대체 나를 어쩌려는 거지?!'

욕실 문을 잠그고도 마음이 놓이지 않아 잠시간 인상을 찡그린 황남영 차장은 이내 욕조에 물을 틀고 양변기에 앉았다. 그러던 중 물소리를 들으며 멀거니 긴장을 풀려는 자신이 기가 막혔다.

'왜 이렇게 될 거라고 생각 못 한 걸까? 그토록 조심했으면서 만일을 대비할 탈출구도 마련하지 않고……. 당연히 성공할 거라 생각했는데…… 설마 중간에 들통나 버릴 줄은 정말 몰랐어.'

불현듯 장인목 병원장에게 들켰던 순간이 생각나 황남영 차장은 너무 아찔해진 나머지 중심을 잃을 뻔했다. 오랜 뒤에 떠올리더라도 똑같이 무서워할 그 순간이, 그것도 그때까지 살아 있어야 가능한 것이었기에 그녀는 헛웃음이 나왔다.

'좀 더 일찍 숨었더라면 나았을까? 아니…… 무슨 짓을 했어도 통하지 않았을 거야. 막연하게 성공을 기대했더니, 그게 날 궁지로 몰았어.'

지금껏 늘 아버지에게 괴롭힘 당하고, 그걸 모르는 사람들에게 이유 없이 냉대를 받았으며, 그 때문에 차갑게 변한 현실에 치이는 와중 어쩐 일인지 사람들에게 더욱 미움을 받았다. 그것이 이제는 일상처럼 되어 묵은 때인 양 그녀의 살갗에 앉아 고약히 버렸고, 그만큼 무뎌진 끝에 오늘을 맞이하고 말았다.

'내가, 뭘 잘못했지?'

갑작스레 설움이 왈칵 솟구쳐 잔뜩 움츠러들게 된 황남영 차장은 세운 무릎 위에 얼굴을 뉘어, 욕조 안에 채워지는 물을 가만히 바라보았다. 비정한 현실에 놓인 그녀한테 공포라는 건 툭하면 고립된 제게 퍼붓는 황운보 교수의 모든 패악뿐이었다. 그런 아버지 밑에서 숨죽인 채, 일말의 희망도 없이 언제까지고 길가의 자그마한 풀처럼 짓밟히는 게 유일했었다. 도무지 끝이 보이지 않는, 그런 삶을 뛰어넘는 일이 벌어지리라고는 상상도 못 했던 그녀였다.

"……."

처음 애인과 만남이 있던 순간에도, 그것이 치명적일 걸 알고 수시로 경계심이 일어 자꾸만 뒷걸음치고 싶었었다. 하지만 그보다 앞선 게 '욕망'이라는 의지였고, 아무리 힘에 겹고 괴로워도 누구에게도 기댈 수 없었던 형편 또한 그녀의 등을 떠밀었다. 그런 만남이 지속되면서 그녀는 점점 위험한 애인에게 취하여 눈과 귀가 멀었으며, 일변으로 휘었던 자존심이 다시금 세워지게 되었다. 문득문득 경계심이 저를 지그시 자극할 때면, 어차피 좋아질 기미가 보이지 않는 삶이라 그를 애써 무시할 뿐이었다.

'그냥…… 행복해지려고 한 것뿐인데, 그게 뭐 잘못되었나? 난 그러면 안 돼?'

하염없이 욕조를 바라보던 황남영 차장은 양변기에서 일어나 얇은 옷 속에 숨긴 것을 꺼냈다. 그것은 눈썹 칼이었는데, 경우에 따라 궁지에 몰린 그녀가 필요로 하는 데 도움을 줄 수 있었다. 그녀는 유난히 날카로워 보이는 그것을 뚫어져라 보기만 하더니, 욕조 앞에 쪼그려 앉아 반쯤 채워진 물속에 눈썹 칼을 쥔 손을 담그려 했다.

'엄마…….'

아련하게 뭉뚱그리던 황남영 차장의 마음속에서는 그동안 잊었던 존재가 떠오르고 있었다. 심난한 하루를 버티려 지우기를 반복하다가 어느새 사막같이 변하고 만 그녀의 심중에 아득히 가라앉은 존재였으며, 흉포한 아버지를 부정하며 금기로 만든 것이 '엄마'였다. 황운보 교수에게 오래도록 세뇌당하다시피한 탓인지 긴 시간을 외면해야 했던, 그래서 지금은 퇴색해 버린 존재였다. 어쩌다 떠올리기는 했으나 그 이상은 생각나지 않았다. '엄마'는 어찌 기억할 수도 없이 일찍 그녀를 버렸으므로, 감상에 젖어 그리워하려 해도 그럴 만한 게 조금도 없었다. 황남영 차장이 '엄마'를 떠올리고 입에 담아 본 적은 손에 꼽을 만큼 적었는데, 그때마다 물어볼 대상이 아버지밖에 없어 뭣도 모르고 물어봤었다. 처음에는 당황하던 아버지는 점차 화를 내며 자신을 내쳤고, 그걸로 '엄마'가 집을 나간 것을 어렴풋이 짐작할 수 있었다.

'그때 나는 그냥 그런 줄만 알았었지. 그 인간이 나를 학대하는 걸 바보같이 버티기만 했어. 옛날이라고 뭐 달랐을까? 오죽하면 엄마가 더 견디지도 못하고 집을 나가 버렸겠어? 하지만 그 심정을 이해한다고 하더라도, 그것만큼은 받아들일 수 없어……. 그때 엄마는 왜 날 버려두고 혼자 도망갔을까? 정말 못 견디게 힘들었다면…… 그 인간한테 남겨진 나는? 내가 어떻게 살지 모르지 않았을 텐데, 왜 나만 버리고 떠난 걸까…….'

외로이 메아리친 황남영 차장의 질문들이 그대로 공허하게 되돌아올 무렵, 이미 눈물로 얼룩진 그녀의 얼굴은 길을 잃어버린 아이의 표정을 담고 있었다.

'만약, 그때 나도 데리고 집을 나갔다면…… 그랬다면 조금은 달라졌을까.'

[단발머리]에서 예상미의 다급한 연락을 받은 박재익은 한참을 제자리에 서 있어야 했다. 예상미가 정신없이 울먹이며 횡설수설한 이유도 있었지만, 박재익 자신도 믿기지 않아 도통 와닿지 않았기 때문이었다. 다행히 미용실에 손님이 없어 그에 따른 문제가 없음에도, 그는 어디가 모자란 사람처럼 눈만 끔벅거렸다. 그렇게 거울을 물끄러미 보던 그는 살짝 멈칫하더니, 한 박자 늦게 경악실색하여 예상미가 알려 준 병원으로 달려갔다.

'왜 이러는 거야. 왜 재나가, 왜?!'

땀과 눈물로 범벅이 된 박재익이 병원 앞에 도착해 보니, 사람들 사이에서 근심 어린 표정으로 누군가를 찾는 예상미를 발견할 수 있었다. 두 사람은 눈이 마주치자 동시에 반기는 기색을 하더니만, 곧 얼굴에 그늘이 지고 말았다. 박재익은 예상미에게 다가갈수록, 박재나가 쓰러진 데에 몹시 놀란 그녀가 친구를 깊이 걱정하고 있음을 알 수 있었다.

"오빠! 안녕하세요…….."

"응. 저, 재나는 어디에…….."

눈물이 날 것 같았으나 박재익은 울지 않으려 노력했다. 저가 울면 예상미도 따라 울게 될 것이고 그렇게 되면 두 사람 모두 무너질 걸 알았기에, 박재익은 일부러 그녀의 눈길을 피해 얘기했다. 더욱이 예상미라는 사람을 만나는 건 박재익에게 아주 오랜만인 데다, 어려서부터 여자를 대하는 게 지독히 어렵던 터라 위급 상황인 지금도 달리하지 못했다.

"응급실에 있었다가 조금 전에 위로 올라갔어요. 그래도 다행인 게, 가까운 데에 병원이 있어서⋯⋯ 얼마나 다행인지."

그새 많이 진정된 예상미는 박재익에게 연락했을 때보다 퍽 씩씩해 보였다. 비교적 침착하게 박재익을 안내하던 그녀는 박재나가 누워 있는 병실에 도착한 직후, 맥없이 고개를 숙여 버렸다.

"오랜만에 만나서⋯⋯ 재나도 저도 즐거웠는데. 이렇게 될 줄은 몰랐는데, 죄송해요."

박재익은 어찌할 바를 몰라 머뭇거리다, 안색이 어두운 예상미의 어깨를 토닥였다. 그러는 동안에도 마치 깊은 잠에 빠진 것처럼 침대에 반듯이 누운 동생에게서 눈을 떼지 못했다. 이윽고 박재익이 병실 바닥에 주저앉자, 예상미는 깜짝 놀랐지만 애달픈 마음이 들어 섣불리 움직이지 못했다.

"죄송해요!"

박재익은 기운이 빠져 기절할 것 같으면서도 동생을 한 번 더 보았다. 그러고는 천장으로 시선을 돌려, 조용히 흐느끼는 예상미에게 말했다.

"……넌 잘못한 거 없어. 재나 혼자 갑자기 쓰러진 거라며…… 울지 마, 너 잘못 없어. 내가 알아."

혼잣말처럼 자그맣게 말한 박재익은 느럭느럭 구석에 있는 의자에 앉았다.


줄곧 정신을 잃고 누운 박재나가 깨어난 것은 그날 밤이었는데, 눈꺼풀을 이따금 떨던 그녀는 물 흐르듯 자연스럽게 정신이 돌아왔다. 마침내 그녀가 눈을 떴을 때, 낯선 공간이 눈에 들어와 좀 의아했으나 그 이상의 의문을 갖지는 않았다. 더불어 눈을 뜨기는 했어도 정신이 아직 몽롱한 상태라 뭐가 뭔지 사고하기가 힘들었다.

"어머, 눈 떴다! 여기 눈 떴어!"

"……?"

"그럼 의사 불러야지."

"하필이면 지금 어디 간 거래? 총각~"

같은 병실에 있는 환자들과 보호자들이, 막 깨어난 박재나를 보고 소리를 친 덕분에 조용하던 병실이 활기를 찾은 듯 보였다. 곧 간호사가 들어온 데 이어 박재익이 급급히 병실로 돌아왔다. 간호사나 다른 사람을 봐도 반응이 없던 박재나는 아는 사람의 소리가 들리고 나서야, 느리게 고개를 돌렸다.

"재나야! 정신이 들어? 네가 깨어나는 것만 기다렸잖아. 내 말이 들려? 나 알아보겠어?"

시간이 흐른 후, 다시 조용해진 병실 안에서 오직 박재익만이 지절지절 말하고 있었다.

"……그러다가 상미한테서 연락을 받고 여기로 온 거야. 상미를 보니까 눈이 잔뜩 부어 있고, 화장도 다 지워져서……. 나랑 같이 너 깨어나는 걸 기다리고 있었는데, 시간이 너무 늦어서 내가 집으로 돌려보냈어. 그런데 끝까지 너 깨어나는 거 보겠다고 버티는 바람에, 그걸 설득하느라 애먹었어. 걔도 이제 가정이 있는데 계속 여기에 묶어 둘 수는 없잖아."

박재익을 빤히 보며 경청하던 박재나는 살며시 고개를 끄덕였다. 동생의 안색이 많이 좋아진 것을 확인한 박재익은 더욱 기분이 가벼워졌다.

"이제 괜찮아진 것 같은데. 나 언제 퇴원해?"

정신이 제법 또렷해진 박재나는 그새 좀이 쑤신 모양인지, 몸을 이리저리 움직이며 창밖을 두리번거렸다.

"왜, 지금 퇴원하려고? 늦었어."

"지금 말고, 내일이라도 나가야지. 아, 상미한테 전화해야 하는데……."

"상미한테는 아까 전화했어. 그리고 너, 갑자기 쓰러진 원인도 모르는데 당장 퇴원한다는 게 말이 돼?"

"내가 괜히 이래? 입원비 어쩔 건데……. 우리가 돈이 많은 것도 아니잖아. 지금도 가게로 겨우 먹고살고 있는데! 나만 편안하게 여기 누워 있으라고?"

박재나는 못마땅한 기분임에도 늦은 시간이라 크게 떠들지는 못하고 있었다. 박재익은 동생이 말하려는 게 뭔지 이해했지만, 뜻을 접게 하기 위해 그를 저지하려 했다.

"넌 걱정할 거 없어. 내가 노는 것도 아닌데 네가 왜 퇴원 얘기를 해? 퇴원한다고 치자! 그러다 너 또 쓰러지면……! 긴 말할 거 없어."

박재익은 말을 하면서도 화를 억누르고 있었는데, 고집을 부리는 동생한테도 성이 났으나 다른 이유도 있었다.

"그럼? 오빠한테 맡기라고? 그 막돼먹은 사람들을 혼자 무슨 수로 당해 낼 건데?"

박재나는 동네에서 자신들을 어떻게 취급하는지 잘 아는 탓에 와락 미간을 구겼다. 마음이 약한 박재익은 유일한 가족인 동생을 위하느라 그동안 못 이기는 체했었지만, 이번만은 사정이 달라 구태여 퇴원을 막으려 했다.

'이번만은, 내 말 들어!'

"아무튼……!"

"부탁이니까, 말 좀 들어! 네가 어린애야? 나는 네 오빠야! 넌 왜 그렇게 내 말을 안 듣는 건데, 왜?!"

"……."

울컥한 박재익이 악을 쓰는 바람에, 그곳에 있는 사람들이 다들 깜짝 놀라 버렸다. 생각보다 크게 울린 그 목소리는 간호사가 급히 병실 안으로 달려오게끔 만들었다.

"무슨 일 있으세요?"

"아, 아닙니다."

그 등장에 당황하고 만 박재익은 무척 미안한 얼굴로 간호사를 포함한 모두에게 사과했다. 그래도 가장 충격받은 사람은 박재나였는데, 여태 자신이 무슨 잘못을 하더라도 그토록 화를 낸 적은 없었기 때문이었다.

"재나야, 내 말대로 해. 지금은 괜찮다고 느껴도, 네 몸이 정확히 어떤지 모르잖아. 그러니까 당분간은 입원해야 돼. 내 말, 무슨 뜻인지 알지……?"

"……."

박재익이 다시금 목소리를 낮춰 말했으나, 이미 기분이 상한 박재나에게서 대답은 들리지 않았다. 그 모습이 마음에 걸린 그는 저를 외면하는 동생을 바라보다가 이내 일어났다.

"피곤하다……. 너나 나나 지금 많이 힘드니까, 난 그만 일어날게. 급히 나오느라 미용실 불도 못 끄고 나와서…… 그만 가 봐야겠어."

"……."

박재익이 무거운 발걸음으로 병실을 나갈 때까지, 박재나는 그를 등진 채 누워 있었다.


병원 일 층으로 내려온 박재익은 옆에 자리한 아무도 없는 휴게실로 가 앉았다.

'그러니까 그게…….'

공수겸 보좌관이 다녀간 후, 예상미로부터 연락을 받은 박재익은 예견된 무언가를 맞닥트린 기분이었다. 그래서 처음에는 공수겸 보좌관이 한 짓인 줄 알았지만, 생각을 거듭할수록 그게 말이 안 된다는 걸 깨닫게 되었다. 공수겸 보좌관을 용의자로 보기 힘든 이유가, 뜬금없이 박재나에게 해를 끼친다는 것이 좀 억지스럽게 여겨졌다. 더군다나 동생의 위치도 모르는 것 같았으니 영 앞뒤가 맞지 않는 느낌이었다. 자초지종을 잘 모르는 형편임에도 불구하고, 다짜고짜 의심부터 하는 자신이 한심하게 느껴진 박재익은 서둘러 동생이 있는 병원으로 달려갔다.

그곳에서 예상미와 함께 박재나가 깨어나기를 기다리는 동안, 아무리 헤아려 봐도 동생이 갑자기 쓰러진 이유를 알 길이 없었다. 이윽고 초저녁이 되자 예상미를 돌려보낸 박재익은 혼자 동생을 돌보는 와중, 도무지 가시지 않는 의문 때문에 답답했다. 좀처럼 깨어날 기미를 보이지 않는 동생의 곁에 붙어 있느라 저녁도 굶게 된 그는 몇 시간 동안 꼼짝도 하지 않았다. 그러다 별안간 기지개를 켜고는 잠시 병실을 나가 돌아다니기로 했다.

'도대체 어떻게 된 거야……. 음료수를 마시다가 갑자기 쓰러져?'

병실을 나온 박재익이 벽에 기대어 선 찰나, 홀연 누군가가 반짝 스쳤다. 원체 재빠르게 사라져 누군지 확인할 수 없었으나, 그의 팔에 새겨진 뱀 문신만큼은 모를 수 없었다. 처음에는 잘못 본 건가 했었지만 그게 아님은 스스로가 가장 잘 알고 있었다.

'?!'

종시 퍼뜩한 박재익이 뒤를 좇으려는데, 공교롭게도 병실에서 누군가 나와 박재나가 눈을 떴다고 알려 주는 통에 곧장 그리로 뛰어갔었다. 그리고는 동생이 깨어난 데 감격한 나머지 다른 생각은 깡그리 잊었다, 이제야 기억이 난 것이었다.

'그걸 잊고 있었어. 설마 지금까지 그럴 줄이야⋯⋯. 그래도 그렇지, 병원까지⋯⋯.'

그 뱀 문신을 한 사내는 그동안 박재익을 좇아 검질기게 괴롭혀 오던 악한으로, 최근에는 눈에 안 띄어 이제 그만하는 건가 싶던 차였다. 그런데 하필 이런 상황에 그와 재회하고 말았으니 박재익에게는 보통 치 떨리는 일이 아니었다. 그렇지만 가뜩이나 동생에게 온 신경을 모았던 그는 이미 지쳐 머리가 지끈거렸다.

'아, 아니지!'

눈을 감고 턱을 괸 박재익은 가만히 그때를 떠올리려 했는데, 뱀 문신을 한 사내가 빠르게 몸을 감췄기에 기억해 내는 것이 쉽지 않았다. 하지만 박재익은 그 사내가 사라진 순간을 떠올리는 걸 포기하지 않았다.

'지금껏⋯⋯ 이런 곳까지 따라온 적은 없었어. 거기에다, 그 녀석은 돌아서는 순간에도 웃었잖아. 그 웃음의 의미는⋯⋯.'

그 뱀 문신을 한 사내는 당시 박재익에게 비아냥대는 웃음을 흘린 까닭에 십분 의심이 갔으나, 어디까지나 짐작일 뿐이라 큰 도움이 되진 않았다. 어느 틈엔가 슬그머니 눈을 뜬 박재익은 더없이 처량한 제

신세에 기가 막히고 말았다.

'지금까지! 우리가 어떻게 살았는데! 그렇게 괴롭히고도 모자라다고?! 말도 안 되게 악착을 떨더니…… 결국 이런 짓을?!'

얼굴이 붉으락푸르락 무섭게 변한 박재익은 분한 마음과 더불어 그동안 그에게 괴롭힘 당해 온 세월이 떠올라 도저히 진정할 수 없었다. 그러다 문득, 이 일은 뱀 문신을 한 사내 혼자 꾸민 게 아니라는 생각이 들었다. 최근 불거진 이십일 년 전 '구승희 사건'으로 인해 곤란해진 모두가, 장용빈 의원까지 선뜻 나서니 더욱 불안해져 벌인 짓이라 여기게 되었다. 뱀 문신을 한 사내가 자신을 본격적으로 집착하게 된 것도 모두 이십일 년 전 '그것' 때문이었는데, 그렇게 생각하니 박재익은 피가 거꾸로 솟는 것 같았다.

'난, 영문도 모르고 그 일에 휩쓸린 것뿐인데? '그것' 때문에 내가 얼마나 힘들었는데…… 그냥, 난 그냥 다 잊고 재나랑 조용히 살고 싶은데. 그런데 이게 뭐야……. 최선을 다해서 이십일 년 전 일을 감추느라 억지로 견디고 있건만, 그 결과가 고작 이거야? 나 혼자 아무리 열심이면 뭐하냐고. 그래 봤자 결국.'

원망이 섞인 울분을 어쩌지 못한 박재익은 끝내 짙은 실소를 터트렸다. 머지않아 평정을 되찾은 그가 병원을 나섰는데, 아무렇지 않게 길을 걷는 모습이 오히려 불안하게 보였다.

## 51

어느 날 밤, 잠을 설치다가 툇마루에 나온 소년은 뭔가를 곰곰이 생각하는 모습이었다. 이어 그 조촐한 눈동자로 거무스름한 하늘에 휘영청 뜬 달을 담았다. 머지않아 한숨짓고서 고개를 돌린 소년은 자신이 나온 방의 덜 닫힌 문틈으로 보이는, 세상모르고 곤히 잠든 동생을 바라보았다. 어느덧 뭉클해진 소년은 곧 마음이 무겁게 내려앉아 시선을 떨어트리고는 생각했다.

'나는 이제……. 구승희, 열네 살. 내게는 어린…… 동생이 있는데, 그래서 학교에 들어가려면 더 기다려야 하고.'

아직 네 살밖에 안 된 동생을 생각하니, 여상히 담담하던 소년은 저도 모르게 눈물이 났다. 짧지만 굵은 그 눈물은 그의 혼란스러운 마음을 숨김없이 표현해 주고 있었다. 이내 더 이상의 눈물이 흘러내리지 않도록, 억세게 얼굴을 문지른 소년은 쌀쌀한 바람을 온몸으로 맞서며 제 속을 달랬다. 그전에는 추위가 이토록 깊숙이 에워싼 적 없었는데, 지금은 사냥꾼처럼 살금살금 다가와 형제를 위협하고 있었다.

"나도 어린데. 나도 아직 어리다고……!"

살기가 어린 추위에 홀려 버린 듯, 소년은 허공에 대고 나직이 중얼대다 눈을 감았다.

'아니야, 정신 차려. 이대로 있다간……. 넋두리만 늘어놓는 건 아무 소용없어! 그런다고 현실이 바뀌지는 않아!'

숨을 깊이 들이마신 소년은 조용히 눈을 떴다. 그러고는 한결 또렷해진 모습으로 조금 열린 방문을 닫고서 다시 툇마루에 앉았다. 소년은 여느 열네 살과는 사뭇 다른 상황에 직면해 있어, 그로 인하여 머리에 쥐가 날 것 같았다. 며칠 전까지만 해도 또래들처럼 내일을 위해 구체적인 계획을 세우는 걸 모르고 살았을 뿐 아니라, 언제까지나 가족 사이에 제자리를 지키고 있으면 될 거라 생각했었다. 하지만 이제는 당연시 여기던 모든 게 과거가 되어, 소년의 손아귀에서 멀찌감치 떠나 버린 상태였다. 산속에서 조용히 살던 형제는 너무나 갑작스럽게 고아가 되고 말았다.


부모님이 돈을 벌기 위해 집을 떠나고 오래도록 소식이 없어 소년은 무척 초조한 마음이었다. 식량과 땔감은 아직 넉넉했으나, 그것과는 별개로 겁이 난 소년은 끝내 부모님이 돌아오는 모습을 볼 수 없었다. 그저, 이장이 나타나 부모님의 부고 소식을 몇 마디 전해 줬을 뿐이었다.

"이런 소식을 전하게 될 줄은 몰랐지……."

이장은 다소 퉁명스레 간단한 말을 한 것이 전부였기 때문에, 소년이 귀를 기울이지 않았다면 흘려들었을지도 모를 일이었다. 처음으로 소년이 사는 집에 찾아온 이장은 위로의 뜻으로 몇 마디 더 건넸지만, 그런 무게 없는 말이 소년의 귀에 들어갈 리 없었다. 그 낯선 손님이 곧이어 집을 떠나라고 하자, 그제야 자신이 처한 상황을 인지하기 시작한 소년은 아찔해져 그 자리에 주저앉을 뻔했다.

"······."


　소년의 부모님이 탄 고속버스는 문제없이 고속도로를 질주했었다. 그런데 별안간 불량 타이어가 터지는 통에, 계곡을 지나던 그 고속버스를 포함한 여러 차량들이 한껍에 아래로 추락하고 만 것이었다. 사고 현장은 이루 다 말할 수 없을 정도로 처참했으며, 특히 그 고속버스 안 시신들은 거의 흔적조차 찾기 힘들 만큼 심히 훼손된 탓에 누가 누군지 알아내는 것이 관건이었다. 한편, 기적적으로 숨이 붙어 있던 그 고속버스의 기사는 급히 병원으로 옮겨졌으나 얼마 안 가 사망하고 말았다. 워낙 대대적 사건이라 수습하는 데에도 많은 사람들의 손을 필요로 했다. 그렇게 모두 혈안이 된 끝에, 그 고속버스의 승객들 중 소년의 부모님도 포함되었다는 사실을 겨우 알 수 있었다.


　한바탕의 복잡한 과정을 거치고 나서 유족이 된 소년에게 전해진 건, 정보를 죄다 삭제한 '사고사'였다. 몹시 허접한 그것은 소년을 단번에 파고들어 무너트리기에 모자람 없이 묵직했다.

"······."

　홀연히 닥친 부모님의 죽음은 너무나 충격적인 동시에 거짓말 같았다. 그도 그럴 게 무참한 사고로 인해 수습할 것이 아무것도 허락되지 않아 소년에게 전달된 것이라고는 이장이 건넨 말뿐이었는데, 그나마도 어색하고 성의가 없어 기가 막힐 판이었다. 이윽고 이장이 간 후,

우울한 그늘이 저를 덮는 것을 잠자코 받아들이던 소년은 문득 시야에 들어온 누군가를 보고 멈칫하게 되었다.

"그 아저씨 갔어……?"

"……"

낯선 사람의 기척을 느끼면 어김없이 모습을 숨기는 게 본능이 된, 제 동생이 자신을 들여다보고 있었다.

'아아, 내 동생.'

"갔어? 왜 말이 없어?"

'아직…… 턱없이 어리고, 모든 게 어찌 돌아가는지도 알지 못하는데! 모르는 게 당연한 건데.'

멍하니 동생의 손을 잡고 지그시 바라보던 소년은 설명할 수 없는 산란한 심정에 휩싸였다. 그런 형을 야릇하다고 생각한 동생은 어느새 호기심이 일어 고개를 갸웃거렸다. 이내 정신이 든 소년은 서둘러 동생의 손을 비벼 주며 부산을 떨었다.

"네 손이 다 식었네? 형도 추우니까 들어가자~"

어린 동생이 감당하기 힘들 거라 생각한 소년은 부모님의 부고 소식을 일단 숨기기로 마음먹었다. 저도 아직 어리건마는, 그런 저보다 열 살이 더 어린 동생에게 도저히 전할 자신이 없었기 때문이었다. 보통의 또래 아이들보다 잘도 조잘조잘 말하는 소년의 동생은 말이 많은 만큼 호기심도 왕성하고 예민했다. 말수가 적은 부모님과 자신하고는 차이가 컸으나, 그런 동생을 아직 어려 그런 것이라 여긴 소년은 포용력을 키워 이해해 주었다. 그 때문에 두 사람은 많은 나이 차가 무색할 만치 우애가 좋았다. 소년을 유달리 따른 동생은 별다른 사고도 치지 않았으며, 말을 잘 들어 가족이 시키는 대로 다른 사람의 눈에 띄지 않았다.

"……그래서 아까 우리가 산을 내려갔을 때 길을 걸었잖아. 거긴 길이 평평해서 산에 있을 때보다 편했었는데, 마음은 여기에 있는 게 더 편해."

'그래, 오늘도 말을 잘하네. 더 크면 그만큼 말을 더 잘하겠지. 고아가 아니라면…….'

소년은 누구의 눈치도 보지 않은 채 하고 싶은 말을 즐겁게 하는 동생을 보고 있자니 안타까워 울컥했다. 하지만 그렇다고 내키는 대로 덜컥 울 수도 없어 난감했다. 동생과 방 안으로 들어온 소년은 코끝을 스치는 냄새에 놀라 즉시 주위를 살피기 시작했다. 갑작스레 코를 씰룩거리는 형의 모습이 우스꽝스러워, 동생은 몰래 배시시 웃었다.

'이상하다? 어디서 냄새가 나는 거지?'

냄새의 진원지를 찾던 소년은 그 고소한 냄새가 동생에게서 비롯되었음을 눈치챈 데 이어, 두툼히 무장한 동생의 배가 불룩 튀어 나온 것도 발견할 수 있었다.

"승찬아, 너 뭘 가지고 있는 거야?"

"응?"

동생은 순간 당황스러워하다, 뭔가를 떠올리고는 품속에서 검은 봉투를 꺼내 형에게 건네주었다. 품속에 있던 것이라 아직 따뜻한 그 봉투 속에는 은박지가 있었는데, 안을 열어 보지 않아도 그것이 김밥이라는 걸 냄새만으로 알아낸 소년은 동생에게 물어보았다.

"이게 어디서 났어? 너 돈도 없잖아. 승찬아, 이거 어디서…… 설마 훔쳤어?!"

김밥의 출현에 적잖이 놀란 소년은 아직 돈에 대한 개념조차 없을 동생이 그걸 어떻게 구했는지 어리둥절했다.

"구승찬!"

"아냐!"

형의 말에 화들짝 놀란 동생은 크게 소리쳤다.

"아니라고? 그럼 이게 어디서 나!"

"아냐! 아줌마가 준 거야!"

동생이 말하는 '아줌마'가 누군지 뒤늦게 알아들은 소년은 나직이 말했다.

"……아, 남 사장님?"

그제야 표정이 조금 밝아진 동생이 끄덕였다.

'하…… 언제 이런 걸.'

마을에 사는 사람들은 하나같이 소년의 가족을 반기지 않았는데, 그것은 소년의 가족도 마찬가지였다. 때문에 소년은 누군가와 마주치게 되면 마지못해 인사만 하고 지나쳤었다. 그러면 마을 사람들은 십중 팔구 그 모습을 보며 언짢아하고는 했다. 그러던 중, 마을에서 사진관을 하는 남정애 사장을 알게 된 것이었다. 언제나처럼 경계하는 소년을 향해 유일하게 웃어 주는 사람이었으며, 늘 변함없는 그 미소로 인해 저도 모르는 사이 마음을 열어 버린 사람이었다. 그녀는 소년의 가족과 유일한 알음알이였다.

"아까 형이 다른 데 있었을 때, 아줌마가 형이랑 같이 먹으라고 줬어. 집에 오면 형한테 말하려고 했는데! 그때 모르는 아저씨가 나타나서…… 숨느라 잊고 있었어."

"이장님 말이구나……. 승찬아, 형 화난 거 아니야. 이제 알았으니까 됐어."

"응."

소년은 곧 동생 앞에서 과장된 동작으로 은박지를 열더니 그 속의 김밥을 보며 손뼉을 쳤다.

형을 따라 손뼉을 친 동생은 해맑은 표정으로 김밥과 형을 번갈아 보았다.

"왜 그러고 있어, 먹어!"

형의 눈치를 살피던 동생은 그 말을 듣자마자 김밥 하나를 냉큼 집어 먹었다. 그때까지 그들은 항상 집에서만 밥을 먹어 온 데다, 밖에서 사 온 음식은 손에 꼽을 만큼 희소했으므로 어쩌다 냄새만 맡아 본 '김밥'은 형제에게 있어 진귀한 것이었다. 동생을 따라 소년도 김밥 하나를 집어 먹고는 흐뭇한 표정으로 오래도록 씹었는데, 마침 시장하던 차에 먹게 된 것이라 더욱 맛있었다. 동생을 힐금 보니, 양손에 김밥을 하나씩 집고서 최선을 다해 열심히 오물거리고 있었다. 그 모습은 웃음이 나오기에 충분했지만, 애달픈 마음이 더해진 소년은 쓱 고개를 돌려 버렸다.

"……."

이제 어떡해야 될까, 그것이 소년의 뇌리에 아릿아릿 떠올라 끝없이 맴돌았다. 지금 이 순간 가장 중요한 문제라는 걸 잘 알고 있음에도, 막상 받아들이고 생각해 보자니 속이 따끔거릴 정도로 무서운 것이었다.

'앞으로, 살 길을 찾아야 해. 우리는 아직 미성년자라 보호자가 있어야…… 우리한테 친척이 있었던가? 내가 알기로는 아무도 없어. 있다고 하더라도, 돈도 뭣도 없는 우리를 거두려 할 리 없겠지. 그렇다면 보나마나 고아원에 가게 될 텐데, 우리가 거기에서 버틸 수 있을까? 시설이 아무리 좋다고 해도…… 그곳 사람들이 모두 선량하다고 해도 그런 곳으로 가는 건 싫어. 그냥 지금처럼 둘이서 조용히 살 수는 없을까?'

이대로 산속에서 살아갈 수 있다면, 어차피 다른 사람들과 교류도 없는데 무슨 상관인가 싶었다. 뒤숭숭한 상념의 시름이 좀체 가라앉지 않은 가운데, 파뜩 부모님이 사고사 당한 것을 아는 사람이 떠올랐다.

'맞아……. 이장님이 알고 계시지.'

이장이 아는 사실은 머지않아 마을 전체에 퍼질 것이라 여긴 소년은 막연히 몰려오는 두려움을 끌어안을 수밖에 없었다. 여태 마을 사람들이 대놓고 말한 적은 없었으나 자신과 가족을 한 번도 곱게 본 적이 없다는 게 그 이유였다. 그 사실을 떠올린 소년은 상황이 매우 절망적이라는 걸 깨닫고서 골머리를 앓게 되었다.

'상황이 이렇다면…… 무리를 해서라도 승찬이와 함께 다른 곳으로 몸을 피할까? 하지만 어디로 가야 하지? 무턱대고 집을 나가면, 달리 갈 데가 있는 것도 아니잖아. 그저 아버지 뜻대로 묵묵히 살아왔는데…… 어떡하지?'

"……."

소년이 마음속에서 쉼 없이 외치는 일편, 김밥에 정신이 팔렸던 동생은 어느새 어두운 얼굴을 한 형을 빤히 바라보고 있었다.

"!"

뒤늦게 그를 알아챈 소년은 동생을 보며 어색히 미소 지었다.

"그런데 엄마랑 아빠는 언제 와?"

속으로 당황한 소년은 예사로이 동생의 얼굴에 묻은 밥풀을 떼어 주며, 대수롭지 않은 척 얼버무렸다.

"천천히 좀 먹어. 급하게 먹으니까 얼굴에 다 묻히잖아. 안 뺏어 먹을 테니까, 천천히 먹어."

"응! 그런데 엄마랑 아빠는?"

"그러게…… 원래 나가시면 오래 걸렸었잖아. 그래도 형이 있으니까 걱정 마."

형의 대답을 들은 동생은 활짝 웃으며 끄덕이더니, 다시금 김밥을 집었다. 방금 전까지 함께 집을 떠나려던 소년은 동생과 눈이 마주친 순간, 그 계획을 접어 버렸다. 동생은 이제 고작 네 살의 꼬마라는 사실 때문이었다. 아무리 강한 마음을 먹었더라도 어린 동생을 데리고 정처 없이 떠돌 자신은 없을뿐더러, 평범하게 자란 동생에게 갑자기 먼 길을 떠나자 강요할 수 없다 여겨 소년은 어수선한 마음을 몰래 달랬다.

'승찬이는 산골에서 자랐지만, 마르고 몸집이 작아서 보기에도 튼튼할 것 같지가 않아. 나도 말랐는데, 나보다 약한 애한테 그런 요구를 할 수는 없어……. 무슨 방법이 없을까?'

동생은 아무것도 모른 채 김밥에만 홀려 있었는데, 평소에 많이 먹지 못해서인지 먹는 양이 얼마 되지 않았다. 그럼에도 제법 먹은 것처럼 보여, 이내 배가 부른지 상체를 뒤로 젖혀 버렸다.

"으아…… 잘 먹었다."

'가뜩이나 말랐는데 저렇게 입이 짧아서야. 다른 사람들과 섞여 있으면 보나 마나 뒤처지겠지.'

그런 동생을 보고 있으려니 소년은 더욱더 안타까웠다. 더군다나, 마냥 신난 동생에게 앞으로 무슨 일이 벌어질지 차마 사실대로 전할 수 없어 막막했다.

"형은 안 먹어?"

"난, 아까 많이 먹어서. 됐다가 이따 먹을까?"

"응!"

이미 입맛을 잃어버린 지 오래였으나, 그렇다고 돌연적으로 들이닥친 불만을 동생에게 표현할 수 없어 소년은 힘없이 웃기만 했다.

'이 판국에 애꿎은 승찬이한테 투정 부려서 무슨 소용이 있다고. 지금은 그냥 비밀로 해 두자. 분명히 무슨 방법이 있을 거야.'

"아까, 나 혼자 있을 때 아줌마가 김밥을 줬다고 했잖아. 그 아줌마 되게 착하다? 내가 더우면 부채질해 주고, 내가 추우면 막 자기 옷을 덮어 준다? 되게 착하지?"

"되게 착하시네."

배가 부른 동생은 기운이 나서 형에게 본인이 아는 얘기를 들려주기 시작했다. 그날따라 남정애 사장의 얘기가 많은 것 같았는데, 듣다 보니 이상한 걸 느끼게 된 소년은 동생을 물끄러미 보았다.

"저번에는 약과를 줬는데, 한 개뿐이라 그냥 나 혼자……."

"너 좀 이상하다……? 나 몰래 남 사장님이랑 만난 적이 많구나?"

"……."

열심히 말하던 동생은 멈칫, 더 말하지 못하고 얼어 버렸다.

"남 사장님이 좋은 사람인 거 나도 알아. 나한테도 잘해 주셨고, 부모님과도 잘 지내셨으니까. 그것 가지고 너한테 화를 내는 거 아니니까, 사실대로 말해 봐. 또 무슨 일이 있었어?"

형의 눈치를 보던 동생은 몸을 배배 꼬며 뜸을 들이더니만, 느지거니 말문을 떼었다.

"그냥…… 뭐."

"괜찮으니까 말해."

"사실은 김밥 말고도 약과도 줬었고…… 다른 것도 줬었는데. 욕심이 나서 나 혼자 다 먹어 버렸어, 미안해……."

말하면서 얼굴이 발갛게 달아오른 동생은 아주 작은 소리로 소년에게 사과했다.

"괜찮아, 화 안 났어."

형이 정말 괜찮아 보이는 것 같아, 동생은 곧 긴장이 풀려 술술 말하게 되었다.

"먹을 거 준 거랑…… 그게 다야. 아! 아줌마가 나한테 한 말이 있었는데, 나는 못 알아듣겠어."

"뭐라고 하셨는데?"

"그게, 나한테 한 말이 아닌 것 같은데…… 혼자서 하는 말 같았어. 나보고 '너 같은 아들이 있었으면 좋겠다.'라고 했어! 그리고 계속 내 머리를 만졌는데 또 같은 말을 했어. 그래서 내가 '아줌마 아들 있잖아요.' 했더니, 없다고 하면서 '난 몸이 약해서 아들이든 딸이든 낳을 수 없어.'라고 했다? 형, 낳는 게 뭐야? 그거 못 하면 큰일 나?"

"……."

"아줌마가 되게 슬퍼 보여서, 뭔지는 몰라도 괜찮다고 해 주려고 내가 '괜찮아요, 아줌마 탓이 아니에요.'라고 했어. 그랬더니 아줌마가 울고…… 나를 꼭 안아 줬어. 내가 잘못 말한 거야?"

"하. 너 그런 말은 어디서 배운 거야? 슬퍼하는 사람한테 위로하는 건 또 어떻게 알고?"

"위…… 로? 그게 뭐지? 난 그냥…… 옛날에 형이랑 산 아래로 갔을 때, 그거 봐서 따라한 건데. 차가 막 지나는 곳에서 누가 울었는데 옆에 있는 사람들이 '괜찮아요, 당신 탓이 아니에요.' 하는 걸 들었는데. 형은 기억 안 나? 같이 들었잖아."

소년은 부모님을 따라 남에게는 일절 관심이 없었고, 늘 경계하며 산 탓에 만사 심드렁했으니 그런 일을 기억할 리 없었다. 자신은 무심하게 넘긴 걸 놓치지 않은 동생이 그저 신기할 뿐이었다.

'그랬었나? 유달리 호기심이 강해서 귀찮을 때가 많았는데, 이제 보니 똑똑한 거였구나.'

"왜 그렇게 슬퍼한 거지? 아, 맞다! 이거 아줌마가 비밀로 하자고 했는데. 손가락 걸고 약속한 건데……."

동생을 보던 소년은 얼굴을 가까이한 후 속삭였다.

"괜찮아. 이제부터 말 안 하면 되잖아."

"으응."

날이 어두워지고 나자 형제는 늘 그래 왔듯 이불을 펴고 누워 잠을 청했는데, 하루 종일 말하느라 지친 동생은 베개에 뒤통수가 닿자마자 잠들어 버렸다. 옆에 누워 그 모습을 지켜보던 소년은 민민히 여기는 눈을 하다, 보시시 돌아누웠다.

'누웠어도 편한 걸 모르겠어. 기분 탓인지는 몰라도 오늘따라 바닥이 뜨끈뜨끈한 것 같은데…….'

소년은 도통 잠이 오지 않아 이런저런 생각을 하게 되었다. 그러다 보니, 평소에는 마음에 담아 두지도 않았을 것까지 모두 머릿속에서 몸을 일으켰다. 뒤이어 앞으로의 일을 생각하느라 미처 신경 쓰지 못한 부분이 하나씩 떠올랐다.

'저 창호지 문에 종이를 덧댄 것도 얼마 안 되었는데…… 천장도 얼마나 신경 쓰면서 살았는지. 잊을 만하면 비가 새서 그때마다 고역이었어. 이제는 다 고치고 나니까, 떠나야 하는 신세라니. 그래도 오늘은 좀 편했네. 항상 안방이 괜찮은지 살펴야 했었는데…….'

어둠 속에서 방을 둘러보던 소년은 오만 가지 생각의 밑에 감춰진, 아슴푸레한 무엇이 서서히 올라오는 걸 느꼈다. 하루 종일 고민하고 갈등하는 동안 저도 모르게 잊었던 그것이, 대번 소년의 마음을 부르르 울렸다.

'우리 방에 우리 물건만 있어서……. 우리 입장만 생각하느라, 정말 중요한 건 생각해 내지 못 했어. 안방은, 그 소식을 듣고서 미처 들여다 볼 생각을 하지 않았어. 거기부터 봤어야 하는 건데, 아니 그보다……'

흠칫한 소년은 가장 먼저였어야 할 것을 생각하지 못 한 채 오로지 다른 일로 전전긍긍한 제 스스로가 몹시 어리석게 느껴졌다. 저의 일만 당연하게 알다, 딸린 식구를 위하여 돈을 마련하려던 중에 참변을 당하신 부모님이 이제야 생각난 것이었다. 사고가 나고 숨이 끊기는 순간까지 남겨진 자식들이 눈에 밟혔을, 그토록 억울하고 허망한 죽음을 맞아야 했던 부모님을 떠올린 소년은 소리 없이 자신을 원망하고 울부짖었다.

'바보같이! 이렇게 어이없을 정도로 바보 같을 수 있구나. 부모님을 잊고 있었다니……!'

갈수록 시원찮아진 벌이로 인해, 번번이 혼자 떠나던 소년의 아버지는 오랜 상의 끝에 아내와 같이 집을 나섰었다. 집에 남은 형제가 걱정되어 쉬이 떨어지지 않는 걸음으로 간신히 돌아섰건마는, 그게 마지막이 될 줄은 꿈에도 알지 못했다. 그렇게 자신들의 최후가 다가오고 있다는 것도 모른 채, 그저 가족을 보호하리라는 마음으로 집을 떠났을 부모님의 모습이 아직도 소년의 눈에 선했다. 핑계가 뭐든 미처 돌아가신 부모님을 떠올리지도 못 한 자신이 한심스러운 바, 소년은 조용히 애도의 눈물을 흘렸다.


해가 뜰 기미도 보이지 않는 새벽, 마을의 끄트머리에 위치한 남정애 사장의 집은 좀 어수선했다. 그곳의 집주인이 나온 캄캄하니 고요한 마당에는 꼼꼼히 꾸린 세간이 쌓여 있었는데, 쓸쓸한 그녀의 표정을 보아하니 잠을 설친 탓에 바람이나 쐬려 실외로 나온 모양이었다.

"하~"

깊은 한숨을 토해 내고서 슬며시 하늘을 보던 남정애 사장은 문득 감지된 움직임 때문에 어지간히 놀라 미동도 하지 못 하게 되었다. 그러다 어느 순간, 제게 다가오는 사람을 겨우겨우 알아본 그녀는 천천히 그에게 다가갔다. 마침 컴컴했던 하늘에 푸른빛이 돌기 시작하여 조금 밝아짐에 따라, 남정애 사장의 집 앞에 선 소년의 모습이 한결 도렷해졌다.

"아, 승희 맞구나. 처음에 누군지 몰라서 당황했거든……. 그런데 무슨 일이니?"

"안녕하세요."

남정애 사장은 소년이 반가워 미소로 맞았으나, 곧 이상한 낌새를 느껴 자칫 어리벙벙해졌다. 가까이 다가가 보니, 소년은 선뜻 눈을 마주하기는커녕 무엇 때문인지 한껏 경직된 모습이었다.

"저…… 드릴 말씀이 있는데요."

소년의 떨리는 목소리를 들은 남정애 사장은 그 심각성을 눈치채, 갑자기 찾아온 손님을 집 안에 들였다. 굳은 표정으로 아름아름 힐금거리던 소년은 종시 그녀에게 물었다.

"왜 짐이 나와 있는 거죠?"

"아, 넌 모르겠구나. 사실은 근처 요양원에서 지내던 남편의 상태가 좋아져서……. 여기에서 사진관을 한 이유도 남편이 요양하는 동안 취미 삼아 한 거거든. 그랬는데, 이제 돌아가려고."

소년의 눈동자는 그 대답을 듣자마자 흔들렸고, 마음 또한 심히 동요하는 분위기였다.

"여기 참 좋았는데. 승찬이 보는 낙으로…… 너하고도 친해질 수 있어서 좋았어! 갑자기 돌아가게 되어서 정말 아쉽지 뭐야. 아, 부모님은 잘 계시지?"

애써 밝게 웃으며 부모님의 안부를 묻는 남정애 사장을 보고 있자니, 소년은 말문이 막혔다. 그녀는 아직 소년의 부모님이 당한 '사고사'를 모르는 것 같았다.

"……."

'얘가 왜 이러지?'

망설이던 소년은 남정애 사장을 힘주어 보더니, 어렵사리 말을 꺼냈다.

"사실은…… 그와 관련된 말씀을 드리려고요."

남정애 사장은 그 모습이 이상하면서도 어딘가 처량하다고 느꼈다. 이내 그녀는 가까이 있는 세간 사이에서 의자 두 개를 가져다, 소년에게 자리를 권했다. 그 의자에 앉은 소년은 심호흡을 한 번 한 후 밤새 준비한 이야기를 하기 시작했다.

"……."

그걸 진지하게 듣던 남정애 사장은 못내 놀라 안타까워하다, 마침내 소년의 손을 감싸고는 적이 흐느끼고 말았다. 소년은 자신보다 서럽게 눈물을 쏟으며 슬퍼하는 그녀를 보고 내심 안도하게 되었다. 덩달아 제 눈가도 뜨거워지는 걸 느낀 소년은 눈을 질끈 감아, 쏟아지려는 눈물을 억지로 참았다.

'이것으로…… 됐다.'

　아침이 찾아와 곤히 잠들었던 소년의 동생도 깨어나게 되었는데, 다만 눈꺼풀이 무거워 떠지지 않았다. 이따금 곰지락거리던 그는 이윽고 방 안을 맴도는 밥 냄새에 입맛을 다시고는 부엌으로 연결된 문을 열었다.

"응? 깼구나."

"……."

　구수한 냄새가 한층 더 진해지자, 내내 눈을 감았던 동생은 졸린 눈을 비비며 겨우 말했다.

"응…… 나 일어났어. 밥 다했어?"

"눈이나 뜨고 말해."

'이상하다……?'

　힘겹게 눈을 뜬 동생은 밖에서 밝은 햇빛이 들어오는 것을 보았다. 시간은 잘 몰랐지만, 지금까지 형이 집에 있는 게 이상했으므로 동생은 눈만 끔벅거렸다. 평소대로라면 형은 벌써 학교로 갔을 터인데, 자신이 일어날 때까지 집에 있다는 것이 좀처럼 이해되지 않았다.

'오늘이 월요일…… 맞지?'

　곰곰이 생각하던 동생은 부엌에서 밥을 푸고 있는 형에게 물었다.

"있잖아, 오늘 월요일 아니야?"

"맞아."

"응……. 그런데 왜 오늘 학교 안 가?"

"우선 밥 좀 먹고…… 배고프지? 눈곱 떼는 거 잊지 말고."

소년은 동생의 물음을 아무렇지 않게 얼버무렸다. 그러고는 밥상을
차려 방으로 들어왔는데, 형제의 밥상은 그날따라 푸짐하게 느껴졌
다. 뚝배기에 담긴 찌개 또한 다른 날 보다 먹음직스레 보였기 때문에,
그걸 본 동생은 저절로 기분이 좋아져 생그레 웃었다.

"오늘따라 되게, 특별하게 많아 보여! 그래서 좋아!"

"되게 특별하지, 그럼! 내가 오늘 큰맘 먹고 솜씨 좀 부렸거든!"

"와아!"

그런데 동생은 그득히 차려진 밥상을 향해 눈을 빛내며 감탄만 할
뿐, 숟가락에 손도 대지 않고 있었다.

"아, 형이 오늘 학교에 가지 않은 건, 지난주에 말하는 걸 깜빡해서
그래. 실은…… 학교에 사정이 생겨서 당분간 갈 수 없거든."

"응."

소년이 천연덕스럽게 하는 거짓말을 곧이 믿은 동생은 고개를 끄덕
인 다음 바로 숟가락을 들었다.

'나도 참. 아무리 상황이 달라졌대도 일주일 치 식량을 써 버리다
니……. 아니지, 이왕 이렇게 된 거 더 이상 아낄 필요가 없지. 더구나
오늘만큼은!'

소년이 그런 생각을 하는 사이에, 동생은 아무런 의심도 없이 계란
말이에 정신이 팔려 있었다. 김이 모락모락 나는 계란말이를 한입 물
고 뜨거워 대번 입을 다물지 못하는 것이었다. 그런 동생의 모습에서

소년의 눈은 떨어질 줄 몰랐다.

"허어! 허어어!"

"하여튼 욕심은 많아서. 계속 부모님 기다리기 지루하니까, 오늘 소
풍이나 갈까?"

"허어어어!"

소년이 넌지시 던진 말에, 동생은 계란말이가 뜨거워 어쩌지 못하면
서도 한껏 커다래진 눈으로 긍정의 뜻을 보냈다. '소풍'이라는 걸 전연
모를 텐데 무조건 좋아하는 동생의 모습은 꽤 우스꽝스러웠으나, 소
년은 웃지 않았고 우습다 여기지도 못했다. 조금만 더 나이를 먹었더
라면, 조금만 더 눈치가 빨랐더라면 금방 알았을 동생은 그저 형의 말
에 기뻐했다.


소년과 동생이 집에서 멀찍이 떨어진 들판에 자리를 잡고 돗자리를
깔았는데, 제법 먼 거리를 오느라 지칠 법한 동생은 오히려 신이 나서
춤추듯 가뿐히 움직이며 미소를 머금었다. 동생이 즐거워하니, 소년
도 덩달아 신이 나서 익살스러운 표정을 지었다. 무슨 말을 한 것도 아
닌데 약속이나 한 것처럼 물끄럼말끄럼 마주한 형제는 이내 서로에게
활짝 웃었다.

"나오니까 좋은데? 좀 서늘하기는 해도 꽃이 가득 피어서, 보는 것
만으로 좋아!"

"나도 좋아!"

파릇파릇한 들판 너머로 노랗고 하얀 꽃들이 무리 지어 있어, 형제

는 멍히 그것을 감상하게 되었다. 한참 경치에 빠졌던 그들은 이유도 없이 한바탕 웃음을 터트렸다.

"예전에는 이렇게 나올 생각을 못 했었어. 다른 사람들이랑 마주칠까 봐, 무조건 조심스러웠거든."

형이 하는 말에 갸우뚱거린 동생은 곧 무심히 말했다.

"그럼 이제 조심하지 않아도 돼?"

"내 말은, 이런 곳을 알면서도 진작 나오지 못했던 걸 후회한다는 거야."

밝은 표정으로 주변 경치를 샅샅이 눈에 담는 소년의 얼굴에는 분명 미소가 담겼지만, 어딘가 쓸쓸한 빛을 띠고 있었다. 절대로 잊지 않으리라 작정이라도 한 양으로 들판을, 꽃을, 나무를 그리고 산 전체를 골고루 제 눈과 마음에 담았다.

"……."

동생은 오늘따라 하염없이 경치에만 시선을 쏟드린 형이 별나다 생각했으나, 그보다 아침부터 즐겁기만 한 오늘을 만끽하는 게 더 중요했다. 하늘은 유난히 높고 파래 그림을 그려 놓은 것 같았는데, 지금껏 '소풍'이라는 걸 모르고 산 소년의 동생에게는 모든 것이 설렜다.

"자, 이제 시작해 볼까?"

소년이 두 손을 비비며 큰 소리로 말했기에, 그를 들은 동생은 기대에 찬 표정으로 형을 쳐다보았다. 그런 동생을 보며 씩 웃은 소년은 가져온 가방에서 도시락 두 개를 꺼냈다. 아직 뚜껑을 열기 전인데도 고소하고 맛있는 냄새가 폴폴 진동했다.

"어? 참기름 냄새다!"

소리친 동생은 군침을 삼키느라 여념이 없는 모습이었다.

"어?! 딩동댕~"

그 따끈한 도시락을 열어 보니, 해님을 닮은 계란이 아무거나 넣은 볶음밥을 덮고 있었다. 그동안 아껴 둔 참기름을 마음껏 뿌리는 것 외에는 특별할 게 없었지만, 형제에게는 그것만으로 충분히 값진 도시락이었다.

"우와~ 맛있겠다!"

"당연히 맛있지! 따뜻할 때 어서 먹어. 아, 김도 가져왔으니까……."

동생이 그대로 도시락에 정신을 팔 무렵, 소년은 가방에서 김이 든 그릇을 꺼냈다.

"우와!"

연신 감탄하던 동생은 시간 가는 줄 모를 만큼 즐거운 마음으로 형과 도시락을 나눠 먹었다.

'원래도 많이 못 먹더니, 이번에도 역시. 양이 적어서 큰일이네. 또래보다 몸집도 작은데…….'

소년은 도시락을 깨끗이 비웠으나, 동생의 도시락이 반 이상 남겨진 걸 보고 표정이 어두워졌다. 안 그래도 말랐는데, 잘 먹지도 못하는 동생이 걱정된 탓이었다. 아직 어리다고는 해도 앞으로는 억지로라도 챙겨 먹어야 하건만, 그렇다고 성격이 억센 것도 아니니 염려되었다.

"……."

동생은 도시락을 먹고서 바로 들판으로 달려갔다. 그를 묵묵히 지켜보던 소년은 어질러진 자리를 치우더니, 가방에서 사진기를 꺼냈다. 그 때까지 사진이라는 걸 몇 번 찍은 경험이 있었지만, 거의 타의였거니와 그나마도 찍히는 입장이 전부였던 까닭에 영 어색하고 거북한 마음이 들었다. 그래서 막상 찍으려니 긴장이 되어 몸이 어수룩하니 말을 듣지 않았다. 그렇지만 마냥 넋을 놓고 있을 수도 없어, 방금 치웠던 김을 다시 꺼냈다. 그러고는 신나게 들판을 돌아다니는 동생을 불렀다.

"승찬아, 이리 와 봐!"

"?!"

멈칫한 동생은 자신을 부르는 형을 한 번 보고, 방긋 웃으며 곧장 달려왔다.

"나 왔어."

"어, 나랑 사진 찍자고."

형의 손에 들린 사진기는 남정애 사장의 사진관에서 본 것과 비슷해 거부감은 없었는데, 뜬금없이 사진이라는 것을 찍자니 얼떨떨했다. 소년은 사진을 찍은 경험이 있었으나, 동생은 그런 경험이 없어 형의 제안이 산뜻 납득되지 않았다. 그것을 간파한 소년은 동생을 뚫어져라 보다, 치아가 다 보이도록 씩 웃었다.

"띠리리리리리~"

"......!"

형이 김을 앞니에 붙인 채로 바보 흉내를 내는 모습이 신기해, 동생은 이내 조심스럽게 웃었다.

"동생아, 사진 찍자!"

"헤헤…… 그래!"

웃음이 나자 거리낄 게 없어진 동생은 자신도 앞니에 김을 붙이더
니, 형을 보며 어설피 바보 흉내를 냈다. 서로를 보며 폭소가 터지려는
걸 가까스로 참은 형제는 나란히 어깨동무를 했다. 그러고는 서로에
게 지지 않기 위해, 사진기에 대고 환히 웃으며 앞니에 붙은 김을 득의
만만하게 자랑했다.

"자, 이제 찍을 거야. 눈 깜박거리면 안 돼! 알았지?"

"응!"

"좋아. 하나, 둘, 셋!"

형제는 얼굴이 굳어 버릴 것처럼 저렸음에도, 애써 그것을 참으려
했다. 이윽고 사진을 찍은 두 사람은 찰칵 소리가 나고서야 표정을 풀
수 있었다.

"됐다! 이제 김 빼고……."

"에이, 싫어~"

처음으로 사진을 찍고 난 동생은 금세 흥미를 잃은 듯, 재차 들판을
가로질렀다. 동생은 말을 잘 듣는 편이었으나 어떤 것은 끝까지 고집
을 부리는 경향이 있어, 소년은 더 말하지 못하고 동생을 야속히 바라
보았다.

"……."

그렇게 말없이 동생을 바라보던 소년은 마지못해 자리에서 일어났다.

"형은……! 잠깐 집에 갔다 올 테니까, 그때까지 여기서 기다리고 있
어!"

"응! 그럴게, 형!"

동생이 강아지처럼 이리저리 날뛰며 저를 본체만체 소리치니, 그게 건성으로 들린 소년은 못내 불안했다. 하지만 제게는 따로 용무가 있었기 때문에 그냥 돌아설 수밖에 없었다. 소년이 사라지고 나자 들판을 달리던 동생은 별안간 멈춰 서 숨을 고르더니만, 형이 간 자리를 잠시 보다가 다시금 꽃밭을 향해 내달렸다.

동생이 나무가 우거진 길을 지나 돗자리가 있는 곳으로 힘차게 달려 왔을 때, 형은 이미 돌아와 있었다.

"갔다 왔어, 형?"

"응."

"집에 잊은 게 있었어?"

"아니, 빠짐없이 챙기느라고. 이제 다 놀았어?"

소년의 물음에, 입을 꾹 다문 동생은 그저 물끄럼물끄럼 형을 보았다.

"그럴 줄 알았어. 이제 시작이구나, 그렇지?"

"헤헤헤……."

빙긋 웃은 동생은 돗자리 주변을 서성이기만 할 뿐 앉지는 않았는데, 그 행동의 뜻을 알아차린 소년은 주저 없이 일어나 신발을 신으며 말했다.

"잘됐다. 나도 심심했는데, 같이 놀까?"

"응!"

형제는 곧 다른 생각이 안 날 정도로 즐겁게 어울리며 양껏 놀았다.

그렇게 땀이 뻘뻘 나도록 쉴 없이 장난을 치던 두 사람은 동시에 돗자리를 향해 가 바로 주저앉아 버렸다.

"헉헉, 실컷 놀았더니 더는 힘이 안 나."

"……그래도 좋아."

그대로 누워 쉬려는데, 동생이 막 잠들려던 순간에 소년이 벌떡 일어났다.

"아!"

"……?"

"시간이 많이 지난 것 같은데…… 그만 가 봐야 돼!"

급하게 짐을 챙기는 소년의 모습은 마치 뭔가에 쫓기는 것 같아, 동생은 졸린 눈으로 그를 지켜보면서도 영문을 알 수 없었다.

"다 놀았지? 이제 그만 가자."


서둘러 동생의 손을 꼭 잡은 소년은 빠른 걸음으로 왔던 길을 되돌아가기 시작했다. 그로 인해 보폭이 작은 동생은 뛰어갈 수밖에 없었는데, 천천히 가려고 해 봐도 형의 정색한 얼굴이 무서워 뭐라 할 수 없었다.

"……."

"내가 너무 서둘렀지?"

문득 동생을 본 소년은 우뚝이 걸음을 멈춘 데 이어, 눈높이를 맞추기 위해 무릎을 꿇고서 그를 달래 주었다.

"형…… 괜찮아?"

"나? 뭐가?"

"무슨 급한 일 있는 것 같은데……. 그리고 이쪽은 우리 집으로 가는 길이 아니잖아. 형, 길 잃었어?"

"……."

형제는 어느덧 산 아래의 대로변에 와 있었다. 동생을 조용히 바라본 소년은 잠시간 머뭇머뭇하다 입을 열었다.

"승찬아, 잘 들어. 우리는 이제……."

"어? 아줌마?"

동생은 건너편 떨어진 곳의 한 나무 뒤에 숨어 있는 남정애 사장을 발견하고 냅다 소리 질렀다. 거리가 멀어 손가락보다 작게 보이는 그녀를 용하게도 찾아낸 것이었다. 그 와중에 소년은 동생과 달리 매우 당황하여 어찌할 바를 모르는 모습이었다.

"저~기! 저기에 아줌마 있어!"

"……."

"아줌마, 안녕! 어…… 이상하다? 왜 저러지?"

동생은 아는 사람을 본 게 그저 반가워 즉변 인사했지만, 어쩐 일인지 그 소리에 화들짝한 남정애 사장은 더 깊이 숨으려 했다.

"승찬아…… 여기서 잠깐만 기다려."

굳은 표정으로 동생의 어깨를 잡은 소년은 무어라 중얼거린 후, 남정애 사장이 숨은 곳으로 달려갔다. 흠칫한 동생은 형의 뒷모습에 시선을 고정했는데, 그곳에 도착한 형은 뭔가를 말했으나 당연히 동생에게는 들리지 않았다. 이윽고 다시 모습을 드러낸 남정애 사장이 형과 대화하는 모습을 뚫어져라 보던 동생은 그것이 심상치 않다는 걸 느끼게 되었다.

"……?"

정확히는 알 수 없는 무엇이 확정된 듯 보였기에, 동생의 호기심은 불안감으로 바뀌고 있었다. 그때 대화를 마친 소년이 다시 동생에게 달려왔다.

"승찬아."

돌아온 형이 밝은 표정으로 동생을 바라보았지만, 동생은 묘하게 고여 버린 불안감 탓에 웃음기가 사라져 있었다.

"……."

급격하게 어두워진 동생의 얼굴을 본 소년은 겸연한 마음이 들어 천연덕스럽게 웃던 표정을 거두었다. 그러고는 고개 숙인 동생의 어깨를 감싸며 차분차분히 말했다.

"사실은…… 형이 승찬이한테 할 말이 있어."

"……."

손을 잡고 말없이 걸은 형제는 어느 틈엔가 정류장에까지 닿게 되었는데, 마침 그곳에 머물고 있는 사람은 없었다. 두 사람은 긴 의자에 나란히 앉아 서로를 외면한 채 망설이는 분위기였다. 무슨 말을 할지 고민을 거듭하던 소년은 다음 순간, 고개 숙인 동생에게 말을 건넸다.

"승찬아, 형이 지금부터 하는 말 잘 들어."

"……."

소년은 대답 안 하는 동생이 풀 죽은 모습을 해 착잡한 마음이 들었으나, 지금 하려는 말을 취소할 수도 없는 노릇이라 한참을 망설인 끝에 그냥 말하리라 마음먹었다.

"우리가……. 부모님이 외출하신 지 한참 됐잖아. 그래서 너랑 나랑 계속 두 분을 기다렸는데…… 지금까지 안 오셨지?"

"응……."

소년은 동생의 대답을 듣는 순간 말문이 막혀 버렸다. 마음먹기는 했어도, 막상 동생을 앞에 두고 말하려니 여간 괴로운 게 아니었다. 그렇지만 이대로 시간을 멈출 수는 없었으므로 소년은 떨어지지 않는 입을 억지로 열었다.

"참…… 형도 믿기지 않는데, 부모님은 더 이상! 그러니까 우리 부모님은 이제 집으로 돌아오시지 않아. 더는…… 우리랑 같이 사실 수가 없어."

"……."

"갑작스럽고 당황스럽겠지만, 그건 형도 마찬가지야. 아직도 믿기지 않아서……. 이제부터 우리는 부모님 없이 살아야 돼. 두 분은 더 이상 이 세상에 안 계시니까."

"응."

급기 가혹한 얘기를 꺼낸 소년은 의외로이 담담하게 대답하는 동생으로 인해 멈칫하고 말았다.

"승찬아……?"

바닥만 보고 있던 동생은 가만히 고개를 들고 소년을 마주보았다. 고요한 동시에, 그전에는 본 적 없는 공허한 얼굴을 하고 있었다. 말간 눈을 한 동생은 입도 가볍게 다물고 있을 뿐이어서, 딱히 괴로움을 참는다거나 슬퍼 보이지는 않았다.

"너…… 아는 거 맞아?"

"응, 알고 있어."

"……."

"어제 처음 보는 아저씨가 우리 집에 왔다가 갔을 때…… 그다음부터 형이 이상해 보였거든. 그리고 오늘 계속 나한테 잘해 줘서…… 그냥 그런 것 같았어. 무슨 일이 생겼다고 생각했는데, 그게 엄마 아빠 얘기인 줄은 지금 형이 말해 줘서 알았어."

'……알았다고?'

"나 알아……. 엄마랑 아빠가 하늘나라에 있는 거."

소년은 지금껏 자신을 껴안은 긴장감이 한순간에 흩어지는 것을 느꼈다. 힘들게 꺼낸 얘기에 대한 동생의 반응은 놀랍도록 담백한 것이라, 저도 모르게 고개를 돌린 소년은 여러 감정이 담긴 한숨을 내쉬었다. 무거운 내평 때문에 끝없이 걱정했던 소년은 어느새 마음을 비우게 되어 자욱한 슬픔을 몰아내고 있었다.

"그래. 잘 알고 있구나, 내 동생."

"……."

쓴웃음을 짓고 난 소년은 두연 뭔가를 찾아 주변을 곁눈질했는데, 그런 형의 모습을 본 동생은 의아스레 물었다.

"형……? 누가 와?"

"아아…… 다음에 무슨 말을 할까 생각하다가. 부모님은 우리를 남겨 두시고 하늘나라로 떠나셨잖아. 그런데 우리는 아직 어려서…… 우리끼리 살 수 없거든."

"그건 무슨 말인지 모르겠어. 엄마 아빠는 하늘나라에 갔지만, 우리한테는 집이 있잖아. 우리는 숨어서 살았으니까, 앞으로도 그렇게 살면 안 돼?"

고비를 넘겼다고 생각했던 소년은 아직 어린 동생을 이해시키는 게 어려워, 모든 것이 막막하게 느껴졌다. 남은 시간이 얼마 없어 촉박한 마당에 그야말로 난감할 수밖에 없었다.

"나도 그렇게 하고 싶지만 그럴 수가 없어. 사람이 살아가려면 돈이 필요한데, 돈을 벌려면 우선 어른이어야 하거든. 그런데 우리는 아직 어른이 아니라서 돈을 구할 수 없어. 그러니까 우리끼리 사는 건 불가능해."

형의 설명을 듣던 동생은 자못 심각한 표정으로 생각하고서 말했다.

"그럼…… 다른 어른한테 우리랑 같이 살아 달라고 하면 안 돼?"

"아무한테나 그러면 곤란하지. 그 어른이 나쁜지 착한지 알 수가 없으니까. 아주 어려운 일인데, 형이 그런 어른을 겨우 찾을 수 있었어. 저기 오신다!"

"……?"

형제가 있는 정류장으로 차 한 대가 다가오자, 소년이 그 차를 향하여 반갑게 손을 흔들었다. 그 차와 형을 번갈아 보던 동생은 마냥 초조해져 고개를 숙였는데, 이내 정류장 근처에 멈춘 차 안에서 익숙한 사람이 내렸다.

"안녕하세요, 남 사장님."

"!"

"안녕, 승희야…… 승찬이도 있었네."

형제에게 다가온 남정애 사장의 미소는 아무것도 모르는 듯 천연스러웠으나, 그녀의 말투는 누가 들어도 어색해 하나도 자연스럽지 않았다. 소년과 남정애 사장이 최선을 다해 정다운 모습을 연출하려 했지만, 정작 동생에게는 기대한 효과를 얻지 못하고 있었다.

"승찬아, 인사드려야지!"

"……."

이미 꽁하게 마음을 닫은 동생은 남정애 사장을 쳐다보지도 않았다. 그로 인해, 당황한 그녀는 더 말도 못 하고 시선을 내리게 되었다. 그 모습을 보고 마음이 급해진 소년은 허방지방 동생을 달래려 했다.

"그러지 마, 승찬아! 네가 그랬잖아. 같이 살아 줄 어른을 구하면 안 되냐고……. 그게 남 사장님이셔. 우리한테 늘 잘해 주셨잖아."

"……."

잠시 후에 고개를 돌린 동생이 형을 보며 눈을 반짝거렸다.

"그럼 아줌마가 우리랑 같이 살아?"

"……."

"아줌마! 우리랑 같이 사는 거 맞죠?"

"……."

동생이 희망에 찬 얼굴로 형과 남정애 사장에게 물었으나, 두 사람은 끝끝내 대답이 없었다. 얼핏 이상한 기운을 눈치챈 동생은 곧 하얗게 질린 채로 형을 쳐다보았다.

"우리가 남 사장님 부부랑 함께 오순도순 살면 참 좋겠지만……. 사실상 그럴 수 없어."

가라앉은 모습이 된 소년은 동생의 손을 잡고 조용히 말했는데, 울상은 아니지만 구슬픈 분위기를 자아내는 동생의 얼굴과 마주치고 나자 말문이 막힐 것 같았다. 그러나 직접 준비한 것을 차질 없게 진행하기 위해, 기꺼이 협조해 준 남정애 사장 부부를 위해, 동생의 미래를 위해 힘들여 입을 떼었다.

"너는 아직 많이 어리지만, 난 조금 있으면 어른이 되어서 너랑 같이 있을 수 없어. 그리고…… 우리는 영원히 헤어지는 게 아니야. 너 혹시 그렇게 생각해?"

"아니!"

"그래. 우리는 잠깐만 헤어지는 거야. 네가 남 사장님 부부랑 잘 지내는 동안, 형은 열심히 돈 벌어서! 넉넉하게 모아서 널 꼭 찾아갈 거야! 그때 가서 형 모른 척하면 안 돼, 알았지?"

형이 최대한 밝게 말하니, 내내 우울하던 동생의 기색이 조금 나아지는 듯했다. 그에 안심한 소년은 장난스럽게 웃으며 동생을 남정애 사장에게 살짝 밀었다.

"아무쪼록 동생을 잘 부탁드립니다, 남 사장님."

'고마워, 승희야……. 그리고 미안해.'

씩씩하게 동생을 부탁하는 소년에게, 차마 뭐라 말할 수 없었던 남정애 사장은 그저 활짝 웃기만 했다. 자신들의 형편이 좋았다면 모를

까, 그다지 여유롭지 못했기에 안타까울 수밖에 없었다.

"!"

불현듯 뭔가가 생각난 남정애 사장은 급히, 주머니에서 꺼낸 것을 소년에게 내밀었다.

"아, 이거."

남정애 사장에게서 건네받은 것을 보고 살포시 웃은 소년은 그걸 동생에게도 보여 주었다.

"어? 우리다. 우리 사진……."

"응, 아까 형이랑 찍었었잖아."

소년이 보여 준 것은 형제가 처음으로 함께 찍은 사진이었는데, 중간에 남정애 사장이 두 장으로 현상해 준 것이었다. 앞니에 김을 붙인 채 익살스럽게 웃는 형제의 모습이 선명한, 그 사진이 신기해 동생은 좀체 눈을 떼지 못했다.

"사진 잘 나왔다! 이걸로 우리는 서로의 얼굴을 기억하고, 다시 만날 그날을 기다리면 되는 거야. 자, 이렇게 하나씩 나눠 가지자."

못내 마음이 불편했던 동생은 그 사진 한 장을 받고 나서야, 뭔가 긍정적인 기분이 들어 기운이 나는 것 같았다. 사진 한 장으로 용기를 얻은 동생에게서는 더 이상 어두운 그늘을 찾기 힘들었다.

"좋았어! 네가 이해한 것 같아서 형 마음이 편해졌어. 그리고 우리가 한 약속 잊지 마! 우리는 나중에 다시 만날 테니까, 그때까지 네가 남 사장님 부부를 잘 지켜 드려야 돼."

"응."

꽤 밝아진 동생은 형의 얘기를 듣고서 남정애 사장의 손을 잡았다. 한결 다정해진 두 사람의 모습을 보던 소년은 생긋이 미소 지어 동생에게 인사했다.

"그때까지 잘 있어야 돼, 승찬아! 안녕!"

"나 빨리 데리러 와!"

해맑게 웃으며 돌아서는 동생은 아마도 형의 말을 곧이곧대로 믿어 버린 모양이었다. 물론 전부 거짓말은 아니었으나, 어쩐지 소년의 맘속에 묘한 빛이 서리게 되었다. 그러더니 곧 마음이 허전하다가 무거워지기를 반복했다. 하지만 그것을 겉으로 표현할 생각은 추호도 없었으므로, 그저 밝은 모습으로 차에 타는 동생을 배웅했다.

"어서 차에 타렴."

"······."

차의 뒷좌석에서 죽 잠잠하던 구승찬은 옆을 보고 살짝 당황하는 눈치였다. 옆자리에 남정애 사장의 남편 공명오가 아내처럼 잘 차려입은 모습으로 앉아 있었기 때문이었다. 더욱이 썩 건강해 보이지도 않았거니와 긴장한 분위기까지 더해져 그다지 좋은 인상은 아니었다. 그렇지만 공명오는 정말로 환영한다는 표정이었으며, 진심으로 기뻐하여 설렌 상태였다.

"만나서 반갑다. 나는······."

"······."

차에 탈 때까지만 해도 해맑게 웃던 구승찬은 차 문이 닫힌 순간, 곧바로 어두운 얼굴을 하고는 바닥만 보았다. 이윽고 운전석에 탄 남정애 사장은 미소 지은 얼굴로 뒷좌석에 있는 남편과 구승찬을 살펴보다가 멈칫했다.

"어, 왜 그러니?"

"……."

남정애 사장은 이유를 알 길 없어 남편을 쳐다보았는데, 이에 잠깐 당황하던 공명오는 겨우 말을 꺼냈다.

"……아니, 나도 잘 모르겠어."

"승찬아?"

"그냥…… 졸려요."

무뚝뚝이 변한 구승찬은 꼭 뭐에 단단히 토라진 모습이었다. 그 때문에 잠시 머뭇거리던 남정애 사장은 할 수 없이 차를 출발시켰다. 몸을 잔뜩 웅그린 구승찬은 몰래 눈물을 방울방울 흘리고 있었다. 하나하나 또렷하게는 아니더라도 어느 정도 자신이 처한 상황을 알고 있어 형 앞에서 웃을 수 있었는데, 안 그러면 모두 곤란해진다는 것을 알았기 때문이었다. 부모님이 급작스레 세상을 하직한 건 아스라하고 모호한 것인 데다 형이 옆에 있어 견딜 수 있었다면, 형과는 직접 얼굴을 보다가 서로 이별을 인지하고 안녕을 고했기에 구승찬에게 더욱 묵직이 다가왔다. 스스로도 설명할 수 없는 아픔으로 인해 정신을 차릴 수 없을 정도로 괴로워하던 구승찬은 결국, 아무도 모르게 실신하고 말았다.


점점 멀어지는 차를 바라보며 손을 흔들던 소년은 그 자리에 우두커니 섰다. 이내 그 눈길이 갈 곳을 잃게 되자, 머지않아 피로가 몰려와 돌아서게 되었다. 그렇게 집을 향해 터덕터덕 걷는 와중, 소년은 자신이 직접 저지른 일이 최선이었는지 생각에 잠겼다. 또 다른 길은 없었는지 찬찬히 제 심정을 헤아리던 소년은 말없이 고개를 흔들었다. 몇 번을 생각해 봐도 저가 처한 상황은 그대로였으며, 그것 외에 소년에게 허락된 샛길은 없었다.

'이제 어떡해야 되지? 승찬이를 보내고 나니, 나는 어떡해야 할지 하나도 모르겠어. 그냥 집에 혼자 버틸 수는…… 없겠지. 이장님이 손을 쓰셨을 테니. 마을 사람들도 우리를……. 지금이라도 짐을 싸서 나가 버릴까. 아, 힘이 하나도 없어. 잠이나 푹 잤으면 좋겠다…….'

마침내 집과 가까워질 즈음, 그곳 주변을 서성이는 두 명을 본 소년은 자연히 걸음을 멈추게 되었다. 바로 이장과 꼬장꼬장해 보이는 젊은 남자였는데, 느낌으로도 자신을 고아원에 보내러 온 것임을 알 수 있었다. 소년이 작정하고 도망친다면 그들을 피할 수 있을 거리였으나, 그러기에 이미 많이 지친 상태여서 굳이 그렇게 할 생각이 들지 않았다.

'지쳤어……. 잠이나 잤으면…….'

이윽고 소년을 발견한 이장이 어서 오라고 손짓하는 게 보였는데, 이미 기운이 떨어진 소년은 다만 간신히 서 있을 뿐이었다. 그 모습을 본 이장은 슬쩍 인상을 쓰더니, 일행과 함께 소년에게 다가갔다.

## 52

쓸쓸한 얼굴로 어둑어둑한 지하실을 둘러보던 공수겸 보좌관의 눈에, 의자에 묶인 장용빈 의원이 잠든 것처럼 눈을 감고 있는 모습이 보였다. 장용빈 의원의 팔과 다리에는 공수겸 보좌관이 없을 적 빠져나가기 위해 몸부림을 친 흔적이 보여 안쓰러울 지경이었다. 다만 지금 확실히 잠든 것인지, 공수겸 보좌관과 소통할 의지가 없는 것인지 알 수 없었다.

"……."

하지만 그 여부가 큰 상관이 있는 건 아니었기 때문에, 그를 가볍게 외면한 공수겸 보좌관은 유유히 지하실을 나갔다.

그 동네는 여전한 분위기로 공수겸 보좌관을 맞이했는데, 늦은 오후였던 그곳은 시간과는 그다지 상관없는 듯 보였다. 드문드문 밥 짓는 냄새가 그의 코끝을 건드릴 뿐, 어디에도 행인을 찾아볼 수 없어 황량한 느낌마저 들었다.

"……."

공수겸 보좌관은 지난번과 달리, 걸음마다 긴장감이 담겨 있어 어딘가 부자연스러웠다.

'내가 경솔했어. 그때는 화가 나서 견딜 수 없었고, 빨리 진실을 알고 싶어서 우격다짐으로 그곳에 뛰어들었었는데……. 좀 더 신중했어야 했는데, 너무 급하게 움직여 버렸어.'

[단발머리]를 향해 걷던 그는 자신을 책망하느라 미처 다른 생각을 할 수 없었다. 그저 제가 하는 부정적인 생각이 틀리기를, 그곳이 열려 있기를 바랐다. 더불어, 길에 사람이 없다는 것이 그의 근심을 어룽어룽 부추겼다.

'……제발.'

공수겸 보좌관이 경직된 모습으로 조심히 걸음을 내딛던 중, 별안간 무엇이 깨지는 소리가 들렸다. 적막하던 가운데 들린 것이라 귓가를 더 울렸는데, 가까운 곳에서 들린 게 아닌 터라 많이 놀라지는 않았어도 걸음을 멈추게 하기에는 충분했다. 곧장 소리 난 쪽을 살핀 공수겸 보좌관은 그것이 다름 아닌 [단발머리]에서 난 것임을 알 수 있었으며, 다행스럽게도 그곳은 그의 바람대로 열려 있었다.

"제가 빈혈이 있어서요. 어쨌든 죄송해요."

"안녕히 계세요~"

[단발머리] 안에서 줄줄이 나온 여섯 명의 학생들은 저마다 뽐내듯이 교복과 사복을 마음대로 뒤죽박죽 입은 차림새였다. 교복만 보자면 그들 모두는 같은 학교에 다닌다는 걸 알 수 있었다. 그들의 생김새는 각자 달랐지만, 비슷한 옷차림이나 [단발머리]를 힐금대며 웃음을 참는 모습이 기분 나쁠 정도로 닮아 있었다.

"야, 아무리 싫어도 화분을 깨 놓고 그냥 나오면 어떡해."

"웃기네? 난 분명히 사과했거든? 그리고 내가 나오니까 바로 따라 나왔으면서."

언뜻 듣기에 다투는 것 같았으나, 그들은 하나같이 건들거릴뿐더러 서로 장난치듯 웃고 떠들어 대기만 했다.

"그런데 좀 이상하지 않아? 오늘은 그 무서운 누나가 없잖아."

"누나는 무슨! 그 노처녀가 뭐? 안 보이니까 속이 다 편하더라."

시종 가벼운 웃음이 이어졌다. 그러다 몇 명이 걱정스러운 얼굴로 서로를 쳐다보았다.

"……근데 좀. 지금은 저 아저씨 혼자라서 만만한데, 나중에 어떡해?"

"아~ 키는 크면서 겁 많은 거 봐라. 걱정할 게 뭔데? 난 그 노처녀 계속 안 봤으면 좋겠다! 그리고 만약에 그 노처녀가 우리한테 따진다고 해도 겁 안 나! 왜 겁을 내? 엄마 아빠 뒤에 숨으면 끝인데."

그들 중간에 선, 가방을 앞으로 맨 학생이 경박하게 외치고 들었다. 그 학생은 반짝이로 멋을 낸 인조 손톱을 자랑스럽게 보고 있었다.

"하긴…… 이런 일이야 많을 걸. 이 동네에서 [단발머리] 남매한테 잘하는 사람 본 적 있어? 다들 업신여기고 못 잡아먹어 안달이지."

어른보다 더 어른같이 생긴 학생이 주머니에 숨긴 과자를 먹으며 말하자, 끝에 있던 학생도 얘기했다.

"저 아저씨가 전과자라고 소문이 나니까 더 했지. 근데 전과자 맞나? 매번 사람들한테 당하기만 하고, 화는 그…… 노처녀가 내잖아. 내가 아는 애들도 그걸로 되게 놀렸는데……."

"맞다니까?! 우리 엄마랑 고모가 그것 때문에 [단발머리]에서 난리를 쳤었다고!"

"웃겨……. 죄를 지었으면 조용히 살 일이지. 뭘 잘했다고 사사건건 날뛰어."

그들은 모두 인상을 쓰며 서로를 힐긋거렸다.

"우리 삼촌이, 돈 없고 힘없으면 인생 끝난 거라던데? 근데 [단발머리]는 친구도 없잖아. 그러면서 여기서 버티는 거 보면, 독해도 너무 독해."

"아, 맞다! 뉴스에서 그거 나왔었는데, 이십 년 전에 사라졌던 그 탈옥수 지문이 발견돼서……."

"알아, 언제 적 얘기를."

말은 그러면서도 다들 그 얘기를 하고 싶은 모양이었다. 그러나 더 말할 새도 없이, 그들 중 한 명이 소리치는 바람에 대화가 끊기고 말았다.

"아!"

아랑곳없이 죽 휴대전화에 정신이 팔려 있다가 소리친 그 한 명은 곧 인상을 썼다.

"큰일 났어! 우리 엄마, 지금 학원 앞에 있나 봐! 나 이번에도 학원 빠진 거 들키면 용돈 끊기는데…… 아악!"

순식간에 울상이 된 그 학생은 재차 소리를 지르며 앞으로 달려갔다. 그걸 넋 놓고 보던 나머지 일행은 자기들끼리 수군덕대며 키득거린 끝에 친구를 따라 달리기 시작했다. 그들의 속도는 현저히 느릿했으나 그것마저 즐거워하는 모습이었다.

앞서 달린 학생이 그대로 옆을 스쳐 간 탓에, 공수겸 보좌관은 주춤 고개를 돌리며 목을 움츠렸다. 곧이어 다섯 명이 떼를 지어 그를 지나 갔는데, 향수를 들이부은 것 같은 냄새와 함께 오랜 시간을 거친 듯한 담배 냄새가 후각을 확 덮쳤다. 정도를 지나친 그 냄새는 인상을 쓰게 만드는 것도 모자라 헛구역질을 불러올 만큼 강력했다.

"······."

겨우겨우 그것을 참은 공수겸 보좌관은 어지러운 머리를 매만지며 자신이 선 쪽에 걸린 현수막을 보게 되었다. 무슨 경연 대회가 열린다 는 내용이었는데, 날짜가 금일을 가리키고 있는 걸 보고는 그날따라 거리가 유독 적적한 이유를 짐작할 수 있었다.

'이거, 운이 좋다고 해야 하나······.'

아까 학생들 얘기로는 박재익 혼자 미용실을 지키고 있는 게 확실했 음에도, [단발머리]를 몇 걸음 앞둔 공수겸 보좌관은 초조해지는 기분 을 감추지 못했다.

'나한테는 좋은 조건인 것 같지만, 그가 말하지 않는다면 아무 소용 없어.'

그는 반드시 듣고 말겠다는 각오로 자신 있게 오기는 했으나, 무슨 뾰족한 수가 있는 것도 아니었기에 심경이 복잡했다.


여섯 명의 학생들이 일장 휩쓸고 간 [단발머리] 안에서는 깨진 화분 의 잔해를 보며 망연자실해하는 박재익이 있었다. 그동안 많은 사람들을 겪어 어느 정도 익숙해졌다 생각했건마는, 견디면 견딜수록 그 통증은 가시기는커녕 점점 더 버거워져 갔다. 그와 동시에, 거기에 허덕이는 저가 못 견디도록 꼴사나웠다.

'아…… 이거 재나가 아끼는 건데.'

화분의 깨진 조각들 사이로 흙이 넓게 흩어진 가운데, 바닥에 풀 한 포기가 애처로이 처박혀 있었다. 박재익은 어떻게든 그것만큼은 살려 보고자 조심스레 들었지만, 축 늘어진 걸로 보아 이미 생을 다한 모양이었다. 그걸 보고 나니 통 기운이 나지 않아 더 이상 움직일 생각도 들지 않았다.

'그렇게 큰소리쳤는데. 하루도 못 버티고 또 사고를 쳤어.'

애잔해진 박재익의 뇌리에 문득 옛날 생각이 스쳤다. 지금과 별반 다를 것 없는 사람들의 괄시, 그에 어찌 돌파해야 좋을지 몰라 무작정 버틴 자신, 그럼에도 불구하고 나아지지 않는 생활 등이 미세 먼지처럼 그의 피부에 잔득잔득 달라붙었다.

'재나한테 한소리 듣겠다.'

이제는 달라졌다고, 형편도 훨씬 나아졌다고, 열심히 살고 있으니 그걸로 되었다고 생각했었는데 현실은 박재익이 하는 생각과 평행선을 그리고 있었다. 조금 있으면 달라지리라 여겼던 이웃들은 틈만 나면 자신과 동생을 각치려 들었으며, 그 자식들은 눈치를 살살 보면서 콕콕 찔러 대었다. 세월이 흐른 지금도 달라지기는커녕, 오히려 새로운 방식으로 저와 동생을 한낱 '동네북'으로 취급하는 것이 여간 괴로운 게 아니었다.

"……."

그렇지만 아무리 화가 나도, 녹록치 않은 현실이 한순간에 나아지는 게 아니라는 걸 잘 알기에 어찌 반응하지도 않고 무식하게 버티기만 했다. 그럼에도 불구하고 또다시 곤욕을 치르고 만 것이었다. 이상할 만치 변함없게 흐르는 현실이, 그리고 그것에 길들여진 듯한 자신이 허무하게 느껴졌다.

'도대체 언제까지…….'

박재익이 던진 물음은 인이 박일 정도로 셀 수 없이 토하던 것이었고, 늘 그래 왔듯 납득할 만한 결론에 다다르지도 못한 채 흐려져 버렸다. 그저 스스로도 바보 같다고 느끼는, 버티는 방법을 거듭거듭 택할 뿐이었다. 다음 순간, 손발을 움직여야 할 그는 우울한 마음으로 인해 넋을 놓고서 바닥에 털썩 주저앉고 말았다.

"……."

멍하니 허공을 헤매던 박재익의 시선이 거울로 옮겨지려는 찰나, 미용실 문에 달린 종이 또랑또랑 울렸다. 한 박자 늦게 정신을 차린 그는 느직이 몸을 움직이다, 낭자한 잔해를 보고 나서야 부랴부랴 조각을 모으기 시작했다.

'바로 치웠어야 했는데!'

박재익은 날카로운 조각들을 모으는 동안 속으로 자조하기에 바빴다.

"어서 오세요! 지금 치우는 중이니까, 괜찮으시면 의자에 앉아서 기다려 주시겠어요?"

박재익은 진흙을 덮어쓴 것 같은 기분이었으나, 목소리만큼은 무척 낭랑하여 불투명하게 느껴질 정도였다. 습관적으로 미소를 지은 그는 들어온 뒤에도 말이 없는 손님을 돌아보았다.

"……."

눈이 마주치자, 미소가 걷힌 박재익은 침묵한 채로 자신을 보는 공수겸 보좌관에게서 눈을 떼지 못했다.

# 53

더는 기다릴 수 없어 미용실에 들어온 공수겸 보좌관은 막상 박재익
과 얼굴을 마주한 뒤에도, 다시금 헝클어지는 머릿속 탓에 어떤 말도
꺼내지 못하고 있었다.

"……."

뜻밖의 손님을 쳐다보던 박재익은 작게 한숨 쉬고서 몸을 일으키더
니, 그대로 공수겸 보좌관을 지나쳐 미용실 문을 잠그는 것이었다. 그
러고는 자신을 또다시 찾아온 손님에게 자리를 권했다.

"또…… 오셨네요. 우선 자리에 앉으세요. 계속 서 있으면 불편하실
테니까."

무슨 마음으로 하는 행동인지 알지 못하는 공수겸 보좌관으로서는
흠칫 당황할 수밖에 없었다. 박재익의 행동은 지난번과 확연히 달랐
기에, 도무지 속을 알기 힘들었다.

'무슨 꿍꿍이일까.'

"사양 말고 앉으세요. 저도 다리가 아파서 그래요."

박재익은 살짝 미소 짓고 있었는데, 공수겸 보좌관은 이내 태연해
보이는 그의 속을 해석하려는 걸 포기했다. 그가 앉는 것을 확인한 박
재익은 건너편 의자에 앉아 시선을 내리고는 생각에 잠겼다. 공수겸

보좌관은 도통 이해가 안 되는 상황으로 인해 강한 의문이 들어, 오늘 본 것들이 모두 연출된 게 아닌가 하는 생각까지 들었다.

"미리 말씀드릴 건, 배후가 누구인지는 모른다는 거예요."

[단발머리]에 정적이 감도는 와중, 박재익은 차분히 말을 꺼냈다. 때문에, 온갖 추측을 하던 공수겸 보좌관은 박재익의 목소리가 들리자 모든 생각을 멈추고 그에 귀를 기울였다. 하지만 어쩐 일인지 박재익은 다시 침묵을 지켰으므로, 언제 말이 이어질지 몰라 공수겸 보좌관은 그저 조용히 그를 살폈다. 몇 분 후 생각을 마친 박재익은 제 울퉁불퉁한 손을 탁자 위에 올리고서 바닥을 보았다. 그 모습을 지켜본 공수겸 보좌관은 차츰 매서운 눈으로 박재익을 바라보았다.

"재나…… 예쁘죠?"

거듭 흐른 몇 분 후에 박재익이 말을 꺼냈는데, 그 내용이 자칫 당황스러웠다.

"제 동생이라서 하는 말이 아니라, 재나는 밝고 착하고 씩씩하고. 어쩌다 가난한 가족을 만나는 바람에 조금 억세게 변하기는 했지만, 그건 재나의 참모습이 아니에요."

"……."

"원래는 말도 못 하게 여렸었는데, 사는 게 순탄치 않다 보니까……. 아무튼 재나는 이런 동네와는 어울리지 않는, 그런 아이예요."

박재익은 물꼬가 트인 듯, 다소 수다스럽게 말을 늘어놓기 시작했다. 그렇지만 그 내용은 공수겸 보좌관이 원하는 것과는 달리 들려 의아스러웠다.

"그렇게 여렸었는데. 어릴 때부터 놀림거리가 되고, 구경거리가 되어야 했으니. 오빠라고 하나 있는 게 동생을 잘 지켜 주지도 못하고……."

잠시 말을 멈춘 박재익은 시선을 들어 공수겸 보좌관을 뚫어져라 보았다.

"지난번, 말씀하셨던 게 맞아요. 재나는 중학교를 입학하기 전에 수술을 했어요."

"……."

"아. 지금도 재나가 태어났을 때가 눈에 선해요. 보자마자 소중한 존재라는 걸 알아 버렸고, 저도 모르게 눈물이 흘러서……. 재나는 세상에서 제일 완벽했어요. 하지만, 그 생각은 오래가지 못했죠. 재나의 앙증맞은 모습을 보다가, 다른 사람과는 조금 다르다는 걸 알게 되었거든요. 두 발에…… 발가락이 하나씩 더 있었던 거예요."

'다지증.'

하기 힘든 말을 가까스로 했다는 투의 박재익은 그 자체만으로 숨이 차는 모양이었다.

"왜 그런…… 설명하기도 복잡한 장애는 죄다 가난한 집에 몰리는 건지. 아니, 가난한 것보다 저희 가족은 남을 공격하는 걸 모르고 살아왔거든요. 약해도…… 너무 약했죠. 그래서 재나는 맘고생이 더 심했을 거예요. 초등학교 때도 그랬었죠. 누군가가 생일에 초대했을 때는 뭣도 모르고 신나서 갔다가, 많은 사람들에게 둘러싸인 채 자기 발을 구경시켜야 했으니까요……. 더 기가 막힌 건 단지 그것 때문에 교장실에 불려간 거예요. 호기심이 유별난 그 교장에게 재나는…… 신기한 구경거리에 불과했죠."

말하면서 화가 나 버린 박재익은 얼굴을 붉으락푸르락 떨다, 그것을 애써 진정시키는 모습을 보였다.

"재나는 속이 깊어서 그런 얘기를 저한테 하지 않았어요. 했어도 소용없었을 거고……. 아무튼, 그런 얘기는 나중에 어쩌다 듣게 된 것들이었죠. 그러니까 제가 드리고 싶은 말씀은 어쩔 수 없었다는 거예요. 저희는 가난했고, 그렇다고 계속 그렇게 둬서 그런 몰상식한 일을 더 겪게 하고 싶지 않았어요."

박재익이 절실하게 호소하고 있음에도, 그걸 듣는 공수겸 보좌관은 여전히 흔들림이 없었다.

"……그때가 추웠었는데. 당시 저는 부모님을 여의고 일찌감치 돈을 벌려고 힘쓰고 있었죠. 재나를 어떻게든 수술시켜 주려고 했었지만…… 하루 벌어서 하루를 버티는 게 고작이었어요. 재나는 중학교에서도 악몽 같은 생활이 되풀이될까 봐 좌절하고 있었는데, 저는 바보처럼 그것도 모르고……. 그저 굶지 않기 위해 열심히 일이나 하는 게 전부였어요."

말을 하다 조금 지친 박재익은 잠시 멍하니 있더니만 움칫 제 손가락을 만지작거렸다.

"저는 재나 속도 모르고 중학교에서 쓸 학용품을 하나씩 모았는데, 그때 누군가가 절 찾아왔어요. 그 남자는 그 동네에서 본 적도 없었고…… 사늘한 느낌도 들어서 되도록 피하고 싶은 그런 사람이었어요.

저는 겁부터 나서 눈치를 보는데, 그 남자가 공손하게 웃으며 말하더라고요. 전혀 생각지 못 한…… 재나를 돕고 싶다고."

공수겸 보좌관은 뭐라 하고 싶었으나, 신중하기 위해 침묵을 지켰다.

"자기가 아는 분이 계신데, 마음씨가 아주 고운 분이시라는 거예요. 그분이 재나의 사정을 아시고는 도움을 주고 싶어 하신다면서. 지금은 산전수전을 다 겪어서 무엇이든 공짜가 없고, 그런 일이 있을 때는 의심부터 품겠지만…… 그때는 그런 걸 몰랐어요. 그냥 뜻밖의 행운이라고, 기쁜 마음으로 달려들었죠."

박재익은 혼자 끄덕이고서 멍히 말을 이었다.

"재나의 발을 수술시켜 주신다고, 비용은 전액 무료라고! 저는 믿을 수가 없었어요. 너무 바라던 일인데, 그게 현실이 되었다는 게……. 그 남자를 자세히 봤더니 사기꾼 같지도 않았고 믿음도 가더라고요. 아니…… 믿어야 했어요. 믿고 싶었다는 게 맞아요. 그 남자가 하는 말이, 제가 원하면 당장이라도 가능하다더군요. 그런데 이 말도 덧붙였어요. 고맙다고 생각한다면 나중에 한 가지 일을 하라고…… 그때 의심했어야 했는데. 저는 그냥 기뻐서 덜컥 약속을 하고 말았어요."

돌연히 일어난 박재익은 정수기에서 물을 받으며 공수겸 보좌관에게 말했다.

"갑자기 말을 하려니까 목이 말라서요. 같이 드실래요?"

"……."

공수겸 보좌관이 마실 물까지 챙겨 온 박재익은 조금 겸연쩍게 웃더니만, 이내 물을 벌컥벌컥 마시고는 그제야 살 것 같다는 모양을 했다.

"아, 그 약속을 하고…… 며칠 후에 그 남자가 여러 사람들을 데리고 다시 찾아왔어요. 저한테 사정을 전해 들었던 재나는 긴가민가하던 중에 낯선 사람들이 들이닥치니까 눈이 휘둥그레졌죠. 놀라기는 저도 마찬가지였는데, 깔끔한 모습을 한 사람들이 일사불란하게 움직이는 게 신기했어요……. 그때까지도 저는 어리석었어요. 사기는 아니었구 나…… 그런 생각만 하면서, 어서 재나가 수술받기를 바랐으니까."

조만간 울 것 같은 분위기를 풍기던 박재익은 끝내 울지는 않았는 데, 좀 창피해하는 것 같으면서도 그와는 미묘히 달라 보였다.

"저는 끝까지 경계하며 저만 찾는 재나에게 걱정 말라고 타일렀어요. 재나와 그 사람들을 보내고 난 후에도 걱정은 전혀 되지 않았어요. 오히려…… 재나가 잘못을 할까 봐, 그게 신경 쓰였죠. 그렇게 혼자가 되고 나니까 재나가 그리웠는데, 그냥 어서 돌아오기를 바라는 수밖에. 그러다 얼마 후 그 남자가 또 저를 찾아왔더라고요. 그때 처음, 뭔 가가 잘못되었다는 걸 직감할 수 있었죠. 사늘하게 무뚝뚝한 그 남자 가…… 시간이 아무리 흘러도 웃지 않았거든요."

"……."

"재나에 대해 묻고 싶은 마음이 굴뚝같았는데도, 좀처럼 입이 떨어 지지 않고 마냥 무섭기만 했어요. 그러다 그 남자가 먼저, 재나의 수술 이 아주 잘되었다고 했어요. 그 말을 하면서도 절대로 웃지 않았어요. 아무튼…… 그 남자가 제게 편지를 주더군요. 봉투에 재나의 글씨가 보여서 단숨에 편지를 꺼내 읽었어요. 다 읽은 제가 안심을 하니까, 그 남자가 제게 '이제 약속을 지킬 때'라고. 그러고는 대뜸 교도소로 들어

가랬어요."

공수겸 보좌관은 겉으로 안연자약한 모습이었지만 속까지 그러지는 못했다. 급자기 진실을 알게 된 것도 놀라웠으나, 자신이 느끼는 감정을 그대로 박재익에게 쏟았다가 일을 그칠 것만 같아 참는 중이었다.

"각오는 했었는데…… 좀 황당하고, 겁도 나고. 근데 거절할 수 없는 상황이었어요. 재나를 인질로 잡고 있는 그 남자를, 그냥 따를 수밖에 없었죠. 아…… 무슨 일이 그렇게 간단한지. 저는 순식간에 무슨 혐의로 체포되었고, 상황 파악이라는 걸 하기도 전에 이미 교도소 안에 있더라고요. 복역하자마자 그곳 수감자들이 저를 재미 삼아 괴롭혀서…… 솔직히 무서웠는데, 재나는 오죽할까 싶었어요. 그래도 몇 개월만 고생해서 나가게 되면 다시 재나를 볼 수 있다는 희망으로 버텼죠. 그러던 중에 그 남자가…… 이름을 가르쳐 주지 않아서 모르겠는데, 아무튼 그 남자가 제게 면회를 왔더라고요. 저를 보고 어떻게 지내냐고 인사를 건넸지만, 그게 궁금한 것 같지는 않았어요. 그러고 나서 한동안 괜히 무게 잡던 그 남자가, 저만 들리게 작은 소리로 말하는 거예요. 곧 새로운 수감자들이 오는데 저보고 그중 한 명과 무슨 일이 있어도 친해지라고. 그렇지 않으면, 재나가 어떻게 될지 모르니까 알아서 하라면서."

남은 물을 마저 마셔 버린 박재익은 제 손을 만지작거리던 중, 한 손을 쫙 편 채로 내밀며 말했다.

"이렇게, 손바닥을 보여 줬어요. 저는 무서워서 망설이다가 그 손바닥을 봤는데, 거기에 깨알만 한 글씨가 있었죠. '구승희'라고……."

말없이 듣던 공수겸 보좌관은 그 이름이 들리자 저도 모르게 울컥하고 말았다. 그렇지만 잠깐 스치는 정도로 일렁이는 수준이었고, 박재익 또한 말하는 내내 공수겸 보좌관의 눈을 피한 터라 들키지 않을 수 있었다.

"교도소에 있는 것도 힘든데, 또 다른 걸 시키니까 당혹스러웠어요. 그래도 제가 할 수 있는 게 없으니까, 이미 죄수가 된 마당에…… 해 보기로 했죠. 제가 복역하고, 보름 후에 새 수감자들이 들어왔어요. 곁눈질로 그 사람들을 봤는데, 제가 친해져야 할 사람은…… 그냥 눈에 띄더라고요. 심하게 마르고, 마음은 더 깡마른 것처럼 파리해 보이는 그 '구승희'라는 사람……. 그 모습이 부담스럽다고 생각했는지 안 된 마음이 든 건지, 다른 수감자들이나 교도관들 모두 슬슬 피하는 분위기였어요."

슬쩍 공수겸 보좌관의 눈치를 살피던 박재익은 우물쭈물 자리에서 일어나, 제 마음처럼 무거운 발걸음을 옮기고는 새로 물을 떠왔다. 당연히 마실 거라고 생각했으나, 박재익은 마시지 않고 그저 물이 가득 든 그 잔을 두 손으로 꼭 쥐었다. 마치, 그것 자체에서 안정을 찾으려는 듯 보였다.

"내키지는 않았지만, 말이라도 걸려고 얼마나 노력했는지……. 더구나 저는 다른 수감자들한테 갖은 구박을 받고 있었고…… 그런데도 그냥 「그 사람」한테 다가가 보겠다고. 근데 도통 틈이 보이지 않더라고요. 교도소에 들어온 「그 사람」은 사실상 말을 하지 않았고, 그렇다고 잘 돌아다니는 것도 아니었거든요. 그러니까…… 정말 미치는 줄 알았어요. 이따금씩 면회 오는 그 남자는 무턱대고 저를 닦달하는 걸로 모자라서, 쟤나 얘기를 하며 협박을 하고……. 거기에다 「그 사람」은 꼭 중요한 뭔가를 상실한 것 같은 모습을 하고서 남을 철저히 무시하고."

'그런데 어떻게 가까워졌다는 거지……?'

"계속 그렇게…… 시간이 흘렀는데. 어느 날인가? 「그 사람」이 제가 하는 말을 듣고 있는 거예요! 계기는, 정말로 모르겠어요. 저도 그게 어떻게 된 건지…… 아마 제가 하도 괴롭힘을 당하니까 불쌍하게 본 것 같아요. 물론 그 후에 괴롭힘이 없어진 건 아니었지만. 아무튼 한 가지 해낸 것 같아서 안심이 되더라고요. 그냥…… 누군가가 제 얘기에 귀를 기울여 준다는 게, 누가 옆에 있다는 게 그렇게 힘이 될 줄은. 이유가 뭐든 「그 사람」은 어느 날 갑자기 달라지기 시작했어요. 거의 입에도 안 대던 밥을 잘 먹게 되고, 운동도 하기 시작하고, 다른 사람의 말에 반응하기도 하고……. 그래도 여전히 제게 한마디도 하지 않았어요. 뭐…… 그건 다른 사람에게도 마찬가지였으니까. 듣자니까 절도하다가 사람을 죽일 뻔 했다기에 무서웠었는데, 그렇게 보이지 않아서 좀 의아스럽더라고요."

다음에 무슨 말을 할지 고민하는 박재익의 모습은 처음과 다르게 긴장이 상당 풀린 것 같았다. 어느새 자신의 앞에 공수겸 보좌관이 있다는 사실을 망각이라도 한 양, 그저 말하는 데에 열중하는 모습이었다. 그렇다고 표정이 밝아지는 않은 채 어중간한 형질을 띠고 있었다. 그는 공수겸 보좌관에게 눈길을 주지 않았으나, 숨겼던 진실을 말하는 데에 마음이 편해지는 모양이었다. 하지만 후반에 들어갈수록 박재익은 말하는 것을 주저하는 기상이었다.

"……저는 「그 사람」과 가까워진 걸, 어김없이 면회를 온 그 남자에게 보고했어요. 그 남자는 제 얘기를 듣고 만족하는 것 같았죠. 그걸 보고 나니까 어찌나 싱숭생숭해지던지. 시킨 걸 다 했으니까, 당연히 거기서 끝인 줄 알았거든요. 하지만…… 끝이라는 건 제가 결정할 수 있는 게 아니었어요. 아니나 다를까, 그 남자는 제게 새로운 걸 요구하더군요."

이윽고 마른침을 삼키고 난 박재익은 자꾸 고개를 숙이며 뜸을 들이는가 싶더니, 마지못해 말을 이었다.

"정말 말도 안 되는……. 물건을 하나 줄 테니까 실수 없이 사용하라고, 이게 마지막일 테니까 잔말 말라고 했어요. 이번에는 또 뭔가 했었는데. 그 남자가 제게…… 주사기를 주겠다고 하더라고요."

박재익이 뭐라고 하던 공수겸 보좌관은 잠자코 듣기만 했다.

"뜬금없이 무슨 주사기인지. 근데 그 뒤에 하는 말이 더 가관이었죠. 그걸 잘 가지고 있다가, 자기가 지정한 날에 기회를 봐서…… 「그 사람」을 유인해서 찌르라고."

"……"

"저는 펄쩍 뛰었어요! 안 된다고, 그게 말이 되느냐고 따졌죠! 하지만 칼자루는 그 남자가 쥐고 있었고……. 재나가 그 남자의 손에 있는데 제가 싫다고 해 봤자! 그런 무서운 요구를 하는 사람이, 재나에게 무슨 짓을 할지……! 저 때문에 생긴 일인데…… 재나는 아무 상관도 없잖아요. 재나는 이미 충분히 힘들었는데, 괜히 저 때문에 무슨 해코지라도 당하는 날에는!"

괴로운 듯 얼굴을 찌푸린 박재익은 공수겸 보좌관을 향해 필사적으로 소리쳤다.

"면회를 마치고 감방으로 돌아가는 동안, 겁이 나서 미치는 것 같았어요. 어디에 도움을 청할 생각은 하지도 못 했죠! 저를 어리석다고 하시겠지만…… 하지도 않은 범죄로 체포되고 곧장 교도소로 가면서 그 위력을 충분히 확인했으니까요. 괜히 다른 수를 썼다가는, 다른 건 제쳐 두고 재나는요?!"

"그래서요?"

신경이 곤두선 공수겸 보좌관이 다소 차가운 목소리를 냈는데, 그냥 듣기에 어떤 감정도 담기지 않은 것 같았으나 박재익에게는 그 말이 아주 뾰족한 바늘 같아 흠칫하게 되었다.

"그래서…… 주사기를 받고 말았죠. 그러고 나니까, 누구든 똑바로 쳐다볼 수가 없더라고요. 병에 걸린 것처럼 정신없이 벌렁거려서 걷는 것도 괴로웠어요. 그리고 그날이 오고 말았죠. 당시, 너무 더워서 빙과가 정기적으로 배달되었었거든요. 그날도 마찬가지였어요. 수감자들이 빙과를 먹으면서 쉬고 있었는데, 누군가가 눈에 들어오더라고요. 그 남자, 무슨 수를 쓴 건지……. 아무튼 많이 건강해진 「그 사람」은 저와 가까워지게 되었고, 전 그냥…… 그렇게 했어요."

박재익은 아예 엎드리려는 자세를 하고서 기어가는 목소리로 말했다.

"결국 그 남자가 시키는 대로. 주사기를 찔렀고, 기절한 「그 사람」을……."

몹시 피곤한 모습을 한 박재익은 겨우 고개를 들어 말했다.

"그 남자에게 넘겨줬어요. 그게 다예요……."

공수겸 보좌관은 좀 흐리멍덩하니 얼이 빠져 있는 박재익 빤히 보았는데, 그도 공수겸 보좌관이 저를 보고 있다는 걸 알고 있었다. 다만 그 시선을 견디기 힘들었던 박재익은 무슨 말이든 하려 몸부림치기 시작했다.

"저라고 편했던 건 아니라고요! 그 일이 있고 교도소가 발칵 뒤집혔을 때, 저는 저대로 무섭고 혼자 궁지에 몰린 것 같아서! 제가 할 수 있는 건 아무것도 없었으니까……. 어디다 속 시원히 말도 못 하고, 그렇게 형기를 마쳤어요. 그냥 잊어버리자고…… 밤마다 계속 되뇌다 보니까, 출소할 때는 좀 무뎌졌었죠. 드디어 재나와 재회를 했는데도, 그리운 동생을 만났는데도 마음이 좋지 않더라고요. 재나와 함께 집으로 돌아가는 길에 '탈옥수 구승희'에 대한 얘기가 심심치 않게 들렸거든요. 거기에다, 무엇보다 잊고 싶은 그 남자가 어디선가 제 앞에 나타나더니 봉투를 주고 가 버렸어요. 현금 삼천만 원이 든 봉투를……."

더 이상 참기 힘들었는지, 박재익은 물을 한 모금 마시고는 헉헉거렸다.

"알아서 입 다물고 살라는 거였겠죠. 제 평생…… 그렇게 큰돈을 만진 적이 없었는데. 그리고 그건 정말 무거웠어요. 이상하게 그런 큰돈을…… 재나한테는 보여 주고 싶지 않았어요. 왜 그랬는지 지금도 모르겠어요. 그때는 그냥, 그 돈을 쳐다보는 게 소름 끼쳐서. 하지만 우리…… 저와 재나에게는 필요한 액수였죠."

멍청한 얼굴로 허공을 바라보던 박재익은 가만가만 잔을 만지작거렸다.

　"분명히 그랬는데, 그 돈은 정말 무거웠거든요. 집으려고 다가가면, 역한 고린내가 심해서 고개를 돌릴 수밖에 없었어요. 그런 돈을 재나에게 알리기가…… 그냥 침묵하기로 했죠. 그러던 어느 날, 길을 가는데 사람들이 신문을 들고 있는 게 보였어요. 그때는 「그 사람」에 대한 열기가 좀 주춤했었는데, 하여튼 다시 사람들 입에 오르게 한 기사가 그 신문에 났더라고요. 「그 사람」이 일했던 공장의 사장님이 돌아가셨다는……. 그 기사를 보고 조금 늦게 온몸이 욱신거려서, 저는 그냥 몸살인 줄 알았었죠. 아시겠지만, 당시 사람들끼리 「그 사람」 얘기를 가지고 하도 난리를 치던 때라. 저는 그걸 피하려고 병적으로 돈벌이에 매달린 채 살았고, 그러다 보니까 저절로 둔감해져서 괜찮은 줄 알았어요. 그런데 집에 와서도 그 기사가 잊히지를 않고, 오히려 뚜렷해지는 거예요. 문득 정신을 차리고 보니, 어느새 저는 고인의 빈소 위치까지 알아낸 뒤였죠. 그냥…… 무슨 생각을 할 겨를도 없이 그곳으로 갔어요. 그 병원 주위에 기자들을 포함한 사람들이 구름 떼처럼 모여 있어서…… 들어갈 틈이 없다는 걸 알면서도 그 자리를 떠날 수가 없더라고요. 그렇게 죽 거기에 있으면서, 몇 가지를 알게 되었죠. 「그 사람」이 절도를 하게 된 사연과 공장 사장님이랑 그 아들을 무척 위했다는 걸요."

　박재익은 그 얘기를 하면서 어지간히 힘겹다는 태도였다.

　"계속 기다리다가 소란해진 틈에 간신히 빈소로 들어갈 수 있었는데, 찾는 건 별로 어렵지 않았어요. 다른 곳에는 조문객이 많은 데 비해서, 한 곳만 횅하더라고요. 혹시나 들킬까 봐 조심조심 안을 들여다 보았더니…… 상복을 입은 소년 한 명이 기절이라도 한 것처럼 구석에 누워 있는 게. 눈을 감은 걸 확인하기도 전에, 숨이 턱 막히는 것 같아서 서 있는 게 힘들더라고요. 그분이 저 때문에 돌아가신 것도 아닌데, 그곳에 있는 영정 사진을 똑바로 쳐다볼 용기가 나지 않았어요. 그러다 문득 등골이 오싹해지는 것 같았고, 온몸에 떨림이 멈추지 않는 거예요……. 그래서 그 유족의 근처에는 가 보지도 못 하고, 주머니에 챙겨 둔 삼천만 원이 든 봉투를 그곳에 두고 나와 버렸죠. 그걸로 「그 사람」에 대한 것에는 일체 관심을 가지지 않을 거라고 다짐하면서! 저는 그렇게 그곳을 도망쳤어요."

말을 마친 박재익은 매우 고된 일을 해냈다는 듯, 작게 숨을 헐떡였다. 공수겸 보좌관이 자신을 어떤 눈으로 쳐다보든 박재익은 오랜만에 숨통이 트인 '지금'에 취해 있었다. 그동안 야무지게 외면하며 잘 참고 살았다 생각했었건만, 사실은 그게 아닌 모양이었다. 오로지 속으로만 맺혀 두었던 그 얘기를 입 밖에 낸 것이, 이만큼 홀가분해질 줄은 꿈에도 알지 못했었다. 그로 인해 잠시 제가 처한 상황을 잊은 박재익은 한결 편해진 상태로 마음껏 공기를 들이마시다, 어느덧 저를 뚫어져라 보는 공수겸 보좌관에게 시선을 주게 되었다.

"……."

그의 버석한 눈동자가 자신을 향하고 있다는 사실에 당황한 박재익은 다시금 두드러기같이 올라오는 불편을 마주해야 했다. 딱히 공수겸 보좌관의 눈빛이 무엇을 담은 바는 아니었으나, 중요한 건 박재익 스스로가 느끼는 것이었으며 그것이 전부였다. 그는 조금씩 숨이 가빠지는 것 같아 어떻게든 그 눈빛에서 벗어나야겠다는 생각이 들었다.

'아니야……! 그런 눈으로 보지 마! 말했잖아, 나도 피해자야!'

침묵이 두 사람을 묶어 놓은 것 같았는데, 적어도 박재익은 그렇게 느끼고 있었다. 실제로 침묵이 오간 것은 짧았지만 박재익이 느끼기에 너무 길어 견디기 힘들었다.

"모르시겠어요?"

별안간, 박재익의 목소리가 이상할 정도로 날카롭게 울렸다. 그 목소리에는 억울함과 설움이 뒤범벅되어 있었으며, 불그스름해진 눈은 그간 쌓인 울분 때문에 금방이라도 울 것처럼 느껴졌다.

"저는! 어쩔 수가 없었다고요……. 저는 사람들이 생각하는 그런 나쁜 사람이 아니란 말이에요! 그냥…… 아픈 동생을 위해!"

소리를 높이고 난 박재익은 왠지 모를 불안감 탓에, 고개를 숙인 채 끊임없이 주절댔다.

"다른 건 없었어요. 단지 상처받은 연약한 동생이 안타까웠을 뿐이에요. 그것 하나만이라도 고쳐 주고 싶어서……. 그게 어떤 결과를 가져올지는 몰랐다고요! 누가 생각이나 했겠어요?!"

박재익은 말을 할수록 고개가 내려가고 허리가 굽어져 마치 숨는 모양을 하고 있었다. 그러다 무슨 생각이 스쳤는지, 움찔하더니만 이내 수그렸던 고개를 들며 천천히 말하는 것이었다.

"저는, 함정에 빠졌던 거예요. 그게 아니라면 말이 안 되잖아요? 아무리 힘들어도 남한테 피해 주지 않으려고, 그렇게 살아온 제가! 남을 해친다는 게 말이 된다고 생각하세요? 그것도 한 번도 본 적 없는 남을!"

그렇게 말하는 박재익의 얼굴에는 미약하게나마 밝아지는 기색이 돌았다. 아마도 '함정'이라는 단어가 자신을 방어해 줄 훌륭한 방패라 생각하는 모양이었다.

"저는 함정에 빠졌던 거라고요."

도리어 당당해진 박재익의 모습이, 모든 것을 억누른 공수겸 보좌관에게는 보통 거슬리는 것이 아니었다. 이루 다 말할 수 없이 궁금했던 진실을 드디어 듣게 되었는데, 그것도 반은 포기하던 걸 알게 되었는데 하나도 만족스럽지 않았다. 공수겸 보좌관의 원래 계획은, 박재익에게서 진실을 듣게 된다면 미련 없이 [단발머리]를 떠나는 것이었다. 진실을 모를 적의 저가 생각하기로, 박재익이 관련 있다 하더라도 결국에는 장인목 병원장의 '수작'에 소비된 '소모품'에 불과할 거라 생각했었다. 더욱이 지금처럼 촉박한 상황에서는 달리 선택할 수 없었으므로 그래야만 했다.

'다…… 알고 있는데.'

그럼에도 불구하고 어렴풋하게나마 공수겸 보좌관의 가슴속에 소용돌이가 일고 있었다. 이미 움직이고 있어야 할 그의 다리는 제 역할을 잊은 채였고, 참회하는 체하며 오로지 변명으로 일관하는 박재익의 태도에서 눈을 뗄 수 없었다.

"그건, 저 같은 게 어쩔 수 없었어요! 그 사람들이 작정하고 심어 놓은 함정에 제가 걸려든 것뿐이라고요. 저는 그냥 운이 너무…… 그렇잖아요? 그런 일이 생길 거라고 상상도 못 했어요……. 몰랐어요, 몰랐다고요! 저는 정말……!"

그동안 보좌관 노릇을 하며 겪었던 천태만상이 스친 공수겸 보좌관은 이전의, 자신이 살면서 보고 들은 것들이 차례로 생각났다. 그때는 모두 그러려니 넘겼던 것들이라 지금 떠올려도 대수롭지 않게 느껴졌다. 대관절 무엇인지 알지 못할 어정쩡한 태도는 처음도 아니었고, 이미 질리도록 경험했는데도 자꾸만 속에서 뭔가 울컥하는 것이었다. 겉으로 심드렁한 척하는 공수겸 보좌관은 차라리 무생물로 보였으나, 울상을 지으며 교묘히 동정심을 요구하는 박재익을 보자니 저릿저릿 메스꺼워 도시 속내를 감추기 힘들었다.

"박재익 씨."

갑자기 들린 공수겸 보좌관의 목소리에, 소스라치게 놀란 박재익은 미동도 못하고 얼어 버렸다.

"도무지 이해하기 힘들어서……. 몰랐다니? 박재익 씨, 도대체 누가 알고 있었다는 겁니까?"

"……."

공수겸 보좌관의 감정은 저도 모르는 사이에 점차 격해지고 있었다.

"구승희 씨가 몸담았던 공장의 식구가 알고 있었다는 겁니까? 그곳, 재소자들이나 교도관들이 알고 있었다는 겁니까? 그것도 아니면 박재익 씨에 의해 교도소 밖으로 끌려간 구승희 씨가 알고 있었다는 겁니까? 도대체 누가 알았다는 겁니까?!"

"……."

공수겸 보좌관은 되도록 감정을 억누르며 말했지만, 그의 말투는 이미 박재익을 질타하고 있었다. 그 때문에 겁을 집어먹은 박재익은 덜덜 떨면서도 입을 열었다.

"하…… 지만. 하지만 저는, 정말 몰랐다고요."

"정말 몰랐을까요? 주사기 얘기를 듣기 전에는 몰랐다고 칩시다. 하지만 주사기에 대해 알고 난 후에는? 정말 어떤 결과를 초래할지 전혀 몰랐다는 겁니까? 박재익 씨가 찌른 주사를 맞고 기절한 구승희 씨를 보고도, 아무것도 몰랐다는 게 말이 됩니까?"

"……."

자신의 행동에 대한 정당성을 주장하던 박재익은 매섭게 변한 공수겸 보좌관에게 맞설 생각도 못 하고 있었다.

"그토록 오랫동안 박재익 씨를 침묵하게 만든 그들에게! 그 정도로 겁나는 그들에게 '정말' 아무것도 모르는 구승희 씨가 끌려가는데도, 박재익 씨는 그걸 직접 봤으면서도 '정말' 몰랐다고 할 수 있습니까?"

애써 공수겸 보좌관의 눈길을 피한 박재익은 초점을 잃는 와중 가까스로 대답했다.

"……몰랐어요."

서릿발 같은 공수겸 보좌관에게 지지 않으려 한 말이었으나, 그것은 아주 미미한 목소리에 그치고 말았다.

"그래요……? 그럼 그때, 무슨 생각을 하셨던 거죠? '저 친구는 이제 잘 먹고 잘살겠구나'?"

기계 같은 표정을 유지한 채 거리낌 없이 저를 조롱하는 공수겸 보좌관이 진득진득 소름 끼쳐 박재익은 말문이 막혔다. 그는 한참을 망설이며 억울한 제 입장을 전달할 말을 찾다, 홀여 자리를 박차고는 다급히 외쳤다.

"당신은! 아무것도 몰라요! 그때 내가 어땠는지……! 내가 무슨 심정이었는지, 내 입장이 얼마나…… 난처했는지. 그래요, 내가 주사기로 찔렀어요! 하지만 그럴 수밖에 없었어요……."

박재익은 제풀에 지친 듯 다시 의자에 앉으며 말을 이었다.

"제가 그러지 않았다면, 재나는요……? 거기에다…… 저라고 마음이 편했겠어요? 저는요, 한시도 마음이 편했던 적 없었고요. 지금까지 살아온 시간도 편치 않았어요. 출소했을 때 재나의 웃는 얼굴을 보고 기쁜 마음이 들었었지만, 그것도 그때뿐이었어요. 그 일로 돈을 받았을 때는 한 푼도 쓰지 않았고, 조금도 반기지 않았다고요. 맹세할 수 있어요! 제가 나쁜 사람이었다면, 어떻게 그 빈소에 찾아갔겠어요? 왜 삼천만 원이라는 큰돈을 그곳에 두고 왔겠어요?"

박재익은 다시금 절절한 눈으로 공수겸 보좌관을 바라보았다. 그의 눈동자에 비친 공수겸 보좌관은 여전히 속을 알 수 없었지만, 그새 노기가 걷힌 것 같았다.

"박재익 씨가 착각하시는 모양인데, 그 빈소에 가서서 돈을 두고 오셨다고 해도 달라지는 건 없습니다. 말씀하셨잖습니까? 그 삼천만 원이 역하고, 무겁고, 소름이 끼치셨다고……. 박재익 씨가 곧바로 그곳에 가셔서 계속 꺼림칙하셨다는 그 돈을 두고 오신 건, 죄책감 때문입니다. 일은 이미 벌어졌는데 차마 받아들일 자신은 없고, 회피하기 좋게 외면하고 싶어도 '대가'가 버티고 있으니 몸도 마음도 힘드셨던 거죠. 마침…… 빈소 소식을 알고 거기로 가신 것도 마찬가지입니다. 줄곧 시치미 떼고 계셨지만 사실은 마음이 쓰여서 그곳에 가신 거고, 자신이 저지른 잘못을 덮기 위해 삼천만 원이라는…… '죄책감'이자 자신을 탓하는 '증거'를 그곳에 버리신 겁니다. 그리고 지금까지 모르쇠하신 거죠."

담담히 울린 공수겸 보좌관의 목소리는 곧 박재익을 망연자실하게끔 만들었다. 하지만 그걸 인정할 마음이 들지 않았던 박재익은 멍하니 고개를 가로저었다.

"아니야, 아니에요……."

"박재익 씨가 정말 나쁜 사람이 아니라면, 범행 직후에 신고하셨어야 맞습니다. 박재나 씨가 걱정된 거라면 나중에 재회하신 후에 신고했더라도 늦지 않았을 겁니다. 더구나 그동안 기회는 많았잖습니까?"

공수겸 보좌관의 태연한 모습에, 답답한 속이 분으로 변모한 박재익은 인상을 일그러뜨리며 말했다.

"세상에, 지금까지 뭘 들으신 거예요? 그게 아니라고 몇 번을 말씀드려야 하죠?! 계속…… 저는 억울하다고, 억울하다고! 그리고 제가 나쁘다고요? 그렇다면 끝까지 침묵했겠죠! 그런데 아니잖아요? 지금 사실대로 말씀드리고 있잖아요!"

화가 치밀어 오른 박재익이 주먹으로 제 가슴팍을 때리며 소리치는 한편, 그런 그를 관찰하던 공수겸 보좌관은 수유 고개를 돌렸다.

"……박재익 씨가 지금에 와서 제게 이십일 년 전의 일을 말씀하신 이유, 저도 그게 의문이었는데."

다음에 무슨 말이 나올지 알 길이 없어 노심초사하는 박재익과 달리, 무심한 눈으로 미용실을 둘러본 공수겸 보좌관은 냉담히 말했다.

"그러고 보니, 박재나 씨가 없군요."

"……."

움칠한 박재익이 탁자 위에 뒀던 두 손을 슬며시 탁자 아래로 숨겼는데, 애써 천연한 척했으나 그의 심장은 호흡과 마찬가지로 몹시 가빠지고 있었다.

"박재익 씨는 유일한 가족이자 동생인 박재나 씨를 목숨처럼 아끼시지 않습니까. 그래서 구승희 씨가 납치되는 일에 가담하신 거고. 그렇게 아끼시는 박재나 씨가 어째 안 보입니다만?"

"……."

덤덤한 공수겸 보좌관에게서 질문을 받은 박재익은 뭐라고 해야 좋을지 떠오르지 않았다. 솔직히 말해도 상관없을 것 같았지만, 날이 선 것 같은 공수겸 보좌관이 뭐라고 받아칠지 알 수 없어 그것이 더 두려웠다.

"박재익 씨의 입이 워낙 무거우셨다 보니, 사실 저는 어찌해야 할지 막막했습니다. 그래서 오늘도 기대를 하지 않았었고…… 지금 말씀하신 게 꿈이 아닌지 헷갈릴 정도입니다."

공수겸 보좌관의 시선이 서서히 움직여 박재익을 향하니, 짐짓 딴전을 부리는 모습이 보였다.

"물론 박재익 씨가 이렇게 선뜻 말씀해 주신 덕, 제게 많은 도움이 되었습니다. 그런데 지금 박재익 씨가 제게 말씀해 주시는 이유가…… 순수하게 양심의 가책을 받아서라거나 구승희 씨에 대한 죄책감 때문으로 보기 힘듭니다. 제가 보기에, 오늘 박재나 씨가 여기 안 계신 것과 밀접한 관련이 있을 것 같습니다만."

"……."

"이를테면 더 이상 그 비밀을 지키고 싶지 않을 정도의 피해를 보셨다든가, 그래서 그로 인한 복수심……?"

침묵으로 일관한 박재익은 공수겸 보좌관을 외면한 채로 몸을 반쯤 돌렸고, 그걸 본 공수겸 보좌관은 피곤하다는 듯 몸을 뒤로 빼고서 고개를 돌렸다. 두 사람 사이에 열기가 어느 정도 사그라든 후, 체념한 듯한 박재익의 목소리가 들렸다.

"「그 사람」의…… 구승희 씨의 동생분이시죠?"

"……."

"처음에는 알아보지 못했었는데, 어느 순간 알겠더라고요. 음…… 사실은 기절한 구승희 씨를 옮길 때, 옷 속에 간직했던 사진을 봤었거든요. 그 사진 속 얼굴이랑 언뜻 닮으셨어요."

공수겸 보좌관은 저를 외면한 채 어떤 표정도 없이 말하는 박재익을 물끄러미 보았다. 날카로이 뱉은 말과 함께 제게 쌓였던 분노를 더러 털어 버리고 나니, 더 이상의 매정한 말은 박재익에게 무의미하다는 걸 깨달았다.

'여기서 더 지체할 수 없어.'

기운이 빠진 것처럼 일어나 힘없이 돌아선 공수겸 보좌관은 어정어정 걸음을 옮겼다. 그를 모르고 넋을 놓은 박재익의 귓가에 곧 익숙한 소리가 들렸는데, 그것이 문에 달린 종의 소리라는 걸 안 그는 소리가 난 쪽을 보며 서둘러 일어났다. 그러고는 문을 닫고 나가는 공수겸 보좌관의 뒷모습에 대고 소리쳤다.

"잘못했어요!"

하지만 공수겸 보좌관은 이미 [단발머리]를 나간 뒤였다. 입구를 하염없이 바라보는 박재익에게는 허전한 그늘만이 남았다.

"……!"

뭔가를 생각해 낸 박재익은 분망히 미용실 안쪽으로 들어가, 그곳과 연결된 방에 있는 서랍장을 뒤지기 시작했다. 미친 듯이 뭔가를 찾던 박재익은 이윽고 멈칫하게 되었다.

'찾았다.'

박재익의 손에 들린 것은 사진이었는데, 바로 이십일 년 전에 구승희한테서 발견한 것이었다. 당시 의식을 잃은 구승희가 옮겨지고 난 자리에서 발견하고는 줄곧 보관하고 있었다.

'이럴 때가 아니지!'

사진을 든 박재익이 화급히 미용실로 돌아가던 중, 또 종소리가 들렸다. 놀란 박재익은 심호흡을 하고서 미용실로 나가려 했다.

'다시 돌아온 거겠지. 나가면 이걸 주고…… 용서를 빌자.'

그렇게 생각하니, 걸음이 사뭇 무겁게 느껴졌지만 박재익은 거듭 서둘렀다.

"아까 제게 하신 말씀이 다……!"

생각과 다르게 용기가 부족했던 박재익은 고개를 들기 힘들었으나, 이내 결연한 마음으로 [단발머리]를 찾은 사람을 확인하더니마는 곧장 굳어 버리고 말았다.

"……."


[단발머리]를 나온 공수겸 보좌관은 물살에 휘말린 것처럼 빠르게 걸어갔다. 그는 두 눈으로 앞을 보며 다리를 움직였지만, 실상은 정신이 나간 것 같아 매우 위태로이 느껴졌다. 그렇게 목적지를 향해 걷던 그는 문득문득 올라오는 분노 때문에 자꾸만 멈춰 서게 되었는데, 마음 같아서는 다시 돌아가 박재익에게 서슬이 퍼렇도록 갈고닦은 그동안의 울분을 내던지고 싶었다. 그렇지만 동시에, 그래서는 안 된다는 마음이 그를 저지하고 있었다. 여기서 더 지체할 시간도 없는 데다, 박재익 앞으로 돌아간들 자신은 견딜 수 없이 얼룩지기만 할 것이라는 걸 알기 때문이었다.

"……."

몸과 마음이 어긋나 갈팡질팡하던 공수겸 보좌관은 급기야 몸서리를 쳤다. 마침내 그의 발길은 아주 천천히 차가 주차된 곳으로 향했으나, 얼굴에는 못마땅한 빛이 어려 있었다.

"……?!"

공수겸 보좌관이 부글부글한 속을 진정시키느라 숙였던 고개를 든 순간, 잘 숨겨진 줄 알았던 차가 못 알아볼 만큼 변해 있는 것을 보고 경악하게 되었다. 차에 있는 유리라는 유리는 모조리 깨진 채였고, 네 바퀴 모두 너덜너덜할 정도로 구멍이 나 있었으며, 골고루 찍고 긁고 부숴 놓아 직접 보면서도 믿기지 않았다.

'대체…….'

박살이 난 차를 그저 멀거니 바라보던 공수겸 보좌관은 차차 이성을 찾기 시작했다.

'다행히 차에 둔 물건은 없었으니. 누군지 잘도 부쉈네. 누가 이런 짓을…….'

어이가 없어 피식해 버린 그는 불현듯 스친 생각에 낯빛이 달라졌다.

## 54

[단발머리]를 찾아온 그 사람은 도저히 반길 수 없었거니와, 아마 앞으로도 박재익의 인생에 그런 날은 오지 않을 것이었다.

'판수복.'

지긋지긋한 그 이름을 떠올리자, 박재익의 경계심이 저절로 고개를 들었다. 뙤약볕에 그을린 그의 팔에 뱀 문신이 선명하여, 그 문신을 본 박재익은 지금껏 판수복에게 당했던 기억들이 생생하게 떠올랐다. 그래서 당장 그에게서 도망쳐야 한다는 신호가 들끓었으나, 이미 굳어 버린 박재익은 밀려오는 공포 때문에 어질할 뿐이었다.

'또……'

당최 이유를 알 수 없는 지독한 앙심을 품고서 자신과 동생을 끈질기게 괴롭혀 온 악한, 아무리 도망쳐 봐도 결국에는 귀신처럼 쫓아와 또 신물이 나게끔 못살게 구는 자였다. 그간 수도 없이 빌며 애원해도 통하지 않은 바, 판수복은 그야말로 살스런 찰거머리 같은 존재였다.

"이야~"

빈정대는 판수복의 목소리가 느리게 들려, 순간 경기를 일으킨 박재익은 가까스로 그를 외면했다.

"가난에 찌들어 살았었잖아? 그렇게…… 무식하게 고생하더니."

판수복은 저의 기분을 여과 없이 내보이는 게 습관이었으며, 그것을 즐기고 있었다. 또한 약자들을 골라내, 자신은 결코 약자가 아님을 증명하는 것으로 속을 달래는 게 바로 그의 즐거움이었다.

'……그렇게 유난을 떨더니, 이게 다야?'

판수복은 박재익의 반응이 어떻든 그 빈정대는 모양새로 미용실을 훑어보다, 노골적으로 비웃었다. 그러고는 자신을 등진 채 묵묵히 선 박재익을 충분히 위협적인 눈으로 흘겼다. 평소 같으면 망설일 것 없이 울컥했을 판수복이었지만, 오늘은 그것만으로 소소한 낙이었다.

"오랜만에 만났는데 인사도 안 해?"

판수복은 천연덕스레 박재익에게 물었다.

"……."

오직 묵묵부답으로 일관한 박재익은 판수복으로 하여금 조금씩 불만을 가지도록 만들었다.

"어휴, 덥다! 목도 마른데 뭐 없어? 모처럼 반가운 손님이 오셨는데, 어떻게 의자도 내오지 않아?!"

경직된 박재익의 여전한 침묵으로 인해 욱한 판수복은 거칠게 씩씩대며 미용실 주인에게 다가갔다. 기어코 박재익의 어깨를 마구 돌리고는 표정을 관찰했는데, 늘 그렇듯 지레 겁먹고 저와는 시선도 마주하지 못 하는 걸 확인할 수 있었다. 약하지 않은 척, 아무렇지 않은 체하며 안절부절못하는 모습을 보니 판수복은 묘한 안도감을 느꼈다.

"왜 말도 없이 있어? 아…… 오늘은 동생이 안 보이네."

눈을 돌린 판수복은 그대로 정수기가 있는 곳으로 가더니, 물을 받아 벌컥벌컥 마셨다.

"아, 시원하다!"

땀이 흥건한 채로 거리낌 없이 물을 마시는 판수복을 보고 있자니 박재익의 마음은 좋지 않았다. 동생이 지금 어디에 있는지, 왜 그곳에 있는지 모르는 것도 아니면서 거든거든 시치미 떼는 모습 탓에 배알이 뒤틀리는 것 같았다.

'이 뻔뻔한!'

박재익은 화가 났으나, 그렇다고 마구잡이로 덤볐다가는 정말 '마구잡이'로 몸을 놀리고 산 판수복을 이길 수 없다는 걸 알고 있었다. 물론 몸이 부들부들 떨릴 만큼 감정이 격한 게 사실이지만, 지금으로써는 참는 것 말고는 마땅히 할 수 있는 게 없었다.

"여기 물이 엄청 시원해! 내가, 여기 오면서 어찌나 목이 타던지. 물 때문에라도 여기에 자주 와야겠어."

몇 번이고 물을 받아 마신 판수복은 박재익을 빤히 보며 웃는 체하다, 그가 제 눈길을 피하자 종이로 된 잔을 아무렇게나 내던졌다. 그러고는 딴전을 부리며 의자를 끌고 와 그곳 한가운데에 앉아 버렸다. 판수복은 제게 맞서지 못하는 박재익이 편한 동시에 불편했기 때문에, 언제나 초연한 척하는 그를 건드리고 싶었다.

"물을 마셨더니 살 것 같아! 어떻게, 장사는 잘되나 몰라?"

그곳에 있는 거울을 보며 머리를 만지던 판수복은 계속 말이 없는 박재익을 흘금대었다.

"……."

"네가 내 말을 무시하다니. 기분이 그렇게 안 좋은가? 그럴 만한 게…… 혹시 동생 때문이야?"

속으로 피식 웃은 판수복은 곧 도발하듯 박재익에게 말했는데, 그걸 들은 박재익의 얼굴에는 변화가 없었지만 내심 이를 갈고 있었다.

"……."

"뭐 때문이든, 내가 일단 참아 줄게. 그동안 쌓인 정도 있고, 지금은 내가 좀 힘들어서 말이야. 뭘 좀 부수느라 힘썼더니."

판수복은 몸이 뻐근하다는 듯 굼틀거렸다.

"이제 나이가 들었나. 젊었을 때는 종일 뭘 해도 힘든 걸 몰랐었는데, 지금은 고작 차 한 대 부쉈다고 이렇게 힘들어서야. 그러게 누가 신경 거슬리는 짓을 하래?"

박재익은 판수복의 성미를 알고 있었으므로 일부러 더 말이 없었다. 그동안 저가 쓴 방법이 모두 통하지 않았을뿐더러, 외려 그를 빌미 삼아 비웃으며 더욱 우악스레 짓밟는 것을 수도 없이 겪어 온 까닭이었다. 그런 이유로 박재익은 되도록 한마디라도 아끼고, 아예 눈을 마주치지 않으려 노력하고 있었다. 박재나의 일로 따지고 싶은 마음이 굴뚝같았으나, 결과가 어떨지 모르는 마당에 무조건 화를 낼 수도 없는 노릇이었다.

'만약 내가 물어본다고 해도…… 아니라고 한다면? 내가 본 것 말고는 어엿한 증거도 없는데, 끝까지 모른 척하면 나만 바보가 될 거야.'

박재익은 영리하지 못한 자신을 탓하며 한숨지었다.

"그냥 알아도 모른 척하고 살 것이지, 뭐 하려고 징글맞게 알아보고 다니는지! 그래 봤자…… 돈이 생겨, 쌀이 생겨? 너도 그렇지, 자꾸 찾아오게 만들면 어떡해?"

박재익은 판수복이 하는 말을 시큰둥하게 듣던 중, 멈칫하게 되었다.

"너 운 좋은 줄 알아! 그 귀찮은 걸 내가 손봐 줬거든."

놀란 박재익과 눈이 마주친 판수복은 넌지시 물었다.

"오늘은 말했어?"

그 말에 소름이 쫙 돋은 박재익은 일순간 가슴이 답답해졌다.

"너……."

번쩍 표정을 잃었던 박재익이 비틀거리자, 그것이 어지간히 흥미로워 판수복은 그에 비아냥거렸다.

"지금 네 표정, 재밌네? 날 항상 투명 인간 취급하더니…… 이제야 좀 사람 같잖아! 지금까지 벽이랑 얘기하는 건 줄 알고 기분이 안 좋았거든."

"너……."

"그래! 얘기해 봐!"

눈동자가 심히 흔들린 박재익은 겨우겨우 잡고 있던 이성마저 흔들리게 되었지만, 이대로 판수복에게 달려들 수도 없었기에 참아야만 했다.

"그 사람한테 무슨 짓을 한 거야?"

"뭘? 내 얘기 안 듣고 있었어?"

판수복은 가벼운 투로 박재익을 약 올렸는데, 그의 뻔뻔한 태도는 박재익을 얼마나 업신여기는지 여실히 보여 주고 있었다.

'왜?'

그동안 저를 무시하고 혐오하는 많은 사람을 겪으며, 속이 텅 빈 것처럼 힘겹게 버텨 온 박재익이었다. 그래서 얼마든지 참을 수 있는 상황이었음에도, 그의 심장은 바삐 비걱거리는 것 같았다.

"너…… 나한테 왜 이러는 거야?"

"……."

"내가 너한테 무슨 짓을 했다고."

이윽고 박재익의 얼굴은 잔뜩 흥분하여 붉게 물들었는데, 그를 빈정대며 눈요기하듯 즐기는 판수복의 모습은 몹시 아슬아슬했다.

"네가 얼마나 지독한지 모르지? 삼십 년이 넘어…… 네가 날 괴롭힌게! 도대체 나한테 왜 이래?!"

'어쭈.'

판수복은 이 상황이 재밌다는 양 히죽거리는 걸 멈추지 않았다.

"그 사람은! 나와는 상관이 없는데…… 왜?! 왜…….."

'또 시작이구나. 실컷 소리 질러 봐라.'

박재익이 판수복의 괴롭힘을 참다못해 소리 지르는 건 이번이 처음은 아니었다. 하지만 그 정도로 나가떨어질 거라면, 판수복을 두고 '지독하다'고 하지 못했을 것이었다. 판수복은 사람을 괴롭히는 데에 이골이 나 있는 데다, 일찍이 저가 당해 온 만큼이나 남을 쥐어짜는 데탁락했다. 때문에 박재익이 분에 못 이겨 소리 지르는 것 따위는 우스웠으므로, 까짓것 수월히 넘길 수 있었다.

"도대체…… 왜 이러는 거야?"

판수복이 예상한 대로, 박재익이 소리 지르는 것은 오래가지 못했다. 옛날부터 박재익은 싸움을 피하려 화를 내도 오래간 적이 없어, 질긴 성미의 사람들 사이에서 자란 판수복에게 유난스레 미운털이 박힐 수밖에 없었다.

"넌 착각이 심하다니까. 그게 어떻게 나 때문이야? 그놈이 더 이상 찾아오지 못하도록 알아서 잘 처리했어야지. 네가 처음부터 딱 부러지게 잘했으면, 그랬다면 내가 나설 필요가 없잖아?!"

"⋯⋯."

"그러니까, 다 네 탓이야."

"⋯⋯."

"너만 아니었으면⋯⋯ 이십일 년 전 그 '역할'은 내 차지였다고. 내 거였는데, 네가 갑자기 튀어나오는 바람에!"

아무렇지 않게 자신을 탓하는 판수복을 보고 있으려니, 박재익은 가슴이 철렁 내려앉아 말문이 막히고 다리가 후들거렸다. 판수복은 언제나 이유 없이 박재익을 괴롭혔고, 그것을 피하려는 걸 선득 비웃었을 뿐 아니라, 화를 내며 진지하게 이유를 물어도 그저 한결같이 조롱할 뿐이었다. 이제는 그만둘 때가 된 것 같은데, 판수복은 처음 박재익을 괴롭혔던 순간처럼 비열하고도 꺼림 없이 빈정대는 작태였다.

"넌 질리는 인간이야⋯⋯."

몸도 마음도 지친 박재익이 혼잣말하듯 주절거리자, 한 박자 늦게 반응한 판수복은 고개를 갸웃대고서 박재익을 바라보았다.

"뭐⋯⋯?"

'삼십 년이 지난 지금도 이렇다면, 앞으로도 마냥 반복되고 말겠지…….'

눈가가 촉촉해진 박재익은 미처 켜켜이 먹먹해지는 제 속을 달래지 못하고 있었다. 또한 공수겸 보좌관이 알게 모르게 보낸 질시를 받고 난 터라, 더 이상 마음을 숨길 틈이 부족했다. 어쩌면 그 '질시'라는 것은 공수겸 보좌관과 상관없이 박재익 스스로 느껴 온 죄책감, 그 이상일지도 모를 일이었다. 좌우지간, 지금 박재익에게는 아무리 작은 것이라도 벅찰 지경임은 분명했다.

"그래…… 네 말이 맞아. 내 탓이야."

"……."

"그때 내가 딱 부러지게 잘했다면, 지금처럼 되지는 않았을 거야."

박재익은 지난 이십일 년 동안 외면했던 '죄책감'을 처음으로 받아들여 보았다. 그것은 희번덕희번덕하며 아무렇게나 함부로 난도질할 것 같았으나, 마음속 곪아 버린 부분을 도려내는 데 그치고 있었다. 당연히 아픔이 따랐지만, 예상한 것과는 결이 달라 적잖이 당혹스러웠다.

'그렇구나. 내가 겁만 내느라 너무 늦어지고 말았어. 진작 깨달았어야 했는데…… 너무 늦어 버렸어.'

뒤늦은 후회를 하던 박재익이 고개를 들 즈음, 저를 죽일 듯이 노려보는 판수복이 시야에 들어왔다.

"너 아까 뭐라고 했어? 내가 어떻다고……?"

"……."

"침묵한다고 될 게 아닐 텐데? 네가 어디 좀 문제야? 네가 내 걸 빼앗지 않았으면 난! 지금쯤 한참 높은 곳에서 훨훨 날고 있을 거라고!"

"너, 그 사람한테 무슨 짓했어?"

어릴 적 동네 사람들이 그랬던 것처럼, 지독한 판수복의 흉괴하기 이를 데 없는 식구를 욕하면서 가졌던 그 마음처럼, 박재익은 아직도 판수복이 무서웠다. 그럼에도 불구하고 상황은 어느덧 한 방향으로 흘러가고 있었다.

"웃기네? 정신이 나가기라도 한 거야? 아니면…… 이제야 본색을 드러내는 건가?"

"그 사람한테 무슨 짓했냐고!"

"……무슨 짓을 하든, 네까짓 게 어쩔 건데?"

얼굴에서 빈정대는 웃음기가 사라진 판수복은 제게 따지는 박재익을 향해 눈알을 매섭게 부라렸다.

"대체 너는…….."

한숨지으며 잠시 눈길을 돌린 박재익은 뭔가 이상한 느낌이 들어 자신의 다리를 쳐다보았다. 왼쪽 허벅지를 자세히 보니 뭔가에 찔린 자국이 보였는데, 이어 그 자국에서 빨간 피가 솟는 걸 확인할 수 있었다.

"!"

흠칫 놀란 박재익이 곧바로 판수복을 보자, 특유의 비웃는 표정을 지은 그가 한 손에 송곳을 들고 있는 것이 보였다. 그 송곳은 아까 공수겸 보좌관의 차를 박살 낼 때 유용하게 쓰였던 것으로, 이제는 박재익을 공격하는 데에도 아낌없이 쓰이고 있었다.

'너!'

"이렇게 되니까 놀랍다! 너같이 별 볼 일 없는 놈한테 도구를 쓰게 될 줄이야……? 어디 다시 해 봐! 날 하찮게 여기는 그거!"

잠깐 동안 멍하니 있던 박재익은 삽시 붉으락푸르락 변하여 판수복에게로 사납게 덤벼들었다. 판수복은 그에 조금 당황했으나, 이내 기꺼이 저에게 온 도전을 받아들였다.

"……."

'이 자식, 잘도 이런 힘을 숨기고 있었구나!'

그들은 서로의 기운에 떠밀려 엎치락뒤치락하기를 반복했다. 하지만 [단발머리]는 난투극의 현장이 되기에 지나칠 만치 협소했다. 그러던 중 한 곳에 모아 두었던 깨진 화분의 잔해가 판수복에 의해 흩어졌고, 박재익은 그를 붙잡은 채 힘껏 밖으로 밀어내었다. 순식간에 미용실의 입구를 통해 나온 그들은 나란히 바닥에 나뒹굴었는데, 숨을 몰아쉬던 판수복은 눈치를 살피다가 날름 줄행랑쳤다.

"어?!"

줄행랑치는 판수복의 뒷모습을 보고 정신이 번쩍 든 박재익은 허벅지의 상처도 아랑곳하지 않은 채 이를 악물고 그 뒤를 쫓았다.

'오늘이 끝이 아니야! 저대로 두면 다음에는 더 악랄하게 괴롭히겠지. 그때는 나도 감당할 수 없을 거야……. 무슨 수를 써서라도 오늘 종지부를 찍고 말겠어!'

앞으로 어떨지 생각하려니 제풀로 등골이 섬뜩섬뜩해, 박재익은 필사적으로 다리에 힘을 실었다. 한적한 길인데도 어느 틈에 모습을 숨긴 다음이라 어려움이 따랐으나, 한번 마음먹은 박재익도 만만치 않앉으므로 교사스레 몸을 숨긴 판수복을 용하니 찾아낼 수 있었다.

'쳇!'

박재익과 눈이 마주친 판수복이 욕을 중얼대는 찰나, 다시 잽싸게 줄행랑치기 시작했다. 그 바람에 그들은 지치는 것도 모르고 계속 달려야 했다. 한동안 그들 간의 거리는 좀처럼 좁혀지지 않아, 어느새 뒷산의 입구까지 다다르게 되었다.


'어디에 숨었지.'

동네 이곳저곳에 숨으며 달리던 판수복이 그새 또 모습을 감추는 통에, 박재익은 헐떡이는 숨과 별개로 속이 까맣게 타들어 갔다. 일편 그곳 옆에는 산으로 들어가는 입구가 있었는데, 지금은 폐쇄된 것이나 다름없었다. 입구 가운데에 [뱀 출몰 주의]라고 쓰인 표지판이 있는 것과 관련이 있었다.

올해 들어 갑자기 나타난 뱀한테 공격당하는 사례가 속출한 탓에, 결국 표지판으로 사람들의 출입을 통제하고 만 것이었다. 그에 따라 최근 그곳에 다니는 사람이 없었으므로 자연히 흉흉한 분위기를 풍기게 되었다.

'근처에 있다면 다행이지만, 혹시나 산에 들어가기라도 한다면 걷잡을 수 없어. 그전에 찾아야 하는데……!'

박재익은 초조한 얼굴로 주위를 살폈으나, 작정하고 숨은 판수복을 찾기란 결코 쉬운 게 아니었다. 해가 좀 길어졌다고 해도 곧 저물게 될 텐데, 그렇게 되면 모든 것이 끝난 거라고 봐야 했다. 자칫하면 악착같은 판수복을 또 봐야 할지도 모른다는 생각에, 박재익의 안색은 당장 파르댕댕하게 변해 버렸다.

"……."

입구 근처에 있는 커다란 바위들 틈에 숨은 판수복은 황망 경계하는 기색이 가득했다. 멀리서 전전긍긍하고 있는 박재익을 지켜보다, 이윽고 제 안전을 확인하고는 몸을 숨긴 틈바귀에서 그대로 주저앉고 말았다.

'이런……!'

삼십 년이 넘도록 집요하게 괴롭힌 '유순한' 박재익이 처음으로 덤빈 날이라는 것 외에, 어리석도록 '유순한' 성격에 가려졌던 박재익의 괴력과 지금 그 '유순한' 박재익에게 쫓기는 신세가 된 바, 판수복은 스스로 황당할 지경이었다. 가소로이 생각한 박재익의 기운을 직접 겪어 보니, 사람이 아닌 황소와도 같아 퍽 위협적으로 느껴지기까지 했다.

판수복은 그냥 양아치하고는 달랐다. 대대로 포악한 폭력으로 인해 얼룩덜룩한 인생을 산 사람들 사이에서 보다 거칠고 상스럽게 길들여진 것이 그였다. 더구나 그는 악에 받치는 걸 몸으로 때워 온 까닭으로 당연히 건장할뿐더러 보통 단단한 것이 아니었음에도, 지금 어떻게 대처해야 할지 몰라 혼란스러웠다.

'요즘 운동을 게을리했더니……. 최근에 나한테 덤비는 녀석들이 없어서 더 그래! 싸울 일이 없으니까 녹이 슬지! 그래, 아까도 누구 차를 부수느라 쓸데없이 혼신을 다했어. 그렇지 않고서야…… 아무나 못 건

드는 나를! 박재익, 너 따위가 감히?!'

지친 걸로 보였던 판수복은 설핏 분한 마음이 들어 호흡이 더욱 거칠어졌다.

'오늘은 네 운이 좋아서 이렇게 되었지만, 너무 좋아할 거 없어. 내가 기운을 차리면! 오늘 당한 것 모두 합쳐서 이자까지 갚을 테니까!'

추격전을 펼치느라 진땀을 빼 기력을 회복하는 것이 쉽지 않았으므로, 이를 뿌드득 간 판수복은 원통한 마음으로 숨죽여야 했다.

'조금만 더 버틴다면.'

움직임을 최대한 줄이며 흘긋거린 판수복은 땀으로 젖은 옷이 피에 물들어 있는, 출혈 때문에 더 지쳐 보이는 박재익을 확인할 수 있었다. 그걸 보고 안심한 판수복은 슬쩍 빈정대는 미소를 지으려다, 눈 위로 흐르는 땀방울이 따가워 화들짝 놀라 버렸다. 따지고 보면 본인 또한 땀범벅이 됐고, 아까 물을 많이 마셨는데도 계속 목이 타는 상황이었다.

'안 그래도 더운데, 너무 달렸잖아! 땀을 많이 흘려서 목도 마르고…… 그래도 조금만 버티면 돼. 바로 앞이 산이고, 시간이 지나면 어두워지겠지. 그때는 너도 별수 없을 걸?'

판수복은 속으로 마음껏 박재익에게 조소를 보냈지만, 사실은 상당히 초조하여 입안이 바싹 말랐다. 그가 숨은 곳은 그늘이었음에도 땀이 눈치 없다 싶도록 줄줄 흘러 차라리 땀구멍을 막고 싶을 정도였다. 어느덧 그의 몸은 떨리고 있었는데, 그걸 알아챈 자신조차 그 떨림을 멈출 수 없었다. 그는 이런 상황에서 대책 없이 떨리는 제 몸이 원망스러워 한 손을 우악스럽게 물었다.

'제발, 그만 떨어!'

그리고 나니 조금 효과가 있는 것 같아 안심했으나, 그것은 오래가지 않았다.

"……난, 정말 이유를 모르겠어."

"!"

판수복이 방심한 사이, 무표정하게 그의 앞에 선 박재익이 나지막이 중얼거렸다. 그와 동시에 판수복의 몸에서는 주춤했던 떨림이 다시금 일어나고 있었다.

"아무리 생각해 봐도 난 너한테 잘못한 게 없어. 나는 항상 피해만 보고 살았는데. 왜 너는 나만 죽도록 괴롭히는 거야? 그것도 몇십 년 동안…… 계속 쫓아서! 어떻게 그럴 수가 있어……."

판수복은 번진 피 때문에 점점 진하게 물들고 있는 박재익의 옷을 보며 어떡할지 망설이고 있었다. 곧이어 살핀 박재익의 얼굴이 꽤 창백해, 어쩌면 승산이 있겠다고 생각한 판수복은 있는 힘을 다해 몸을 날렸다.

"윽!"

강하게 부딪혀 온 판수복에 의해 쓰러진 박재익은 바로 일어나지 못했다. 출혈과 쇠약해진 체력 탓에 맥을 못 추는 박재익의 모습은 판수복에게 익숙한 재미를 선사했다. 판수복은 무던히 숨이 가빴지만, 이런 기회를 놓칠 수 없어 널브러진 박재익에게 다가가 거침없이 발길질했다.

'그래, 이거야! 넌 당해야 돼! 원래 그래야 되는 거라고!'

흐려지려고 하는 정신을 겨우 부여잡은 박재익은 기괴하게 웃으며 저에게 폭력을 휘두르는 판수복을 응망했다. 자그마치 삼십 년이 넘도록 징글징글하게 당하고도 모자라, 또다시 이토록 처참하게 짓밟히는 자신이 매우 초라히 느껴졌다. 이렇게 되지 않으려 무조건 숨고, 피하고, 참으며 살아왔더니만 그 결과가 이리 비참할 줄은 몰랐다. 박재익은 욱신거리는 통증을 무시한 채, 발광하는 판수복의 다리를 간신히 잡았다.

"어어?! 이거 안 놔? 끝까지 발악하겠다는 거야?"

신나게 휘두르던 한쪽 다리를 잡혀 버린 판수복은 곧 박재익을 비웃으며 다리를 빼려 했으나, 그게 마땅치 않은 탓으로 중심을 잃고 말았다. 그러다 몸을 기울여, 힘겹게 버티고 있는 박재익에게 주먹을 휘둘렀다.

"이 무식하게 힘만 센 자식! 난 처음부터 네가 마음에 안 들었어! 몸집은 큰 주제에 무슨 일이든 겁부터 먹는 따분한 겁쟁이 놈! 그러면서 뒤로는 남의 걸 빼앗지. 그래서 난 네가 싫어! 그것도 처음에는 내가 하기로 된 거였는데…… 그런데, 네까짓 게! 이십일 년 전 구승희에게 접근하는 건, 원래 나였었다고!"

'그 얘기…… 이제 지겹다. 하지만 그게 다는 아니잖아? 진짜 이유를 말해!'

판수복이 이를 갈며 저를 원망하는 건 박재익도 잘 알고 있었다. 하지만 '이십일 년 전 역할'만이 전부는 아닐 것이라 짐작했기에, 어서

'이유'가 밝혀지기를 바랐다. 이십일 년, 아니 그보다 훨씬 전부터 자신을 끈질기게 괴롭히는 '이유'가 도대체 뭔지 너무나 궁금했다.

'놔! 놔! 놔!'

판수복이 제정신이 아닌 것처럼 주먹을 휘둘렀음에도, 박재익은 소리 한 번을 내지 않았거니와 그의 다리도 놔주지 않았다. 판수복은 무슨 짓을 해도 눈 하나 깜작하지 않고 버티는 박재익 때문에 화가 머리 끝까지 나, 돌연 움직임을 멈추고서 고래고래 소리를 지르기 시작했다.

"독하다, 독해! 바로 그런 점이 싫다는 거야……! 나는 너의 그런 점이 진절머리 나게 싫어!"

"……?"

"사람은 다 역할이 있고, 위치가 있어! 그게 마음에 안 들더라도 그냥 그렇게 살아야 해! 그래야 세상이 돌아가고, 모든 게 차질 없이 굴러가는 법이야. 내 역할은? 난 맨주먹으로 시작해서, 하나하나 맨몸으로 부딪히고 살았어! 그래서 지금에 이르렀지……. 무서운 거라고는 모르고 산 나였는데, 나보다 더한 사람이 많더라고. 하지만 난 바보가 아니야! 알아서 굽히며 살아왔으니까. 대신 나보다 약하면 내가 얼마나 센지, 얼마나 무서운지 보여 줬어!"

처음에는 박재익에게 말하는 것 같았으나, 갈수록 누구에게 하는 말인지 알기 어려웠다.

"오래는 안 걸려! 지금은 이 정도 위치지만 곧 높이, 모두의 위에 군림하고 말거야!"

하늘을 향하여 기세 좋게 외치던 판수복은 별안간 박재익을 보았다.

"이제 알겠어? 내가 계단을 밟으려는데 너 같은 약자가 너무 거슬린다고! 겁쟁이에 약자라면 바닥에 납작 엎드리고 살아! 쓸데없이 자존심 챙기겠다고 고개 들지 말고. 네가 얼마나 웃기는지 알아? 괴롭히면…… 괴롭히는 대로 당하고 있다가, 돌아서면 바보처럼 웃어 버린다고. 마치 아무 일도 아니라는 식으로, 주눅 드는 것도 없이……!"

판수복은 나사가 빠진 사람처럼 웃는 시늉을 하더니, 곧 박재익을 노려보았다.

"그게…… 얼마나 거슬리는 줄 알아?! 너, 아무것도 없잖아! 돈도 없고 가난해서 그런…… 흉한 미용실 차린 게 전부지. 주변은 어떻고? 다들 네 꼴도 보기 싫어서 아주 같잖게 보잖아! 오죽하면 어린애들까지 널 우습게 보고 허구한 날 무시하겠냐고. 매일, 매일, 매일! 그런 취급이나 받고 살면서…… 언제나 유순하지!"

"……."

"착각하지 마. 너는 그게 맞아! 그게 네 위치라고……. 너 같은 약자는 천대받고 멸시당하는 게 당연한 거야! 내가 누누이 말했잖아? 그 '역할'은 네까짓 놈이 넘볼 게 아니었다고, 너랑은 맞지 않는 거라고! 그러니까 더 이상 네 방식대로 살려는 마음은 버려. 넌 그냥, 내가 무슨 짓을 하든지 죽은 척하고 다 받아들여. 그리고 날 무서워하는 거야……. 너 같은 '약자'는 그냥 겁먹고 빌빌대는 게 딱 어울리거든! 넌 그래야 돼! 그게 네가 담당한 위치야. 알아들어?"

"……."

핏기를 어지간히 잃은 박재익의 얼굴은 살아 있는 것이 의심스러울 정도였고, 그의 눈동자는 이미 초점을 잃은 채였다.

"난 얼마든지 괴롭혀도 되는 '강자', 넌 항상 모두에게 고통받아야 하는 '약자'!"

판수복은 실컷 박재익을 조롱하는 동시에 사정없이 짓밟으며 섬찟하게 웃었다. 자신을 뼛속 깊이 업신여기는 판수복의 말은 그대로 비수가 되어 박재익에게 억척스레 꽂혔다. 한 사람이 저를 보며 그런 생각을 한다는 게 더없이 충격적이었다. 공교롭게도 그의 몸은 이미 지칠 대로 지친 상태라, 판수복의 다리를 붙잡은 손아귀에서도 조금씩 힘이 빠져 나가고 있었다. 문득, 눈에 띄게 핏기가 없어진 박재익의 얼굴에 눈물 한 방울이 흘렀다. 그 모습을 본 판수복은 눈에 힘이 들어가는가 싶더니, 이내 조소를 퍼부었다.

"아, 바로 그거야! 기분이 안 좋았었는데, 네가 그러는 거 보니까 반가워 죽겠네."

지친 박재익을 내려다보던 판수복은 장난스럽게 킬킬거리다, 다시 주먹을 휘두르기 시작했다.

"이제 알아들었어? 그게 네 자리야! 너 같은 게 있을 곳은 '밑'이야! 아무리 발버둥 쳐도 그건, 변하지 않아. 네 인생에 희망은 없어. 너한테는 미래가 없거든! 그러니까 벗어날 생각 마!"

맥없이 제게 향하는 주먹을 막지 않던 박재익은 불현듯 판수복을 노려보았다.

"비켜!"

"?!"

박재익은 피와 흙이 잔뜩 묻어 그냥 보기에도 힘든 몰골을 한 채로 판수복을 밀쳐 내었다. 그러고는 바닥에 뒹구는 그를 짓누르며 한 맺힌 주먹을 날렸다. 그것은 판수복의 얼굴에 정통으로 들어갔는데, 재차 주먹을 날리려던 박재익은 일찰나 멈칫하게 되었다. 판수복이 정신을 잃은 것 같아 자그맣게 놀랐기 때문이었다.

"흥…… 왜 또 쳐 보시지?"

기침을 하며 피를 뱉은 판수복은 게슴츠레 뜬 눈을 하고서 저의 상체에 올라탄 박재익을 빈정거리기 시작했다.

"네가 발악 좀 한다고…… 상황이 달라질 것 같아? 웃기지 마."

"그만해! 이쯤에서 그만두라고! 이제 그만할 때도 됐잖아…… 제발. 나를, 우리를 그만 내버려 둬!"

박재익은 그토록 분노에 찼으면서도, 전에 없던 공격적인 모습을 보이면서도 판수복에게 애원하고 있었다. 이대로 판수복을 흠씬 두들긴다 해도, 그가 계속 해코지한다면 아무 소용없다고 생각한 탓이었다.

"그렇게는 못 하지. 내가 그동안 들인 공이 아까워서라도, 그만두지 않을 거야. 바보 같은 넌 괴롭히기에 아주 좋거든! 지금도 봐! 얼마든지 날 칠 수 있는데도 망설이고, 겁먹고, 갈등하고!"

'그만해!'

박재익을 향해 경박히 조소를 퍼붓는 판수복의 얼굴은 차츰 기이하게 일그러졌으며, 그것이 기꺼운 기색이었다.

"아직도 모르겠어? 다 너 때문이라고! 네가 바보같이 우유부단하게 구니까, 그래서 이렇게 된 거라고! 힘들다고 울부짖는 너도! 널 쫓는 나도! 지금 병원에 누워 있는 네 동생도! 모두…… 너 때문이야!"

내내 슬퍼 보이던 박재익의 눈동자에 언뜻 노여움이 스쳤다.

'역시, 네가 한 짓이었어!'

"자!"

"ㅣ"

판수복은 몰래 쥔 흙을 약삭빨리 박재익에게 뿌렸다. 그에 따라 박재익은 눈이 따갑고 괴로웠지만 이대로 판수복을 놓칠 수 없었다. 필사적으로 열심히 팔을 휘저은 그는 자신을 피하려는 판수복을 겨우겨우 붙잡았으나, 제대로 볼 수 없는 데다 계속된 출혈과 판수복이 휘두르는 폭력으로 인해 자못 지치게 되었다.

"놔! 놓으라고!"

"그럴 수 없어……!"

밀치락달치락하며 몸싸움을 벌이는 것 같았지만, 실질적으로는 박재익이 일방적으로 폭행당하고 있었다. 황소 같은 힘을 지녔으면서도 남을 공격하는 걸 피하려는 박재익의 모습에, 판수복은 기가 막혀 실소가 나올 지경이었다.

"하하하. 어차피 매달리는 게 고작이잖아. 괜히 기운 빼지 말고, 놔!"

"……안 돼."

"?!"

"네가 여기서 그만둔다고 하면…… 그럼 놔줄게."

"미쳤어? 내가 왜 그런 약속을 해?! 난, 널 괴롭힐 거야! 지구 끝까지 쫓아서 네가 죽는 그날까지 고통에 몸서리치게 만들 거야! 네가 살아 있는 동안, 네 피를 모조리 말려 버릴 거라고!"

판수복은 사납게 외치고 또 외치며, 괴팍스러운 제 속내를 감추지 않았다. 그 광렬한 외침은 박재익에게 사뭇 참혹한 기분을 안겨 주었으며, 그로 인한 비참함은 멀거니 눈물이 흐르도록 만들었다.

"하하하하~ 네가 아무리 힘으로 밀어붙여도, 무릎을 꿇고 빌어도! 넌 평생 내 손아귀에서 못 벗어나……. 그게 네 팔자야!"

'……넌 미쳤어. 미쳤어.'

이윽고, 끊임없이 흐른 눈물 덕에 안구의 고통을 덜게 된 박재익은 조심조심 눈을 뜨고서 요란히 날뛰는 판수복을 보았다. 입가와 치아를 덮은 선명한 피는 그의 광기 어린 몸짓과 제법 어울렸다. 박재익은 저를 노려보며 험한 악다구니를 쏟아 내는 판수복이 사람 같지가 않았다.

'그냥 미쳤구나……. 놔줘, 우리를 그냥 놔줘. 제발…….'

판수복은 자신을 붙잡은 박재익의 팔에서 힘이 조금 빠지는 걸 느낀 직후 속으로 비웃었다. 하지만 여전히 벗어나기에는 역부족이었으므로 그것만이 전부였는데, 이대로 계속 있다가는 심히 지친 제게 불리하다는 걸 알면서도 어쩌지 못하는 데 분통 터졌다. 도리어, 죽을힘을 다해 팔과 다리를 휘두르고 있음에도 굼적도 하지 않는 박재익에게 질릴 판이었다.

판수복은 일찍부터 박재익을 이해할 수 없다 여기고 있었는데, 사실 그는 어릴 적 잔혹하게 달려드는 매질이 감당할 수 없을 만큼 무서웠다. 그 때문에, 맞지 않기 위하여 스스로 먼저 폭력을 휘두르게 된 것이었다. 그러던 어느 날 포악무도한 매질로도 박재익을 꺾지 못하자 그는 실로 큰 충격에 빠지고 말았다. 대신 가벼운 한마디에 공포를 느끼고 지레 괴로워하는 꼴이, 자신과는 정반대임을 알게 되었다. 저와 다르다는 그 점이 낯설기까지 해 판수복은 박재익이 마냥 혐오스러워 간단없이 폭발하는 모습을 내비쳤다.


'한결같이 바보 같아!'

누구라도 무서워할 완력에 의해 지독히 폭행당하는 데는 무식하게 버티면서, 아무렇게나 소리 좀 질렀다고 거기에 괴로워하며 헤나지 못하는 박재익이 이해되기는커녕 오히려 경멸스러웠다. 더는 주먹에 실을 힘이 없을 정도로 지치게 된 판수복은 허덕이는 호흡을 숨길 수 없었다.

'……그렇지!'

그 순간, 박재익을 흘기던 판수복에게 어떤 생각이 스쳤다. 우위에 설 수 있음에도 애걸복걸밖에 못하는 박재익에게 화가 나던 차에 때맞춰 떠오른 것이었다. 바보 같은 박재익의 사지에서 힘이 쑥 빠지게 만들 방안, 그것은 바로 박재나였다.

판수복은 박재익을 그렇게 괴롭히면서도 그의 동생인 박재나는 내

버려 뒀는데, 쥐도 도망갈 틈을 주고 잡는 법이니 '여지'를 준 셈이었다. 판수복이 생각했던 대로 박재나만큼은 건들지 않자, 박재익은 어느 정도 더 참는 눈치였다.

'바보 같은 널 누를 수 있는 건, 말이면 충분해.'

최선을 다하고 있으나 그다음은 모르겠기에, 박재익은 눈앞이 캄캄해져 언뜻번뜻 두려움이 몰려와 떨리고 있었다.

"말했다시피, 넌 아무것도 아니야……. 그리고 너한테는 널 보호해 줄 사람이 없어. 네 동생? 네 편을 들기야 하겠지. 하지만 널 보호하는 건 못 해! 왜?! 너도 알다시피 걔는 너보다 더 힘없는 '약자'고, 혼자니까!"

급기제게 달라붙은 박재익에게서 움찔하는 것을 느낀 판수복은 곧 코웃음 쳤다.

"바락바락 대들어 봤자. 생각을 해 봐! 너든 걔든 덤벼든다고 해서, 내가 눈 하나 깜작할 것 같아?"

"……."

"그런데…… 나는 차원이 달라! 난 혼자가 아니거든. 내 뒤에, 옆에 얼마나 많은 사람들이 있는지 넌 상상도 못 해! 네가 상상할 수 있는 그런 범위가 아니니까! 지금까지 나 하나 상대하기도 벅차서 미칠 것 같았지? 그런데, 내가 맘먹고 그 사람들을 부르면?"

"……."

"그때는, 너만으로 그치지 않을 거야. 네 동생…… 알지?"

잠시 후 놓을 줄 모르던 박재익의 팔에서 점차적으로 힘이 빠지는가 싶더니, 판수복의 바람대로 그가 떨어지고 마는 것이었다. 재빨리 일어난 판수복은 박재익과 적당히 거리를 두며 그를 내려다보았다. 박재익의 동공은 혼란스럽게 허공을 헤매고 있어, 두려움에 적이 경직된 걸로 보였다.

'네가 그럼 그렇지.'

아무리 강한 힘을 가진 박재익이라도 그럴듯한 협박에는 끝끝내 당해 내지 못하고 처량한 꼴이 되니, 제법 피곤했던 판수복으로 하여금 웃음이 나오게 만들었다. 다급하여 그만 박재나를 거론하는 통에 모양새가 좀 이상했으나, 일단 위기를 넘긴 판수복은 그냥 웃어 버렸다. 그는 얼추 떠들고 그 자리를 피할 수 있었지만, 그렇게 할 마음이 조금도 없었다. 그러기에 지나치도록 상해 버린 제 자존심이 허락하지 않았다.

"무릎 꿇어."

머뭇거리던 박재익은 이내 홀린 것처럼 판수복이 시키는 대로 천천히 무릎을 꿇었다. 그 과정에서, 박재익의 옷에 물든 피가 상당한 터라 그다지 봐 줄 게 못 되었다.

"고맙게도 무릎 꿇어 주시네? 방금 전에는 날 죽일 것 같더니, 왜 갑자기 마음이 바뀌셨을까. 발악할 때는 언제고…… 이제는 나랑 눈도 못 마주치시네?"

얌전해진 박재익을 내려다보며 마구 비아냥댄 판수복은 점점 더 화가 치밀었다.

"……내가, 잘못했으니까. 그러니까…… 너도 알잖아? 난 평생 많이 당했고……."

"그래서…… 그만해라?"

"그…… 나는 어차피 그렇게 살아왔으니까. 그러니까 나만 그렇게 해, 나만! 하지만 재나는 안 돼! 걔는 불쌍한 애야! 너도 알잖아?"

부상으로 인해 불편한 몸인데도 박재익은 골똘하고도 절절히 애원했다. 그동안 판수복에게 별별 괴롭힘을 당해 왔으니 무릎을 꿇는 것쯤은 얼마든지 괜찮았지만, 지금은 사정이 또 달라 가벼이 모르쇠 잡을 수 없었다.

'제발!'

판수복에 대해 어느 정도 알고 있었던 박재익은 그의 입에서 동생 이름이 나온 순간 까무러칠 뻔했다. 판수복의 입에 한번 오른 이상 박재나의 안전을 보장할 수 없다는 사실에 어쩌나 싶었다. 지금까지 판수복에게 지겹도록 당하면서도 그리 억척스레 버텨 왔건만, 흡사 공든 탑이 무너지는 기분이었다.

"에이, 왜 남의 몸에 손을 대?!"

"네 말대로 나는 약하잖아. 나는 네 밑에서 살 수밖에 없으니까, 나만 괴롭히라고! 이렇게 빌 테니까……!"

자신은 무슨 꼴을 당하더라도 상관없었으나, 동생까지 그 욕을 당할 거라 생각하니 끔찍했다.

'이래서…… 너는 안 되는 거야.'

판수복은 저에게 처절히 매달리려 하는 박재익을 말끄러미 바라보며, 삼십 년이 넘도록 괴롭히면서도 결코 볼 수 없었던 '그것'을 찾고 있었다. '그것'을 보기 위해 그토록 오랜 세월을 애쓰는 와중, 오늘은 찾을 수 있을지 스스로도 의문이었다. '그것'은 다른 약자들에게서는 쉽게 찾을 수 있었지만, 어찌 된 까닭인지 박재익에게서 만큼은 도통 찾을 길이 없어 골머리를 앓을 수밖에 없었다. 사실, 이십일 년 전에 판수복이 할 뻔했던 그 '역할'이 박재익에게 간 일은 그저 무늬만 기폭제에 불과했다. 그 일이 있은 후 박재익을 더 흉악하게 괴롭히기는 했으나, 모두 '그것'을 보기 위해 겉으로 내보인 구실일 뿐이었다.

"......."

그것도 하필 겁쟁이 중의 겁쟁이 박재익이 그랬으니, 판수복의 체면이 말이 아니었다. 그래서 판수복에게는 자연히 박재익에게서 '그것'을 찾아내고야 말겠다는 집착이 생기게 되었다. 때문에 박재익이 아무리 울며불며 빌어도, 자신을 피해 이사를 가도, 기필코 찾아내 무자비하게 괴롭혀 온 것이었다.

"네가 무슨 짓을 해도 난, 괜찮아! 그러니까 제발……!"

박재익은 저를 비웃는 판수복을 향해 무릎을 질질 끌더니, 칙칙하니 일그러진 얼굴로 계속 빌고 또 빌었다.

"......."

약자일수록 더 쉬이 볼 수 있는 '그것'은 주로 극단적인 상황일 때 잘 나타났는데, 박재익이라는 사람에게서는 여태 찾아낸 적 없었다. 그간 판수복이 아무리 날을 세워 괴롭혀도 박재익은 겁을 내며 울기만 할 뿐, 도무지 '그것'을 드러내는 일이 없어 난감했었다. 마치 겉과 속이 다른 것처럼, 겉으로만 판수복을 겁낸다는 것처럼 늘 찜찜한 여운을 남겼었다.

"……!"

그런데 판수복을 줄곧 애태우게 만들었던 '그것'이 마침내, 박재익의 눈동자에 띄워졌다. 약자들에게서 흔하게 보이는 '그것', 그중에서도 절대 털어 낼 수 없는 굉장히 강력한 '절망' 그 자체였다. 높은 곳으로 올라가려는 판수복이 반드시 필요로 한 것으로, 지금껏 바보 같은 박재익에게 별짓을 다 해 봐도 찾을 수 없어 용납이 안 됐었다. 이미 몇십 년을 거쳐 왔으므로 이번에도 찾지 못한다면 깨끗이 미련을 버리려 했건만, 끝내 박재익에게서 '절망'이 발견된 것이었다.

"……보이네."

이렇게 간단히 볼 수 있었다니, 허무할 정도로 간단하게 '그것'을 본 판수복은 너무 황당해 사고가 멈추는 것 같았다. 박재나가 박재익에게 어떤 의미인 줄은 알았으나, 그렇다고 이렇듯 손쉽게 제 숙원을 이룰 날이 올 줄은 꿈에도 몰랐었다. 판수복은 그동안 온갖 구실과 수단, 시간을 들여서도 내내 볼 수 없었던 '그것'을 드디어 보게 되었음에도 그저 얼떨떨했다.

'어라……'

원하던 걸 얻었으니 당연히 기분이 좋아야 했는데, 판수복은 조금의 만족감도 느낄 수 없었다. 혹 너무 오랜 시간이 걸려서인가 했었지만, 그 야릇함은 머지않아 분노로 바뀌어 판수복의 안색에 영향을 미쳤다.

'그리 못살게 굴어도 곰작도 안 해서 환장하게 만들더니. 고작 동생 얘기 좀 했다고…… 이렇게 태도가 달라져? 그럼 뭐야……. 그동안은 뭐였냐고. 박재익, 저 미련한 게 날 상대로 연기를 해 왔다고? 누구를 상대로? 이 판수복을?!'

삽시간에 상기된 판수복은 한 차례 험히 찡그리다, 이윽고 두려움에 떨고 있는 박재익에게 힘껏 발길질하기 시작했다.

"네까짓 게 날 속여?! 동네 애들한테도 천시받는 주제에, 감히 날 가지고 놀아? 넌 정말 사람 취급을 할 수가 없다! 이십일 년 전에 내 자리를 빼앗은 것도 모자라, 삼십 년이 넘도록 내 앞에서 연기를 해? 사람들이, 네 본색을 알아야 하는데! 뭐든지 참고 사는 겁쟁이가…… 사실은 말도 못 하게 야멸스럽다는 걸!"

풀쑥 잇는 판수복의 폭력으로 인하여 나동그라진 박재익은 몸을 움츠린 채, 저를 향한 분을 묵묵히 받아들였다. 판수복이라는 화가 자칫하면 박재나에게까지 번질지도 모르기 때문이었는데, 그나마 몸이 튼튼한 자신이라면 몰라도 동생에게만은 참혹히 당하게 하고 싶지 않았다.

"역시 넌 방심할 수가 없어! 넌 '밑'에 불과한데…… 왜 내가 너한테 빼앗겼어야 했느냐고!"

"제발……! 나만 괴롭혀! 내 동생, 안 괴롭히겠다고 약속해!"

계속 맞고 있으려니 정신을 놓을 것 같아 박재익은 겨우 목소리를 냈다.

"……."

박재익의 목소리에, 반사적으로 멈칫한 판수복은 곧 조소로 얼룩진 미소를 보였다.

"박재익, 너 말이야. 네 처지 좀 파악해라, 제발! 내가 지금 굉장히 화가 나서, 너 오늘 죽을지도 몰라……. 그런데, 왜 이런 순간에 네 동생 얘기가 나와?!"

"……제발."

박재익은 미동도 할 수 없어 간신히 입술만 움직였는데, 그냥 놔두기만 해도 숨이 끊어질 것처럼 대단히 위태로운 모습이었다. 하지만 판수복의 화는 아직도 길길이 날뛰고 있었으며 전혀 멈출 기미를 보이지 않았다.

"지금 네 꼴이 처량하기는 해도, 내가 또 속을 것 같아? 너 지금 연기하는 거잖아. 지금까지 그래 왔듯이, 다 연기잖아?"

"……."

"말이 없어? 기분이다! 네가 오늘 죽으면…… 내가 네 동생 돌봐 줄게! 네가 나한테 빚진 게 얼마인데, 네 목숨 정도로 끝낼 수는 없잖아? 네 동생…… 너랑 얼마나 다르게 반응할까?"

판수복은 부러 박재익 앞에서 박재나 얘기를 하며 입맛을 다셨다.

"……그만둬."

박재익은 의식이 꺼지는 와중에도 막으려 했으나, 지독한 판수복에게는 그 중얼거리는 소리가 너무 미미히 들렸다.

"뭐라고? 말을 한 건가. 그래, 너도 허락하는 거구나! 지금까지는 뭐, 네가 동생을 끔찍이 생각하기에 너만 괴롭혔던 건데……. 나이가 좀 들었으면 어때! 네 얼굴을 봐 줘야지."

이내 쪼그려 앉은 판수복이 바닥에 널브러진 박재익을 빤히 보니, 그의 두 눈은 이미 감겨 죽은 듯이 누워 있었다. 그럼에도 불구하고 모자라다는 생각이 들 무렵, 문득 뭔가를 생각해 낸 그는 박재익의 귀에 대고 속삭였다.

"그런데 네 동생, 아직 처녀 맞지?"

"……."

판수복은 차라리 시체 같은 박재익의 모습을 확인한 후, 여유를 보이며 느릿느릿 몸을 일으켰다.

'네까짓 게 별수 있어? 힘이 아무리 세도, 결국은 나한테 안 돼.'

그러다 어째 느낌이 이상하여 되돌아보자, 피와 흙먼지가 마구 뒤엉긴 박재익이 뒤뚝뒤뚝 비틀거리는 걸 목격할 수 있었다.

"너…… 너?!"

"……."

박재익은 눈이 부어 거의 뜨지 못하는 상태에서도 판수복을 붙잡으려 연신 팔을 휘저었다. 그에 순간적으로 오싹해진 판수복이 급히 달아나려 했지만, 이미 박재익에게 붙잡히고 난 후였다. 그는 한마디 말도 없이 판수복을 붙잡은 두 팔에 지그시 힘을 줬는데, 판수복은 그 분노에 젖은 힘에 전순 소스라칠 수밖에 없었다.

"……!"

그는 박재익한테서 벗어나기 위해 팔다리에 힘을 실었으나, 주체할수 없이 이글이글 타오르는 '한' 앞에서는 달리 대응할 길 없어 보였다. 어떻게든 저항해 보려도 소용이 없다는 걸 알아 버린 판수복은 초초 죄는 자신의 갈비뼈를 느끼며 능글해지고 말았다. 뒤늦게 주머니에 넣어 둔 송곳이 떠올라 바로 주머니를 뒤졌지만, 송곳은 그가 줄행랑칠 적 이미 길 위에 떨어진 뒤였다. 시간이 지남에 따라 정말 죽을지도 모른다는 생각이 스치자, 무슨 수를 써서라도 살아야겠다는 마음이 강하게 들었다.

"으아악~ 숨을 못 쉬겠어! 날 죽일 셈이야?!"

"……."

"알았어…… 알았어! 약속하면 되잖아? 그러니까 그만둬……!"

판수복이 뭐라던 침묵으로 일관한 박재익은 다만 온 힘을 다해 그의 몸통을 죄었다. 그로 인해 비로소 공포를 실감하게 된 판수복은 더 이상 소리칠 수도 없어 숨만 가까스로 쉬었다. 머지않아, 파랗게 질려 버린 그는 오직 살아야겠다는 일념으로 겨우겨우 기어드는 목소리를 냈다.

"야…… 약속해. 네 동생은, 절대……."

호흡을 제대로 못한 판수복은 말을 다 마치지도 못한 채, 천천히 의식을 잃었다. 지금 판수복은 단순한 사고조차 할 수 없을 정도로 매우 위험한 상태에 직면했는데, 의식이 희미해지는 그의 귀에 은은히 어눌한 말씨가 들렸다.

"늦었어."

판수복은 종내 의식을 놓쳐 무생물처럼 온몸이 축 늘어졌으나, 박재익은 그를 죄는 것을 멈추지 않았다. 가공할 기운으로 열을 올리던 박재익은 이윽고 '뚜둑'하는 소리에 멈칫하더니만, 지친 몸을 뉘이듯 그대로 쓰러져 버렸다.

"……."

안간힘을 쓰고 난 탓에 참을 수 없이 고단해져 이대로 잠들고 싶었지만 의식만은 도렷했다. 피로에 휩싸인 박재익은 불현듯 허벅지에 난 상처를 생각했는데, 상처 자체는 깊지 않더라도 그동안의 출혈을 생각한다면 가볍게 여길 것이 아니었다. 만약 이대로 있게 된다면 목숨을 장담할 수 없음에도, 마음만은 말할 수 없이 편안했거니와 외려 쾌적해 스스로도 놀라웠다. 내내 제 몸과 마음을 울불하게 만들어 온 판수복을 종시 처치하고 보니, 어느새 마음가짐이 많이 달라져 있었다.

'살아야겠다, 살아야 한다. 그 생각으로 버텨 왔었는데, 이제는 뭔가 달라 보여. 이제는…… 꼭 살아야겠다는 생각이 없어졌어.'

판수복을 쓰러트리고 나니, 그지없이 홀가분한 터라 꼭 살아야겠다는 마음은 적잖이 흐릿해져 있었다. 스스로의 목숨에 연연하지 않을 수 있는 지금이 진정 자유롭다는 생각이 들었다.

'다만.'

누운 채로 끝없이 생각하던 박재익은 뭔가 걸리는 게 있다는 걸 깨닫게 되었다.

'아무리 생각해 봐도 마음에 걸려. 고인은 그렇다고 쳐도, 공수겸 씨한테는 꼭……. 이럴 줄 알았다면 그때 용서를 빌었어야 했는데.'

박재익은 몰래 숨겨 두었던 사진을 손에 쥐려 했지만, 이미 기진맥진했기에 손가락도 움직이기 힘들었다. 이내 좌절하고 만 그는 두 눈을 감아 버렸다.

"……."

얼핏 누군가 다가오는 것을 감지하게 된 박재익은 무심히 눈을 떠, 저를 응시한 상대방을 바라보았다.


'하아…… 어쩌지.'

오빠의 완강한 권유에도 불구하고 기세 좋게 퇴원해 버린 박재나는 [단발머리]로 향하고 있었다. 꼭 박재익 때문이 아니더라도 저 또한 병원에서 쉬고 싶었으나, 하루가 멀다 하고 자신과 오빠를 괴롭히는 재미에 사는 동네 사람들이 눈에 선하여 도저히 견딜 수 없었다.

'입원비가 얼만데…… 그럼! 내가 잘못한 게 아니라고.'

지금은 좀 나아진 거라지만 그들 남매의 형편은 그다지 넉넉하다 보기 힘들었는데, 그래도 박재익은 유독 박재나에 대해 돈을 아끼지 않았다. 자신은 굶고 아픈 것도 참는 반면, 박재나에게만은 지극정성이라 자연스레 우애도 좋았다. 그 때문에라도 박재나는 더더욱 이웃들에게 화가 떴다. 박재익이 답답할 만큼 선의로 대하고 있음에도, 그들은 하나같이 그를 악용해 남매를 헐뜯고 그저 자존할 도구로 여겼다.

'오빠 혼자 미용실을 지키고 있으면, 아주 난리가 나겠지. 그나저나 사람이 참 없네. 며칠 전부터 무슨 대회가 열린다고 요란을 떨더니. 어쩜…… 사람이 한 명도 안 보여?'

쓸데없이 한적한 가운데, 제가 걷는 소리만 들려 그녀는 기분이 묘했다.

'……!'

일부러 당당히 걷던 박재나는 멀리 [단발머리]가 보인 찰나, 절로 멈칫하게 되었다. 익숙한 그곳을 보자마자 박재익의 얼굴이 떠올라, 그녀는 저도 모르게 근처에 숨었다. 이대로 들어간다 하더라도 오빠와 마주할 수 있을지 확신할 수 없었다. 제게 처음으로 화를 내던 오빠가 멀게 느껴진 탓에 그녀는 자꾸만 주춤거렸다.

'어떡하지, 병원으로 돌아갈 수도 없고…….'

계속 숨을 수 없어 고무락고무락 일어난 박재나는 조심히 걸음을 옮겼다.

'난 잘못한 게 없어. 그냥, 태연하게 들어가?'

그런데 [단발머리]로 다가갈수록 낌새가 이상했기에 박재나의 얼굴은 차차 굳어졌다. 서둘러 그곳 앞으로 가 보니 안에는 인기척 없이 마구 어질더분하여 말문이 막혔는데, 곧이어 바닥에서 누군가 흘렸을 핏방울을 보고는 아연실색하게 되었다.

'이…… 이게?!'

박재나는 다리가 후들거렸으나, 여기서 넋 놓을 수 없어 정신을 차리려 제 얼굴을 두 손으로 쳤다. 곧바로 눈을 크게 뜬 그녀는 찬찬히 주위를 살피다, 길게 이어지는 핏자국을 따라가기로 했다.

'지금까지 별일을 다 겪었는데! 이제는 그보다 더한 건 없을 줄 알았더니 이게 무슨……! 도대체 뭐가 어떻게 된 거냐고?!'


초점을 맞추는 데에 시간이 걸린 박재익은 자신을 응시한 사람을 알아본 직후, 마음속 깊은 곳이 저릿해지고 말았다.

"!"

저를 내려다보는 사람은 공수겸 보좌관이었다. 하지만 그가 지극히 무감정한 모습이라, 박재익은 자신이 헛것을 보고 있는 게 아닌지 헷갈렸다. 공수겸 보좌관의 눈빛은 바닥에 있는 돌멩이를 보는 것 같아 실로 야릇한 분위기였다.

'내가 지금 보는 게 맞나…… 아니, 이건 환상이 아니야. 틀림없는 그 사람이야. 하지만 이 사람이 왜, 여기에 있는 거지?'

박재익은 피와 상처, 땀, 흙먼지 등이 어지러운 모습을 한 채로 공수겸 보좌관을 바라보는 데 몹시 애쓰고 있었다. 오로지 그렇게 해야 할 것 같은 마음이 드는 한편, 가만 생각해 보니 자신이 그러는 분명한 목적이 있었다. 박재익은 만일 공수겸 보좌관을 다시 본다면 오롯이 제 잘못을 사과하겠다고, 마음을 다해 빌고 또 빌고 말겠다고 생각했었다. 그러나 막상 그의 입술은 움직일 줄 몰라, 미세하게 떨리는 것이 고작이었다. 기력이 소진된 탓에 온몸을 마음대로 움직일 수 없다는 것 외에도 박재익을 망설이게 하는 이유가 있어, 사실은 그게 더 큰 작용을 하고 있었다.

"……."

전율이 일어날 만큼 떨려 왔음에도 불구하고 선뜻 말할 수 없는 이유는 '부끄러움' 때문이었다. 지금에 와서야 모든 걸 내려놓은 박재익은 사실, 아까 공수겸 보좌관이 [단발머리]를 떠난 즉후부터 너무 후회스러워 얼굴을 들 수 없었다. 그래서 혹시라도 다시 만난다면, 기필코 진심을 전하겠다고 굳게 다짐했었다. 이제 구승희에게 직접 전할 수 없으니, 공수겸 보좌관에게나마 참회할 것이라 마음먹고 있었다.

"……."

그렇지만, 공수겸 보좌관과 겨우 눈을 맞추고 나자 박재익의 가슴이 홀연 찌릿찌릿 울렸다. 자신이 공수겸 보좌관에게 머리 숙여 사과하려는 것에는 정작 참회의 의미가 담겨 있지 않다는 걸 깨달은 까닭이었다. 애초에 저가 하려는 '사과'는 피해자가 원하는 '사과'와 조금도 겹치지 않음을 알아 버린 것이었다. 그저 제 '죄책감'을 덜고자, 주변의 질시를 피하고자, 불편해진 저의 기분을 어떻게 해서든 탈피하고자 하는 얄팍한 꼼수라는 걸 알게 되었다.

'나는…….'

그것을 깨닫고 나니 입도 벙긋할 수 없어 박재익은 어느 순간 밀려오는 '부끄러움'에 얼굴이 화끈거리고 말았다. 차라리 공수겸 보좌관이 자신을 찾아왔을 때 무조건 빌었다면, 그게 그나마 나았을 거라는 생각이 들었다. 하지만 그것은 이십일 년 전처럼 이미 돌이킬 수 없게 된 과거에 불과했으므로, 모든 걸 깨달은 지금으로써는 가벼운 사과 한마디조차 그에게 건넬 수 없었다.

"……."

그렇게 서로를 말없이 보는 사이, 박재익은 퍼뜩 한 가지를 떠올렸다.

'아, 그거!'

박재익은 기운이 고갈되다시피 하여 말도 거의 할 수 없는 상태였으나, 남은 힘을 모두 짜내어 옷 속에 감춰 두었던 사진 한 장을 꺼냈다.

그러자 기다렸다는 듯 판수복에 의해 생긴 무수한 상처들이 아우성쳤는데, 그것을 끝끝내 무시하며 간신히 꺼낸 사진을 든 박재익의 눈빛이 더할 수 없이 간절했다. 그 모습을 가만히 보기만 하던 공수겸 보좌관은 이내 무릎을 굽혀 박재익에게서 그 사진을 건네받았다. 그러고는 또 알 수 없는 눈으로 그를 보았다.

"……."

박재익의 눈빛은 상당히 애처로워 무시할 만한 것이 아니었는데도, 공수겸 보좌관은 마치 다른 세상에 사는 사람처럼 냉담히 굴더니마는 종내 입을 열었다.

"나는 당신에게 하나도 미안하지 않습니다."

박재익은 무섭도록 공허한 공수겸 보좌관의 말투에 잠시간 정신이 아득했지만, 머지않아 눈물 맺힌 눈으로 힘없이 끄덕였다. 사실 그는 머릿속이 뒤죽박죽되어 잘 들을 수 없었으나, 공수겸 보좌관이 저에게 무슨 말을 하든 곧이곧대로 받아들여야 했다. 한없이 초라해진 자신이 할 수 있는 건 그것뿐이라 생각했으며, 그것만으로도 천만다행이라는 생각이 들었다. 괴로운 듯 숨을 헐떡이면서도 무척 기쁘게 여기는 양 보이는 박재익을, 공수겸 보좌관은 여전히 흔들림 없는 태도로 응시했다.

"오빠!"

공수겸 보좌관은 갑작스레 경악하는 비명이 들려 깜짝 놀랐지만, 곧 그 비명의 주인공을 알고는 곰작도 하지 않았다.

"이게…… 무슨 일이야?! 오빠가 왜 여기에 누운 거냐고! 꼴은 또,

도대체 누구 짓이야?!"

박재나는 엉망진창으로 바닥에 널브러진 박재익을 발견하자마자 눈을 부릅뜨고 달려들었다. 그녀가 다가옴에 따라, 반사적으로 몸을 일으킨 공수겸 보좌관은 바로 그들에게서 멀찍이 물러났다. 이윽고, 박재익의 손을 잡은 박재나는 흥분한 탓에 소리를 지르고 난리가 아니었다. 그동안 숱한 일을 당해 온 터라 무엇을 보더라도 침착하게 되었건만, 몰골이 말이 아닌 박재익의 모습이 그녀를 바짝 자극해 버린 것이었다.

"왜……."

힘없이 눈을 뜬 박재익을 가까이서 확인한 박재나는 애써 참았던 눈물을 왈칵 쏟고 말았다.

"어떻게 사람을 이 꼴로 만들어……. 피를 이렇게 많이 흘리고, 멍은 또 왜 이렇게!"

처참한 모양을 한 박재익을 살피던 박재나는 옆에 쓰러진 판수복을 보고 까무러치게 놀랐다. 너무 놀라 눈물이 쏙 들어간 박재나는 이어 오빠에게만 들리도록 살그니 소곤거렸다.

"저놈은, 판수복이잖아. 저 지긋지긋한 놈이 여기 왜 있어? 여기까지 따라오다니……! 그런데, 꼭 죽은 사람처럼……."

박재나가 사색이 떠도는 판수복을 유심히 보려 하니, 박재익은 급히 동생의 손을 꼭 쥐었다. 그 때문에 박재나의 시선은 자연히 오빠에게로 돌아갔는데, 그는 애타는 마음으로 최대한 고개를 저었다.

"알았으니까 움직이지 마! 어디가 어떻게 다쳤는지도 모르잖아! 아,

어떡해. 구급차, 우선 구급차부터 불러야겠어!"

하얗게 질려 기절할 것만 같던 박재나는 곧 이를 악물었다. 박재익에게서 겨우겨우 눈을 뗀 그녀는 휴대전화를 찾아 얼른 제 주머니를 뒤졌다. 그런데 금방 찾을 줄 알았던 그것이 손에 잡히지 않아 당황하던 중, 먼발치에 선 공수겸 보좌관을 발견하게 되었다.

"어……? 당신?!"

한순간 침묵한 박재나는 살짝 박재익을 보더니 단숨에 고개를 돌렸다.

"하, 당신이 여기에 왜 있어?"

'안 돼. 재나야…….'

박재익은 동생을 말리고 싶었지만 몸이 말을 듣지 않았다.

"사람이 다쳐서 바닥에 쓰러져 있는데도…… 그 태평한 모습은 뭐야? 다들 심각하게 다쳤는데, 왜 당신만 멀쩡해? 이거, 당신도 상관있는 거 맞지? 말 좀 해 보라고!"

"……."

공수겸 보좌관은 다짜고짜 자신을 흘기는 박재나를 보고서 말없이 그들에게 다가갔다. 그에 흠칫한 박재나는 만신창이가 된 박재익을 보호하기 위하여 냉큼 오빠의 위로 엎드렸다. 물론 그녀는 그 상황이 극심히 두려웠으나 그걸 그만두려 하지 않았다. 그런데 공수겸 보좌관은 급급히 심리적으로 무장한 박재나를 지나 판수복 앞에서 걸음을 멈추더니, 급기야 그의 몸을 뒤지기 시작했다.

"……?"

판수복의 주머니를 뒤지던 공수겸 보좌관은 머지않아 그의 지갑과 휴대전화를 찾아냈다. 곧이어 그는 그것 모두를 산속을 향해 최대한 멀리 던져 버렸다. 그 모습을 어리둥절히 바라보던 박재나는 도무지 공수겸 보좌관의 의중을 알 길 없어 답답해하다, 불현듯 오싹해졌다.

'어떻게 된 건지 모르겠지만, 일이 이상하게 돌아가는 것 같은데. 설마 우리한테 무슨 짓을 하지는 않겠지? 그리고 보니 옷차림이……!'

공수겸 보좌관이 가망 없어 보이는 판수복을 길가 옆 무성한 수풀 속으로 미는 모습은 더없이 의연했으며 거침이 없었다. 공교롭게도 그것이 박재나에게는 사뭇 공포로 다가온 바, 그녀는 재빨리 주머니를 뒤졌지만 아까 못 찾은 것이 지금이라고 나올 리 없었다.

'에잇, 하필이면 이런 때!'

박재익은 미약하게나마 숨은 쉬었으나 정신을 잃은 지 오래였다. 때문에 오빠를 옮기고 싶어도 그럴 수 없어 박재나는 또다시 눈물이 날 것 같았다. 결국 모든 걸 포기한 그녀는 오빠의 손을 꼭 쥔 채로 바르르 떠는 수밖에 없었다.

"……."

고개 숙여 잠자코 있던 박재나는 어느 순간부터 인기척이 느껴지지 않자 살짝 곁눈질했는데, 조금 전까지 민첩하게 움직이던 공수겸 보좌관이 더는 보이지 않음을 알게 되었다. 놀란 그녀는 혹 멀리 있나 싶어 세차게 두리번거렸지만, 그는 이미 사라진 후였다.

## 55

공수겸 보좌관은 어느새 그 산과 멀리 떨어진 길을 걷고 있었는데, 차가 엉망이 된 지금 그가 할 수 있는 건 그것뿐이었다. 돈이 조금 있었지만 바로 그것을 사용할 수 없어 계속 걷고 있었다. 행여 누군가 제동선을 파악하게 될까 봐, 다리가 아프더라도 되도록 멀찌감치 떨어진 곳에서 차를 타야겠다 싶어서였다. 생각에 잠긴 채, 길을 따라 터덕터덕 걸어가던 차였다.

'나는 당신에게 하나도 미안하지 않습니다……?'

공수겸 보좌관은 자신이 박재익에게 했던 말을 속으로 되뇌다, 깊은 한숨을 지었다.

'그런 말은, 앞뒤가 맞지 않아.'

앞뒤가 맞지 않는 것 외에도 굳이 할 필요 없는 말이었다. 공수겸 보좌관 스스로도 말할 생각이 없었으나, 저도 모르게 내뱉고 만지라 당혹스러웠다.

"……."


공수겸 보좌관이 다급하게 박재익이 흘린 피를 따라 뛰어갔을 무렵, 그는 판수복 앞에서 무릎을 꿇고 있었다. 그다지 위험한 것 같지 않았지만, 박재익의 허벅지에서 흐른 피가 넓게 번져 있어 눈살을 찌푸리기에 충분했다. 멀리서 그들을 지켜보던 공수겸 보좌관은 어떻게 할 것인지 궁리하게 되었다. 구태여 나서서 일을 키울 필요가 없었으므로, 그냥 경찰에 신고를 할까 생각 중이었다.

'신고하는 게 맞겠지?'

번거로울지 몰라도 일부러 모른 척하기는 찜찜했기에, 공수겸 보좌관은 휴대전화를 꺼내며 그들을 보았다.

"……."

초반 애원하는 박재익을 비웃으며 딴청을 피우던 판수복은 갑자기 그에게 발길질을 하기 시작했다. 그쯤 되니 서둘러 신고해야 했는데, 공수겸 보좌관은 그런 그들의 모습을 바라보기만 할 뿐 아무것도 하지 않았다.

"……."

별안간 박재익이 제게 보였던 태도가 떠올라 신고하려던 움직임을 멈춰 버린 것이었다. 판수복에게 사독한 폭행을 당하는 박재익을 보면서도 다른 것은 생각할 수 없었다. 공수겸 보좌관을 앞에 두고도 내내 모르쇠로 일관하던 모습, 저가 궁지에 몰린 다음에야 사실대로 얘기하는 타산적 행태, 그래 놓고는 끝까지 자신을 피해자라고 포장하는 것도 모자라 제가 한 짓이 정당했다 주장하는 뻔뻔함까지. '잘못'을 '잘못'이 아니라 옷에 생긴 얼룩쯤으로 여겨, 시간이 지났는데도 왜 없어지지 않느냐며 따지는 그 안이함이 공수겸 보좌관의 머릿속을 자극했다.

"……."

마침내, 욱기가 연기처럼 자우룩해진 공수겸 보좌관은 곧 이성이 흐려지고 말았다. 이어 눈을 돌린 그는 폭행이 벌어지는 광기 어린 현장을 수수방관했다. 폭력이 그치고 나서 판수복의 목소리가 들렸지만, 공수겸 보좌관은 태연히 그것을 등져 버렸다. 결국 박재익이 판수복을 쓰러트리고 난 다음 버젓이 모습을 드러낸 것이었다.

"하아."

스스로를 회상하던 공수겸 보좌관은 뭔가 못마땅했는데, 그것이 무엇인지 알아내기가 쉽지 않았다.

'난 그때 수수방관했어. 박재익이 너무 괘씸한 나머지 화가 나서 견딜 수 없었으니까. 하지만…….'

공수겸 보좌관은 저가 했던 행동이 아무래도 이해되지 않아 어려움이 따랐다. 박재익이 증오스러웠다면 그냥 그 자리를 떠나면 그만인 것을, 그러지 않았기 때문이었다. 공수겸 보좌관의 목표는 오직 '장인목'이므로 애써 다른 데에 신경 쓸 필요도, 그럴 여유도 없었다. 그럼에도 불구하고 그 자리에 끝까지 남아, 친히 판수복의 소지품을 인멸해 주기까지 한 것이었다.

'도대체……!'

공수겸 보좌관은 줄곧 못마땅히 여긴 것에 대하여 구체적으로 헤아리던 중 멈칫했다. 장용빈 의원을 납치할 적, 그는 무슨 일이 있어도 냉철하겠다고 다짐했었다. 그러나 피의자인 박재익을 걱정하고 동정하는 마음에 차마 그 자리를 떠나지 못했던 것임을 깨닫고는 순각 얼어붙고 말았다. 물론 깊이깊이 질원하며 사무치도록 분개하지만, 일편으로 험난하게 살아왔을 박재익과 박재나가 눈에 밟힌 것도 사실이었다.

'그럼 거기까지만 하지……. 얼간이처럼 그런 말이나 하다니.'

공수겸 보좌관이 박재익에게 군이 미안하지 않다고 한 건, 숨겼음에도 숨겨지지 않는 '죄책감' 때문이었다. 분노로 인해 방관하고 말았으나, 그에 따른 '죄책감'까지 어쩌지는 못한 탓이었다. 미안하지 않다, 사실은 견딜 수 없이 죄스럽다는 뜻이었다.

"……."

사과조차 받지 못한 박재익에게 그런 말을 한 것이, 공수겸 보좌관으로서는 그한테 빚을 진 것 같아 기분이 영 좋지 않았다. 하지만 그렇다고 어떡할 수 없었으므로, 그는 멈췄던 걸음을 다시금 움직이기 시작했다.


시간이 지남에 따라 어디선가 기분 좋게 떠드는 사람들이 하나둘 걸어 나왔는데, 그들의 손에 똑같은 부채가 들린 터라 모두 같은 곳에서 나온 걸 알 수 있었다.

'아, 대회가 이제 끝났나.'

웃으며 거리로 나오는 사람들을 본 공수겸 보좌관은 긴장이 조금 풀리게 되었다. 그러다 무의식적으로 두리번거리며 사람들을 구경했다.

"?!"

그런데 부채를 들고서 지나가는 사람들 사이로 못내 수상쩍은 자들을 보게 되어 절로 경계심이 일어섰다. 주의 깊게 살펴보자 과연 여기저기 흩어진 일행이 더 보였기에, 공수겸 보좌관은 내색하지 않은 채 행인들을 제쳤다. 조심스레 곁눈질해 보니 어딘가 심히 수상해 보이는 차가 자신을 따라오는 게 보였다.

　'너무 방심했어.'

　공수겸 보좌관은 부채를 든 인파가 점차 불어난 탓으로 재게 걷기 힘들었으나, 그것은 수상한 일행도 마찬가지여서 쩔쩔매는 모습이 눈에 보였다. 차라리 다행이라고 생각한 그는 썩 신중하게 움직이다, 한순간 인파 사이로 몸을 숨겼다. 줄곧 공수겸 보좌관을 미행하던 자들은 표적이 홀연 사라지자 적이 당황했다.

　"잡아!"

　어디선가 앙칼진 목소리가 들려, 즉시 그에 반응한 공수겸 보좌관과 그의 미행꾼들은 서로를 경계하며 추격전을 벌였다. 공수겸 보좌관은 제법 민첩히 움직였지만 자신을 따라오는 차까지 따돌리기는 힘에 부쳤다.

　'대체 언제부터?'

　공수겸 보좌관은 간신히 골목에 숨었으나, 저를 찾는 자들이 속속 다가오고 있어 다른 길은 없는 것 같았다. 안타깝게도 머지않아 그들에게 발견된 공수겸 보좌관은 사력을 다해 반대편으로 뛰었지만, 그곳은 넓은 길이라 언제 그들이 들이닥칠지 알 수 없었다. 그렇게 선뜻 움직이지 못해 발을 동동 구르던 찰나, 갑자기 차 한 대가 빠른 속도로 다가오고 있었다.

"⋯⋯."

그 차는 원체 낡은 느낌을 줬으며, 언제 세차를 했는지 알기 힘들 정
도로 얼룩룩덜루룩했다. 낯선 차의 등장에 놀란 다음 순간, 공수겸 보
좌관은 어쩐지 그 차가 낯익다고 여겨졌다.

'어디서 봤더라.'

이내 그 차가 공수겸 보좌관 앞에 미끄러지듯 멈추더니, 대뜸 앞문
을 활짝 열었다.

"타!"

그 차 안에서 소리치는 사람의 표정은 상황이 얼마나 급박한지 잘
알려 주고 있었다. 한편, 생각도 못 한 인물이 등장하자 당황한 공수겸
보좌관은 머뭇거렸다.

"어서!"

주저하던 공수겸 보좌관이 이윽고 서둘러 조수석에 앉자, 그 차는
뒤따라오는 차를 약 올리듯 유유히 그곳을 빠져나갔다.


피곤한 기색의 박재익은 어느덧 병실 안 침대에 누워 창밖을 멍하니
보고 있었다. 그의 몸에는 상처가 많았으나 다행히 치명적이지 않았
고, 허벅지에 난 상처 또한 적절히 치료했기 때문에 개운한 기분이었
다. 그곳의 열린 문 너머로 박재익의 주치의와 얘기하고 있는 박재나
가 보였다.

"⋯⋯."

대화가 끝나자 박재나는 주치의에게 깍듯이 인사했으며, 그 인사는 끊일 줄 몰랐다. 그런 박재나를 보며 호탕하게 웃은 주치의는 곧 다른 곳으로 갔다. 잠시 후 벌겋게 부은 눈가의 박재나가 종종걸음으로 박재익에게 다가왔는데, 오랜만에 보는 환한 얼굴이었다.

"잘됐어! 난 아까 큰일 나는 줄 알고…… 얼마나 조마조마 했다고. 의사 선생님이 오빠 같이 튼튼한 환자는 본 적 없다고 웃으시더라! 출혈이 심해서 걱정했었는데, 막상 치료하니까 기다렸다는 듯이 빠르게 호전되어서 여기서도 놀랐대!"

동생이 즐겁게 재잘거리는 모습을 보니, 그것이 편안하면서도 먹먹해 박재익은 살며시 미소를 머금었다.

"솔직히 나도 놀랐어. 오빠가 튼튼한 건 알았지만 이제 나이가 있어서 좀 변한 줄 알았거든? 그래서 기대도 안 하고 있었는데……."

침대 옆 의자에 앉아 조용히 생각에 잠기는 와중, 오빠의 안색이 설핏설핏 어두워져 의아스럽던 참이었다. 웃음기가 걷힌 그녀는 어딘가 서글퍼 보이는 박재익에게 속닥거렸다.

"다 잘된 마당에 왜, 뭐가 마음에 걸려서 그래? 길에 난 핏자국은 내가 다 지웠어, 본 사람도 없잖아."

그래도 여전히 박재익에게서 그늘이 떠나지 않아, 박재나는 계속 속닥거렸다.

"신경 쓸 거 없어! 그놈이 그동안 우리한테 어떻게 했는지 잊었어? 지금까지 고의로 갖가지 사고가 나게끔 꾸며서 날아간 돈만…… 강남에 집 한 채는 사고도 남을 걸? 거기에다 오빠가 하는 일마다 훼방을 놓고, 전과자라고 소문을 내고 다닌 건? 그것 말고도……! 아무튼 오빠는 잘못한 거 없어! 그건 정당방위였다고!"

박재익이 말없이 창밖에 시선을 주는 모습을 보고 있자니, 박재나는 속이 까맣게 타 버린 양 한숨짓다가 두연 공수겸 보좌관을 떠올렸다.

'괜찮겠지……. 그렇게 한 걸 보면 어디에 말할 것 같지 않았는데. 오히려 협조하는 분위기 아니었나…… 아닌 것 같기도 하고.'

박재나는 곧 미간을 찌푸린 채로 박재익에게 속닥거렸다.

"있잖아, 아까 같이 있었던 남자. 무슨 보좌관이라고 했나? 그 남자, 거기 왜 있었어?"

공수겸 보좌관 얘기에 움칫한 박재익은 고개를 돌려 박재나를 뚫어져라 보았다. 자신을 보는 오빠의 모습에서 심상치 않은 뭔가를 직감한 박재나는 눈을 빛냈다.

"도대체 무슨 일이 있었던 거야? 그 남자, 그 국회의원이랑 납시고 나서 다 이상해졌어. 뭔가 나만 모르게, 뭐야. 나만 모르는 그게 대체 뭐냐고? 그 남자랑 관련된 거 맞지?"

"……."

박재나에게서 시선을 거둔 박재익은 상심한 듯 눈을 감았다, 조금 후에 눈을 떠 재차 동생을 보았다.

"오빠?"

한참 머뭇거린 박재익은 서서히 박재나에게 말하기 시작했다.

"이 얘기는 죽을 때까지 묻어 두려고 했었는데…… 이제는 그럴 수 없을 것 같아."

"괜찮아, 말해!"

"사실은 옛날에……."

박재나는 당장 숨죽여 박재익의 얘기에 집중했는데, 무슨 내용인지 몰라도 대단히 충격적일 거라는 생각에 각오를 단단히 하고 있었다. 그렇게 어렵사리 말문을 연 박재익을 보던 박재나는 머지않아 눈을 크게 뜨더니만, 뒤로 갈수록 조금씩 반응을 달리했다.

그날 밤, 박재익이 입원한 병원으로 신원 미상 남성이 실려 왔다. 그는 빈사 상태였으며, 갈비뼈 대부분이 강한 압력을 원인으로 부러졌거나 금이 가 있었다. 더구나, 그 뼛조각들이 체내 장기를 찌르는 바람에 그로 인한 피해가 상당했다. 또한 그는 뱀에도 수차례 공격당한 상태라 더욱 문제였는데, 뱀에게 물린 부위는 공교롭게도 뱀 문신을 한 팔 부분이었다. 아무래도 외지인으로 보이는 그 남성을 두고 온갖 추측이 난무하는 가운데, 그 위중한 상태는 각고의 치료를 받는다 해도 호전될 가능성이 매우 희박할 것으로 보였다.

# 56

홀언 나타나 공수겸 보좌관을 태운 뜻밖의 차량은 여전히 전력을 다해 달리는 중이었다. 공수겸 보좌관을 뒤쫓는 수상한 무리를 따돌린지 오래였지만, 도통 속도를 늦출 기미가 보이지 않았다. 천만다행으로 위기에서 벗어났다 생각한 것도 잠시, 공수겸 보좌관은 저를 태운 차량 안에서 점점 더 짙어지는 위협을 느껴야만 했다. 가만히 있고 싶어도 몹시 위태롭게 질주하는 차 안에서는 그를 바랄 수 없었다.

'……위험하다. 말려야 할 것 같은데 어떡해야 할지 모르겠다.'

그 차에서 내리고 싶은 마음이야 더없이 간절했으나, 운전자를 봐서는 도저히 말을 꺼낼 수 없었다. 그 운전자는 무엇에 홀리기라도 한 사람처럼 정신없이 질주하는 데에만 몰두하고 있어, 정말이지 위험해 보였다.

'말해야겠는데…… 어쩌지? 솔직히, 만난 건 한 번뿐인데 갑자기 나타난 것도 이상하고. 대체 이 사람은 정체가 뭐야. 아니, 그보다 내 목숨을 생각해서라도 멈춰야 해. 이대로 가다가는 둘 다 죽겠어!'

하얗게 질린 채, 그 운전자를 주시한 공수겸 보좌관은 언제 말을 꺼낼지 고민하고 있었다.

"이제 그만 멈추시는 게 어떨까요?"

"……."

공수겸 보좌관의 그다지 크지 않은 목소리는 그 운전자에게 닿지 못하고 허공을 떠돌게 되었다. 그러다 마침 과속 방지 턱을 전속력으로 지나는 통에 차가 과히 붕 뜨더니마는 이어 과히 덜커덩거렸다. 그 탓에 불안감이 커진 공수겸 보좌관은 종내, 비명 지르듯 목 놓아 외쳐 버렸다.

"이제 그만 멈추세요! 이러다가 죽겠어요, 정 목사님!"

"?!"

광란의 질주를 벌이던 그 차는 마침내 요란한 굉음을 내며 멈춰 버렸다. 차가 멈춘 것을 미처 인지하지 못한 공수겸 보좌관은 잠깐 멍하니 있다, 뒤늦게 상황을 파악하고서 안도하게 되었다. 시간이 좀 흐른 후에 밖을 보니 서울을 빠져나왔음을 알 수 있었다.

'그 속도로 한참을 달렸으니…….'

차가 멈춘 것만으로 안심되어 더부룩하던 속을 가라앉힐 즈음, 고개를 돌린 공수겸 보좌관은 운전대 위로 흡사히 쥐며느리처럼 엎드린 정영진 목사를 보자마자 그가 심상치 않은 상태라는 걸 깨달았다. 그의 피부는 백지장같이 창백했고 호흡을 거의 멈춘 모양을 한 터라, 그걸 본 공수겸 보좌관은 덜컥 겁이 났다.

'심장 마비는 아니겠지?'

정영진 목사의 상태가 걱정된 공수겸 보좌관은 손을 뻗어 그에 가까이 다가갔다.

"정 목사님 괜찮으세요? 숨을 안 쉬시는 것 같은데……?"

"흐읍!"

"?!"

갑작스럽게 몸을 일으킨 정영진 목사는 크고도 거칠게 숨을 헐떡이기 시작했다. 그는 두 눈을 크게 뜨고 있었지만, 초점이 분명하지 않아 괜찮은 게 맞는지 알 수 없었다. 그래도 다행스레 호흡이 차차로 안정되며 혈색도 돌아오고 있었다. 곧이어 눈동자의 초점도 되찾은 듯하던 그때, 멀뚱하던 정영진 목사는 뜬금없이 운전대에 엎드려 열성적으로 기도하기 시작했다. 그 당황스러운 모습에서 눈을 돌린 공수겸 보좌관은 공연히 차 안을 둘러보았다. 여전히 잡동사니가 어지럽게 널려 있었으나, 그가 목사라는 걸 짐작케 하는 것은 하나도 없었다.

'이제 와서 기도를 한다고?'

땀에 흠뻑 젖은 정영진 목사는 후줄근한 옷차림 등이 전체적으로 어지간히 추레했다. 그 분위기로는 가히, 교회에서 봤던 것보다 더하다 싶었다.

"……."

정영진 목사가 계속 움직임이 없자, 고개를 갸웃한 공수겸 보좌관은 일부러 웃으며 말했다.

"실은 제가 빚이 좀 있어서."

"……."

"사례라도 해야겠지만, 지금은 제가 좀 곤란해서 말입니다. 그래서 드리는 말씀인데 여기서 그만 내려야겠습니다만?"

정영진 목사는 여전히 입을 다문 채로 공수겸 보좌관에게 눈길도 주지 않았다. 조용히 눈치를 살피던 공수겸 보좌관은 차에서 내리려 문의 손잡이를 잡았다.

"내가 그렇게 못 미더운가……."

한숨을 내쉰 정영진 목사가 문득 중얼거려, 그에 흠칫한 공수겸 보좌관은 손잡이를 잡은 채 미동도 하지 않았다. 공수겸 보좌관의 머릿속은 순시 복잡해져 정영진이라는 존재도, 그가 가진 의도도 모두 아리송하기만 했다. 아무것도 알지 못하는 공수겸 보좌관이 할 수 있는 거라고는 그저, 되지도 않는 연기로 방어하다가 도망치는 것뿐이었다.

"……."

"기다려 봐, 좀 기다려 보라고. 일단 급한 불은 껐을지 몰라도 지금 차에서 내리는 건 위험해. 너도 생각이 있으면 당장 움직이는 게 위험하다는 것 정도는 알 거 아니야?"

"……."

"생각보다 힘드네. 내가 좀 변하기는 했지만, 승희 형이랑은 잘 지냈었는데. 그래서…… 너하고도 가까워질 줄 알았거든. 너도 승희 형처럼, 낯가려?"

정영진 목사는 별안간 구승희의 얘기를 꺼내 공수겸 보좌관을 더욱 혼란스럽게 했다. 그의 의도를 알 수 없으니, 공수겸 보좌관으로서는 어떻게 대처해야 할지 몰라 가만히 있을 수밖에 없었다.

"그래. 네 입장에서는 그게 최선이겠지……. 사실, 나 봤거든. 승희 형이 꼭꼭 숨겨 놓았던 사진, 아버지랑 나한테도 비밀로 하고 이따금 몰래 꺼내서 보던 그 사진 말이야. 내가 호기심이 많아서, 승희 형이 잘 때…… 몰래 봤지. 한 번 본 것뿐이고 오래돼서, 교회에서 너를 보고도 긴가민가했었어. 그런데, 그 방문이 있고 나서 일이 이상하게 돌아가더라. 누가 날 감시하는 느낌이 들었거든."

정영진 목사는 체력이 급격히 떨어진 모습이면서도 담담히 말하고 있어, 표정을 달리한 공수겸 보좌관은 그에 귀 기울였다.

"내색하지는 않았는데, 주위에 미행이 꽤 있으니까 보통 신경 쓰이는 게 아니더라고. 알고 보니 독고 아저씨도 마찬가지여서, 나한테 조심하라고 하셨어. 미행은 알아챘어도, 상대가 누군지 모르니까 섣불리 대응할 수도 없잖아. 거기에다 승희 형의 지문까지 발견된 마당에, 분명히 뭐가 있을 것 같아서 혼자 돌아다니고 있었어."

"……."

"이렇게 매달리고 보니까 나도 내 정신 같지 않아서. 아무튼 장 의원과 네가 조사했던 곳을 찾아다니다가, 오늘 운 좋게 널 만나게 된 거야. 예상은 했지만…… 나보다 훨씬 위험하잖아!"

공수겸 보좌관은 몸을 돌려 정영진 목사를 물끄러미 보았다. 자신의 정체를 아는 것이 놀랍기는 했지만, 정말 믿어도 좋을지 미지수였다.

"가까이서 보니까…… 그 사진에서 봤던 얼굴이랑 겹쳐지네. 꼬마이기는 했지만, 그렇게 차이가 많이 나는 동생이 있을 줄이야."

"……열 살 차이예요."

무덤덤하던 정영진 목사는 이어진 공수겸 보좌관의 말에 놀라더니, 이내 눈가가 촉촉해졌다.

"열 살? 세상에."

정영진 목사는 무엇 때문인지 감정이 북받쳐, 공수겸 보좌관을 외면한 채로 혼잣말을 했다.

"이런 동생이 있었으면서…… 나나 아버지한테 말도 안 했다는 거야? 왜 그랬지, 대체?! 진작 우리한테 말했으면, 그랬으면! 우리 집이 그렇게 잘사는 건 아니었지만, 아무리 그래도."

혼자 속상해하는 정영진 목사의 뒷모습을 보고 있으려니, 어쩐지 마음이 놓인 공수겸 보좌관은 슬그니 등받이에 기대었다.

"그때 저는, 이미 입양된 후였어요."

"아……."

그들은 각자 다른 곳을 보며 한동안 말없이 생각에 잠겼는데, 서로 어떻게 말을 꺼내야 좋을지 몰랐기에 그들 사이의 정적은 더 길어지게 되었다.

"이번 일…… 이건 역시 승희 형과 상관있는 거겠지?"

그 물음에는 쓸쓸한 숨이 묻어났고, 그를 눈치챈 공수겸 보좌관은 짐짓 아무렇지 않게 대답했다.

"네."

"그래. 그럴 것 같았어! 그럼 상대방이 누군지도 알아?"

"네."

"그게, 누군지 말할 수 있어? 이십일 년 전……. 그렇지, 승희 형은?!"

이윽고 공수겸 보좌관이 굳은 얼굴로 고개를 가로저어, 순간 당황한 정영진 목사는 이내 고개 숙여 멋쩍게 웃어 버렸다. 기대했던 것이 컸던 만큼 그에 따른 실망도 컸으며 정적 또한 길었다.

"내가 바보 같은 질문을 했구나……. 그래도 내심 혹시나 했어. 나도 처음에는 승희 형이 뭔가 잘못된 줄 알고 있었는데…… 그때! 아버지 빈소에 누군가 거금이 든 봉투를 놓고 갔었거든. 열어 보니까 자그마치 삼천만 원이 들어 있어서…… 나 혼자 있을 때 발견했던 거라 김 노인한테도 숨겼었는데."

'박재익 말이 사실이었어.'

"내가 사고를 쳐서 필요했던…… 그 삼천만 원. 달리 그곳에 올 사람이 있던 것도 아니었는데! 액수를 확인하고 나서, 그런 생각이 드는 거야. '승희 형이 진짜로 탈옥해서 나한테 전해 준 게 아닐까.'하고……. 그게 아니면 설명이 안 되니까. 그래서 그때, 장 의원이나 너한테도 말 안 했던 거야."

"……."

그들은 요연히 씁쓰레한 분위기 속에 가라앉고 말았다.

"도대체 누구야? 누가 승희 형을……! 대관절 이십일 년 전 승희 형한테 무슨 일이 있었던 거냐고?"

공수겸 보좌관은 묵묵히 시선을 바깥으로 돌려 정영진 목사의 물음을 모른 체했다. 제가 아는 걸 말할 자신도 없거니와 괜히 정영진 목사까지 위험해질 수 있다 판단했기 때문이었다. 대답하지 않는 공수겸 보좌관을 야속히 보던 정영진 목사는 곧, 답답한 속을 진정시키려 등받이에 깊숙이 기댄 채 눈을 감았다.

"솔직히 기분은 안 좋은데, 네가 말하지 않는 건 다 이유가 있어서겠지. 맞아, 얼마나 엄청나면······."

돌아가는 상황을 생각하던 공수겸 보좌관은 스스로도 편치 않아 자꾸만 깊은 숨을 토하게 되었다.

"아, 그렇지."

"?"

불현듯 뭔가 생각난 정영진 목사는 번쩍 눈을 뜨더니, 곧장 어질더분한 뒷좌석의 짐들을 뒤졌다. 기어코 찾아낸 어떤 봉투를 연 그는 그 속에서 대량의 전단지를 확인한 후 한 장을 꺼냈다.

"자."

표정이 한결 밝아진 정영진 목사는 그 전단지를 공수겸 보좌관에게 내밀었다. 얼떨결에 그것을 받아 본 공수겸 보좌관은 잠시간 말을 잊었다. 거기에는 공수겸 보좌관이 알고, 정영진 목사도 아는 얼굴이 인쇄되어 있었다.

"······."

공수겸 보좌관이 눈을 떼지 못한 그 전단지에는 〈사람을 찾습니다〉라는 큰 문구 아래, 사실은 정말 자연스러웠음에도 어쩐지 낯선 구승희의 사진이 있었다. 증명사진 같은 그것은 좀 우스꽝스러웠는데, 인쇄된 구승희의 얼굴이 잔뜩 얼어 보인 데다 살짝 어색히 보이는 미소가 시선을 끌었다.

"······."

장용빈 의원과 함께 조사할 무렵, 몇 장에 불과했던 구승희의 사진은 그나마도 하나같이 범죄자 냄새가 물씬 풍기는 것뿐이었다. 때문에 그 전단지에 있는 사진은 차라리 다른 사람으로 보였다. 저가 기억하는 형의 모습과 크게 다르지 않은 그것을 보고 나니, 아릿아릿하던 설움이 그제야 북받쳐 올라 눈시울을 붉히고 말았다.

'이게…… 이게 맞는데! 원래, 이랬어!'

전단지에서 눈을 떼지 못하는 공수겸 보좌관이 어쩐지 함씬 서글퍼 보여, 뭔가를 말하려던 정영진 목사는 그를 보고서 오롯이 고개를 돌렸다. 그러다 어느 순간 공수겸 보좌관의 목소리가 들렸다.

"이거…… 어떻게 된 거예요?"

"어……?! 그게!"

잠깐 창밖을 보던 정영진 목사는 자신도 모르게 졸다, 맥연히 들린 공수겸 보좌관의 목소리에 놀라 깼다. 그간 여러 군데를 감시하듯 돌아다닌 정영진 목사는 잠은커녕 끼니를 거르는 것이 다반사였다. 그럼에도 불구하고 지금껏 날카로운 신경 하나로 끄떡없이 버틴 것이었다.

"그러니까 그게, 승희 형이 스무 살일 때 혼자 찍어 뒀던 건데. 원본은…… 경황이 없어서 잃어버렸어. 사실 그때 승희 형, 검정고시 학원에 가려고 했었거든. 비록 다른 일이 생기는 바람에 감옥에 가게 되었지만……."

정영진 목사는 조금 더듬거리며 문득문득 표정이 어두워졌다.

"승희 형은 검정고시 학원에 다니게 된 걸 무척 기뻐했었어. 워낙 말수가 적고, 내색을 거의 안 해서 아무도 눈치 못 챘었는데. 그게, 내가 학교 다니는 걸 보면서…… 부러워했던 것 같아. 나는 나대로, 승희 형이 학교에 안 다니는 걸 알면서도 너무 무신경했었고."

"……."

"아, 그 사진은 승희 형이 나한테 말도 안 하고 혼자 찍었던 거야! 검정고시 얘기를 듣고…… 어느 틈에 찍었던 것 같아. 분명히 나한테 같이 가자고 하고 싶었을 텐데, 너도 알지? 승희 형한테 은근히 그런 구석이 있었다는 거. 같이 찍으러 가자고 말도 못 하고, 결국 혼자 몰래 찍어 버리다니……. 얼마나 좋았으면 그랬을까."

어느새 멍히 회상에 젖은 정영진 목사는 곧 우울히 시선을 내렸다. 내내 말이 없던 공수겸 보좌관은 차분하게 가라앉은 모습으로 뭔가를 망설였다.

"그 전단지, 그거 아버지가 직접 제작하셨던 거야. 언론에서 내보내는 사진이 좀, 그랬잖아? 그래서 뒤늦게 찾아낸 그 사진을 가지고 신문사고 방송사고 다 다니시면서, 제발 이 사진으로 써 달라고 사정사정하셨었지. 그 와중에 승희 형은 탈옥한 게 아니라고, 절대 그럴 리 없다고 하셨는데! 당연히 어디에서도 그걸 알아주지 않았어. 사진 얘기도 묵살되니까…… 당신이 손수 그 전단지를 제작하셨던 거야. 그걸 막 돌리려던 차에…… 사고가 나게 된 거고. 참, 그렇게 돌아가시다니…… 그렇게."

머지않아 정영진 목사의 코끝은 발갛게 물들었으며, 눈에는 눈물이 그득해 금방 흘러내릴 것 같았다. 그렇지만 그는 눈을 꼭 감아 기어이 그것을 참더니, 이내 정색한 채로 앞을 보았다. 그 모습이 못내 안타까운 한편, 자존심이 퍽 강한 그의 성격을 알 수 있었다. 잠시 뭔가를 갈등하던 공수겸 보좌관은 이윽고 입술을 떼었다.

"……궁금한 게 있어요."

바로 공수겸 보좌관을 쳐다본 정영진 목사는 무엇이든 대답할 요량이었다. 그 눈동자가 곧이 자신을 향한 탓에 좀 부담스러웠으나, 공수겸 보좌관은 이대로 물러설 수 없어 어렵사리 말을 꺼냈다.

"그때…… 부친상을 당하셨을 때 말씀하셨던 거요. 그렇게 말씀하신 게 걸려서요. 차라리 형이 죽었으면 좋겠다는 말……."

"!"

"그때, 왜 그렇게 말씀하셨던 건지 궁금해요."

무엇을 말하는 것인지 단박에 안 정영진 목사는 크게 당황하는 눈치였다. 저를 보는 공수겸 보좌관에게서 고개를 돌려 버린 그는 고민을 거듭하다가 가만가만 입을 열었다.

"……네가 이해할지 모르겠지만, 나는 그때 많이 지쳤었어. 당시 내 주위에 진짜 많은 일들이 벌어지고 있었으니까. 그것을 모두 감당하기에 난 아직 어렸고, 그런 날 알아주는 건 김 노인뿐이셨지……. 난 그냥 모든 게 귀찮았고 화가 나서 견디기 힘들었어. 하지만, 이미 들끓은 사람들한테 그런 게 통할 리 없잖아. 그리고 사실은 승희 형이 미웠어!"

자신을 외면한 후, 다른 곳에 시선을 고정한 정영진 목사의 뒤통수에서 오만 가지 감정이 엿보였다. 그럼에 따라 공수겸 보좌관은 그가 어떤 심경인지 미루어 짐작할 뿐이었다.

"알고 있어! 승희 형이 왜 감옥에 갔는지 나도 잘 알아! 그래도 미웠어……. 그렇게 갑자기 사라지지만 않았어도 아버지는……! 어이없게도, 그 상황에서 내가 원망할 수 있는 사람은 승희 형이 전부였어. 승희 형을 떠올릴수록 미안한 마음이 원망으로 바뀌니까, 더는 짐스러운 그 마음을 감출 길이 없었어. 화가 나고, 슬프고, 괴로워서 죽을 것 같은데 죽어지지는 않고! 난 이렇게 혼자 외로운데…… 승희 형은 온데간데없고!"

"……."

"내가 그때 사고만 치지 않았더라면, 그 모든 일이 일어나지 않았겠지. 잘못한 건 난데, 죄를 지은 건 나 하난데…… 그런데 나만 빼고! 승희 형이 사라지고, 아버지가 떠나시고, 주변에서는 자꾸 나를 찔러보고. 그런 걸…… 도저히 감당할 수가 없었어."

숨이 찼는지 정영진 목사는 한참을 쉬다가 말을 이었다.

"아버지가 돌아가신 건, 승희 형이 살아 있을 거라는 '희망' 때문이었으니까. 그래서 방송에 대고 못 박아 버렸던 거야! 승희 형이 살아 있을 거라 믿기 싫어서……."

"……."

비로소 울먹이는 정영진 목사의 떨림을 이해하게 된 공수겸 보좌관은 말없이 고개를 숙였다. 곧이어 구슬픈 침묵이 그들에게 내려앉아 떠날 줄 모르고 머물렀다. 갑자기 터진 감정을 겨우 추스른 정영진 목사는 굳이 털털한 체, 공수겸 보좌관을 쳐다보았다.

"……진짜 괜찮은 거야? 그 사람들 무서워 보이던데, 계획은 있어?"

"그 정도는 예상했어요."

무덤덤한 공수겸 보좌관을 힐금대던 정영진 목사는 일삽시 머뭇거리다, 넌짓 말했다.

"물론 계획은 있겠지만 그건 너 혼자일 때고. 이제 나랑 독고 아저씨가 널 도울게. 네 존재를 아시면, 아마 발 벗고 나서 주실 거야! 그럼 앞으로 뭘 하든 지금보다 수월할 테고."

공수겸 보좌관은 말없이 고개를 가로저었다.

"그럼…… 네 계획에 가담한 사람은? 네가 지금 위험하다는 거 알아?"

"아뇨. 저 혼자 움직이는 거예요."

"……?!"

올곧이 침착한 공수겸 보좌관의 태도는 정영진 목사에게 적잖은 충격을 주었다.

"혼자? 나한테 말도 못 할 정도의 엄청난 상대를? 아까 보니까, 일이 꼬인 것 같던데……?"

"……."

"내가 아무리 별 볼 일 없어도 그 정도 눈치는 있어. 그냥, 독고 아저씨한테 말씀드리자! 나도 도울 테니까, 우릴 믿고……!"

정영진 목사가 산뜻 공수겸 보좌관의 어깨를 잡으며 설득하려 했지만, 공수겸 보좌관의 고집은 꺾이지 않았다.

"걱정해 주셔서 고맙습니다만, 제게도 계획이 있어요. 미행당하는 것쯤은 예상했던 일이라, 저는 그 정도에 겁먹거나 달라질 생각 없어요. 그러니까 무엇이든…… 제게 강요하지 마세요."

공수겸 보좌관에게서 단호한 의지를 느끼고 만 정영진 목사는 그의 어깨를 쥔 손을 내린 끝에 힘없이 얘기했다.

"혼자서는 위험해."

뭔가를 골똘히 생각하던 정영진 목사는 뒷좌석에서 구승희의 사진이 인쇄된 그 전단지 한 장을 더 꺼냈다. 그러고는 그것을 조용히 응시하다, 천천히 말했다.

"내가 이걸…… 아버지 시신을 확인하고 나서 받았는데. 아마, 그래서 더 승희 형을 미워했을 거야. 그렇게 싫어했는데, 쳐다보는 것도 너무 싫었는데, 어째서인지 도저히 버릴 수 없었어. 마음으로는 수도 없이 버렸는데도, 차마 어쩌지 못하겠더라……. 자꾸 가슴이 미어지기만 해서 다른 생각은 들지 않는 거야. 그래서 이러지도 못하고 저러지도 못하다가 여기에 둔 거지."

"……."

"장 의원이 날 만나러 우리 교회에 온다고 했을 때, 이것도 챙겼었는데. 일이 그렇게 되니까 기분이 상해 버리는 바람에…… 이걸 꺼낼 생각도 안 했어. 그때 진짜 속상했었거든."

공수겸 보좌관은 작게 고개를 끄덕인 다음, 정영진 목사를 쳐다볼 수 없어 잠연히 눈길을 돌려 버렸다. 그러는 동안에도 정영진 목사는 어디선가 찾은 펜을 쥐고서 그 전단지에 뭔가를 적었다.

"……?"

그러고는 그 전단지를 공수겸 보좌관에게 건넸는데, 정영진 목사의 눈이 유난스레 초롱초롱 빛났다. 그것을 받은 공수겸 보좌관이 곧장 확인해 보니, 정영진 목사와 독고설기 교도소장의 휴대전화 번호가 적혀 있었다.

"뭐라도 도움이 되고 싶어서. 처음에는 내 번호만 적을까 하다가, 독고 아저씨 번호도 같이 적었어. 내가 아는 그분은 분명히 이걸 바라실 테니까."

"이런 건……."

"너한테도 생각이 있을 테고, 나도 그걸 믿지만! 아까와 같은 상황이 더 없으리라는 법 없잖아. 널 돕지 못하게 할 거라면 이거라도 가져가! 나도 네가 이걸 쓰는 일이 생기지 않기를 바라지만, 만약 우리의 도움이 필요하다면 반드시 연락해! 무슨 일이 있어도 우리가 네 편이 될 테니까!"

"……."

공수겸 보좌관은 묵묵히 두 장의 전단지를 겹쳤다.

"무슨 일이 생기면 바로……."

"지체하지 않고 연락드릴게요."

공수겸 보좌관의 말에 비로소 안심한 정영진 목사는 어렴풋이 표정을 밝혔다.

"그래! 꼭 그렇게 해. 아!"

별안간 주머니를 뒤지던 정영진 목사는 곧 낡은 지갑을 찾아냈다.

"생각을 못 했었는데, 너 돈 필요할 거 아니야? 내가 지금 가진 게……."

공수겸 보좌관은 고개를 절레절레 흔들며 몸을 뒤로 뺐다.

"돈은 필요 없어요. 저도 준비한 게 있거든요. 만반의 준비를 해서, 다른 데 숨겼어요."

"……."

이내 정영진 목사는 힘들여 찾은 지갑 안에 영수증만이 든 것을 확인하고 실의에 빠졌다. 그런 그의 사정을 알게 된 공수겸 보좌관은 차라리 마음이 편해져, 그만 차에서 내리려 마음먹었다. 그러다 멈칫하고는 혹, 조금 전 누군가 정영진 목사를 알아본 거라면 위험할지도 모른다는 생각이 들었다. 그를 보호해 줄 사람이 없을 텐데 어쩌나 싶은 찰나, 공수겸 보좌관의 속내를 눈치챈 정영진 목사가 혼연히 말했다.

"걱정할 거 없어."

"저를 미행한 무리에게 정 목사님이 노출된 거라면…… 앞으로 어떨지 몰라요."

"그렇게 되지도 않을 것이고, 나한테는 독고 아저씨가 계셔. 그리고 잊은 모양인데 나…… 목사야. 종교계에 아는 분이 얼마나 많은데."

정영진 목사가 뱃심 좋게 말했으나, 공수겸 보좌관은 그를 곧이곧대로 믿을 수 없었다. 그에게서 걱정하는 기색이 걷히지 않자, 정영진 목사는 공수겸 보좌관을 응시한 채 말했다.

"나는 어른이고, 너 같은 애는 어른 걱정하는 거 아니야."

그 말을 들은 후, 어딘가 곰틀대는가 싶던 공수겸 보좌관은 너울너울 시선을 옮겼다. 그걸 확인한 정영진 목사는 묵묵히 차를 출발시켰다.

"그냥 여기서 내려도 되는데요."

"여기는 안 돼. 우선 여기서 벗어난 다음 내릴 곳을 찾아야지. 그것만은 하게 둬."

더는 거절할 수 없어 가만히 있으니, 정영진 목사는 아까와 다르게 매우 안정적인 주행을 했다.

그곳에서 멀찍이 벗어난 그들의 차는 어느 한적한 갓길에 멈춰 섰다.

"……."

서로 시선을 주고받은 그들은 한참 동안 말이 없었다. 머지않아 안전띠를 푼 공수겸 보좌관은 내리기 직전 정영진 목사를 슬쩍 보았다. 그는 운전대를 꼭 쥔 채, 부러 공수겸 보좌관에게 눈길도 주지 않고서 무심히 굴었다. 다음 순간, 공수겸 보좌관은 차에서 내리며 무뚝뚝하게 한마디 했다.

"……가 보겠습니다."

"……."

미동도 없던 정영진 목사는 이내 고개를 짧게 한번 끄덕거렸다. 그렇게 차에서 내리고 난 공수겸 보좌관은 괜스레 주위를 둘러보다, 곧 자신이 가야 할 방향으로 걷기 시작했다.

뒤늦게 뭔가가 떠오른 정영진 목사는 고개를 들었다.

"이름! 본명을 물어 보는 걸 깜박했어. 시간이 그렇게 많았는데, 그걸 생각 못 하다니."

정영진 목사는 후다닥 주위를 두리번거리며 공수겸 보좌관을 찾았지만 이미 그의 모습은 찾을 수 없었다. 그러던 중, 우연히 백미러를 보게 된 정영진 목사는 형편없는 제 몰골을 보자마자 얼굴이 화끈거려 운전대에 맥없이 엎드리고 말았다.

"못 미덥다……."

## 57

장인목 병원장은 저택에서, 대부분의 시간을 서재에서 보내고 있었다. 평소에는 그 나름의 휴식을 위해서였지만, 지금은 제 일을 조용히 처리하기 위함이었다. 그는 예민한 데다 철두철미한 까닭에, 저의 처지를 드러내는 데 꺼리는 경향이 있었다. 그래서 직접 알리지 않는 이상, 본인을 둘러싼 일이 외부에 새는 것은 낙타가 바늘귀를 통과하는 것과 같았다.

"……."

한편 장인목 병원장은 휴대전화로 누군가와 통화하느라 여념이 없었다. 화려하면서도 차분한 서재와는 사뭇 다른 분위기로 열중하다 보니, 눈에 띄기 쉬운 모습을 하고 있었다. 어지른 흔적이라고는 없이 전체적으로 깔끔한 책상은 그를 중심으로 거북한 공기가 돌아, 자못 불편한 느낌이 들게끔 만들었다.

"……."

잔뜩 경직되었던 장인목 병원장의 얼굴이 조금 풀리는 것으로 보아, 아마도 휴대전화 너머에서 원하는 소식을 들은 모양이었다.

"시간 맞춰서 잘했군. 그래서 지금 경기도라고? 그러면…… 일단 거기서 대기하고 있어."

통화를 마치고 난 장인목 병원장은 깊이 한숨지었으나, 그것은 나쁜 의미가 아닌 안도의 의미였다. 그러고 나서 휴대전화를 놓기 위해 책상 서랍을 열었는데, 그 서랍에는 여러 개의 휴대전화들이 있었으며 한구석에 누런 봉투가 보였다. 그대로 서랍을 닫으려던 그는 그 봉투를 보고 눈썹을 꿈틀거렸다. 잠시나마 한시름 놓았다는 생각에 가여웠던 그의 마음은, 그것으로 인하여 한숨에 벼린 가시들이 돋아나게 되었다.

"하아."

우두커니 선 장인목 병원장은 서랍 속의 그 누런 봉투에서 눈을 떼지 못한 채, 야금야금 안색이 안 좋아지고 있었다. 그 봉투에는 아들과 허맹문 검사가 찍힌 사진들이 있어, 그걸 직접 전해 준 김과수 중장의 얼굴이 대번 선해진 그는 불편한 괴로움에 눈을 질끈 감아 버렸다. 자신이 저지른 일은 하나하나 수습하면 그만이라 해도, 아들의 문제까지 끌어안고 보니 그 무게가 남달랐다. 더군다나 아들이 일으킨 문제의 상대는 다름 아닌 궁남중, 또한 자신과는 상극인 김과수 중장까지 있으니 나날이 혈압이 오를 수밖에 없었다.

'국회의원이면 대충 알았을 텐데……. 도대체 그 녀석의 머리에는 뭐가 들었기에, 자꾸 궁남중과 척을 지려고 안달인지! 대들어 봤자 우리 집안이 쑥대밭이 되고 말 것을, 왜 자꾸 일을 만들어?!'

이내, 장인목 병원장의 머리는 순식 쥐가 난 것처럼 되어 버려 그만 의자에 주저앉고 말았다. 그는 뒤엉킨 머릿속을 비우려 노력했지만, 한번 찾아온 피로는 쉽게 가시지 않았다.

'자식이 아니라…… 원수야.'

넋 놓고 쉬던 장인목 병원장은 그새 욱신거렸던 눈가가 좀 가라앉은 걸 느꼈다. 조금이라도 나아진 것을 다행으로 여기며 그대로 더 쉬고 싶었으나, 열린 서랍에 있는 또 다른 휴대전화가 울렸다.

"?!"

곧바로 눈을 부릅뜬 장인목 병원장은 소리가 나는 휴대전화를 꺼내 신중히 귀를 기울였다.

"나야, 말……!"

매우 낮은 목소리를 내던 장인목 병원장은 한순간 만에, 하려던 말을 마치기는커녕 입도 다물지 못한 채로 자리에서 천천히 일어났다. 그의 동작이나 표정은 결코 크거나 야단스럽지 않았지만, 뭔가 심상치 않다는 것을 알 수 있었다.

"괴산?! 증평이 아니라, 괴산?"

본의 아니게 쇳소리를 질러 버린 장인목 병원장이 잠시 말을 잃는 와중, 휴대전화 너머에서 탁성일의 목소리가 흘렀다.

"네, 괴산입니다. 그리고 말씀하신 대로 [단발머리]가 맞았습니다. 그 미용실 주변에서 진을 쳤더니 예상하셨던 대로 공수겸이 나타나더 군요. 그런데 그것이, 판수복이라고 계속 박재익을 쫓아서 괴롭히는 놈이. 아무튼 다행히 공수겸의 뒤를 밟는 데 성공했습니다. 중간에 놓치기는 했지만, 이곳 산속을 샅샅이 뒤진 결과 드디어 숨었던 곳을 찾아냈습니다."

"생각보다 가까운 곳에 있었군. 그래서 거기에, 공수겸도 있나?"

"지금은 없습니다. 안 그래도 방금 연락을 받았는데, 그 미용실에 또 왔더랍니다. 그런데 좀 복잡한 일이 있어서, 아무튼 다 끝나고 돌아가던 중간 그놈이 눈치채는 바람에. 혼자 있을 때 사로잡으려고 했더니만…… 놓쳐서 면목이 없습니다."

"공범이 있었나?"

"아까 거의 잡을 뻔했다는데, 갑자기 어떤 차가 튀어나와서 놈을 태우고 갔다고 했습니다. 공범인 모양인데…… 이곳에는 의원님뿐입니다."

줄곧 불투명했던 것이 마침내 해결될 조짐을 보여, 장인목 병원장은 저도 모르게 피식 웃을 뻔했다.

"그럴 필요 없어. 더 큰일을 해냈잖은가……. 거기 상황은 어때?"

"아, 여기는. 인적이 드문 곳이라 그냥 찾기는 힘들 위치입니다. 옛날에 살았던 집 같은데, 그 옆에 있는 지하실 문이 쇠사슬과 자물쇠로 잠겨 있어서 아직 들어가지는 못했습니다. 그래도 그곳 작은 창문으로 안에 두건을 쓴 사람이 있는 걸 확인할 수 있었습니다. 워낙 어둡기도 하거니와 두건 때문에 얼굴을 모르겠지만, 정황상 의원님인 것 같습니다."

"음."

"병원장님의 지시를 기다리는 중입니다."

이제야 길이 보이려는데, 무슨 이유인지 장인목 병원장은 머뭇거리고 있었다. 그대로 아들을 구하는 게 당연한 것임에도, 그는 선뜻 말하지 못한 채 복잡한 머릿속을 거닐고 있었다.

'일이 매끄럽다 못해 자칫 매끄러질 양 불안해지는 건 왜일까……? 신경이 너무 날카로워진 탓인가? 아니면 뭔가를 놓친 게…….'

장인목 병원장의 생각은 끝을 모르고 강물처럼 흘러, 탁성일과 통화 중이라는 것조차 희미해지고 있었다. 언제나처럼 신중을 기해야 하건만, 그의 두뇌는 눈치 없이 둔중하게 돌아갔다.

'……모든 것이 보이는 것처럼 단순하다면 걱정할 게 없으련만.'

"병원장님?"

장인목 병원장이 너무 오래 말이 없자, 그를 이상히 여긴 탁성일이 확인하는 차원에서 부른 것이었다. 그 목소리에 겸연쩍어진 장인목 병원장은 그것을 감추려 더 담담히 말했다.

"음, 시간을 주게."

"네."

스스로도 신기할 만큼 머뭇머뭇하던 장인목 병원장은 곧 제가 결정을 미루는 연유에 대해 어림쳐 보았다. 한 번의 선택으로 힘을 덜 들이면서 최대한의 효과를 누리는 게 목적이었으나, 그것을 위해 모든 문제를 되짚어 보려니 언짢아지는 건 어쩔 수 없었다.

'지금 그 녀석을 구한다고 하더라도…… 나머지 일은 어떻게 할 것인가.'

무심코 주위를 둘러보던 장인목 병원장은 어느덧 열린 서랍 속 그 누런 봉투를 보게 되었다. 그곳에 시선이 멈춘 그는 내내 마음이 깔끔깔끔했던 원인을 종시 알 수 있었다. 바로 현재 처한 일 중 아들과 관련된 게 상당하다는 것, 심지어 그로 인한 피해를 아버지인 저 혼자 감당하고 있었으므로 끝끝내 울기가 맺혔다.

'대단한 녀석이야. 길지 않은 시간을 들여서 그 많은 일을 벌여 놓다 니. 당장에 그 녀석을 구한다고 해도, 과연 지금까지처럼 편안히 살 수 있을까. 공수겸은 그렇다고 쳐도 다른 누군가가 냄새를 맡는다면? 지 금은 황운보만으로도 골치 아닌가. 더구나 궁남중은?! 무엇보다 김과 수의 그 징글징글한……!'

머지않아 장인목 병원장의 얼굴은 묘명하게 변했는데, 아들로 인한 피해를 나열하고 보니 자못 놀라울 정도였다. 그 한심하기 그지없는 황운보 교수를 떼려는데 역으로 평생 코 꿰이게 만드는 것으로 모자 라, 무소불위의 권력을 가진 궁남중에게 밉보이는 바람에 집안을 존 폐의 위기에 서도록 했으며, 그로 인해 김과수 중장과 부딪히게 만든 것은 물론, 이십일 년 전 사건으로 앙심을 품은 공수겸의 인질 노릇까 지 해내고 있었다.

'그게 다가 아니니 더 문제지. 언젠가부터 내게 사사건건 맞서서, 아 들로서 살갑기는커녕 늘 내 말이라면 안 들으려고 했어. 도무지 알 수 가 없다니까. 처음부터 그러지는 않았었는데…… 딱히 무슨 잘못을 한 것도 없건마는, 왜 그리 아비에게 부정적인 거지? 따지고 보면 이 모 든 일의 시작은 이십일 년 전 일 때문에, 그건 오로지 널 위한 선택이 었는데!'

처음 시작이 그랬듯 원인은 하나였거니와, 지금 아들을 구한다 해도 그에 따르는 이익은 없다고 봐야 했다. 오히려 단점이 더욱 부각되었 으며, 언제까지고 아버지인 자신을 거리낌 없이 사면초가로 몰아넣을

게 분명했다.

'외아들만 아니었으면……!'

장인목 병원장은 문득 몰려드는 회의감 탓에 눈을 감아 버렸다. 태풍에 휘말린 것 같던 머릿속이 차츰 잔잔해질 무렵, 살며시 눈을 뜬 그의 안색은 수유 뭉떵뭉떵한 안개가 한꺼번에 걷힌 듯 보였다. 말쑥하니 의연한 빛을 띤 그는 곧 목소리에 힘주기 시작했다.

"……모두 철수해."

"네?"

"잔말 말고 내 말대로 하게. 내가 지금 그리 갈 테니 모두 철수시키고, 그곳 입구에서 기다리라고. 나랑 만나서 같이 움직여."

"알겠습니다."

긴 생각 끝에 통화를 마친 장인목 병원장은 한결 오만스러운 태도를 취했다. 잠시 후, 어딘가에 전화를 건 그는 특유의 냉정한 분위기를 돋보이며 말했다.

"……나야. 지금 계획 취소시키고, 당장 서울로 와서 대기하고 있어."

할 말만 간단히 한 장인목 병원장은 곧바로 끊어 버린 휴대전화를 서랍 속으로 던졌다.

"……."

넌지시 그 누런 봉투를 보던 그는 이윽고 그것을 외면해 버렸다.

## 58

계속 걷기만 하던 공수겸 보좌관은 종내 어느 휴게소에 다다랐다. 발바닥과 더불어 다리도 욱신거려 몸과 마음이 아주 피곤한 상태였다. 게다가 휴게소 근처부터 풍기는 음식 냄새 때문에 보통 괴로운 것이 아니었다. 간신히 정신을 차려 주위를 살피던 그는 그곳에 있는 인파에 자신을 해칠 자가 없는 것 같아 그나마 안심할 수 있었다.

'너무 지쳤는데.'

지친 공수겸 보좌관의 눈에 사람이 없는 파라솔 하나가 보여, 더 생각할 것도 없이 거기에 앉아 버렸다. 그늘 아래 가누기도 힘든 몸을 뉘고 쉬니 조금이나마 나아지는 기분이 들었다. 그렇게 기운을 좀 차리고 나자, 잊었던 것들이 뇌리에 스쳤다.

"……."

공수겸 보좌관은 휴대전화를 꺼내 탁자 위에 놓고는 그저 뚫어지게 보았다. 그러는 동안, 그곳의 인파는 반으로 줄어 있었다. 근심 어린 얼굴로 망설이던 그는 이내 휴대전화를 들고서 어딘가에 전화를 걸었다.

'뭐라고 하나…….'

그냥 끊고 싶었으나 그러면 안 될 것 같은 생각에 마냥 휴대전화를 붙들었다.

'이게 마지막일지도 몰라.'

머지않아 누군가가 전화를 받았는데, 어쩐 일인지 말이 없었다.

'지난번에 안 좋게 끊어서겠지.'

그것이 이상했지만, 입이 안 떨어지는 건 공수겸 보좌관도 매한가지였으므로 가만히 있게 되었다.

"……여보세요."

"저예요."

공수겸 보좌관이 익숙한 목소리를 듣자마자 울컥해 겨우 한마디 하고 나니, 다시 침묵이 이어졌다. 그것이 견디기 힘들어 그는 무슨 말이든 건네려 했다.

"저…….“

"내가 너무 이기적이었어."

화가 났을 거라 짐작했던 남정애가 의외의 말을 했기에, 공수겸 보좌관은 당황해 버렸다.

"그리고 무신경했지. 그렇게 전화를 끊고 나서, 많은 생각이 들더라……. 솔직히 속상한 마음이 컸는데 곰곰이 생각을 해 보니까, 내가 지나치게 이기적이라는 생각이 드는 거야. 혼자 떨어져서 고생하는 너를 뻔히 알면서, 나 편한 것만 생각하다니."

"…….“

"지금 네 속이 말이 아닐 텐데."

일단 잠잠히 남정애의 말을 듣고 있었으나, 그녀가 이토록 시무룩이 진지한 이유를 알 수 없었다. 이어 그걸 더 들으면 안 되겠다 싶어, 무

256

슨 말이든 하려 들었다.

"무슨 말씀이신지…….."

"알아."

"네?"

"그 소식, 사실은 벌써 알았었는데. 그냥…… 나랑은 관계없는 일이라고, 괜히 널 귀찮게나 했던 거지."

계속 들어 봐도 알아들을 길이 없어 공수겸 보좌관은 표정이 좀 일그러졌다.

"그건 그때도 마찬가지였지……. 새 식구가 생긴다는 데에만 들떠서, 정작 중요한 건 외면하고. 아무튼…… 그래서 네 입장을 생각해 봤는데, 너는 그럴 수밖에 없다는 생각이 들었어. 더구나 요즘은 정말, 네가 힘들 거라는 걸 십분 알게 되었거든."

"네……?"

"그래, 수겸아. 나 알고 있어! 네 형의 지문이 발견된 거, 이십일 년 만이라지."

"…….."

순간 멈칫한 공수겸 보좌관은 그저 멍하니 있을 수밖에 없었다. 그런 중에도 휴대전화 너머에서는 여전히 슬프게 들리는 남정애의 목소리가 이어지고 있었다.

"네가 내색은 안 했지만 속까지 그러라는 법 없잖아? 그런데 나는 네가 형 얘기를 안 하기에, 정말 괜찮은 줄로만 안 거지. 내가 괜찮으니까, 너도 괜찮을 거라고. 구승찬으로 산 날보다 공수겸으로 산 날이 훨씬 많으니까……. 그러니까, 이제는 괜찮을 거라고 멋대로 결론지어 버린 거야! 이십칠 년 전 그때처럼."

전혀 뜻밖의 얘기가 들린 탓에, 공수겸 보좌관은 어떤 생각을 하기는커녕 조금도 움칠거리지 못했다.

"아까 말했잖니? 새 식구가 생길 생각에 들떴었다고. 그토록 염원하던 게 드디어 이뤄진다는 생각뿐이었어, 그때는. 너희 형제는 그게 유일한 구명줄이었을 텐데, 나는 그저 내 생각만……. 어서 네가 오기를 기다렸었거든. 네 형이 하는 제안을 들어주는 거니까 좋은 일하는 양, 그게 어리석은 줄도 모르고. 그때 네 형이 바란 건 동생인 너를 내 친아들처럼 키워달라는 게 아니라…… 자신과 동생의 안전이었을 텐데. 나는 또 거기에, 어른스럽게 처신하지 못하고. 정말 너희를 위했다면 어떻게 해서든 너희가 헤어지는 일은 없게, 행복할 수 있게, 안전할 수 있게끔 좋은 방법을 생각했어야 맞는 건데! 그토록 어리석었던 걸, 오랜 세월이 지난 지금에서야 깨닫고 만 거야."

떨리던 남정애의 목소리는 어느새 좀 경직된 느낌으로 들리기 시작했다.

"본인은 고아원에 간다는 걸 알면서 끝까지 너를 보호하려고 애쓰는 네 형의 진심은 외면한 채, 나는 결국 나만 좋기 위해……. 나만 생각하면서 너희를 기어이 떼어 냈고! 그리고 이십일 년 전에는 네가 형의 소식을 알지 못하도록 꼭꼭 숨기기나 했었지. 그게 너를 위한 일이라고 굳게 믿으면서…… 그때는 뭐가 그렇게 두려웠는지."

"……그때는 그럴 수밖에 없었잖아요."

힘들여 말한 공수겸 보좌관의 모습은 울적하니 어두운 분위기를 풍겨, 주위와는 확연히 다른 색을 띠었다.

"수겸아, 그럴 수밖에 없다고 해서 그게 반드시 옳은 건 아니잖니."

"……."

잠시 침묵이 오간 뒤, 그새 많이 차분해진 남정애의 목소리가 들렸다.

"유일한 가족인 형에 대한 그리움을 이십칠 년 동안 우리에게도, 아무에게도 털어놓지 못한 게 못내 한이었을 텐데. 이번에 그런 일까지 일어났고……. 그런데도 나는 끝까지 내 고집만으로, 너를 더 힘들게 하고. 정말 미안하게 생각하고 있어."

"저도…… 잘한 거 없잖아요."

"수겸아, 너는 나한테나 네 아버지한테 귀하고 자랑스러운 아들이야. 너를 처음 만난 그때도 그랬고, 그건 지금도 마찬가지야."

뭐라고 해야 했지만 공수겸 보좌관의 머릿속에서는 아무것도 생각나지 않았다.

"그래서 말인데, 너한테 고백할 게 있어."

복잡해진 속을 당해 낼 수 없던 찰나, 공수겸 보좌관은 이어진 남정애의 말에 어리둥절하게 되었다.

"지금 맘고생이 심하겠지만…… 이건 들어 줬으면 해. 내가 자꾸 의원님을 걱정했던 건, 그만큼 귀한 자식인 너를 남부럽잖게 키울 수 있도록 도와주셨기 때문이야. 우리가 안동에서 살던 시절, 너도 알다시피 우린 가난했잖니? 너는 그에 굴하지 않고 씩씩했었지만, 그걸 보는 우리 마음은 사실 안 좋았어. 공부도 월등히 잘하는 네가 형편이 안

259

좋은 우리를 만나서 고생이나 하고, 대학 진학은 꿈도 못 꾸게 생겼는데! 그런데 갑자기, 아무런 연고도 없으면서 처음 본 네게 덜컥 후원하겠다는 의원님이 나타나신 거야! 결국 네가 하버드를 졸업했으니…… 우리가 얼마나 감격했는지! 물론 네가 그만큼 노력했으니까 가능했던 거지만, 그걸 가능하게 해 주신 그분이 정말 고마웠어!"

공수겸 보좌관도 기억하는 일이었으나, 그게 '고백'과 무슨 상관이 있다는 건지 도통 알 수 없었다.

"저, 고백하신다는 게……."

"아, 고백! 사실은 나중에 말하려고 했었는데, 더는 너한테 숨기고 싶지도 않고……. 또 지금은 할 수밖에 없다고 생각하거든? 수겸이 너는 내가 의원님 얘기를 꺼내는 걸 반기지 않겠지만, 나는 그분의 안부를 꼭 확인해야겠으니 이 길밖에 없어. 네가 그렇게 화를 내는 이유가 무엇이든, 나도 물러설 수는 없으니까 그분의 안부를 알려고 하는 이유를 설명하는 게 좋을 것 같아. 내가…… 우리가 아는 걸 너도 알면 아무래도 도움이 될 테니까."

남정애의 말을 들으면서도 의아한 공수겸 보좌관은 그저 잠자코 있었다.

"그게 벌써…… 삼 년 전인가? 네 아버지랑 내가 플로리다로 떠났잖니. 그곳에 친척의 농장이 있다고, 거기서 일을 도우며 살겠다고."

"그게, 왜요?"

"우린 그때 잔뜩 설렜었지……. 친하지도 않은 그 친척한테 무작정 신세지려는 게 걸리기는 했어도, 더 이상 네게 짐을 지울 수 없다는 생

260

각에. 그래서 우린 큰맘 먹고 플로리다로 떠난 거야. 네 아버지가 서툰 영어로 물어물어 그곳을 찾아갔는데, 글쎄 그 친척이 그새 이사를 갔더라고……. 그래서 이사를 간 주소를 물어보려고 해도, 우리가 뭐 알아듣나. 별 수 없이 길에 나오는 수밖에 없었어."

"그런 일이 있었으면 저한테!"

"수겸아, 우리도 너한테 연락을 하고 싶었어. 하지만…… 도저히 그럴 수가 없더라고. 살던 집은 이미 처분했고, 너는 이제야 혼자 여유로울 수 있었고……. 그런데 이제 와서 돌아가야겠다고 할 수 없었어. 더구나 우린 가진 돈도 얼마 없었는데, 짐이 되기 싫다고 떠난 마당에 어떻게 또 실망시키겠니? 나도 참, 무지하게 굴었어. 떠나기 전에 그 친척한테 전화해 볼 생각을 왜 못 했는지…… 그랬다면 이렇게 되지는 않았을 텐데."

공수겸 보좌관은 금시초문인 사실을 접한 탓에, 저절로 언성을 높이게 되었다.

"도대체 그게……! 아니, 그럼 지금 어디에 계시는 거예요?"

"……우린 그냥 계속 걷기만 했어. 행인들이 모두 무섭게 보여서 눈물이 나오려는 것도 억지로 참았지. 그러다 배가 너무 고파서 길에서 파는 핫도그를 나눠 먹으며 허기를 달랬어."

남정애의 목소리에 미안해하는 기색이 역력하여, 공수겸 보좌관은 그게 더 기가 막혔다.

"갈 곳도 없고, 말도 잘 통하지 않고, 기운은 바닥이 나서 그냥 노숙을 하는 수밖에. 다음 날 아침에…… 참 막막하더라. 달리 생각나는 것도 없어서 정처 없이 또 걷기 시작했는데, 갑자기 네 아버지가 쓰러지신 거야. 그리고, 병원에 갔지. 말이 병원이지, 다들 신경질적인 모습을 하고 있으니까 너무 겁이 나는 거야. 그 병원에서는 한 명은 의식이 없고 한 명은 영어가 안 통하니까, 웬 동양인 의사를 내 앞에 세우더라. 그런데 그 의사는 한국인도 아니었고, 영어도 아니고 우리말도 아닌 걸 아주 서툴게 하는 거야. 아무튼 그래도 말이 안 통하니까, 그 의사랑 다른 간호사들이 서로 막 다투고. 그러더니 나한테 뭐라고 소리를 지르는데…… 정말 무서웠어."

회상을 하던 남정애가 문득 울컥해 흐느끼듯 숨을 쉬자, 그런 그녀의 모습이 눈에 선한 공수겸 보좌관은 억장이 무너지는 것 같았다.

"네 아버지가 쓰러지신 이유도 모르겠고, 영어도 못 하는 내가 너무 싫었어. 너한테 전화를 할까 하다가도, 또 네게 기대야 하는 게 미안해서……. 그렇게 혼자 벌벌 떨면서도 좋은 방법이 생각나지 않아서, 어쩌다 주머니를 뒤졌거든. 뭐라도 도움이 될까 싶어서. 그런데 마침 의원님의 명함이 나오는 거야! 그 상황에, 아는 사람의 이름을 보니까 얼마나 눈물겹던지. 아무튼 앞뒤 생각할 것 없이 거기에 전화했는데, 혹시라도 그분이 안 받을까 봐 불안했어……. 듣고 있니?"

"네, 듣고 있어요……."

"다행히 전화를 받으셨는데, 아직 잠에 취하셨더라고. 그런데 나는 마음이 급해서 막…… 횡설수설해 버린 거야. 황당하실 만도 한데 그걸 어찌 알아들으셨는지 그곳 의사를 바꿔 달라고 하시기에, 허둥지둥 그 동양인 의사를 찾았지! 그새 무슨 일이 있었던 건지 한쪽 눈가에 멍이 든 그 의사한테 내 휴대전화를 줬더니, 한참 통화를 하더라고. 영어라서 알아듣지는 못했지만, 뭔가 해결이 되는 것 같아서 마음이 놓이는 거 있지? 통화를 마친 그 의사가 쌩 나가 버리고, 한 삼십 분이 지나니까 네 또래의 젊은 사람이 병실로 찾아온 거야. 이름이 마그리트라고 했는데, 아무튼! 혼혈처럼 보이는 그 사람이 유창한 우리말로 친절하게 설명해 줬어. 그 덕에 네 아버지가 뇌졸중 때문에 쓰러지셨다는 걸 알았고."

'뇌졸중?'

"그리고 그에 맞는 수술을 하기 위해서 더 좋은 시설을 갖춘 병원으로 옮길 거라고 말해 줬어. 그게 안심이 되면서도, 한편으로는 수술비를 어떻게 마련할지 난감했었거든. 내 표정이 묘하니까, 마그리트 씨가 활짝 웃으면서 돈 걱정은 하지 말라는 거야. 그 길로 같이 병원을 옮기고 나서, 네 아버지 수술이 끝날 즈음에 의원님이 헐레벌떡 뛰어오시더라고. 날 보자마자 괜찮은지 물으시는데…… 그때까지 나는, 내내 얼어 있었거든? 그런데 아는 사람을 만나니까, 갑자기 그동안의 설움이 북받쳐서 눈물이 홍수처럼 쏟아지고……. 창피하다는 것도 잊고서 그분 앞에 무릎을 꿇고 엉엉 울었어. 내가 그러니 그분은 어떠셨을지……. 다행히 수술 경과가 좋아서 다 좋아진 줄 알았는데 그렇지만도 않더라."

남정애가 쏟아 내는 얘기는 연이어 공수겸 보좌관을 당황시켰는데, 그에 따라 궁금한 것이 생겼으나 그는 말할 수 없었다.

"울음을 그치고 나니까 다시 겁이 나서. 의원님이 아셨으니, 이제 너도 알겠구나…… 그랬어. 큰 도움을 받았지만 앞으로 부딪힐 일들이 걱정스러웠지. 나는 체면 불고하고 그분한테 네 얘기를 물었어. 그분이 너는 잘 지낸다고, 곧 새집으로 이사 간다고 하셨어. 그리고 서로 침묵하다가 너한테 밝혀야 할지를 의논했고…… 결국 그분이 직접 말씀하시기로 하게 되었지. 그러고는 나보고 걱정 말라고 하시더니 한국으로 돌아가셨어."

듣다 보니, 조금씩 당시 기억이 떠오른 공수겸 보좌관은 곧 생각에 잠겼다.

'아…… 그러고 보니 그때쯤 갑자기 사라졌었어. 이사한 다음 날 느닷없이 나타나서는 뜸을 들이더니만, 그때 못 했던 말이 그럼……. 그동안 대체!'

"각오를 하고 네 전화를 기다렸는데, 뜻밖에도 의원님이 전화를 주신 거야. 차마 너한테 사실대로 전할 수 없었다고……. 새집을 꾸미는 너한테 그런 사실을 말할 수가 없었다고 하시더라."

남정애는 애써 덤덤히 말했지만, 이미 몇 번이고 울음을 참는 소리가 들린 터라 별 소용이 없었다.

"당연하잖아. 어떻게 말할 수 있었겠어."

"……."

"그래서…… 그냥 시답지 않은 얘기를 하다가, 일단 너한테 비밀로 하기로 했지. 나중에 우리가 귀국하고 나면 그때 사실대로 얘기하자고. 그러니까 그때가 될 때까지는…… 최선을 다해서 연기하기로, 네 아버지랑 나랑."

이내 공수겸 보좌관의 시선은 땅으로 떨어져, 허리를 펼 생각도 하지 못 했다.

"으음…… 그동안 네 아버지가 너랑 통화하실 때 이상하지 않았니?"

"이상하다는 생각보다 아버지 기분이 안 좋으신 줄…… 미국에 가셔서 힘드신 건 줄 알고. 아니면 저한테 화가 나신 줄 알았어요. 워낙 표현에 인색하시니까."

"참! 네 아버지가 너한테 화내실 이유가 어디 있다고, 항상 네 걱정만 하시는데. 친척이 이사 간 걸 알고 나서 너한테 전화하려는 걸 막은 게 네 아버지셨어! 널 또 곤란하게 할 수는 없다고."

"……."

"수술은 잘 끝냈지만 그다음이 문제더라고. 말투가 확연히 어눌해지시는 통에, 말하게 되면 분명히 네가 눈치채고 말 거라고 걱정 하셨어. 그래서 한동안, 너랑 통화하는 걸 굳이 피하셨던 거고. 그래도 좀 지나니 곧잘 괜찮아지셨는데, 너랑 통화를 하실 때면 혹시라도 들킬까 봐 일부러 짧게 말씀하셨던 거지. 그게 너한테 오해를 샀다니……."

"그럼, 대체 어디 계신 거예요?"

"어어. 우리는 지금 플로리다에 있는 요양원에서 잘 지내고 있어. 네 아버지는 그새 몸이 많이 좋아지셨고! 다만 좀…… 잠이 많아지셔서, 지금도 잠들어 계셔."

충격에 의하여 공수겸 보좌관의 중심이 탁자로 기울어진 찰나, 불현듯 몸이 부르르 떨렸다. 흐릿하던 그의 눈동자는 언뜻 비위가 틀어진 듯 보였는데, 그 안에는 비창함 또한 어려 있어 제법 복잡하게 보였다.

"여기는 걱정할 거 하나도 없어! 깔끔하고, 사람들이 모두 친절해서 잘 지내고 있어."

"어머니!"

"?"

'그런 문제가……!'

공수겸 보좌관은 목구멍까지 올라온 그 말을 차마 꺼낼 수 없어, 어느 순간 제게 찾아든 욱기와 함께 가만가만히 삼켜 버렸다. 자신의 입장만 생각한 채 무턱대고 양부모를 원망할 수도 없거니와, 마음껏 원망한대도 해결되는 건 하나도 없기 때문이었다. 거기에다 여기서 더 상황을 악화시켜서는 안 된다는 생각이 들었다.

"……두 분이 무사하셔서 다행이에요."

"……."

한동안 말이 없던 남정애는 담하게 말을 건넸다.

"하나 더, 있어. 나 그동안 의원님이랑 연락하고 지냈어."

"……."

"내가 그동안 너한테…… 끈질기게 의원님 안부를 물었잖니. 그럴 수밖에 없었던 게, 그동안은 주기적으로 연락하고 있었는데 최근에는 어째서인지…….."

'그럼 지금까지 숨어서 했던 수상한 통화들이…….'

"수겸아?"

"네?"

혼란스러움의 연속이었으나, 그렇다고 속내를 보일 수 없어 공수겸 보좌관은 속으로 낙담할 수밖에 없었다.

"내가 한 설명이 네가 이해하기에 충분했니?

"네······."

"다행이야. 그럼 이제, 내가 납득할 수 있도록 설명해 줄래? 그분이 잘 계시는 게 맞는지."

차분한 남정애의 음성은 공수겸 보좌관에게 사뿐히 다가와, 은근히 그를 궁지에 몰고 있었다. 그녀의 보살핌으로 자란 그로서는 여간 당혹스러운 일이 아닐뿐더러, 자신을 잘 아는 사람을 속이는 것이 좀처럼 쉬운 일도 아니기 때문이었다. 뜸을 들이는 동안 소리 없는 갈등을 겪은 그는 이윽고 침착히 말했다.

"말씀드렸다시피, 지금 의원님은 안전하게 잘 계세요. 얼마 전 아버님이랑 다투시는 바람에 의원님이 단단히 토라지셨거든요. 그래서 저를 데리고 무작정 멀리 나오신 거예요. 당연히 다른 사람들에게는 비밀로 하셨고······ 일종의 은거 같은 거예요. 어머니도 아시잖아요! 의원님의 좀 그런 기질 때문에, 곧잘 그런 일이 발생하는 거. 저는 말이 보좌관이지, 볼모로 잡혀 온 거라니까요."

"······."

"아무튼 의원님한테 말씀드릴게요. 지금 그분 심사가 보통 뒤틀린 게 아니라서, 당장은 어렵고요. 아마 며칠 내로 어머니께 연락드릴 거예요."

"······."

"벌써부터 궁금해지는데요. 철저하게 연기하면서 저를 감쪽같이 속인 의원님의 얼굴이 이제 어떻게 변할지. 저도 좀 갚아야겠어요."

"······수겸아."

켜켜로 굳어진 감정을 뒤로한 공수겸 보좌관은 최선의 연기를 선보이며 휴대전화에 귀를 기울였다. 저를 오랫동안 봐 온 어머니를 재도속이려는 지금, 이미 반쯤 포기하고 있었다. 이렇게 된 이상, 달리 선택할 수 있는 차선책은 없는 거나 마찬가지였다.

"미안하다……."

나직이 울린 남정애의 말을 끝으로 전화가 끊기자, 멍히 휴대전화를 붙잡고 있던 공수겸 보좌관은 뒤늦게 그녀가 마지막에 했던 말을 떠올렸다.

'속았다는 걸까, 속지 않았다는 걸까. 이제 나는 뭘 해야…… 뭘 어떻게 해야 옳지?'

생각에 잠긴 공수겸 보좌관은 끝내 그 의미를 파악하지 못한 채로, 야기된 혼란에 초점을 잃어 가고 있었다.

"……."

고민을 거듭하던 공수겸 보좌관은 느럭느럭 걸음을 옮기기 시작했다. 그는 무덤덤하게 걸었지만, 수시로 끊임없이 몰려오는 감정의 단편들 탓에 서 있기도 힘든 상태였다. 그럼에도 불구하고 인이 박인 것처럼 바지런히 걷는 모습이 어지간하여 위태로운 와중, 그의 눈만은 흔들림 없이 올곧게 보였다.


더위와 어둠, 허기 등으로 잠드는 것조차 잊어버린 장용빈 의원은 어느 순간 어렴풋하게나마 눈을 뜨게 되었다. 그의 눈앞은 여전히 캄캄한 어둠과 그보다 혹독한 침묵만이 맞닿아 있었다. 그런 처지에 슬슬 익숙해질 법도 하건만, 그는 한 치 앞도 알 수 없다는 사실에 못내 소름이 돋았다. 굳이 두건이 아니더라도, 어둠이 가득한 지하실과 더불어 마음을 다해 신뢰한 공수겸 보좌관이 난데없이 적으로 돌변한 사실만으로 더없는 충격이었다.

'네가 어떻게……'

장용빈 의원은 이와 같은 질문을 반복하는 게 전부였으나 그 안에는 분노도, 배신감도, 하다못해 슬픔 한 점도 포함되지 않았다. 그저 도무지 이 상황을 이해할 수도, 받아들일 수도 없어 내지르는 처연한 외침이었다. 그런 제 모습이 얼마나 헛된지 알면서도, 그는 그 소용돌이에서 자꾸만 사무치게 되었다.

"……"

숱한 상념을 거친 장용빈 의원은 이내 자조하고 말았다. 누구에 의해 이 꼴이 되었든, 무슨 이유로 되었든, 자신이 이 꼴이 된 것은 변함없어 애초에 그 무엇도 탓할 수 없다는 생각이 들었다.

'어차피 잘 살아온 것도 아니니까. 그동안 내가 살아온 걸 생각하면……. 여태 별일 없었기 때문에 더 방심해서 생긴 일일지도 몰라. 꼭 수겸이가 아니더라도 나는, 이렇게 되는 거였을지도. 그렇게 생각하면 이게 오히려 나은 걸지도 모르겠네.'

일편 두건 속에서 호흡하는 것은 상당히 고역이었다. 그냥도 답답한 걸, 습한 더위와 이같이 위협적인 상황 속에서 겪다 보니 불편 그 이상으로 다가와 지긋지긋이 느껴졌다. 때문에 순간적으로 짜증이 난 그는 두건을 걷어 내려 손을 뻗는 등 격렬히 몸부림하게 되었다. 이미 그를 여러 차례 시도했지만, 튼튼히 묶인 줄로 인해 번번이 실패했었다. 그래도 틈만 나면 시도했는데 그 결과는 매번 매우 썼다.

"……?!"

이번에도 같을 거라 생각하고 있었으나, 장용빈 의원은 그래도 시도나 해 보자는 식으로 사력을 다했다. 그러다 문득 움직임이 달라지는 것을 느끼게 된 그는 다시 슬쩍 반복해 보았다.

"……."

장용빈 의원의 손을 팽팽히 구속하던 줄은 어떻게 된 일인지 느슨해져 쉬이 움직일 수 있었다. 분명 사냥개처럼 저를 옭아매고 있었던 것이, 어느새 기력이 다한 것처럼 변했다는 사실이 믿기지 않았다.

'아무리 필사적으로 몸부림쳐도 내 살만 파고들었었는데……!'

좀체 의심의 꼬리를 놓지 못하던 장용빈 의원은 조심스레 팔을 움직여 보았다. 손목에는 제법 심각해 보이는 상처들이 있었는데, 제 나름대로는 탈출을 위해 노력한 흔적이었다. 쓰라림과 같은 아픔은 가마득한 어둠 속으로 사라진지 오래라, 그는 무리 없이 움직일 수 있었다. 줄은 느슨했지만 묶여 있다는 것에는 변함없었는데, 그렇지만 그것은 어정쩡하여 장용빈 의원이 맘먹고 끈질기게 시도한다면 풀릴 것도 같았다.

"……."

장용빈 의원이 되도록 침착하게 몸을 움직여 보니, 아니나 다를까 한결 여유로워진 틈으로 손목이 빠져나오는 것이었다. 모든 것이 믿기지 않아, 이게 꿈이 아닌지 불안해지려 했다. 조심조심 두건을 벗은 그는 주위를 둘러보았으나, 여전히 어둠뿐이라 그것을 분간하기란 쉽지 않았다. 그래도 머지않아 홀로 그곳에 있음을 알게 되어, 짧고 초조했던 그의 호흡은 서서히 안정적으로 변하고 있었다.

'어쩌지……. 아냐, 얼른 빠져나가야 해!'

입에 붙은 테이프를 떼고 난 장용빈 의원은 신경이 날카로워진 채 두리번거렸다. 그곳에 있는 사람이라고는 자신뿐인데도 몹시 초조한 몸짓이었다.

"윽!"

그러던 중 복숭아가 눈에 들어오자 질색을 하며 바로 등져 버렸는데, 인상을 쓰던 장용빈 의원은 어쩐지 분한 마음에 다시 등을 돌렸다. 이어 경멸에 찬 눈으로 그 복숭아를 노려보았더니, 곧 싫다는 느낌이 초초 차오르게 되었다. 그는 안간힘을 써 버티려 했지만 이미 그에 익숙해진지 오래인 데다, 강렬하게 불거지는 그것이 날이 갈수록 커지고 있었으므로 이제 와서 이기기는 너무 버거웠다. 끝내 눈길을 돌린 그는 부아가 울컥 치밀었다.

"……!"

간이 탁자를 밀치려던 장용빈 의원은 그 탁자 위에서 뜻밖의 물건을 발견하고 멈칫했다. 그것은 납치되기 전 자신이 샀던 차의 열쇠였다. 말없이 그 열쇠를 거머쥔 그는 그것에 시선이 고정이라도 된 양 뗄 줄 몰랐다.

'이게 여기에 있다는 건.'

뭔가를 신중히 생각하던 장용빈 의원은 재빠르게 계단을 뛰어올랐다. 그런데 문이 생각한 것보다 쉽게 열려 어리둥절해질 정도였다.

'이상해! 내가 듣기에 분명히 쇠사슬을 묶는 것 같았는데.'

다시금 의심의 싹이 올라왔으나, 그보다 그곳을 빠져나가야 한다는 생각이 더 컸다. 냉큼 문을 열어 밖으로 나온 그는 조심히 문을 닫고서 초목이 자라 우거진 주위를 둘러보았다. 따로 길이 안 보이는 그곳 풍경을 보고 나자, 종전까지 가졌던 경계심이 거짓말처럼 잦아들게 되었다. 이윽고 퍼뜩 정신을 차린 그는 어느 한 곳으로 서슴없이 달리기 시작했다.

'이상해, 모든 게 이상해. 어서 빠져나가야 해!'

그곳에서 장용빈 의원의 뒤를 쫓는 사람은 없었지만, 본인은 그렇게 여기지 않았다. 또한 그 어떤 상념도 그를 비집고 들어가지 못했다. 지금 그에게는 무작정 달리는 것 외에 허락된 게 없다는 것처럼, 오로지 앞으로 내달리고 또 내달렸다.


'어디에 있지?'

약해진 체력 탓에 오래 지나지 않아 멈추게 된 장용빈 의원은 기침을 하며 숨을 헐떡였다. 그의 주위에는 빽빽한 삼림이 끝도 없이 이어졌기에, 나가는 길을 찾으려면 얼마나 걸릴지 상상도 할 수 없었다. 한시바삐 이곳을 나가고 싶은데도 그러지 못하고 있어 속이 타들어갔다.

'도대체 어디에…….'

아까부터 장용빈 의원이 찾고 있는 것은 자신이 타고 왔던 차였는데, 열쇠가 있는 걸로 보아 분명 이 근처에 있을 거라 생각해 다급히 눈을 굴렸다.

'곧 해가 질 텐데!'

장용빈 의원은 주변을 자세히 관찰하며 걸음을 옮겼다. 그새 시간이 얼마나 흘렀는지도 모를 만큼 차를 찾는 데에 열중하고 있었다. 드디어 나무 뒤에 숨겨진 그 차가 눈에 띄어, 그는 설레는 마음으로 열쇠의 단추를 눌렀다. 과연 그에 응답하는 모습을 보고 그제야 긴장이 풀려 바닥에 주저앉고 말았다. 그는 그 차에 다가가며 혹시나 근처에 누가 없는지 초조로이 살폈다. 마침내 눈길을 되돌려 그 차를 보니, 뒷좌석에 둔 커다란 여행 가방까지 그대로인 터라 며칠간 모진 시간을 보낸 데 괴리가 느껴졌다.

"……."

이대로 멀쩡해 보이는 그 차에 타기만 하면 되는데, 타는 데 방해가 될 것이 있는 것도 아닌데 어째서인지 장용빈 의원은 주저하고 있었다. 스스로 탈출하고 눈앞에 차가 나타난 것까지의 상황들이 영 석연치 않아서였다. 갇혀 있는 내내 바라던 일이 별안간 펼쳐진 바, 여지없이 그의 사고가 두드려졌다. 줄이 갑자기 느슨해진 건 그렇다 쳐도, 그 이후에 생긴 일을 자연스럽게 봐도 좋은지 의구심이 솟았다.

'아…….'

그것은 장용빈 의원을 강하게 끌어들였으나, 그의 다리는 그 차로 향하고 있었다. 그러다 우연히 제 왼쪽 손목을 보고는 걸음을 멈췄다.

"……."

깊게 파고든 상처들과 오랜 시간이 흘러 잊고 살았던, 희미해진 그 흉터를 응시한 그는 거기에 홀리기라도 한 듯 보였다.

## 59

이십일 년 전, 장용빈은 기나긴 잠에서 깨어났다. 정확히 얼마나 되었는지 헤아릴 수 없었지만, 아주 기나긴 잠에 빠졌었다는 것은 알 수 있었다.

"……."

허공을 물끄러미 보던 장용빈은 그곳이 집이 아니라는 사실을 깨닫게 되었는데, 낯선 장소에 대한 두려움이나 경계심과는 동떨어진 모종의 이유로 몹시 놀라고 말았다. 바로 제 몸이 믿을 수 없이 가분하다는 것, 그는 선천적으로 간이 안 좋은 데다 몸이 약해 종일 피곤했고 늘 어디가 아픈 것이 일상이었다. 그 때문에 평소 잠이 깨면 까닭 없이 몸이 무겁거나 불편했으므로, 그것이 오히려 더 익숙했다. 그런데 깨어난 지금은 그때와 비교할 수 없이 머리가 맑았으며, 몸도 개운해 그저 당혹스러웠다.

"으음……."

소리가 들린 쪽으로 시선을 돌린 장용빈은 잠에 취한 아버지가 침대 옆에 비스듬히 엎드려 있는 것을 보게 되었다. 그는 옆에서 아는 얼굴을 본 후, 비로소 자신에게 일어난 변화를 수긍하는 태도였다. 그의 아버지는 아주 유능한 의사일 뿐 아니라 재력 또한 굉장했기에, 저도 모르는 사이 허약했던 몸을 건강히 바꿔 줬을 거라 확신했다. 오래 전부터 아버지가 제게 맞는 건강한 간을 찾고 있는 건 알았으나, 조직 적합성 탓에 도저히 찾지 못하는 걸 알고서 그만 포기하던 차였다.

'그럼, 내가 정말 수술한 거구나.'

여러 감정들이 한꺼번에 북받친 채로 몸을 일으키려는데, 아직은 마음대로 움직이기 힘겨워 조심할 수밖에 없었다. 결국 다시 누운 장용빈은 얼떨떨하니 기쁜 마음에 취해, 잠에 빠진 아버지를 말없이 바라보았다. 이윽고 미간을 구기며 바스스 깨어난 장인목 병원장은 아들이 자신을 보고 있는 것을 알게 되었다.

"너……?!"

자지러지게 놀란 장인목 병원장은 미처 입도 다물지 못하는 모습이었다. 그렇게 아들을 바라보는 눈에는 그간 설명할 길 없던 것들이 그득하게 담겨 있었다. 곧이어 두 팔을 벌린 그는 아들에게 달라진 몸이 어떠냐는 듯한 눈빛을 보냈다. 이를 용히 알아들은 장용빈은 싱긋 웃으며 고개를 끄덕였다.

"……."

어느덧 눈가가 촉촉해진 장인목 병원장은 흥분을 감추지 못하며 아들을 얼싸안았다. 말이 안는 것이지, 그 모습은 마치 장용빈에게 안기는 것 같았다. 부둥켜안은 부자는 오랫동안 눈물을 흘렸고, 누구도 말하려 하지 않았다.

'이런 순간이 올 줄이야.'

넋을 놓고 있던 장용빈은 앞으로 지금까지와는 다르게 살겠다고 다짐했다. 아버지가 자랑스러워하는 아들이 되는 것은 물론, 많은 사람들이 부러워할 만한 새사람이 되겠다고 마음먹었다. 나중에야 제 몸에 난 수술 자국을 살피게 된 그는 상체에 난 자국 외, 왼쪽 손목과 왼쪽 발목에도 그것이 있음을 알고 살짝 뾰로통한 표정을 지었다. 생각보다 많은 그것에 고민하던 그는 항상 정장을 입기로 했다.

얼마간의 요양을 마치고 저택으로 돌아온 장용빈은 사뭇 '낯선 자신'을 두연 인식하게 되었는데, 그것을 자각하는 데 상당한 시간을 소비해 버린 뒤였다. 어쩌다 아버지와 함께 있을 때면 저를 살갑게 바라보는 그 눈빛이, 일정하게 낮은 그 목소리가, 심지어 그 냄새까지도 진저리가 나는 것이었다.

원래부터 그랬던 것도 아니었다. 사실 그렇게 가깝지 않다 뿐이지 아버지와의 사이는 딱히 나쁘지 않았었다. 부자간에 어색할 때가 종종 있었지만, 그래도 말을 섞을라치면 그런대로 친밀했었다. 단지, 장용빈 스스로가 구태여 정다워지려는 마음이 없었기 때문에 부자 사이는 늘 적당한 거리를 유지하고 있었다. 특별히 흠모하는 건 아니었으나, 어쨌든지 아버지는 세상이 알아주는 의사였으니 아들로서 응당 우러러보는 것이 있었다.

그런데 장용빈이 '낯선 자신'을 인식하게 된 후, 지금껏 다져 놓은 이성과 관념 등이 조금씩 바뀌기 시작했다. 다른 것에는 그다지 이상할 게 없었음에도, 유달리 아버지에 대해서는 스스로 의문스러울 만치 두려운 마음이 드는 것이었다. 고민하던 장용빈은 차마 사실대로

276

말할 용기가 나지 않아 수시로 참으며 되도록 태연하게 굴려 했다. 하지만 '그것'은 마음대로 할 수 있는 게 아닌지라, 아버지와 시선을 마주하는 것도 점점 견디기 힘들어졌다. 그러는 사이, 그는 무의식적으로 아버지의 눈을 피하게 되었다.

"......"

한편 그런 아들의 행동을 알아채게 된 장인목 병원장은 그를 의아히 여기면서도 대수롭지 않은 체했다. 그러나 날이 갈수록 그런 모습이 늘어 감에 따라 아들이 제게 반감을 가진 거라 오해한 장인목 병원장은 차차로 그에 대한 정이 사그라들게 되었다.


'저 사람은 누구지……'

아버지를 서서히 부정적으로 보게 될 즈음, 장용빈은 황운보라는 의사와 마주치게 되었다. 그는 갓 등장한 신인처럼 긴장하는 기색이 역력했는데, 이상하게도 장용빈은 초면인 그 의사가 어딘가 낯이 익었다. 그것을 희한하다 생각해 그를 자세히 보려 한 순간, 당황스럽게도 심장이 격하게 요동쳤다. 그것은 반가움이 아닌 몹시 언짢다는 신호였기에, 그때까지만 해도 아버지 외에 그런 적 없던 장용빈은 매우 당혹하게 되었다. 결국 그는 제게 호의적으로 다가오는 황운보의 손을 외면한 채 거절해 버리고 말았다.

"......"

그에 놀라 자신을 쳐다보던 황운보를 오래도록 잊을 수 없었건마는, 그 후에도 상황은 나아지기는커녕 외려 더 악화되었다.

연이어 벌어진 일들은 장용빈의 마음을 더더욱 지치게 만들었으며, 혼자 말 못 할 고통으로 끙끙 앓던 저에게 노여움을 감추지 않는 아버지와 다투기 시작한 것도 그 무렵이었다. 그런 부자간의 갈등이 끊임없이 고조되던 어느 날, 장용빈은 더는 그 원인 모를 괴로움을 견디기 힘들어 종시 아버지에게 독립을 선언하고 말았다.

그렇게 아버지와 떨어져 지내니, 비로소 자신의 일에 몰두할 수 있게 된 장용빈은 자연스레 '낯선 자신'을 잊어버렸다. 더 이상 불쾌하도록 용솟음치는 일이 없었으므로, 그는 마음껏 하고 싶은 대로 살았다. 공부, 운동, 생활 방식에 이어 뜬금없이 국회의원이 되는 등 다분히 돌발적인 모습을 보여 줬다. 그를 두고서 누가 뭐라고 하던 장용빈의 마음은 자유로웠다.

정신이 한결 상쾌해진 그는 때때로 아버지를 생각하게 되었다. 그렇지만 자칫 '낯선 자신'이 튀어나올까 봐, 미처 아버지와 만날 시도도 못 하고 있었다. 그러다 마침 자신과 마음이 맞는 공수겸 보좌관과 같이 움직이게 되면서, 장용빈 의원의 마음은 유난히 편안해졌다.

그러던 어느 날 제 집에 아버지가 등장했고, 잠깐 동안 아버지와의 재회를 기뻐하던 장용빈 의원은 금세 뒤틀리게 되었다. 뇌리에 싫다는 신호가 미친 듯이 퍼진 데 이어, 또다시 '낯선 자신'을 확인해 버린 장용빈 의원은 터지는 놀라움을 애써 감추며 아버지의 시선을 피했다. 머지않아 급기 침실로 피신한 장용빈 의원은 침대에 누워 억지로 잠을 청하는 등, 이유 없이 화가 치미는 자신을 억제하려 노력했다.

"……."

이윽고 장용빈 의원이 다시금 눈을 떠 보니 이미 사방이 어두워진 뒤였다. 목이 말라 주방으로 향하던 중 그는 거실에서 새우잠을 자는 아버지를 발견했다. 아까는 재회한 것 자체가 몸서리치게 싫고 미웠건만, 불편하게 잠든 아버지를 보자 마음이 또 좋지 않았다. 미운 것은 잠시 접어 둔 채, 아버지에게 덮어 줄 담요를 가지러 침실에 다녀온 장용빈 의원은 문득 소름이 끼쳐 버렸다.

"?!"

분명히 담요를 가져왔다 생각하고 아버지에게 다가갔는데, 저의 손에 들린 것은 과도뿐이었다. 날이 퍼런 그 과도를 보고 식겁한 장용빈 의원은 그것을 곧 힘없이 떨어트렸다.


그날의 행동으로 적잖이 충격받은 탓에 그것에서 헤어 나오느라 힘겨운 와중, 혼자 어찌어찌 마음을 추스르던 장용빈 의원에게 한 가지 사건이 들렸다. 어느 공원에서 수의가 발견되었다는 것이었는데, 사람들은 모두 과거의 한 사건과 상관이 있는 것 같다고 전염병처럼 떠들었다.

'탈옥수? 구승희라니, 그게 누구지?'

영 낯설어 어리둥절한 장용빈 의원은 처음에는 그것을 귀담아듣지 않으려 했다. 하지만 어째서인지 그의 마음은 '구승희 사건'에 하릴없이 끌렸으므로, 오래 지나지 않아 그것에 물들어 버리듯 빠져든 자신을 발견하게 되었다.

'구승희 사건'에 심각히 치중한 그는 당시의 다큐멘터리에서 구승희가 어릴 적 있었던 고아원의 원장과 허드레꾼을 보게 되었다. 구승희를 흉악하게만 표현하는 내용도 걸렸으나, 장용빈 의원의 심기를 더 불편하게 만드는 것은 다큐멘터리 속 그들이었다. 고아들을 위하는 척 절절히 호소하는 것처럼 보였지만 사실은 제 안위를 위해 일부러 에둘러대는 원장과, 그저 사람들의 관심에 들떠 서슴기는커녕 도리어 거짓을 더 부추기는 행동 자체에서 쾌미와 우월감에 젖는 허드레꾼이 너무 거슬렸다.

마침내 '구승희 사건'을 조사하게 되었을 때도 종종 '낯선 자신'이 등장했으나, 장용빈 의원 스스로 그를 눈치채는 데 한참이 걸렸다. 그 정도로 무척 자연스러웠던 데다, 자신이 보기에도 발끈할 만한 때가 많았기에 자세히 구별하기에는 점차 어려움이 따랐다.

독고설기 교도소장을 만났을 당시 장용빈 의원은 미적지근하게나마 걸리는 게 있었다. 그렇지만 조사를 시작했다는 사실에 들뜬 나머지 미처 알아보지 못했는데, 처음 실오라기 같았던 그것은 시간이 지남에 따라 차츰차츰 뭉쳐지게 되었다. 겉으로 청렴결백하게 보인 독고설기 교도소장은 '구승희 사건'에 꽤 마음을 쓰는 듯 보였지만, 어디까지나 책임을 회피하려 하는 무책임한 본인을 그럴듯하게 포장한 것에 불과하다는 걸 알게 되었다. 그로 인해 실망감을 느낀 장용빈 의원은 내평 깊은 곳에서 똬리가 틀어지는 듯한 불만을 느꼈으며, 스스로 그것을 숨기려 하지 않았다. 그래서 그는 일부러 독고설기 교도소장이 불편해하도록 자극하고는 그가 감추고 싶어 하는 바를 끄집어냈다. 그렇게 할 말을 하고 나니, 막연히 야속하다는 생각이 들었다.

그에 비하면 프로듀서는 단순한 편이었는데, 한마디를 들을 때마다 그에게서 상당히 편협하다는 인상을 받았다. 혹시나 하여 더 얘기를 나눴더니만, 여느 소인배와 다름없이 조금 아는 걸 가지고서 오만하고 안이하게 구는 것이 전부였다. 그래서 그와 상대하는 저가 우습게 느껴진 나머지 실소가 터질 판이었다. 속에서 지그시 물컹거리는 기운이 걸렸지만, 그대로 있다간 자신마저 소인배가 될 것 같아 서둘러 자리를 피해 버렸다.

의도하지 않았음에도 운 좋게 만나게 된 정영진 목사는 장용빈 의원으로 하여금 만감이 교차하게 만들었다. 만나기 전부터 묘한 기대를 갖게끔 만든 그를 막상 마주해 보니, 그다지 예상에 걸맞도록 와닿는 그런 소감은 없었다. 굳이 말하자면 앞서 만난 사람들처럼 불편한 소용돌이가 밀려오지는 않았다. 그런데, 문제는 그다음에 일어나 버렸다.

'……?!'

정영진 목사와 통성명을 하고 난 직후였다. 돌연 장용빈 의원의 눈가가 뜨거워지는가 싶더니, 곧 주체할 수 없는 슬픔이 깊디깊게 파고드는 것이었다. 당황스럽게도 그것은 묵직한 울림을 주는 정도에서 멈출 만한 기미를 보이지 않았다. 중요한 때에 이토록 곤혹스러워질 것이라고는 상상도 못 해 본 터라, 장용빈 의원은 그런 저를 숨기기에 급급했다.

그럼에도 불구하고 감추는 데 한계가 있었는지, 정영진 목사의 얘기를 듣는 와중 그에 대한 민련한 마음이 커져 그만 눈물샘이 터지려 했다.

'안 돼……. 안 돼, 참아!'

딱하다 싶을 만큼 참고 또 참던 장용빈 의원은 할 수 없이, 어설픈 연기를 하며 박절히 화장실로 피신해 버렸다.


"……."

세면대에서 하염없이 제 얼굴을 타고 흐르는 눈물을 멈추려 해 봐도 도무지 쉽지 않은 한편, 갑자기 나타난 '낯선 자신'을 다그치듯 신경질적으로 세수하며 정신을 다잡으려 애썼다. 잠시 후, 맥연히 거울에 비친 장용빈 의원의 얼굴은 뭐라 형용할 수 없는 모습을 하고 있었다. 많이 지친 것처럼 퀭하기도 했고, 벌겋게 변한 두 눈은 아직도 몽클한 게 남았는지 뭔가를 그리는 듯 보였으며, 울울한 심경에 수많은 점이 흩뿌려진 양 처참하게 보이기도 했다. 멀거니 선 장용빈 의원은 비죽 튀어나오려는 그 불분명한 감정을 속히 제어하려 했다. 이내 좀 진정된 것 같아 그는 얼른 돌아가려 도망치듯 화장실을 빠져나왔다.


'……정 목사? 아직 안 끝났는데, 왜 나온 거지?'

복도에 나와 있는 정영진 목사의 표정이 좋지 않다는 걸 안 장용빈 의원은 어떻게든 그를 막으려 했다.

"?!"

정영진 목사와 눈을 마주치게 된 장용빈 의원은 어느 틈에 재차 눈물이 맺히려는 제 눈을 감추려 그를 외면해 버렸다. 이제 괜찮아진 줄 알았던, 안을 아스라이 덮었던 슬픔이 그새 허리를 세우려 하는 것이었다. 거듭 당황하여 우물쭈물하는 사이, 정영진 목사에게 단단히 오해를 사 버리고 말았다.

그때까지 장용빈 의원은 뭔가 이상한 낌새를 느끼기는커녕 오직 '구승희 사건'에 집중한 터라, 그제야 자신이 그 '구승희 사건'에 대해 지나치게 반응하고 있음을 알게 되었다. 모든 사람들에게가 아닌, '구승희 사건'과 관련된 사람들에게 유독 이해할 수 없을 만큼 신경이 과민해 버리는 것이었다.

아무렇지 않게 넘기기에 너무 이상했으므로 장용빈 의원은 수시로 고민에 빠졌다. 아무것도 모를 때는 쉽던 것이, 한번 의식하기 시작하자 또렷이 불거져 나와서는 더 이상 무시할 수 없게 되어 있었다. 뭐가 어떻게 된 것인지 알 수 없으니 무턱대고 어디에 말하기도 힘들어 그저 난감할 뿐이었다. 그렇게 혼자 고민하고 있으려니 울불해지기만 하고 도통 좋은 수가 떠오르지 않았다. 시간이 가도 달라지는 것이 없어, 할 수 없이 그는 저가 벌여 놓은 일에 뛰어들 수밖에 없었다. 다만 감정을 되도록 자제하며 조심하기를 다짐하는 게 그가 할 수 있는 전부였다.


어느 날에는 공수겸 보좌관이 자신에게 상자 하나를 줬는데, 거기에는 '구승희'와 비슷한 시기에 수감되었던 사람들의 인적 사항이 담겨 있었다. 장용빈 의원은 그를 보며 이번에야말로 정신을 바짝 차리고 해내리라 마음먹었다. 옆에서 도와주는 공수겸 보좌관한테 미안한 동시에, 자꾸 생각과는 동떨어진 행동을 하는 저에 대해 경계심이 든 까닭도 있었다.

"……."

한껏 경직된 모습으로 인적 사항이 담긴 서류들을 검토하던 장용빈 의원은 문득 이상한 느낌이 들었다. 온 신경을 집중한다는 게 무색할 정도로 자신이 한 서류만 바라보고 있었기 때문이었다. 그 서류는 박재익의 인적 사항이 담긴 것이었는데, 생전 처음 보는 사람인데도 적이 이상야릇했다. 더구나, 말이 바라보는 것이지 노려보는 것이나 다름없음과 더불어 순간적으로 차오른 분노까지 느껴지는 통에 스스로도 기가 막혔다. 게다가 다른 곳으로 시선을 옮기기도 쉽지 않아, 어느새 저 또한 이유를 알 수 없이 맺히는 감정에 시나브로 동조하고 있었다.

설마 하던 찰나, 과연 박재익을 만나니 조금씩 분한 마음이 들려고 해 심히 당황스러웠다. 그 때문에 장용빈 의원은 가급적 그의 얼굴을 쳐다보지 않기 위해 부득이 노력할 수밖에 없었다.

'이상하다는 생각이 들었지만…… 그 이상은 알지 못했어.'

여태 이상 징후가 보였던 상황들을 하나하나 회상하고 보니, 그 모두가 자신이 수술받고 난 후에 일어난 것임을 깨닫게 되었다. 그리고 그것은 하나같이 '구승희'와 관련된 것에 대해서만 과민했던 자신을 되돌아보도록 종용했다.

'아⋯⋯.'

사실 장용빈 의원은 공수겸 보좌관에게 직접 내막을 듣고서도 놀라 기만 했을 뿐 완전히 이해하지는 못 하고 있었다. 그저 뭔가 착오가 있 는 것이라 여기고 있었건만, 기억을 거슬러 올라갈수록 아귀가 가지 런히 맞아떨어져 경악할 수밖에 없었다.

'도대체⋯⋯ 무슨 일이 벌어진 거야.'

생각을 마칠 무렵 그의 얼굴은 거의 핏기를 잃어 가고 있었는데, 더 이상 기댈 것이 없다는 투의 모습이었다. 더욱이 상당한 충격을 받은 탓으로 머지않아 그 자리에 주저앉고 말았다. 그리고 어렴풋이 흐느 끼는 소리가 이어졌다.


그 시각, 장용빈 의원이 있는 곳과 멀찌가니 떨어진 한 산등성이에 공수겸 보좌관이 앉아 있었다. 그는 오묘한 분위기를 풍기며, 모든 것 을 체념한 듯하면서도 수시로 뭔가가 불끈거리는 인상이었다. 동시에, 그렇게 복잡하니 헝클어진 것을 어떻게든 다독이려는 흔적도 보였다.

'지금쯤이면⋯⋯.'

이윽고, 상실감에 사로잡힌 공수겸 보좌관의 눈동자가 나릿나릿 시 간을 확인하고 있었다.


이곳에 도착했을 적, 더 고민할 것도 없었다. 장용빈 의원이 잠든 사 이 몰래 그를 옥죈 줄을 헐렁히 해 두고, 문에 매달린 쇠사슬도 치워 놓은 채 나와 버렸다.

공수겸 보좌관은 몸과 마음이 따로 노는 양 부자연스레 고갯짓하더니, 곧 춥다는 듯 몸을 움츠러트렸다. 표정이 있어야 할 곳에 아무것도 자리하지 않은 그는 흡사히 종이처럼 가벼워 보였다.

'아!'

눈을 질끈 감아 버린 공수겸 보좌관은 이내 양부모를 떠올렸다. 그들에게 속은 것보다, 몇 년 동안 장용빈 의원의 도움을 받은 것으로 모자라 거기에 길들여지게끔 만들었다는 것이 더 받아들이기 힘들었다. 하지만 결국 원하는 대로 복수할 수 없게 된 사실을 인정하기 싫어 심통 부리는 거라는 생각도 들었다.

'나는 불만스러울지라도 그때 상황이 어떻게 돌아갔을지……. 모르는 게 사실이니까. 아마 내가 생각하는 것 이상으로 급박하게 흘러갔겠지. 더구나 타국에서 그런 일이 벌어졌으니…… 누구라도 무서웠을 테고. 그 한복판에서 무엇을 할 수도 없으셨을 거야.'

공수겸 보좌관은 저의 입장을 배제하여 곰곰이 생각한 끝에 양부모의 행동이 그릇되지 않았음을 이해하게 되었다. 지금까지의 양부모는 늘 자신을 생각해 줬으며, 스스로도 그것을 알기에 이만큼 성장한 것이므로 끝내 이기적일 수 없었다.

'처음부터 내가 할 수 있는 게 아니었어.'

공수겸 보좌관은 품속에서 정영진 목사가 준 전단지와 박재익이 건넨 사진을 꺼내 보았다. 사진 속의 형제는 자신이 기억하는 모습 그대로였으며, 전단지 속의 구승희는 헤어졌을 때보다 더 자란 것 외에 어지간히 해맑아 보여 눈이 갔다. 그것들을 번갈아 보던 그는 전단지 속 구승희가 몸집만 커졌을 뿐, 분위기로는 겉모습보다 더 어려 보인다는 걸 알 수 있었다.

'그럴지도 몰라. 산에서 살 때가 공장에서 일하는 것보다 힘들었을지도. 난 어려서 괜찮았을지 몰라도, 형은 멀리 떨어진 학교에 다니랴 집안일 하랴…… 게다가 우리가 처음 사진을 찍을 당시에 했을 맘고생도 생각한다면, 차이가 날 수밖에 없겠지.'


입양되기 전의 어린 시절을 회상하기로, 자신은 아침마다 칭얼대기 바빴다. 그 무렵이면 부모님은 늘 어디 외출을 하신 데다, 구승희는 등교를 준비해야 했기 때문에 그럴 수밖에 없었다. 그런 중에도 동생을 염려하는 마음이 컸던 구승희는 부모님과의 생활로 영향을 받아 적잖이 무뚝뚝했으나, 실은 무척 서글서글해 저를 귀찮아하지 않고 잘 돌봐 주었었다. 양치질을 하는 동안에도 그는 어린 자신을 업은 채 달래 주고는 했었다.


그것 외에도 많은 추억이 있을 테지만, 정작 공수겸 보좌관이 기억하는 것은 거의 없었다. 보다 뚜렷이 기억해 내기에 '공수겸'으로 산 날이 훨씬 많아서였다.

"……"

전단지를 물끄러미 보던 공수겸 보좌관은 문득 눈물을 글썽였는데,

그것은 이해하고 넘어가는 부분의 불순물로써의 '분개'와 구승희를 향해 용서를 구하는 마음이 응집되어 있었다.

'내가 한 게 최선이었나. 다른 길은 없었을까.'

유독 길어진 해가 이제 뉘엿뉘엿하려는 게 보여, 넘치려는 감정을 대충 털어 낸 공수겸 보좌관은 고요히 한숨지었다. 그러고는 천천히 일어나 걸음을 옮기기 시작했다. 그에게는 더 이상의 기운도 없을뿐더러, 서두를 이유 또한 없었기에 터덕터덕 걷는 것이 최선이었다.


마냥 걷기만 하던 공수겸 보좌관의 눈에 드디어 저 멀리 지하실이 보였다. 그런데 변함없이 닫힌 그곳 문을 보고 있자니, 어째 고개가 갸웃거려졌다. 일단 걸음을 멈춘 그는 장용빈 의원이 탈출한 것이 맞는지 확신할 수 없어 머뭇거리게 되었다. 탈출했다면 다행이지만, 그게 아니라면 여간 곤란해지는 게 아니었다.

'일부러 오래 있다가 온 건데, 그동안에 알아서 탈출했겠지? 설마, 지금까지 자고 있는 건…….'

별안간 찡그린 공수겸 보좌관은 어떻게 대처해야 할지 몰라 난감해하고 있었다. 지하실 창문으로 확인하기에는 날이 어스레해 그렇게 하기 힘든 탓이었다.

'이를 어쩐다.'

다시 걸음을 옮기며, 공수겸 보좌관은 부디 장용빈 의원이 무사히 나갔기를 바랐다.

"?!"

조금 멍하니 걷고 있던 찰나, 난데없이 누군가가 공수겸 보좌관의 앞에 튀어나오더니 그대로 복부를 가격했다. 너무 갑작스러워 공수겸 보좌관은 놀랄 틈도 없이 나가떨어졌으며, 바로 이어진 격렬한 통증을 고스란히 느껴야 했다. 순식간에 덮쳐진 데 대한 혼란보다, 호흡하기가 쉽지 않은 것과 온몸으로 퍼지는 고통이 더 여실히 와닿았다. 좀처럼 사그라들 기미가 안 보이는 복부의 통증에서 겨우 정신을 차린 그는 사태를 파악하기 위하여 주위에 늘어선 무리를 보았다. 무표정한 그들 중 눈에 익은 얼굴은 보이지 않았다.

'설마.'

"드디어 납셨군."

여유가 묻어나는 낮은 목소리가 허공을 가로지르자, 무표정한 그들은 일제히 양쪽으로 흩어졌다. 곧이어 누군가가 그들 사이로 걸어 나왔다.

"······."

공수겸 보좌관은 목소리의 주인을 쳐다보지 않으려 노력 했으나, 찌르듯이 욱신거리는 통증 때문에 몸을 일으키는 것도 쉽지 않았다. 공수겸 보좌관이 바닥에서 힘겨워할 새, 한결 유유한 모습의 장인목 병원장이 나뒹구는 그를 힐긋하고서 작게 코웃음 쳤다. 그 뒤로 서리마저 굳혀 버릴 분위기의 탁성일이 모습을 드러내었다. 어느새 간이 의자를 든 탁성일이 그것을 권하여, 이내 그 의자에 앉은 장인목 병원장은 주위를 훑어보고는 뭔가 탐탁지 않은 눈치였다. 날이 점점 저물고 있어 전체적으로 흐리터분히 보임에 따라 주인의 의중을 알아챈 탁성일은 부하에게 눈짓해 랜턴을 요구했다. 이어 등장한 그것은 환히 밝혀진 채로 장인목 병원장의 옆에 놓였다.

'이런 곳이.'

랜턴의 존재로 눈앞이 훨씬 밝아진 장인목 병원장은 호기심 어린 눈으로 그곳을 둘러보았다.

"……."

간신히 통증을 견딜 수 있게 된 공수겸 보좌관은 눈을 돌려 장인목 병원장을 응시했다. 조금의 힘든 기색 없이, 저를 길가에 떨어진 낙엽처럼 시큰둥하니 보는 장인목 병원장의 모습에 곧 울컥하게 되었다. 딱히 약 올리는 행동이 없었음에도, 장인목 병원장의 등장은 그 자체만으로 충분히 자극적이었다. 초조한 기색이나 불안, 죄의식이고 뭐고 무엇 하나 읽을 수 없는 텅 빈 형태의 시선이 공수겸 보좌관에게로 꽂혔다. 그 의미를 알 수 없는 시선이 어딘가 사늘하여 오싹하게 느껴진 공수겸 보좌관은 무슨 말이든 외치고 싶었으나, 숨도 겨우 쉬는 상태라 그를 외면하는 수밖에 없었다.

'왔으면 아들이나 찾아갈 것이지…….'

제게 남은 시간이 얼마 없다는 걸 알아 버린 공수겸 보좌관은 그를 받아들이는 것과는 별개로, 갈수록 장인목 병원장에 대한 증오와 원망이 날카로워졌다. 그런 공수겸 보좌관의 마음을 눈치챈 장인목 병원장은 슬쩍 눈길을 돌리고서 깊이 한숨지었다.

"……."

반사적으로 장인목 병원장을 쳐다본 공수겸 보좌관은 은연히 숨을 헐떡였다. 일편 장인목 병원장은 무엇이 못마땅한지 이맛살을 찌푸린 모습이었다. 그러고는 고개를 숙인 채 고심하다, 다시 공수겸 보좌관을 보았다. 꽤 안타깝다는 투였는데, 그것이 무엇을 향한 것이든 공수겸 보좌관에게는 오로지 분한 마음만이 가득했다.

"어때……? 이제 기분이 좀 풀리나?"

장인목 병원장의 말투는 더없이 차분했으며, 거기에는 어떤 동요도 포함되지 않았다. 오히려 듣는 이로 하여금 공수겸 보좌관을 향한 측은지심은 물론, 아량까지 짐작할 수 있게 만들어 진의가 무엇인지 헷갈릴 정도였다. 하지만 그렇기 때문에, 공수겸 보좌관은 더욱 경계하는 마음이 일어섰다.

"어쩌다가 이 지경이 된 건지. 자네나 나나, 참 많이 곤란해졌어. 비록 마지막에 일이 이렇게 되었지만, 자네는 이걸 계획하고 또 내 아들을 납치했을 때 말로 다 못할 희열을 느꼈을 테지? 모쪼록, 그때 느낀 게 작게나마 자네에게 위로가 되었기를 바라네."

장인목 병원장이 건네는 억양은 퍽 따스했으므로 뭣도 모르고 들었다면 저의를 착각했을지 모를 일이었다. 그렇지만 그것이 진심이 아닌, 지독하게 뒤틀린 말인 걸 모르지 않는 공수겸 보좌관은 말없이 그를 노려보았다. 그로써 장인목 병원장은 솔직히 반응해 주는 공수겸 보좌관에게 고마움을 느끼며, 자신이 우위에 있다는 것을 다시금 확인할 수 있었다. 그에 따라 장인목 병원장은 느긋한 마음이 들어 더더욱 차분하게 말을 이었다.

"듣기로, 문턱이 닳도록 박재익을 만났었다지? 오늘도 그렇고 말이야. 그럼 어떻게…… 궁금증이 풀리셨나. 원하는 정보를 얻었는지 모르겠어."

그 거무튀튀한 말을 듣고 난 공수겸 보좌관은 장인목 병원장이 이미 제 거동을 파악하고 있었음을 추측할 수 있었다. 그렇게 조심하려 했는데도, 너무 쉬이 간파되었다는 사실에 수치를 느꼈다.

'짧지 않은 시간을 들여 심혈을 기울였건만, 한낱 장난으로 보였나.'

언뜻언뜻 흐릿하게 떠오르는 형의 얼굴이 공수겸 보좌관으로 하여금 무력감을 느끼게 만들었다.

"그…… 박재익도 다 아는 게 아니라서 말이야. 거기에다 그 녀석은 머리가 좋지 않아서 답답하기만 했을 걸? 직접 말을 섞어봤을 테니 알 거 아닌가. 내 말이 맞지?"

"……."

"저런, 나랑 말하고 싶지 않은 모양이군. 뭐…… 상관없어. 그래도 여기까지 왔으니 자네한테 선물을 주고 싶다네. 그러니 이제……."

그나마 고통이 멎은 공수겸 보좌관은 느릿느릿 몸을 일으켜 장인목 병원장을 보았다. 여전히 이성적으로 안정된 모습이었으나, 속으로 자신을 비웃고 있다는 것을 감지할 수 있었다.

"이제 좀 편해진 모양이군. 자네가 그토록 궁금해하는 전말을 들을 준비가 됐을 것이라 생각하고 말해 주지. 미리 말하건대, 한마디도 놓치지 않는 게 좋을 거야. 내가 어떻게 네 형, '구승희'와 얽히게 된 것인지에 관한 얘기니까."

## 60

그는 울산에서 태어났으며, 형과 누나가 자그마치 다섯이었다. 그의 아버지는 배를 타는 사람이었기 때문에 집에서 마주하는 일이 거의 없었는데, 그마저도 잠만 잘 때가 많아 언제나 서먹서먹했다. 또한 그의 어머니는 동네에서 주사를 놔주는 사람으로 통한 바, 그것으로 가족의 생계를 유지할 수 있었다. 남편의 수입은 좋은 편이었으나, 집에 돌아오는 날이면 친구들에게 흥청망청 써 버려 정작 집으로 돌아오는 건 얼마 되지 않았다. 그런 까닭으로 그녀는 남편이 없을 때 가끔 혼자 술을 마시며, 잃어버린 자신의 인생을 노래 부르고는 했다.

그 부부가 애틋하게 여기지 못하고 겉도는 가정은 오롯이 자식들만의 몫이 되었다. 다들 처음에는 제 형제와 자매를 보듬으려 호기롭게 나섰지만, 마음대로 되지 않자 이내 각자 이기적으로 살게 되었다. 그나마 그들 중 한 명이 나서서 가족의 밥을 챙겨 주고 있었다. 그것도 그다지 살뜰하지는 못했는데, 그래도 최소한 굶는 일은 없었다.

'……또.'

비교적 털털하게 가족의 밥을 챙기던 그 한 명은 막내의 식성을 알고서 조금 골치였다. 가족 모두가 별 내색 없이 주는 대로 깨끗이 식사하고 있건만, 유독 여섯 번째로 태어난 그만은 달라 싫어하는 반찬에는 손도 대지 않는 탓이었다. 하지만 그걸 가지고 타박하는 일은 없었다. 왜냐하면 부모와 형제자매 모두 물과 기름 같은 기질을 타고났기에 생활하는 것도 각자 다 달랐고, 규칙적인 생활을 무시하며 살다 보니 학교에 가는 것도 들쑥날쑥했다. 그런데 여섯 번째로 태어난 그는 개근상을 탈 정도로 성실했으며, 성적 또한 좋아 학교에서는 그를 우등생으로 보고 있었다. 거기에다, 평소에도 조용해 가족과 다투는 일이 없었으므로 그들 사이에서는 '별종'이라 할 수 있었다. 때문에 편식 정도로는 잔소리를 늘어놓기 힘들어, 웬만하면 넘어가는 일이 많았다.


　세월은 흘러, 몇 년 새 여섯 명의 형제자매는 절반으로 줄어 있었다. 몇 명이 성년이 되자마자 마음대로 집을 나간 까닭이었다. 그렇지만 그들을 탓할 수도 없는 노릇인 게, 부모가 별안간 이혼해 버리고는 각자 살림을 차렸기 때문이었다. 물론 거기에 자식들의 의사는 포함되지 않았다. 그렇게 말로만 가족에 불과한 그들이 제각각 목소리를 높이는 동안, 여섯 번째로 태어난 그는 안연히 공부만 했다.

　어느덧 수험생이 된 그는 독서실에 다니며 끼니는 식당에서 해결하는 등, 집은 잘 때만 가는 형편이었다. 남아 있던 형제자매마저 떠났기 때문이었는데, 그들도 원래부터 떠나려던 것은 아니었다. 그러나 이혼 뒤 떠났던 부모가 느닷없이 의붓자식들을 데려오는 통에 다툼이 끊이지 않아, 그에 질려 끝끝내 하나둘 떠나고 난 자리에는 여섯 번째로 태어난 그만이 혼자 남고 말았다. 한 그 둘은 집을 떠나면서도 홀로 남게 된 동생을 걱정하여 몰래 돈을 쥐어 주었다. 그 돈으로 독서실만 겨우 다닐 수 있었는데, 실은 손버릇이 안 좋은 의붓남매를 피하기 위해 집으로 거의 가지 않았던 것이었다.

내내 조용했었지만 사실 그는 가난이 지긋지긋했고, 언제나 제멋대로인 가족이 싫었다. 그 때문에 언젠가는 멋지게 독립하겠다는 마음으로 열심히 공부에 매진해 온 것이었다. 그런 희망을 품고 있는 사이에 가족은 점점 더 가관이 되어 갔는데, 그로 인해 심신이 매우 곤뇌해진 그는 기댈 곳도 없이 공부에만 매달리게 되었다.


"맛있게 드세요!"

어느 날 그는 울적한 마음을 숨긴 채 식당으로 향했다. 주머니가 가벼운 그에게 허락된 것은 늘 한정되었으며, 그런 중에도 편식하는 그에게는 꽤 고역이었다. 젓갈이나 회 같은 게 흔한 지역의 특성상, 그것을 싫어하는 그에게는 불가피한 문제였다. 형제자매와 함께 살았을 적에는 그래도 피할 수 있었으나, 이제는 그러려면 차라리 굶어야 했기에 그저 억지로 먹는 수밖에 없었다. 그런데 언젠가부터, 식당에 가면 그가 싫어하는 반찬은 찾는 것이 더 힘들 지경이 되었다.

"......"

그날도 그가 받은 밥상에는 싫어하는 반찬이 속속 사라진 터라, 고개를 들어 자신을 향해 미소 짓는 직원을 쳐다보았다. 그와 또래로 보이는 그녀는 싹싹한 성품과 예쁘장한 얼굴로 유명했는데, 그에 따라 그녀에게 눈독을 들이는 남자들이 많았다. 하지만 그녀는 단호하게도 그들을 손님 이상으로 대하는 일이 없는지라, 그래서 더욱 그녀의 그런 행동을 이해하기 힘들었다. 항상 가난에 허덕거리는 그가 애처로웠을 수도 있고, 그럼에도 불구하고 매번 일등을 놓치지 않는 그가 대단하게 보였을 수도 있었다. 정확한 이유는 몰라도, 확실한 것은 그녀가 그에게 마음이 있다는 것이었다. 그런 그녀가 신기한 건 그도 마찬가지였으나, 그렇다고 마다할 이유는 없어 그들은 급속도로 가까워지게 되었다.

그녀와의 친분을 비밀로 하던 그는 마침내 서울에 있는 대학에 붙게 되었으며, 그런 그가 곧바로 한 건 그녀를 데리고 서울로 떠난 것이었다. 허름한 방에 터전을 잡은 그들은 얼마 가지 않아 아이를 갖게 되었다. 이에 마냥 기뻐한 그는 더 나은 미래를 얻기 위해 고군분투했는데, 식구가 하나 더 생긴 그녀는 걱정이 태산이라 마음이 안 좋았다. 기세 좋게 저를 데리고 상경한 그가 날이 갈수록 부쩍 신경질이 느는 탓이었다. 살면서 늘 참을 수 없다는 건 알고 있지만, 밖에서 얻은 화를 무조건 제게 푸는 것은 견디기 힘들었다. 물론 그가 딸린 식구를 위하는 마음으로 고생하는 걸 잘 알고 있었다. 그렇지만 힘든 것은 그녀도 마찬가지였으므로 서로 배려하는 게 옳았다. 그러나 그에게 제일 중요한 건 어디까지나 '자신'이었기에 그녀를 향한 폭언은 멈출 줄 몰랐다. 때문에 그녀가 바라는 것은 결코 일어나지 않았다.

"……."

녹록지 않은 생활보다 모진 그 탓에 심리적 곰팡이가 마음속에 한가득 응결되어 병들고 만 그녀는 결국, 출산한 아기가 백일도 되기 전 더는 견딜 수 없어 홀로 도망치고 말았다. 갑작스런 그녀의 부재로 인해 살림과 육아까지 떠맡게 된 그는 어쩔 도리도 없이, 그저 더욱 이를 악물고 살아갈 수밖에 없었다. 가뜩이 힘겨운 마당에 혼자 모든 것을 해결해야 했으므로 사라진 그녀에 대한 원망을 지울 수 없었다.

그때쯤 그는 '장인목'이라는 사람을 알게 되었는데, 스스로도 유능한 의사가 되기 위해 노력하는 중이라 '장인목'은 그에게 있어 숭배의 대상이었다. 집안 자체가 부유했지만 '장인목'이 직접 해낸 업적은 그것 이상으로 굉장하여, 그가 막연히 꿈꾸던 것과 맞아떨어졌다. 그럼에 따라 저를 버린 그녀에 대한 분노는 고스란히 '장인목'을 숭배하는 것으로 옮겨졌으며, 열악한 환경 때문에 의학에 흥미를 잃어 가던 그는 전보다 더 열의를 가지게 되었다.

이윽고 우수한 성적으로 대학을 졸업한 그는 자신이 맞이한 현실에 실망감을 감추지 못했다. 구부려야 할 때 구부리고 아부해야 할 때 아부했건마는, 그것만으로는 부족한 모양이었다. 그는 불철주야 노력을 게을리하지 않았으나, 졸업 후에 얻어낸 것이라고는 방 두 개의 지하 월세와 부족하게 사는 동네에 자리한 병원에서 의사로 일하는 것뿐이었다. 그것도 허울뿐인 말단에 텃세 또한 심했지만, 일단 긍정적으로 받아들이려 했다. 그래도 어디서는 의사라는 직업만으로 그를 대하는 태도가 달랐기 때문이었다.

'지금은 비록 이렇더라도, 영원히 이런 곳에 머무를 수는 없지!'

그렇게 마음을 단단히 먹고 성실하게 근무했음에도, 어찌 된 일인지 그가 활약할 만한 게 나타날 조짐은 보이지 않았다. 그가 일하는 병원은 애초에 그럴 만한 형편도 못되었거니와, 찾아오는 환자라고는 공장에서 일하는 노동자들이 대부분이었다. 그중에는 통하지 않는 언어로 인해 불편을 감수해야 하는 외국인 노동자의 수도 적지 않았다. 그렇다 보니 눈에 불을 켜고 그 일대를 돌아다닌다 한들, 그가 원하는 '고상하고 저명한 환자'를 찾는 것은 불가능하다고 봐야 했다.

'기가 막히네. 대학에 합격했을 때는 모든 게 잘 풀릴 줄 알고 기대했더니.'


그는 시간이 흘러도 변함없이 궁한 제 삶이 초라했고, 이대로 영영 벗어날 수 없을 것만 같아 착잡했다. 그렇지만 돈과 연줄이 없는 채로 눈치껏 재주를 부린 끝에 가까스로 얻은 직장에는 불만을 가질 수 없었다. 그에게는 딸린 식구도 있었으나, 무정한 현실 앞에 앞서 가졌던 희망이나 열정은 점차 퇴색되어 갔다.


'아니지, 아니야! 이대로 넋 놓고 있을 수 없지. 난 아직 젊고, 혼자가 아니잖아……? 내 딸, 이제 초등학생인데. 못난 내가 일이 좀 안 풀린다고 애한테 소리나 지르고. 걔라고 사는 게 좋기만 하겠어?'

안 그래도 그는 요즘 마음이 어수선했는데, 그 막연한 분노는 엉뚱

298

하게도 어린 딸에게 터지고 있었다. 딸의 엄마가 집을 나간 후로 욱하는 버릇을 고치기 위해 노력하던 그로서는 곤란한 걸 넘어 허무해지는 순간이었다.

'참았어야 했는데, 나도 모르게 그렇게 되고 말았어.'

뒤늦게나마 제 나쁜 그림자를 감추려 애쓴 보람이 없어지자 그는 마음속으로 자조했다. 그러다 문득 정신이 들어, 전날 단체로 와서 건강 진단을 받았던 사람들의 검사 결과를 부랴사랴 보게 되었다. 작은 공장에서 일하는 그들은 그 자체로 보면 썩 반길 만한 조건은 아니었지만, 적지 않은 금액의 건강 검진을 단체로 받고 갔으니 병원에서는 기꺼울 수밖에 없었다.

'아…… 건강하네.'

다행히 모두 좋게 나왔는데도, 어쩐 일인지 그는 싱거운 반응을 보이고 있었다. 좀 허술한 태도로 그 결과지들을 번갈아 살피던 그는 뭔가를 눈치채더니만 바로 허리를 곧게 폈다. 그의 눈은 한 장의 결과지를 뚫어져라 응시한 채, 주체하지 못할 떨림을 감추지 못했다.

'이!'


곧장 병원 옥상으로 올라간 그는 우선 숨을 깊이 들이마시며, 상기된 자신을 진정시키려 애썼다.

"……."

그는 타고난 머리가 좋아, 고향인 울산에서도 우등생으로 유명했다. 그러다 온 서울에서 저가 어쩌지 못할 또 다른 기류를 감지하여 힘들어 하던 차에, 우연히 '장인목'이라는 인물을 맹목적으로 숭배하게 되었다. 처음에는 동경의 대상이던 것이 점점 종교처럼 빠지게 되어, 어쩌면 자신은 '장인목'과 연결된 걸지도 모른다는 환상에 사로잡히고 말았다. 그래서 그는 언젠가부터 '장인목'에 대한 모든 것을 수집하기 시작했으며, 그게 무엇이든 닥치는 대로 모으다가 용히 '장인목'의 아들에 대한 정보를 접한 것이었다.

세계적으로 명성을 떨친 '장인목'에게는 아들이 하나 있는데, 선천적으로 몸이 약한 데다 간이 안 좋은 까닭에 오직 이식만이 살길이었다. 그러나 전 세계를 뒤져도 그에 맞는 간이 없어 '장인목'은 대단히 애를 먹고 있었다.

'천하의 장인목이……'

그 사실을 알게 된 그는 수단을 가리지 않고 더욱더 집착하더니마는, 종내 '장인목'의 아들에 대한 신체 정보를 손에 넣을 수 있었다. 그것이 벌써 몇 년 전 일, 이제는 눈을 감아도 외울 정도라 직접 비교하지 않고서도 알 수 있었다. 그렇게 남몰래 조직이 맞는 사람을 찾던 와중, 말 그대로 기적적으로 그 사람을 찾아낸 것이었다.

'이건 내게 있어 천재일우인데, 왜 이렇게 실감 나지 않을까?'

생각보다 아무렇지 않은 데 당황스러운 찰나, 실은 심장이 터질듯 뛰고 있었지만 스스로 그걸 느끼지 못할 뿐이었다. 그와 동시에 그의 마음은 기대에 부푼 나머지 날아오를 것 같았다. 제 생각대로 된다면 더 이상 생활고에 시달리지 않아도 될뿐더러, 딸도 남부럽지 않게 키울 수 있었다.

"하……."

어느새 흥분하게 된 그는 서둘러 그곳을 나갔다.


그는 병원에서 좀 떨어진 곳에 위치한 공중전화로 간 후, 좀체 진정되지 않는 마음을 부여잡은 채 조심조심 주변을 살폈다. 이내 사람이 없다는 사실에 안심한 그는 떨리는 손으로 공중전화의 수화기를 들었다. 그러고는 조심스럽게 자신이 아는 번호를 누르기 시작했다. 긴장이 어깨를 짓누른 탓에 아픈 사람처럼 시름시름 앓던 그는 지금, 맹목적으로 존경하는 '장인목'에게 전화를 걸고 있었다.

"후우~"

실제로는 일면식도 없는 사람과 통화를 하려니 기절할 것처럼 떨렸다. 혹시나 말을 더듬는 등의 사고를 치지 않을까 정신을 바짝 차리고 있는데 넌짓 오금이 저렸다. 이윽고 손바닥에 땀이 차는 것 같아 그걸 터는 순간, 수화기 너머에서 상대방의 목소리가 들렸다. 그에 놀라 황급히 공손한 자세로 바꾼 그는 침착하게 말했다.

"아, 안녕하십니까. 저는 오팔병원에서 일하는, 의사 황운보라고 합니다."

## 61

장인목의 인생은 참으로 순탄했으며 스스로도 자신감이 대단했다. 매우 유복한 집안의 외아들로서 자란 이유도 있었지만, 무엇보다 확고한 목표가 있는 데다 그것을 이루는 데 필요한 두뇌와 재능이 월등했기 때문이었다. 그에 따라 남들도 어려이 여기는 걸 막힘없이 해내니, 자연히 사람들의 기대가 집중되었다. 그런데 그는 거기에 부담을 느낄 새도 없이 대뜸 외국으로 건너가, 끝내 그곳에서도 인정을 받아 형형히 금의환향하였다. 의학의 여러 분야 중에서도 뇌에 특출한 능력이 있음을 만천하에 드러낸 그는 단순히 부와 명예를 얻는 것에서 멈추지 않았다. 대대로 이어 온 규양병원을 더욱 웅장히 키웠거니와, 건물의 규모 외에 다른 이들의 인식까지 바꿔 놓았다. 그렇게 의학과 규양병원에 막대한 공헌을 한 장인목은 모두에게 추앙받으며 규양병원의 수장이 되었다.

일편, 업적과 지위가 충분히 대단한데도 장인목 병원장은 썩 즐거워 보이지 않았다. 본인이 가진 실력이 이상해진 것도 아니었고, 규양병원에 파도처럼 밀려오는 환자들 탓도 아니었다. 장인목 병원장의 얼굴에 지워지지 않는 그늘이 생긴 이유는 바로 하나뿐인 아들한테 있었다. 아들 장용빈은 많은 사람들의 축복을 받으며 태어났는데, 자신만큼의 천재는 아니더라도 많은 것을 가르쳐 주며 보다 더 상향적으로 물려주고픈 마음이 가득했다.

"……"

그러나 막상 맞이하고 보자, 아들의 상태가 그리 좋지 않았다. 정밀히 검사해 보니 선천적으로 간이 안 좋은 것과 더불어 몸이 허약했다. 당연히 건강한 아기를 기대했던 장인목 병원장은 그 사실에 적잖이 충격을 받았으나, 그렇다고 성급하게 아들을 등지지 않았다. 간이 안 좋더라도 건강한 간을 이식하면 그만이라는 생각에 아내와 아들을 극진히 돌봤다. 하지만 어쩐 일인지 아들에게 이식할 장기를 찾을 수 없어, 마음이 급해진 장인목 병원장은 숨은 경로에도 그것을 알아보게 되었다. 상당한 영향력을 가졌음에도 아들에게 맞는 간을 찾는 일은 모호하기만 했다.

포기를 모른 채 장인목 병원장이 사방팔방으로 알아보고 있었기에, 그런 모습을 보며 남편과 아들에게 죄책감을 떨칠 수 없었던 그의 아내는 급기 원인 모를 병에 걸려 버렸다. 아마도 출산과 관련하여 받은 충격 탓에 생겼을 것으로 짐작되는 그 병은 그녀를 서서히 마르도록 만들었는데, 결국 아들이 네 살 되던 해에 세상을 떠나고 말았다.

그로 인해 가장 충격을 받은 이는 남편 장인목 병원장이었다. 그러나 그것은 사랑하는 여인을 추모하는 뜻이 아닌, 더없이 완벽해야 할 제 인생을 지켜 주지 않은 그녀에게 화가 나 발한 것이었다. 아무리 그래 봐야 이미 떠난 사람을 되돌릴 수는 없었으므로, 그는 불만을 억누르며 자신의 일에 매진했다.

겉으로 순탄해 보인 장인목 병원장의 인생은 기실 불만이 제법 되었다. 하지만 그건 절대적으로 남들에게 공개하기 꺼림하여, 화려하게 수놓인 규양병원으로 덮는 수밖에 없었다. 사별한 뒤에도 아들을 위해 암암리에 애쓰던 어느 날, 그는 다시금 쓴맛을 보게 되었다. 몸이 허약한 건 어쩔 수 없다지만, 아들의 학습 능력이 또래에 못 미치는 수준임을 알았기 때문이었다. 게다가 의지 또한 박약해 무엇이든 하려는 모습은 온데간데없고, 그저 지주하고 숨기 바빠 보는 사람을 답답하게끔 만들었다.

'완벽하던 내 인생이!'

체질이야 어떨지라도 자신의 피를 이어받았으니, 못해도 중간은 갈 것이라 믿었던 장인목 병원장은 속절없이 아연하고 말았다. 곧 최고의 전문가들을 초빙해 아들의 곁에 뒀으나, 그다지 눈에 보이는 효과는 나타나지 않았다. 그쯤 되고 보니 아들에게 도통 마음이 가지 않았으므로 자연히 서로 데면데면한 부자가 되었다.

그러면서도, 장인목 병원장은 아들에게 건강을 찾아 주는 일을 게을리하지 않았다. 비록 실망스럽다 한들 유일한 아들임에 변함없었거니와 지금껏 열심이었던 일을 포기하기에는 제 성격에 맞지 않아서였다. 지금은 모양새가 형편없다 해도 언젠가 이식을 받고 나면 분명 마음가짐부터 달라질 거라 믿는 것 외에는 달리 방법이 없었다.

'누가 뭐래도 앞만 보고 달려왔건마는. 여태 들려야 할 소식이 들리지 않으니, 이제는 포기해야 하나. 후계자라고 생각했더니만…… 아니었던 건가.'

장인목 병원장이 안팎으로 노력을 아끼지 않은 것에 비해, 그에 따른 결과는 무척 초라했다. 의학계에서 명실상부 최고의 권위자로 자리매김했으나, 아들은 스물이 넘도록 여전히 볼품없는 꼴을 하고 있었다. 때문에 그런 아들을 둔 장인목 병원장은 은연중에 그를 못마땅해하는 마음이 커지고 있었다.

"……."

규양병원의 병원장실에서 작게 한숨짓고 만 장인목 병원장은 손가락으로 이마를 두드리다, 문득 창밖에 시선을 주었다. 탁 트인 전망이 그의 부요한 위치를 말해 주고 있었음에도, 그것이 답답한 속을 뚫어 주지는 못했다. 이내 고개를 돌린 그는 저 외에 아무도 없는 병원장실을 둘러보았다.

'언젠가…… 이 모든 걸 물려주려고 했건만.'

착잡해져 가장자리에 있는 안락의자에 앉아 두 눈을 감은 순간, 불현듯 그곳 전화기가 요란히 울렸다. 잠시 어벙한 정신으로 울리는 전화기를 바라보던 장인목 병원장은 일어서야 하는지 망설이고 있었다. 좀처럼 풀리지 않는 일 탓에 만사가 귀찮았던 그에게는 퍽 고민스러운 일이었다.

"……."

결국 그 전화를 받기로 한 장인목 병원장은 느릿하게 움직였다. 그날따라 몸이 천근만근 같아 더 움직이기 버거웠으나, 그래도 어찌어찌 수화기를 드는 데 성공했다. 그렇지만 몹시 시무룩한 상태인 터라 제대로 통화하기 힘들어 보였다.

"여보세요…….."

곧이어 처음 접하는 목소리가 들렸는데, 긴장했다는 티가 역력히 드러났다. 자신을 의사라고 했으나 들어 본 적도 없는 이름을 대는 것도, 특별히 흥미를 끌어내는 것도 없는 것 같기에 그저 귀찮기만 했다.

"아, 그래요. 용건이 뭐죠?"

시답잖은 치라고 여긴 장인목 병원장은 당장 그 전화를 끊고 싶었지만, 적당히 예의나 차리려 했다. 그런데 피곤하게 섰던 그가 찰나에 경직되는가 싶더니, 말하는 것도 잊을 만큼 크게 놀라 얼어 버리고 말았다.

"……방금 뭐라고 했죠?"

"아하하. 그러니까…… 제가, 아드님이랑 조직 적합성이 딱 들어맞는 사람을 찾았습니다!"

기분 좋다는 게 여실히 느껴지는 목소리로 자신 있게 외치고 있었다.

"그래서요?"

"……?!"

"내 아들과 조직 적합성이 맞는 사람…… 있겠죠. 하지만 그게 저랑 무슨 상관입니까?"

냉담히 말하는 장인목 병원장에게 당황해 버린 황운보 의사는 등줄기에 식은땀이 나는 것 같았다.

"저…… 제가 듣기로는 아드님의 간이 안 좋다던데. 아닙니까? 장인목 병원장님이 맞으신 거죠……?"

"들어요? 누가 그런 말을 한다는 거죠?! 남의 사생활을 감히!"

장인목 병원장은 선뜩 예민하게 받아들였으며 매우 언짢아진 듯 보였다.

"누구라고 했죠?"

"네…… 저는. 황운보라고…… 노여우셨다면 사과드리겠습니다."

장인목 병원장의 성난 목소리에, 급격히 기가 죽은 황운보 의사는 절로 움츠러들었다.

"그러면, 그 얘기는 뭡니까? 내 아들에게 간을 이식해 줄 기증자를 찾았다는 말입니까?"

장인목 병원장은 불편한 기색을 숨김없이 풍겼으나, 실은 드디어 기증자를 찾았다는 데 설레고 있었다.

"그, 그게! 기적적으로 찾았습니다! 공장에 다니는 앤데……."

장인목 병원장의 냉담한 반응 탓인지, 황운보 의사는 목소리에 힘을 주면서도 행여 전화가 끊길까 조심하는 모습이었다.

"……기증자라는 건가요? 아니면 아직, 말도 못 꺼내 본 거예요?"

"아, 그게. 사실은…… 조직이 일치한다는 걸 확인하자마자 기뻐서. 곧장 연락드리다 보니까."

"아."

장인목 병원장의 목소리가 어두워지자, 그것에 위기감을 느낀 황운보 의사는 어떻게든 목적을 이루려 안간힘을 썼다.

"하지만! 아직 말을 안 한 것뿐이지, 틀림없이 성사될 겁니다!"

그 자신감에 찬 목소리를 듣던 장인목 병원장은 이내 무심히 말했다.

"얼마를 원하는 거죠?"

"네?"

"간…… 을 이식해 줄 사람을 찾았다 해도, 그쪽에서 순순히 응한다는 보장이 없지 않습니까? 듣자 하니 당신도 바라는 게 있는 것 같은데, 거두절미하고 원하는 액수를 말해 보세요."

그는 차분히 말했으나 속으로는 조마조마하니 황운보 의사의 대답을 기다릴 뿐이었다. 이러니저러니 해도 결국 바라는 것은 돈일 테니, 차라리 빨리 값을 치르는 게 나을 거라 판단한 것이었다.

"장인목 병원장님! 저를 한낱 촌뜨기로 생각하신다고 해도, 당장은 드릴 말씀이 없습니다. 하지만 저는! 장인목 병원장님을 진심으로 존경하고, 그렇기 때문에 의사가 된 겁니다. 비록 지금은 별 볼 일 없게 보일지라도 기회만 주어진다면, 장인목 병원장님께서 자랑스러워하실 인재가 되기를 희망합니다!"

"네. 그래서 된다는 겁니까, 안 된다는 겁니까?"

아무리 거창한 말이더라도 지금의 장인목 병원장에게는 그에 대고 화답해 줄 여유가 없었다. 그런 걸 알 리 없는 황운보 의사는 마냥 어리둥절해하다, 허둥지둥 겨우 말했다.

"아…… 물론 이식은 성사될 것이고, 모두가 원하는 걸 얻겠죠?"

"그래서 얼마를 원하느냐고요."

"……공장에 다니는 애라 많이 바라지는 않을 텐데, 제가 무슨 일이 있어도 연결해 볼 테니 걱정 마십시오!"

"……."

영 말을 못 알아듣는 게, 안타까울 정도였다. 더구나 장인목 병원장이 싫어하는 부류 중 하나라 내심, 이미 그와 벽을 쌓고 있었다.

"그러니까! 당신이 원하는 액수를 말하라고요!"

"아! 저, 제가 바라는 건…… 돈이 아니고. 규양병원에서 일하고 싶습니다!"

자신이 숭배하는 장인목 병원장에게 전화를 걸기까지, 기어코 해내야겠다는 목적이 있기는 했다. 다만 그것이 그리 구체적이지는 않았는데, 굳이 말하자면 더 나은 근무 환경 정도였다. 그조차도 장인목 병원장에게 직접 제시할 생각 따위는 없이, 그저 이번 기회에 잘 보여 출세하게 될 거라는 기대가 전부였다. 하지만 일이 흘러가는 방향은 어째 예상했던 범위와는 달랐기에, 모든 것이 얼떨떨한 황운보 의사는 슬슬 조급해지기 시작했다. 혹여 일이 틀어져 장인목 병원장에게 잘 보일 기회를 영영 놓칠 것만 같아 전전긍긍하던 그는 어떻게 할지 고심하게 되었다. 그러다 눈앞에 일찍이 엄마의 손길을 놓친 채로 자라는 딸의 얼굴이 스쳐, 바로 울컥한 그는 눈을 질끈 감고 소리 높여 외쳐 버렸다.

"……."

황운보 의사의 사정이야 알 길 없는 장인목 병원장으로서는 그 애절한 외침을 듣고도 가만히 있을 뿐이었다. 이윽고 고개를 까닥인 그는 지극히 사무적인 말투로 황운보 의사에게 말했다.

"뭔가 오해하신 것 같군요. 규양병원은 우리나라에서 내로라하는 곳이 맞지만, 그건 그만큼 이곳에 모인 의료진의 실력이 출중하기 때문에. 그래서 가능한 겁니다. 하나하나 실력이 입증된 수재들이라 이곳에서 근무하는 거죠."

세상 냉정한 거절이 장인목 병원장의 목소리를 타고는 그대로 황운보 의사의 귀에 흘러들었다. 제법 우회적이었음에도 그것이 뜻하는 바를 알아들은 황운보 의사의 심장은 여지없이 요동쳤다. 속속 애가 탄 그는 곧 장인목 병원장에게 매달리려 했다.

"벼…… 병원장님, 저는 의사가 맞습니다! 학창 시절에도 늘 일등을 했었고, 의사로서의 실력도…… 출중하다고 자신할 수 있습니다! 그리고 저는 언제나 장인목 병원장님을 존경했고, 지금도 마찬가지입니다!"

"네, 그건 아까도 들었고요. 고마운 말이지만…… 아쉽게도 원하는 걸 이루시기에 다소 무리가 따른다고 봅니다. 아마도 후미진 곳에서 일하느라 그런 조건을 제시하신 모양인데, 진정하고 한번 생각해 보세요. 당신이 정말 뛰어난 의사라면, 왜 그런 곳에서 허우적대고 있을까요?"

"……."

차분한 그 말이, 황운보 의사에게는 가시가 돋친 것처럼 들려 어느 순간 꾹 얹히는 느낌이 들었다.

"규양병원은 최고를 지향하고 있습니다. 의학계에 몸담은 사람이라면 다들 한 번쯤 꿈꾸는 곳이니, 당신의 심정도 이해는 갑니다."

"……규양병원은 최고가 맞습니다! 장인목 병원장님도 최고시고요! 그런데! 그러면 아드님의 간은요? 설마…… 제가 하는 말이 거짓이라고 생각하시는 건가요?!"

제 처지가 절박하다 보니, 되도록 몸을 사리던 황운보 의사는 끝내 발끈하고 말았다.

"아뇨, 믿습니다. 그래서 액수 얘기를 한 거고요. 그런데 너무…… 터무니없는 조건을 제시하셔서. 그리고 자꾸 제 아들을 걱정해 주시는데, 당신이 그러지 않아도 방법은 얼마든지 있어요. 저를 존경하신다고요? 솔직히, 그런 식으로 나를 찾는 사람이 부지기수라 얼마나 골치인지 모릅니다."

"저기…… 병원장님?"

끄떡도 없이 차분한 상대방의 말로 인해 황운보 의사의 안색은 순식 어두워졌으며, 곧 저도 모르는 새 떨리는 목소리로 장인목 병원장을 불렀다.

"시간이 남아도는 게 아니라서 그만 끊어야겠군요. 말씀하신 건 잘 기억해 두죠. 그리고 언제…… 내가 먼저 연락드리는 걸로 하겠습니다. 그럼, 이만!"

"어…… 어."

전화를 끊고서 더 피로해진 장인목 병원장은 관자놀이를 문지르며 다시 안락의자에 앉았다. 사실, 그동안 아들의 간 문제로 낚시하듯 약 올리는 일이 종종 있어 적잖이 힘들던 차였다. 마침 황운보 의사의 전화를 받았을 때는 그나마 그런 일이 사그라진 후라, 그사이 과거 일을 잊은 장인목 병원장이 흥분을 못 참은 바람에 통화가 길어지고 만 것이었다.

"……."

눈을 감은 장인목 병원장은 어느새 방금 마친 통화를 떠올리고 있었는데, 본인이 딱딱하게 끊어 버렸으나 못내 아쉬운 마음이 솟아나 자꾸 황운보 의사가 했던 말이 귓가에 맴돌았다.

'흐음, 사기꾼 같지는 않았는데. 차라리 돈을 요구할 것이지……. 풋내기일까? 의사라고는 했지만, 그 말이 사실일까.'

만약 황운보 의사의 말이 사실일지라도, 그가 제시한 조건은 역시 무리였다. 규양병원을 지금처럼 만들기까지 들인 노력을 헤아릴 수조차 없건만, 생판 알지도 못하는 의사 나부랭이가 코 큰 소리 좀 한다 해서 무턱대고 들일 수 없었다. 그러기에 장인목 병원장은 갑작스런 미꾸라지의 출현을 용납할 만큼 허술한 사람이 아니었다.

"……."

아무리 생각해 봐도 장인목 병원장은 저의 판단을 바꿀 만한 것을 찾을 수 없었다. 그러다 살며시 다른 생각도 들게 되더니만, 머지않아 입술을 비죽거리고는 이마를 긁적였다.

'……사실이 아니면? 전부 거짓이라면?'

그냥 털어 버리면 그만인 것 같았으나, 장인목 병원장은 왠지 간절했던 황운보 의사가 마음에 걸려 도무지 그럴 수 없었다. 종시 갈등을 마친 그는 황운보라는 사람을 알아보기로 했다.

# 62

"……."

틀림없이 잘될 것이라 장담하여 대뜸 장인목 병원장에게 전화부터 걸었던 황운보 의사는 허망스레 통화가 끊어진 수화기를 보며 망연자실했다. 이제는 지궁한 지금을 탈출할 수 있을 거라 듬뿍 기대감에 젖었었건만, 그토록 숭배하는 '장인목'과 마주하게 될 생각에 뭉클했던 그는 어찌할 바를 몰랐다.

'내가 너무…… 과했나? 처음부터 규양병원을 말해 버리다니……. 난 그저 장인목 병원장에게 잘 보이고 싶었을 뿐인데, 그냥 여기보다 더 좋은 병원에서 실력 발휘를 하고 싶었어. 이왕이면 규양병원에서! 그러면 딸도 좋은 환경에서 자랄 수 있을 테고, 내가 잘하다 보면 분명히 장인목과……'

설핏 우울해진 황운보 의사는 맥없이 바닥에 주저앉아 버렸다.

'가만, 내 연락처를 말한 적이 없는데!'

움찔한 황운보 의사는 이내 고개를 숙이더니, 바닥을 기어 다니는 개미를 바라보며 한숨을 쉬었다. 곧 장인목 병원장이 그렇게 말한 의미를 알아 버린 데다, 다시 전화했다간 불호령 그 이상이 떨어질 거라는 생각이 들었기 때문이었다.

'내가 너무 쉽게 생각했구나……. 말만 하면 다 될 거라고 생각했어. 그러지 말고 더 깊이 생각했어야 했는데! 장인목 병원장의 반응을 보면 날 아주 무시하는 것 같지는 않고……. 아~ 이거, 정말 좋은 기회인데 어쩌지?'

제 머리를 쥐어뜯고 난 황운보 의사는 눈물이 맺힌 눈으로 하늘을 올려다보았다.


얼마 후, 장인목 병원장의 손에는 황운보 의사에 대한 정보를 담은 문서가 들려 있었다.

'의사가 맞았어? 근무하는 병원 근처에 공장이 많다…… 그때 한 얘기가 사실일 가능성이 있다는 건데.'

어느새 미간을 구긴 장인목 병원장은 머지않아 온몸이 저릿해졌다.

'더 들어 볼 걸 그랬었나.'

눈을 가늘게 뜬 그는 손에 든 문서를 책상 위에 놓고서 바로 외면해 버렸다.

'아니…… 그걸로 덥석 물 수는 없지. 그 말이 사실이든 아니든, 지금은 그 정도로 급하지 않아. 그 녀석에게는 얼마든지 시간이 있고, 그동안에 기증자를 찾으면 그만이야! 괜한 데 넘어갈 수 없지.'

그러고는 바람이나 쐴 요량으로 자리에서 일어났는데, 때마침 잠잠하던 전화기가 울리는 것이었다. 흠칫하여 멍하니 전화기를 바라보던 장인목 병원장은 곧 마음을 가라앉히고 수화기를 들었다. 전화를 한 사람은 역시 황운보 의사였다.

"저…… 장인목 병원장님, 안녕하셨습니까! 저는 일전에 전화드렸던 황운보입니다. 급히 상의드릴 일이 생겨서 말이죠! 저, 통화하실 수 있나요?"

이번에도 목청껏 소리친 황운보 의사는 뒤늦게 장인목 병원장의 눈치를 살피느라 애써 목소리를 가다듬고는 엉거주춤 자세를 낮췄다. 그를 가볍게 여긴 장인목 병원장은 속으로 웃어넘기고 있었다.

"말씀하세요."

"네! 지난번에 말씀드렸던 그 애가요. 일이 잘 풀리려는지, 우리한테 아주 유리하게 됐거든요. 그래서 제가 기분이 좋아서 이렇게 말씀드리는 거예요!"

'우리?'

가만히 듣던 장인목 병원장의 신경은 황운보 의사가 무심코 한 말 때문에 날이 서려 했다. 그것을 모르는 황운보 의사는 눈치 없이 신나게 떠들었다.

"제가 그 애를 좀…… 따라다녔거든요. 자세히 알아보려면 그 정도는, 어쩔 수 없잖아요? 아무튼 알아봤거든요? 글쎄, 그 애가 사는 집에 일이 생겼더라고요! 그래서 급하게 돈이 필요한 모양인데……. 어, 듣고 계세요?"

"말씀하세요."

"음……. 그러니까 병원장님께서 돈 좀 쥐어 주신다면, 그쪽에서 알아서 간이고 쓸개고 다 내놓을 거라는 겁니다! 이제 좀 구미가 당기시나요……?"

"글쎄요. 그건 그렇고, 당신의 제안은…….”

"저요?! 아이고, 저번에 말씀드린 건 말이죠. 솔직히 제가 성급했죠. 저는 그냥…… 병원장님께서 결정하시는 대로 하려고요.”

지난번에 비해 순하게 말하는 황운보 의사였으나, 기위 어느 정도 가늠해 버린 장인목 병원장은 묵묵부답이었다.

'대충 들어 보면 솔깃한 얘기야. 하지만 이렇게 갑자기, 돈이 필요한 일이 생겼다? 처음에는 날 존경한다면서 무리한 조건을 제시하더니, 이제는 느닷없이 일이 생겼다고 돈을 내놓으라?'

처음 황운보 의사의 진심이 담긴 떨림은 장인목 병원장에게 갈등을 줄 만큼 대단한 것이었지만, 지금 황운보 의사가 보이는 태도는 좀 실망스러웠다. 그의 목소리는 여전히 장인목 병원장을 두려워하는 기색이었으나, 전체적으로 의심스러운 까닭에 오히려 주저하도록 만들었다. 더욱이, 장인목 병원장은 여태 당한 것이 많았기에 더 조심스러울 수밖에 없었다.

'하필 지금 일이 생겼다는 게…….'

또한 장인목 병원장은 은근히 건방진 황운보 의사의 행태가 거슬렸다. 허세든 아니든, 자신을 자랑하는 의사에게 야망이 없을 리 만무하다는 생각이 들었다.

'돈을 쓰는 것은 상관없지만, 이런 어중이의 배를 불려 주는 건 영 성격에 맞지 않아.'

혹시나 했던 장인목 병원장의 마음은 그새 황운보 의사를 탐탁지 않게 여겨, 그저 돈이나 노리고 악의적으로 접근한 양아치로 치부하게 되었다. 그쯤 되니 '공장에 다니는 애'도, 갑자기 일이 생겼다는 것도 모두 사실이 아닐 것만 같았다.

"저기, 병원장님? 심사숙고하시는 건 이해하지만, 이제는 답을 주셨으면 좋겠는데요."

황운보 의사로서는 일생일대의 기회를 놓치게 될까 봐 속상한 와중에도 겨우 하는 말이었지만, 장인목 병원장이 듣기에는 그저 속 보이는 말로 느껴졌다.

"때마침 그런 일이 일어날 수 있다니 신기하군요."

장인목 병원장은 더 이상 시간 낭비를 하기 싫다는 생각에 일부러 야기죽거렸다.

"그럴듯한 제안이지만 끌리지 않아요. 바빠서, 그만 끊어야겠군요."

"병원장님?! 이런 기회는 흔치 않습니다! 이걸 놓쳤다가는……!"

화들짝 놀란 황운보 의사가 들이 소리를 지르자, 그에 짜증이 난 장인목 병원장은 자못 언성을 높이고 말았다.

"자네도 의사라고 했잖은가! 근무할 시간에 노닥거리지 말고, 그 정신으로 환자나 돌보게!"

장인목 병원장은 서둘러 전화를 끊었으나, 이것으로 저를 헷갈리도록 흔드는 목소리를 듣는 게 끝이라고 생각하니 몹시 후련한 동시에 미적지근히 아쉽다는 생각이 들었다.

"……."

뭔가를 골똘히 생각하던 장인목 병원장은 퍼뜩 정신을 차려, 책상 위에 있던 황운보에 관한 내용이 담긴 문서를 바닥에 내팽개쳐 버렸다.

그렇게 '황운보'라는 사람의 존재가 잊힐 즈음, 여느 때와 같이 병원장실에서 퇴근할 준비를 하던 장인목 병원장은 밖에서 승강이가 벌어지고 있음을 알게 되었다. 귀 기울여 보니, 어떤 남자가 막무가내로 병원장실 코앞까지 찾아온 모양이었다.

"……."

문 앞에 선 장인목 병원장은 난데없이 벌어진 그 상황이 달갑지 않았다.

"……놓으라니까! 병원장님, 병원장님!"

"이 사람 참! 그만하고 돌아가라고!"

"정말로 병원장님이랑 아는 사이라고요! 병원장님, 저 황운보입니다!"

밖에 소란을 피우는 목소리가 어쩐지 귀에 익다고 생각하던 찰나, '황운보'라는 이름을 듣자마자 번쩍하니 뇌리에 꽂혀 버린 장인목 병원장은 적이 소스라쳤다.

"……."

잠시 후, 병원장실 문이 슬며시 열린 데 이어 무표정한 장인목 병원장이 모습을 드러냈다. 힘껏 승강이를 벌이던 황운보 의사와 경비들은 뒤늦게 그것을 알고 멍히 장인목 병원장을 보았다.

"……!"

정색한 장인목 병원장은 말없이 황운보 의사를 응시한 채로 손짓했다. 이윽고 조뼛조뼛 움직이던 황운보 의사는 자존심을 챙기듯 매무새를 고치며 시원스레 병원장실로 들어갔다.

"……."

318

장인목 병원장은 자신을 만나기 위해 규양병원으로 쳐들어온 황운
보 의사를 찬찬히 보며, 웃어야 할지 감격해야 할지에 대해 생각하고
있었다. 여기까지 왔다면 깔끔하게 차려입고 와도 모자랄 판에, 얽은
것처럼 푸석한 황운보 의사의 얼굴은 면도는커녕 세수를 했는지조차
의심스러울 지경이었다. 옷도 꼬질꼬질한 탓에 단정해 보이지 않아
꼭 자다가 일어난 것 같았다.

　'의사라면서 꼴이 왜 저런 거야……'

　은근슬쩍 저를 훑어보는 장인목 병원장으로 인해 발끈한 황운보 의
사는 주저 없이 성큼성큼 그에게 다가갔다. 때문에 황운보 의사에게
서 나는 악취가 그대로 장인목 병원장에게 전해졌다. 저절로 고개를
돌려 버린 장인목 병원장에게 아랑곳없이 다가간 황운보 의사는 곧바
로 책상 위에 신문을 내던졌다.

　"?"

　그 신문을 곁눈으로 본 장인목 병원장은 도통 무슨 뜻인지 몰라 황
운보 의사에게 눈길을 주었는데, 그는 화가 단단히 났는지 퍽 퉁명스
럽게 보였다. 그렇지만 장인목 병원장도 썩 유쾌하지 않았으므로, 그
곳은 자연히 아슬아슬한 분위기가 되었다.

　"이게 뭔가."

　"그…… 신문에 나온 게 뭔지 보시죠!"

　"그게 무슨 소리야?"

　장인목 병원장은 기분이 안 좋아져 인상을 쓰게 되었다.

　"으윽! 제가 계속 말씀드렸던 그 애에 관한 거라고요!"

무엇이 그렇게 분했는지 하도 절박하게 외친 터라, 장인목 병원장은 하릴없이 그 신문을 펼쳤다. 색연필로 표시된 작은 기사에는 노인이 운영하는 가게에 두 명의 강도가 들었다는 내용이 실려 있었다.

"이게……?"

대관절 뭐가 어떻게 된 것인지 알 수 없어 황운보 의사를 재촉했으나, 그는 눈물을 훔치며 입술을 깨물 뿐이었다.

"그 사건! 거기에 나온 두 명의 강도 중 하나가! 제가…… 병원장님께 말씀드렸던 걔라고요! 제가 그랬죠?! 급하게 돈이 필요하다고……. 돈을 못 구하니까! 그만!"

"!"

종내 울먹이고 만 황운보 의사는 어깨가 축 쳐진 채로 한숨짓더니, 이내 중얼거리듯 말했다.

"오늘 그렇게…… 되었어요. 운 좋게 냄새를 맡은 기자가 그새 기사를 썼더라고요. 그동안 제 말을 안 믿으시는 것 같던데, 확인이나 하시라고 들른 거예요. 이제는 뭐."

울음을 삼킨 황운보 의사는 다음 순간 고개를 절레절레 흔들며 돌아섰다. 그런 와중에 장인목 병원장은 눈앞이 아찔하면서도 그 신문을 보는 데에 여념이 없었다.

"다 끝났어요. 그 애는 감옥에 갈 테고, 저는 그냥…… 닭 쫓던 개 신세가 되었네요."

"감옥, 감옥, 감옥, 감옥, 감옥……."

눈에 핏발이 선 장인목 병원장은 아주 작게 중얼거린 후, 점점 멀어지는 뒤통수에 대고 말했다.

"거기 서."

한껏 굳은 얼굴이 된 장인목 병원장은 볼품사납게 흐트러진 황운보 의사를 향해 꽤 건조한 투로 물었다.

"자네. 그 애랑 말해 본 적도 없는 것 같던데, 내 말이 맞나?"

영문도 모르고 굼지럭거리던 황운보 의사는 곧 자세를 바로 하며 대답했는데, 완전히 알아챈 건 아니었으나 상황이 급변했다는 걸 느껴 그렇게 행동한 것이었다.

"······네! 저는 병원장님과 같이 얘기하려고 걔를 미행만 좀. 설마, 그렇게 사고를 치리라고는 상상도 못 했습니다!"

"내 아들과······ 일치한다는 건? 확실해?"

"네, 의사로서의 명예를 걸고 자신할 수 있습니다!"

"그래. 그럼 그 사실을 자네와 나 말고, 또 누가 알고 있지?"

"저, 그건 혼자 몰래 확인한 거라······. 그때 확인하자마자, 놀라서 허겁지겁 전화했던 겁니다!"

우렁차게 대답한 황운보 의사는 슬금슬금 장인목 병원장을 핼금대며 마른침을 삼켰다. 설명할 수는 없지만, 지금은 그래야 할 것 같다는 생각이 황운보 의사를 붙잡고서 놔주지 않았다. 한편, 줄곧 그 신문에서 눈을 떼지 못하던 장인목 병원장은 이내 책상 앞에 앉더니만 황운보 의사를 물끄러미 보았다.

"······."

그러다 재빨리 어딘가로 전화하더니 곧 낮은 목소리로 중얼거렸다.

"난데, 시간 좀 내야겠어."

짧은 통화를 마친 장인목 병원장은 가분히 숨을 토해 낸 후, 겁먹은 채 눈만 끔벅이는 황운보 의사를 매섭게 건너보았다.

"……."

덜컥 겁이 난 황운보 의사는 차라리 난동을 부릴까 하는 생각이 들었으나, 눈앞에 장인목 병원장을 똑바로 쳐다볼 자신도 없는 마당에 감히 그럴 수 없었다. 더구나 장인목 병원장은 자신이 맹목적으로 숭배하는 대상인 탓에 더더욱 그럴 수 없었다.

"자네, 실력에 자신 있다고 하지 않았나?"

"병원장님에 비하면 초라한……."

"자신한다더니!"

장인목 병원장의 기세에 움찔한 황운보 의사는 저도 모르게 뒷걸음치며 덜덜 떨었다. 그를 보고 작게 코웃음 친 장인목 병원장은 금세 여유를 되찾게 되었다. 그러고는 겁에 질려 고개도 들지 못하는 딱한 의사 나부랭이에게 말을 건넸다.

"다른 건 제쳐 두고, 그 실력이 어떨지 궁금해서 말이야."

"……?"

"조만간, 확인 좀 해야겠어."

장인목 병원장이 건넨 말의 의미를 알기 힘들어 황운보 의사는 조심조심 그를 곁눈질했다. 그러자, 매서웠던 장인목 병원장의 인상이 별안간 너그러이 변하는 것을 목도할 수 있었다. 당최 일이 어떻게 돌아가는지 알지 못하는 황운보 의사로서는 그저 초조한 기분만 들뿐이었다.

## 63

천하의 장인목 병원장이라도 모든 게 완벽하지는 못하여, 뒤늦게 비로소 '계획'을 세우게 되었다. 조금이라도 게을렀다간 안 될 정도로 매우 다급한 상황이었기에 쉼 없이 벼름벼름하던 장인목 병원장은 평소 신임하는 탁성일과 본격적으로 논의했다. 마침내 '계획'을 완성하게 된 장인목 병원장은 그것을 실행하기 위하여 적절한 '부속품'을 찾아 맞물리기 시작했다. 그와 더불어 서둘러 아들 장용빈을 부산에 있는 별장으로 보낸 장인목 병원장은 '계획'에 짜임새를 더하기 위해 박차를 가했다.

"……."

대충 대부분이 맞아떨어지는 중이었으나, 예민한 장인목 병원장에게는 어째 매끄러운 것이 부족한 느낌이었다. 특히 교도소에서 구승희를 유인하고 '주사기'를 쓰는 부분이 그랬는데, 원래는 탁성일이 추천한 판수복을 쓸 참이었다. 그렇지만 장인목 병원장이 언뜻 주춤거린 터라, 그를 잘 아는 탁성일은 말없이 지켜볼 뿐이었다.

"쩝."

매사 완벽을 추구하는 바, 장인목 병원장은 거침없이 다른 '부속품'을 생각했다. 하나같이 줄줄이 연결된 게 마음에 들지 않았으므로, 누구도 절대 연결 지을 수 없는 뭔가가 필요했다. 그런 동시에 입이 무거운 '부속품'이, 그가 원하는 조건이었다.

'뭐니 뭐니 해도 절박한 게 최고지.'

이윽고 장인목 병원장이 어렵지 않게 찾아낸 건, 다지증을 가진 동생을 수술시키고 싶어 하는 박재익이었다. 딱한 사정임에도 찢어지도록 가난한 탓에 도저히 동생을 수술시키지 못하는 그것이, 딱 장인목 병원장이 찾던 '부속품'이라 할 수 있었다. 성실하지만 대책 없이 순진한 박재익이라면, 필시 동생 박재나를 위해 무엇이든 해낼 것이라 여긴 장인목 병원장은 망설임 없이 그에게 마수를 뻗었다.

드디어 실행된 '계획'은 순조로이 흘러, 장인목 병원장에게 매수된 사람들이 차곡하고도 일사불란하게 움직이기 시작했다. 머지않아 그들이 슬금슬금 만들어 낸 틈으로 '부속품'들이 흘러들었는데, 썩 체계적인 그 모습은 흡사 혈액 순환을 떠올리게 했다.

일편 수술 때문에 떠나보낸 동생을 목이 빠져라 기다리던 박재익은 제게 수술을 권했던 탁성일을 다시 만나고 나서야, 자신이 그릇된 일에 개입됐음을 깨달았다. 박재익은 곧 다리가 후들거릴 만큼 무서워졌으나, 저보다 동생이 훨씬 위험하다는 생각에 가까스로 참아 낼 수 있었다.

"저보고 감옥에 가라고요?"

"당신 동생은 이제 평범하게 살 수 있을 거예요. 설마, 그런 걸 공짜

324

로 이루려던 건 아니죠?”

덤덤히 말을 건네는 탁성일에게서 위협하는 기색은 찾을 수 없었지만, 박재익에게 그런 건 상관없었다.

“······얼마나 있어야 하는데요? 가면, 재나를 풀어 주시는 거죠?!”

“사랑하는 동생을 되찾고 싶으면······ 가기나 하세요.”

며칠 후, 자책하느라 홀로 집구석에 틀어박힌 박재익에게 경찰들이 들이닥쳤다.

‘나 때문에 재나까지······!’

순순히 경찰들을 따라간 박재익은 마음속의 슬픔만으로도 충분히 괴로워 한마디도 할 수 없었다. 어차피 짜고 하는 것이라 박재익이 뭐라고 한들 달라질 것은 없었으며, 그렇게 그가 체포되고 교도소에 수감되기까지의 과정은 모두 물 흐르듯 진행되었다.

순진해 보이는 언행과 나약한 분위기의 박재익은 여러모로 불만이 쌓였던 다른 재소자들의 눈에 쉬이 띄었다. 때문에 교도소에 수감되자마자 그들의 ‘동네북’이 되고 말았으나, 그는 동생에 대한 걱정으로 미처 방어할 틈이 없었다.

장인목 병원장의 지시로 갑작스레 부산으로 온 장용빈은 수미일관 시큰둥한 모습이었다. 본디 밝았던 어린이는 원인 모를 병으로 인한 모친상과 알게 모르게 이어진 아버지의 냉대로 지금과 같은 모습을 지니게 되었다. 데면데면한 부자 사이는 그렇다고 쳐도, 가뜩 씁쓸한 것이 많은 까닭에 심신이 매우 지친 상태였다.

'언젠가 달라질 거라는 희망으로 버텼는데……. 지금 스물이 넘었는데도, 옛날과 달라진 게 없잖아.'

아버지는 모두가 우러르는 인물이었고, 그만큼의 부가 따라와 장용빈에게도 혜택이 닿았다. 하지만 그것은 어디까지나 아버지를 위한 것이었기 때문에, 그 흔한 '건강'조차 가지지 못한 자신이 누릴 수 있는 건 찾기 힘들었다.

'이런 몸으로 뭘 할 수 있지? 무엇 하나 마음대로 하지도 못하고, 막연한 희망이나 품어야 하는 신세…….'

생각보다 차가웠던 부산의 바닷바람은 당장 무너질 것처럼 약해진 장용빈에게 심신을 에는 듯한 충격을 주었다. 그래서 그는 저에게 유독 매몰한 그것과 닿지 않으려 별장 밖으로 나갈 생각도 하지 않았다.

'왜 지금 부산에 있으라는 거야.'

깔끔히 정돈된 방 안에 선 장용빈은 그저 불만스러운 표정을 하고 있었다. 그러다 커다란 창 너머를 보니, 그날따라 해안에 들어오는 파도가 점점 거칠어지는 게 보였다. 그렇지만 딱히 위험을 느낄 정도는 아니었기에, 그곳을 지나는 행인의 수가 좀 준 것에 그치고 있었다.

"……."

무슨 생각인지, 흐리멍덩한 눈을 한 장용빈은 그것을 하염없이 바라보았다.

이제껏 약자로 살아온 박재익은 어느덧 '동네북' 노릇도 그럭저럭 견딜 수 있게 되었다. 그런 그에게 있어 가장 큰 걱정거리는 박재나였다.

'팔 개월만 여기서 있으면 돼. 그 시간만 버티면, 재나를 다시 만날 수 있을 거야!'

매일 그렇게 다짐하던 박재익에게 어느 날 탁성일이 면회를 왔다. 마음 같아서는 그를 무시하고 싶었으나, 행여 동생에게 그 영향이 미칠까 두려워 잠자코 탁성일을 만났다. 지레 겁먹은 박재익은 탁성일과 눈을 마주할 용기도 없었지만, 애가 타는 건 어쩔 수 없었으므로 그것도 오래가지 못했다.

"거기는 어떻죠?"

"……어떨 것 같으세요? 아니, 그런 건 됐어요. 재나는요? 제 동생은 잘 있어요?"

"…….."

탁성일은 무표정한 얼굴로 박재익을 빤히 보더니, 얼굴을 그에 가까이 하고 속닥거렸다.

"곧 새로운 수감자들이 올 거거든요. 박재익 씨가 할 일은…… 그중 한 명과 아주 절친해지는 거죠."

그러고는 제 손바닥을 펴고 박재익에게 그것을 보여 주는 것이었다.

"무슨……?!"

벌떡 일어나려던 박재익은 그 손바닥에서 작은 글씨를 읽어 내자마자 움직임을 멈추게 되었다. 탁성일이 보인 손바닥에는 '구승희'라는 글씨가 쓰여 있었는데, 그걸 본 박재익은 영문을 몰라 안색이 어두워졌다.

"동생이 보고 싶지 않아요?"

"!"

"보고 싶으면, 제 말대로 하세요."

태연히 할 말을 마친 탁성일은 냉큼 박재익의 시야에서 사라져 버렸다. 화를 내고 싶어도 동생이 걸렸으니 차마 거부할 수 없어 박재익은 속으로 끙끙 앓았다.


얼마 후 탁성일이 말해 준 대로 새로운 수감자들이 왔기에, 박재익은 새로 온 그들의 이름을 확인하느라 정신이 없었다.

'구승희, 구승희, 구승희, 구승희……!'

겨우 '구승희'를 찾아낸 박재익은 이내 한 번 더 놀라게 되었다. 자신이 그리도 찾는 '구승희'가, 그 몰골이 뭐라 말할 수 없을 정도로 처절했기 때문이었다. 몹시 말라서 질겁하고 싶게끔 만드는 것으로 모자라, 피폐한 마음가짐을 말해 주는 분위기와 무엇을 향하는지 짐작할 수도 없는 위태위태한 눈빛을 가진 이가 바로 '구승희'였다.

'저 사람이…….'

저도 모르게 시선을 돌려 버린 박재익은 홀여 눈앞이 캄캄해지고 말았다. 스스로 눈에 띄는 재주가 없다는 것을 잘 알건마는, 그런 박재익에게 '구승희'는 난이도가 너무 높다는 느낌을 주었다. 하지만 동생에 대한 걱정 탓에 마냥 그대로 있을 수는 없었으므로, 박재익은 그저 하릴없이 구승희의 주변을 서성이게 되었다.

## 64

봄에서 여름으로 건너가는 그 시기에, 교도소에는 안 좋은 일이 생겼다. 날씨가 빠르게 변하는 바람에 노후한 냉방 장치를 무리하여 사용한 게 화근이 되고 만 것이었다. 결국 버티지 못한 냉방 장치가 고장 나자 교도소에서는 당연히 수리 기사를 불렀지만 돌아온 결과는 참담했다. 심히 노후한 것도 모자라 고장까지 난 것이었기 때문에 아예 새로 교체하라는 것이었다. 당장 그럴 만한 돈은커녕, 수리하는 데 드는 시간도 부족하니 교도소에서는 난색을 표하며 골몰하게 되었다  그러는 동안, 찌는 듯한 더위에 지친 재소자들은 차차 신경이 날카로워지고 사납게 변해 하루가 멀다고 싸움을 벌인 터라 그 또한 골치였다.

"이렇게 된 마당에…… 그 방법을 쓰는 것이 어떻겠습니까?"

날이 갈수록 상황이 악화되자 누군가가 의견을 냈다. 바로 재소자들에게 빙과를 나눠 주자는 것이었는데, 무척 다급했던 그들은 반신반의로 시험 삼아 빙과를 실은 화물차를 불렀다. 잠시나마 시원한 빙과로 잔뜩 사나워진 재소자들을 진화해 보고자 한 수였다. 빙과를 본 재소자들은 잠시간 침묵한 끝에 그것을 맛보더니, 이내 잠잠해지게 되었다. 그러고는 신기하게도 여태 끊이지 않던 재소자들 간의 다툼이 한층 소강되었기에, 그에 만족한 교도소에서는 정기적으로 빙과를 실은 화물차를 받기로 했다.


　구승희는 겉으로 드러난 모습 그대로 복잡하고 어려운 사람이었다. 적어도 박재익에게는 그랬는데, 무엇도 담기지 않은 걸로 보인 그 눈동자에는 가끔씩 주체할 수 없는 슬픔과 괴로움에 이어 혹독한 어둠이 고이기도 했다. 그러다 보니 안 그래도 지탱하기 버거워 보이는 그의 몸뚱이가 우극 고통스럽게 뒤틀리는 것을 보는 일도 더러 있었다. 그런 모습 때문에 다른 재소자들 모두가 그를 더욱 멀리하게 되었다. 사실 한 명이 구승희한테 접근하기 위해 기회를 엿보고 있었으나, 그렇게까지 세세한 일에 신경 쓰는 사람은 없었다.

　'저런 사람이 강도질을 했다고?'

　말도 움직임도 아낀 구승희는 제게 할당된 감방 외에는 잘 다니지 않았지만, 때때로 교도관들에게 이끌려 다른 곳을 다니기도 했다. 그럼에도 불구하고 그의 용태가 달라지지 않아 활동하는 데에는 한계가 따랐다. 그것이 딱하게 느껴지기도 했으나, 박재익에게는 달리 방법이 없었다. 재소자들 사이에 오가는 소문으로는 구승희가 강도질을 하다 사람을 다치게 했다는데, 그걸 듣고 며칠을 고민하던 박재익은 일단 야외에 나온 구승희에게 말을 건네 보기로 했다.

　"저…… 안녕하세요."

　"……."

　"구승희 씨, 맞으시죠? 저는 박재익이라고 하는데요."

　용감히 목표물에게 다가간 박재익이 겨우 인사를 건넸건만, 그를 들은 척도 안 한 구승희는 사색에만 빠져 있었다. 예상한 것 이상으로 어려운 탓에 박재익은 차라리 울음을 터트리고 싶었다. 그렇지만 역시 그만둘 수는 없는지라 침착하게 말을 붙여 보려 했다.

"여기에 들어오신 이유가…… 억울한 이유 때문이라던데."

"……."

동생이 걱정된 만큼 박재익은 수시로 구승희에게 접근해 봤으나 아무 소용도 없었다. 오히려 극도로 우울해진 구승희가 그런 저에게 다가오는 박재익을 시종 무시하다, 나중에는 그를 피하는 모습까지 보였다.

"시원찮은 주제에 여기 들어왔으면, 적당히 시간 때우고 출소할 일이지."

더위와는 별개로 박재익은 어디까지나 '동네북'이었으며, 그것은 구승희에게 접근하는 동안에도 유효했다. 그렇기에 어떻게든 자신들의 불만을 터트리고 싶은 일부 재소자들에게 박재익은 좋은 먹잇감인 셈이었다. 살면서 온갖 트집과 모략 등을 많이 겪어 온 터라 그들이 제게 내세우는 건 그저 구실에 불과하다는 것을 알았음에도, 그들이 가하는 폭력에는 당해 낼 재간이 없었다. 그냥 갇혀 있는 거라면 대충 참아 보겠지만, 지금처럼 난공불락에 부딪히며 노력하는 동안에는 얘기가 달랐다. 구승희에게 말 거느라 힘들고, 수시로 덤비는 무리들 때문에 지치는 데다, 동생을 가지고 협박하는 탁성일이 계속 찾아와 닦달하고 있으니 정신 차리기 힘든 나날이었다.

"그러게 왜 자꾸 매를 벌어. 이젠 나도 지겹다!"

마음에도 없는 말로 비아냥거린 그들은 나가뻐드러진 채로 간신히 숨만 쉬는 박재익을 힐긋했다. 그러고는 침을 뱉으며 경쾌히 그 자리를 떠나 버렸다.

"……재는 맷집도 좋다?"

몸서리쳐지도록 듣기 괴로운 그들의 간신적자 같은 웃음소리가 까마득해지자, 박재익의 부운 눈에서 맥없이 눈물이 흘렀다. 그것은 줄기찬 폭력으로 인해 아파서가 아닌, 이대로 가다가는 미칠 것 같아 흘리는 눈물이었다.

'내가 왜 이런 꼴이 되어야 해……? 나더러 뭘 어쩌라는 거야?! 난, 최선을 다하고 있다고!'

곧이어 박재익은 골병이 들 것만 같은 몸을 조심스럽게 일으켰는데, 덕분에 그때까지 전신에 걸쳐 숨죽이고 있던 통증들이 죄 일어나고 말았다. 너무 아파 소리조차 지를 수 없게 되다 보니, 설움에 북받친 그는 조용히 흐느꼈다.

"……."

박재익으로서는 상당히 굴욕적인 순간이라, 구승희를 포함한 누구라도 피하고 싶은 마음이 가득했다. 하지만 박재익이 피하고 싶은 이들은 모두 그의 시야에 담긴 채 정적만이 감돌았다.

정확히 무슨 사연이 있어 구승희를 주시해야 하는지도 모르는 마당에, 너무나 간단히 박재나를 빼앗기는 걸로 모자라 그것을 빌미로 협박당하는 자신이 무던히도 수치스러웠다. 이대로 아픈 몸을 이끌고 도망가자니 치가 떨려 와, 박재익은 쌀쌀 울화통이 치밀어 저도 모르게 구승희를 향하여 소리쳤다.

"다…… 각자 힘든 삶이 있어! 나도 그렇고, 너 역시 그렇겠지? 그런데 난 너랑은 달라서 이 순간이 아무리 치욕스러워도, 무슨 일이 있어도 견딜 거야……! 눈물이 핑 도는 인생이지만! 그래도 그만큼 소중한게, 나한테는 있거든! 그런 건 누구라도 하나씩은 가지고 있고…… 너도 그렇잖아? 그러니까 무슨 일이 있어도 난, 반드시 견뎌!"

"……."

그렇게 모조리 외치고 나서야 제 행동을 인지해 버린 박재익은 서둘러 감방을 향해 절뚝거렸다. 그런 중에도 자신이 모든 걸 그르친 것은 아닌지 불안해져 좀처럼 마음이 진정되지 않았다. 아직도 화는 났으나, 그런 식으로 한다 해도 소용이 있을 것 같지 않아 그 순간을 참지못한 스스로가 원망스러웠다.

'이제 어떻게 되는 거지? 처음부터 수술해 준다는 말에 혹하지만 않았어도……. 아니지, 이렇게 된 마당에 무슨!'

그 일로 눈에 띄게 전전긍긍하게 된 박재익은 무작정 구승희를 피해 다니기 바빴다. 그렇지만 언제까지나 피할 수 없다는 생각에, 마침내 그는 다시금 혼자 있는 구승희에게 다가갔다. 여느 때처럼 지독히아파 보인 구승희는 또 끈질기게 다가오는 박재익을 본체만체 가만히있었다.

'이제는 귀찮다는 건가.'

잠시 머뭇대던 박재익은 거의 체념하면서도 혼잣말처럼 중얼거리기 시작했다.

　"저는요. 조실부모하는 바람에, 원래 힘들던 형편이 더 힘들어지게 되었어요. 그래도 전 그나마 나은 편이었는데, 제 동생은 좀 달랐어요. 저랑은 터울이 심해서 공감하기도 힘들었고, 세상은 여린 동생이 살아가기에 한참 가혹했거든요. 저는 좀 둔해서 사람들이 몰아붙여도 늘 그러려니 하고 넘어갔지만, 그러는 게 동생에게는 힘들었나 보더라고요……. 그게, 그 사람들이 보통 짓궂어야 말이죠."

　"……."

　"아마 지금도 마찬가지일 거예요. 저는…… 감옥에 있지만, 그래도 하루 세 끼 밥은 먹잖아요. 그렇지만 쟤나는 혼자, 맘고생이 심할 거예요. 걔는 아직 어린애라서, 제가 없으니 돈을 마련할 사람도 없고. 따로…… 위로해 주는 사람도 없을 테니까. 그래서 지금 그 걱정을 하는데…… 좋은 수가 있는 것도 아니면서."

　끝내 자조한 박재익은 별 기대 없이 슬쩍 구승희를 살폈다.

　"……."

　얼핏 구승희가 제 얘기에 귀를 기울이는 느낌이 들자, 그가 더 이상 자신을 피하지 않는 것만으로 희망이 생기는 것 같았다.

　"음…… 그래도 여기서 좌절할 수는 없죠. 비록 이곳에 있는 내내 다른 수감자들이 저를 괴롭힌다고 해도, 제가 아는 사실이 달라지는 건 아니잖아요? 제가 가난뱅이라는 것, 어린 동생이 밖에서 절 기다린다는 것, 저도 동생이 그립다는 것……. 지금은 감옥에 있지만, 언젠가는 출소해서 다시 만나 같이 살 수 있을 거라는 희망이 있거든요. 지금 아무리 힘들어도 제가 그 희망을 기억하는 한, 누구라도 어쩌지는 못할 거예요. 그렇기 때문에 기필코 견뎌야 하는 거고요."

그 말을 하고 난 박재익이 몰래 구승희를 곁눈질하니, 항시 쓸쓸해 보이던 그의 눈동자에 두연 다른 것이 스치는 걸 보게 되었다. 이내 구승희가 그 자리를 떠나 버려 박재익만 덩그러니 남았는데, 홀로 남은 그는 기분이 묘했다.


그날 밤, 잠자리에 누운 구승희는 조금 뒤척이다 스르르 잠에 빠지게 되었다. 그것은 그가 교도소에 수감된 뒤 처음으로 편히 맞이하는 잠이었다. 그전까지는 늘 심각한 죄책감에 사로잡혀, 피해자 할머니와 공장 식구 모두 꿈에 나와 자신을 원망하는 통에 잠을 설치다 보니 이루 다 말할 수 없이 힘들었다. 하지만 정작 그 이유는 본인도 알지 못하고 있었다.


남몰래 밖으로 빠져나온 장용빈은 유난히 냉소적인 칼바람에 뚝심 부리듯 맞서며, 망설임 없이 앞으로 걸어 나갔다. 걸음을 재촉하던 그는 아버지가 소유한 배 한 척을 찾아 닝큼 올라타 버렸다. 허약한 자신과는 달리 위풍당당하고 화려한 외관을 자랑하는 그 배를, 실제로 보는 건 처음인지라 어쩐지 쓴웃음이 나왔다.

'아, 내 마음대로 하니까 좋아!'

장용빈의 모습은 마치 탁한 게 번진 것처럼 우울했으나, 마음만은

신이 나 그 상황에 절로 취하게 되었다. 파도가 넘실넘실 그 박자를 점차 빠르게 할 무렵, 하늘도 흐려져 삭막한 분위기를 자아내려 했다. 머지않아 그도 한껏 험상궂게 변하려는 날씨와 마주하게 되었는데, 이미 그런 건 아무렇지도 않다는 양 여상히 배를 조종했다. 하늘과 바다가 먹빛으로 물든 그 정경이 바로 자신이 원하는 것이라는 듯, 장용빈은 선뜻 그 한가운데를 향하고 있었다.

"……."

도무지 뭐라 설명할 수 없는 일이 벌어지고 있었다. 그토록 속을 알 길 없는 구승희가 더 이상 박재익을 피하지 않는 것이었다. 물론 남들의 눈에 띄지 않는 곳에 한하여 잠깐 일어나, 그것을 누군가가 눈치채는 일은 없었다. 아무튼지 구승희는 박재익이 하는 얘기에 주의를 기울이는 모습이었다. 무엇 때문에 그런 결과가 나온 건지 알 리 없는 박재익은 그저 최선을 다해 주절거릴 뿐이었다.

'뭐…… 진전이 있으니까, 이제 재나는 괜찮겠지?'

박재익이 조잘조잘 떠드는 동안, 구승희는 아주 서서히 달라지고 있었다. 다른 이들을 불안하게 만들 정도로 몰골스러웠던 구승희는 별안간 기운을 차리기 시작하더니, 어느 정도 살이 오른 뒤에는 차츰차츰 활발해지게 되었다. 그런 변화를 목격한 박재익은 영 얼떨떨했는데, 그렇게 달라지며 제 얘기를 듣는 와중에도 스스로 말하는 일은 결코 없어서였다. 하지만 그건 다른 사람에게도 마찬가지인 터라 크게 문제 삼을 수 없었다.

# 65

모든 게 자신의 계획대로 차질 없이 진행될수록 장인목 병원장의 콧
대는 하늘 높은 줄 모르게 되었다. 물론 조마조마하던 때도 있었으나,
그것이 불만스럽기는커녕 만면에 웃음이 번질 만큼 만족스러웠다. 항
상 경계해야 마땅했지만 지금은 굳이 그럴 이유를 찾기 힘들었으므
로, 그래서 더 까마득하니 잊었던 것이 튀어나오고 말았다.

"?!"

모처럼 무념무상의 모습이던 장인목 병원장은 문득 걸려 온 전화를
받은 직후, 자못 아연실색하게 되었다. 혼자 몰래 별장을 빠져나간 아
들이 하필 우중충한 날씨에 배를 끌고 나가는 바람에 사고가 났다는
내용을 들은 탓이었다. 하늘이 심상치 않은 와중 바다 또한 야멸스러
워 목숨만 겨우겨우 건졌다는 아들의 소식에, 넋이 나간 장인목 병원
장은 그대로 말문이 막혀 버렸다. 힘없이 전화를 끊은 그는 우두커니
선 채 미동도 하지 못했다.

'조금만…… 조금만 더 기다렸으면 되는 걸! 어리석기는!'

금세 초해진 장인목 병원장은 이내 주먹을 부르르 떨더니만, 침착히
탁성일을 호출했다.

머지않아 탁성일이 박재익에게 면회를 왔는데, 박재익은 상황이 사뭇 달라진 터라 내심 기대가 컸다.

'이제 구승희와도 가까워졌으니까, 더 말할 것도 없겠지?'

제발 이것이 끝이기를 바라는 마음으로, 박재익은 저를 찾은 탁성일과 마주했다. 면회실에서 물끄럼말끄럼 마주한 두 사람은 한동안 말이 없었다. 그러던 중, 탁성일은 한 박자 늦게 뭔가 달라졌음을 느꼈다. 언제나 초조한 기색이었던 박재익이 이번에는 적이 당당해 보였기 때문이었다.

"……분위기가 다른데요. 그렇다면 기대해도 되는 거겠죠? 어때요?"

"그래요. 저도 어떻게 된 건지 모르겠지만, 그…… 구승희와 가까워졌어요."

드디어 기다리던 소식을 듣게 된 탁성일은 어쩐 일인지 곧 생각에 잠기는 모습이었다. 그를 보고 필시 기뻐하는 것이라 확신한 박재익은 저절로 목소리에 힘이 들어갔다.

"여보세요. 전 분명히 말해 주는 대로 다 해냈어요! 이유도 없이 감옥에 왔고, 그…… 이상할 정도로 마른 그 사람이랑도 가까워졌으니까! 전부 시키는 대로 했으니까, 이제 그만 재나를 풀어 줘요!"

"뭘 한 게 있다고 풀어 줘? 그리고 그건, 내 권한이 아니야."

조금 졸린 분위기의 탁성일이 같잖다는 듯 노려보자, 흠칫한 박재익은 슬슬 그의 눈을 피했다.

"지금 나한테 칭찬이라도 받고 싶은 모양인데. 그렇게 여유 부릴 상황이 아니에요."

"설마…… 아직 더 뭐가 있다는 거예요?"

과히 당황한 눈으로 자신을 쳐다보는 박재익의 말을 무시한 탁성일은 다음 순간, 짐짓 인상을 풀고서 말했다.

"당신이 거기에 있는 동안, 밖에서는 많은 일이 있었거든요. 그나저나 구승희와는 얼마나 친해진 거죠? 단짝이라도 된 것처럼 큰소리치시던데?"

"그건 아니고…… 그럴 상태도 아니었으니까요! 그냥, 얘기를 들어주는 정도인데. 그래도 그 사람, 그동안 많이 달라졌다고요! 밥도 잘먹고, 운동도 열심히 하고."

잠자코 듣던 탁성일은 구승희가 건강해졌다는 부분에서 아렴풋이 놀라는 눈치였다.

"알았어요. 친해진 건 믿어 드리죠. 그럼…… 이제 마지막으로 할 일을 알려 줄게요."

탁성일의 말에, 움칠한 박재익은 난감하다는 모양새였다.

"……."

"마지막이라고요."

"재, 재나는."

울상을 짓는 박재익을 보며 한숨을 내쉰 탁성일은 치미는 화를 지그시 억누르는 분위기였는데, 그것이 알알하도록 싸한 위압감을 불러일으켰다. 잠시 후, 탁성일은 또다시 짙어지는 두려움으로 인해 안절부절못하고 있는 박재익에게 말했다.

"정말 마지막이니까, 이번에도 해내서 동생이랑 같이 사세요."

'뭘 시키려고…….'

"물건 하나가 당신 감방에 도착했을 거예요. 그러니까 그걸 실수 없이 사용하면. 쉽죠?"

순간 눈이 휘둥그레진 박재익이 물었다.

"그게 무슨 말이에요?"

"이번이 마지막이니까 잔말 말고 하세요. 참, 그리고. 제가 말한 물건은 주사기예요. 당신은 지정된 날짜에 그걸……!"

화들짝 놀란 박재익은 바로 몸을 뒤로 빼더니 고개를 절레절레 흔들었다. '주사기'라는 말을 듣자마자 심장이 내려앉고 만 박재익은 더 이상 들을 수 없었다. 좋은 의도가 아니라는 건 알았으나 설마 사람을 해치려 할 줄이야, 그것도 제 손을 빌리려 한다는 사실이 무척 경악스러운 동시에 믿어지지 않았다.

'맙소사……. 미쳤어, 미쳤어!'

"……."

혼란스러워하는 박재익을 응시하던 탁성일은 조용히 어떤 사진을 꺼내, 다소 허여니 질린 박재익을 향해 그것을 보였다. 자꾸 엉클어지는 겁에 괴로워하던 박재익은 별수 없이 그 사진을 보게 되었고, 잠시간 흩어지던 그의 초점은 마침내 그토록 그리워한 누군가를 찾아냈다.

'재나…… 재나!'

그 사진에는 박재나가 병원 침대에서 환히 웃는 모습이 찍혀 있었는데, 그녀가 드러낸 발가락 수가 이제는 열 개로 변해 있었다. 박재익이 그걸 마냥 신기하게 바라보자, 그 틈을 놓치지 않은 탁성일이 넌지시 말했다.

"수술이 아주 잘돼서 다행이에요. 말은 안 했지만, 그동안 얼마나 제 오빠를 찾던지. 따로 의지할 사람도 없이 그 어린 게 언제까지 잘 있을 수 있으려나……."


면회를 마치고 감방으로 돌아온 박재익은 어딘가 꽤 어벙해진 상태였다. 그와 같은 감방에서 생활하는 재소자들은 저마다 박재익을 한 번씩 힐긋하고서 외면해 버렸다. 다들 더위 탓에 감정이 안 좋은 데다, 괜히 부딪혀 봤자 서로 좋을 것이 없었기에 되도록 참는 분위기였다.

"……."

눈치껏 구석에 앉은 박재익은 아까 탁성일에게 들은 말을 곱씹어 보았다.


"오늘, 당신 감방에 주사기가 하나 있을 거야. 그 주사기가 있는 곳에 쪽지가 있을 텐데…… 거기에 지정된 날짜, 시간, 장소가 있을 거라고. 그럼 당신은 그날에 맞춰서 주사기를 잘 가지고 있다가, 구승희를 그 장소로 유인한 다음 그걸로 찌르는 거지. 아, 그리고 안심해. 그 주사기에 든 건 독이 아니고 의식만 잃게 하는 거라 죽지 않을 테니까. 아무튼 그런 다음, 거기서 기다리고 있으면 누군가가 구승희를 데리고 갈 거라고. 당신은 그걸 확인하고 바로 감방으로 돌아가면 끝! 그럼 더는 내 얼굴 볼 일도 없고, 출소 후에 달라진 동생이랑 실컷 상봉하면 돼."

'내가 뭘 들은 거지…….'

탁성일의 말을 당최 납득하기 힘들어 박재익은 내내 경직된 모습이었다. 도무지 이해할 수 없는 것들의 연속이었는데, 갑자기 구승희를 탈옥시키겠다니 여간 혼란스러운 게 아니었다.

'탈옥?!'

이제껏 수수께끼처럼 나타나 사람을 부리더니마는, 결국은 구승희라는 사람의 탈옥을 돕는 거였다니 퍽 허탈했다. 그렇게 생각하고 나자, 얼추 조각이 맞춰지는 것 같기도 했다.

'……어쩐지.'

심하게 볼품사나운 모양을 하여 보는 사람마다 당황시키더니, 돌연 기운을 차리는 것으로도 모자라 덜컥 운동을 하겠다고 나선 구승희가 이해되지 않았었다. 박재익은 그간 구승희의 행동거지를 떠올리며 그게 모두 계획된 것이었나 싶다가도, 저가 처한 상황이 생각보다 심각한 것 같아 갈수록 더 혼란스러워졌다.

"……."

골똘히 생각하던 박재익은 그럴듯한 추측 속에서 한 가지 풀리지 않는 의문을 발견했는데, 그것은 왜 하필 구승희냐는 것이었다. 박재익은 교도소 내 친한 사람이 없었지만, 귀는 멀쩡했기에 그곳에 떠도는 얘기를 들을 수 있었다. 그래서 구승희에게 가족이 없다는 것, 어린 나이부터 공장에 다닐 정도로 가난하다는 것, 돈이 필요해 범죄를 저지르다가 이곳에 수감되었다는 것을 들은 터였다. 그런 구승희를 누군가 나서서 탈옥시킨다는 게 곧이 이해될 리 없었다. 또한 구승희는 이곳에 있는 동안 어느 누구와도 친분은커녕 말도 섞지 않았기 때문에, 누군가 홀연히 나타나 그를 도와주는 것은 불가능하다 생각되었다. 게다가 탁성일이 건넨 어감 역시 이상했으므로 못내 마음에 걸렸다.

'의식을 잃게 해……? 구승희를 무사히 탈옥시키는 게 목적이라면, 왜 그렇게 해야 하지? 그럴 필요가 있나? 그 남자도…… 구승희를 위하는 느낌은 아니었는데.'

생각할수록 또렷해지는 것 없이 외려 더 복잡하게 뒤엉켜 어느새 그의 머릿속은 잡동사니로 꽉 찬 창고처럼 돼 버리고 말았다. 머리가 더부룩이 무거워져 멍하니 있던 그는 서둘러 제 물건을 뒤지기 시작했다.

'이 안에는 있을 텐데. 그런 걸 아무 데나 둘 리는 없고…… 어디에 둔 거지?'

조심조심 뒤져 봐도 좀체 찾기 힘들어 끈기를 갖고 이불을 뒤지던 찰나, 베갯잇에서 뭔가가 만져졌다. 멈칫한 박재익은 심장이 맹렬히 떨리는 중임에도 애써 태연히 주사기를 꺼냈다.

'?!'

동공이 커진 박재익은 저도 모르게 주위를 두리번거렸다. 다른 재소자들은 부채질을 하거나, 책을 읽거나, 낮잠을 즐기느라 여념이 없었다. 그를 확인한 박재익은 그들을 등진 채로 주사기에 묶인 쪽지를 펴보았다. 과연 탁성일의 말대로 날짜와 시간, 장소가 적혀 있었다. 수유침음한 박재익은 그 쪽지를 보며 깊이 고민하게 되었다.

'이렇게 될 줄은 몰랐는데. '탈옥'이든 '납치'든, 잘못인 건 확실하잖

아! 재나를 위해서는 당연히 협력해야겠지만…… 꼭 이래야 하나. 혹시나 중간에 들통이라도 나면, 난?!'

겁이 많은 데다 조심성은 더 많다 보니 그는 자연 갈등에 잠식되었다. 급기야 그것은 다른 이에게 도움을 청하자는 생각으로 이어졌다. 이내 슬며시 뒤를 돌아 다른 재소자들을 둘러보았으나, 딱히 믿음직해 보이는 사람은 없었다. 차라리 교도관에게 얘기할까 하던 그는 탁성일이 덧붙였던 말을 떠올렸다.


"행여 꿍꿍이가 있는 거라면 포기하는 게 좋아요. 당신 같은 미미한 존재로부터 '동생을 고쳐 달라'는 소원을 들어준 건 우리고, 우리는…… 발이 넓거든요. 당신이 하지도 않은 짓으로 거기에 있는 걸 생각하면, 알만 하잖아요? 그릇된 희망은 버려요. 무사히 동생을 만나고 싶으면."


일어나려던 박재익은 불현듯 그대로 주저앉더니, 주사기를 다시 베갯잇에 넣고 생각에 빠졌다.

'아아, 그렇지. 주사기는 어떻게 여기에 있는 거지? 분명히 이곳까지 전달한 사람이 있었을 텐데, 그게 가능한 사람이…… 여기에 있는 모두를 의심해야 해?!'

소름이 끼쳐 정신을 차릴 수 없는 상황이 이어지는 와중, 마음에 그늘이 드리워진 박재익은 곧 초점을 잃어버렸다.

'재나야……!'

어린 딸은 이웃에 떠넘긴 채, 한없이 구저분하게 느껴진 오팔병원에 쾌히 병가를 낸 황운보 의사는 한달음으로 부산에 도착했다. 모두 장인목 병원장의 명이 떨어진 탓이었지만, 황운보 의사는 오로지 제 미래만 기대하느라 딸에 대한 걱정은 벌써 말끔히 날려 보낸 상태였다. 그를 증명이라도 하듯, 그의 차림새는 작정하고 놀러 온 관광객처럼 심히 눈에 띄었기에 지나가는 사람마다 쳐다보게끔 만들었다.

"여기가……."

장인목 병원장이 알려 준 주소에 도착한 황운보 의사는 그곳에 위치한 별장을 보았는데, 외벽에 촘촘히 박힌 어두운 색 돌 위로 장식된 담쟁이 넝쿨이 멋스러울뿐더러 자못 으리으리한 그 외관을 보고는 입을 다물지 못했다. 자신이 찾는 그곳이 맞는지 연거푸 확인하고 나서야 안심한 그는 그것을 수긍하는 동시에 감탄하기 바빴다. 곧이어 바리바리 싸 온 짐을 끌어 대문 안으로 들어온 그는 눈앞에 펼쳐진 너른 마당을 구경하느라 무더위 따위는 잊은 지 오래였다.

이윽고, 별장 안으로 들어온 황운보 의사는 마침 위층에서 내려오는 장인목 병원장을 볼 수 있었다.

"아, 안녕하셨습니까!"

그 고즈넉한 공간에 있는 장인목 병원장의 모습이 꿈결처럼 느껴져 황운보 의사는 곧 헤벌쭉거렸다. 그러한 꼬락서니와 그의 커다란 짐을 본 장인목 병원장은 근엄한 얼굴로 고개를 휙 돌리고는 계단을 마저 내려왔다.

'쯧, 저런 놈을 믿어야 하다니.'

거실에 비치된 안락의자에 마주 앉은 그들은 말없이 차를 홀짝였다. 애써 정신을 바짝 차리려 하던 황운보 의사는 금세 으뜸가는 것으로만 이루어진 그곳을 멀거니 구경하게 되었다.

'이야……'

"듣고 있나?"

"!"

넋을 놓고 있던 황운보 의사는 희미하게 들린 장인목 병원장의 목소리를 인지하자마자 급히 그를 돌아보았다. 여지없이 거칠한 눈빛의 장인목 병원장은 영 믿음직하지 못한 그 손님을 빤히 들여다보았다. 내심 황운보 의사의 꼴이 말도 못 하게 거슬려 부글부글하면서도, 자신이 세운 '계획'을 위해 가까스로 참는 중이었다.

"그러니까. 이곳으로 오면서 책잡히지 않았나…… 라고 물었네."

"아아! 네, 걱정 마십시오! 제가 여기에 있다는 거 아는 사람 하나도 없습니다. 병원에서도 제가 아픈 줄로만 알고 웬일로 걱정하는 척하더라고요. 다들 저한테 관심도 없으니까, 전혀 걱정하실 것 없습니다!"

행여 장인목 병원장의 미움을 살까 염려한 황운보 의사는 일부러 더 우렁차게 대답했다.

"그렇다면 다행이군. 자네가 지금 여기에 있다는 걸, 아무도 알아서는 안 돼. 알겠나?"

"네, 병원장님!"

"조금 있으면…… 아주 중요한 일을 할 거야. 사실 자네를 확인해 보고 할 거였네만, 그럴 새가 없으니 서두를 수밖에."

황운보 의사는 씁쓸한 말투의 장인목 병원장을 물끄러미 보면서도 무슨 뜻인지 도통 알 수 없어, 그저 가만히 있는 것이 제게 최선이라 여기며 침묵했다.

"음, 이럴 때가 아니지. 자네는 우선 푹 쉬는 게 좋겠어. 조만간 아주 수고하게 될 테니, 충분히 휴식을 취하게."

장인목 병원장이 고갯짓하자, 허둥지둥 자신의 짐이 놓인 쪽으로 몸을 돌린 황운보 의사는 그 자리에 짐 대신 웬 사람이 서 있음을 알게 되었다. 그 사람은 표정이 거의 없었으나 공손한 태도를 보이며 황운보 의사를 어떤 방으로 안내했다.

'여기서 일하는 사람인가?'


저가 쓸 방에 도착한 황운보 의사는 그곳에서 사라졌던 자신의 짐을 발견할 수 있었다. 그 방은 특별히 잘 꾸민 느낌은 없었지만, 서울에 있는 지하 월세보다 훨씬 좋았기에 연신 놀라웠다. 그러다 문득 정신이 들어 뒤를 돌아보았더니, 말없이 공손했던 그 사람은 이미 그곳을 떠난 뒤였다. 그 사실에 안도한 그는 곧장 푹신한 침대에 뛰어들었다.

"이게 다 뭐야……. 구질구질한 내 인생에 갑자기 웬 횡재냐고?!"

## 66

쪽지에 지정되어 있던 날이 다가오자, 넌짓 주사기를 숨긴 박재익은
곁눈으로 구승희를 힐금대었다. 보고 또 봐도, 생기를 되찾은 구승희
에게서 수상한 구석은커녕 여전히 과묵하다는 것만 알 수 있었다.

'역시…… 모르고 있나?'

그즈음 빙과를 실은 화물차들이 교도소 안으로 들어왔는데, 그중에
는 장인목 병원장의 입김이 닿은 것도 있었다. 오매불망 빙과를 기다
렸던 재소자들은 조금이라도 빨리 배급받기 위해 치열히 움직였고,
그 마음을 이해하는 교도관들은 살살 경계를 늦추며 웃어넘기는 분위
기였다.

"……."

한편 빙과를 받기 위하여 재소자들 틈에 선 구승희는 무심코 고개를
돌리다, 몰래몰래 숨은 채로 저에게 손짓하는 박재익을 보게 되었다.
잠깐 멍히 서 있던 그는 이미 다른 재소자들로 인해 난장판이 되어 버
린 배급소를 쳐다봤다. 곧 그곳에 자신이 발 디딜 데가 없다는 걸 확인
하고는 순순히 박재익이 있는 곳으로 걸음을 옮겼다.

"갑자기 불러서 죄송하지만, 따로 말씀드릴 게 있어서요."

그 말이 의심스럽지는 않았으나, 교도관들의 눈에 어떻게 비칠지 몰

라 구승희는 슬그미 주위를 살폈다. 마침 뒤죽박죽된 재소자들 탓에 바빠진 교도관들은 미처 다른 데 신경 쓸 틈이 없어 보였다. 조용히 숨을 내뱉고 난 구승희는 선뜻이 박재익의 뒤를 따랐으며, 이윽고 뒤뜰에 도착한 두 사람은 걸음을 멈췄다.

'이제 어떡하지…….'

지정된 시간에 맞춰 지정된 장소에 다다르고 보니, 박재익은 '누군가'가 올 때까지 어떻게 시간을 끌지 고민하게 되었다. 그간 어떤 친근한 표현도 하지 않았기 때문에, 자칫하면 구승희를 놓칠지도 모른다는 생각이 그를 더욱 초조하게 만들었다.

"저, 그러니까…… 제가 이곳에서 드리고 싶은 말씀은. 사실 별거 아니에요. 그렇지만 꼭 말해야 될 것 같아서요. 이런 말하기 눈치 보이지만, 저는 몇 개월만 있으면 출…… 소하잖아요! 그런데 구승희 씨는 아직 한참 남으셨으니까, 혼자서 어쩌실지……."

하지만 최선을 다해 둘러댄 말은 어째 어설프고 수상히 여겨져, 구승희가 당장 어떤 반응을 보일지 뻔할 지경이었다.

"저는 여기를 나가게 되면, 동생을 만나서 더 긍정적으로 살 거예요. 전 그럴 건데…… 구승희 씨는 어쩌실 건지 모르겠어요. 최근 심경에 변화가 있으신 것 같은데, 제 입장에서 그걸 물어보기가 좀 어정쩡한 것 같아서요. 그래도 많이 건강해지셔서 다행이에요!"

더위라도 먹은 양 횡설수설하는 박재익의 모습을 유심히 보던 구승희는 조금 망설인 끝에 중얼거렸다.

"……저도 동생을 만나고 싶어요."

그러나 혼잣말처럼 스쳐 버린 그 말을, 허겁지겁 아무 말이나 꺼내고 있는 박재익이 알아들을 리 없었다. 열심히 말하다 끝내 숨을 몰아쉬던 그는 자신이 뭔가를 놓친 것 같아 구승희를 물끄러미 보았다.

　"……."

　교도소에 수감된 뒤로 줄곧 무표정을 고수한 동시에 무슨 일이 일어나도 무관심으로 일관하던 구승희가 홀언, 박재익을 보며 미소 지었다. 그것은 다소 어색한 느낌이었지만 그래서 더 진심 어린 것임을 알 수 있었다.

　'고맙다는 말…… 전하고 싶었어요.'

　처음 제게 다가오던 박재익이 귀찮고 부담스러웠음에도, 그가 하는 말 중에 자신을 일깨워 주는 것도 있어 굳게 닫혔던 마음이 시나브로 자극되었다. 그를 계기로 박재익이 하는 말에 귀 기울이게 되었는데, 그것이 차차 구승희의 심경을 어루만져 결국 마음을 고쳐먹도록 만든 것이었다. 시간이 좀 걸리기는 했어도, 구승희는 스러져 가던 저를 탈바꿈할 수 있도록 도와준 박재익에게 무척 고마워하고 있었다. 그래서 그렇게나마 마음을 전하려 했다.

　"……."

　서로 말없이 눈을 마주하던 순간, 뜬금없게도 구승희의 뒤에서 인기척이 느껴졌다. 그에 뒤돌아본 구승희가 두리번거리자, 그새 정신이 든 박재익은 어떡해야 좋을지 몰라 그저 조마스러웠다.

　'어쩌지? 저 사람은 정말 아무것도 모르는 것 같은데! 지금이라도 다른 사람들에게 알릴까? 하지만…… 내가 그러면, 쟤나는 어떻게 되

는 건데?!'

금방 울음이 터질 것 같아 발을 동동 구르던 박재익은 이내 숨겨 두었던 주사기를 꺼냈다. 다른 것은 다 제치더라도, 동생 박재나에 대한 걱정만큼은 결코 무시할 수 없었다. 요전번 탁성일이 보여 줬던 동생의 사진이 아직도 눈에 선했다.

'이제야 원하는 수술을 받아…… 그렇게 활짝 웃는 재나의 모습은! 비록 끔찍한 일에 휘말리게 되었지만, 내 눈으로 확인한 그건 너무나 황홀했어요. 미안해요, 구승희 씨!'

어느덧 확 굳어진 얼굴의 박재익은 제게 등을 보인 구승희에게로 다가갔다. 주사기를 쥔 손이 떨렸으나, 이를 악물고 난 후 방심하고 있는 구승희에게 그것을 찔러 버렸다. 깜짝 놀란 구승희가 바로 박재익을 돌아보려는 찰나, 그의 다리가 별안간 풀리더니 그대로 쓰러지고 말았다.

"……."

곧이어 눈꺼풀이 내려간 구승희는 금붕어처럼 입만 뻐끔거렸는데, 그 입 모양은 끝없이 '왜'라는 물음을 반복하고 있었다.

"……미안해요! 죄송해요! 그렇지만 이렇게 하지 않으면 동생이! 제게는 동생이 유일한 가족이라고요. 재나는 아직 어려서 제가 아니면 안 돼요. 하지만…… 당신은 아니잖아요."

종시 의식을 잃는 구승희를 보며 사뭇 오싹해진 박재익은 억지로 그를 외면하더니만 빠르게 중얼거렸다.

"……."

그러다 '누군가'가 툭 치는 통에 간이 떨어질 정도로 놀라 버린 박재

351

익은 얼른 옆을 보았다.

"?!"

처음 보는 그 남자가 탁성일의 동료라는 것을 직감하며 안도하는 사이, 그 '누군가'는 쓰러진 구승희를 들어 올린 채 박재익을 향하여 고개를 까닥였다.

"저……."

박재익은 겁이 나면서도 앞으로 구승희가 어떻게 될지 신경 쓰여 그에 관해 물어보려 했다. 그렇지만, 무더위에도 정신이 번쩍 들 만큼 쌀쌀한 눈초리의 '누군가'를 보자 지금 그런 걸 궁금히 여길 때가 아님을 깨닫고는 급급히 몸을 돌렸다.

"……."

그러던 중, 무심코 바닥에 시선이 머문 박재익은 한 장의 뒤집힌 사진을 발견하게 되었다. 아마도 의식을 잃은 구승희가 '누군가'에게 옮겨질 적 떨어진 것이라 생각해 그것을 집어 앞면을 확인했다.

"……."

옛날에 찍은 느낌의 그 사진에는 지금보다 어린 구승희와 그보다 훨씬 어린 꼬마의 친밀한 모습이 담겨 있었다. 이내 박재익은 그것을 재빨리 옷 속에 숨기더니, 어디 나사가 단단히 풀린 듯 적잖이 부자연스레 호흡했다. 그렇다고 그 모습이 눈에 띄게 이상한 건 아니라, 그냥 멍하니 선 모양으로만 보였다. 그러나 박재익 본인은 뭔가가 어긋나버린 걸 어렴풋하게나마 알았으므로, 머지않아 속에 묵직한 것이 내려앉은 느낌을 받게 되었다.

"……."

어수선히 무서워져 더 걸을 생각도 못 한 박재익은 느릿느릿 조심히 눈길을 돌렸다. 그러고는 조금씩 멀어지는 구승희를 우두커니 바라보았다. 축 늘어진 채로 끌려가는 그의 앞날을, 구태여 알아볼 필요도 없게끔 쉬이 짐작할 수 있었다. 그럼에도 불구하고, 박재익은 자신이 짐작하는 바를 애써 외면하며 그 자리를 피해 버렸다.

"응?"

"……?!"

몇 걸음 걷던 박재익이 어느 교도관과 딱 마주친 찰나, 저를 보자마자 얼어붙는 재소자의 모습에 그 교도관은 눈을 가늘게 떴다.

"이래서 방심할 수가 없다니까."

작게 중얼댄 그 교도관은 적이 당황하는 박재익을 빤히 보았다.

"여기서 뭐하는 거지?"

"저는……."

퉁명스레 물어본 그 교도관은 공연히 우물쭈물하는 박재익의 모습이 이상하여 흘흘히 입아귀를 실룩였다.

"구물대지 말고 어서 돌아가!"

그 교도관이 버럭 소리친 탓으로 움찔한 박재익은 대답도 못 한 채 서둘러 배급소로 뛰어갔다. 그의 뒷모습을 확인한 교도관은 급기 주위를 관찰하기 시작했다. 그곳은 그냥 보기에 딱히 수상한 것은 보이지 않았다. 그럼에도, 진지하니 주위를 살피며 걸음을 옮기던 그는 얼핏 저가 받았던 감을 의심하게 되었다.

'내가 틀렸나? 아냐……. 확실히 느낌이 이상했어.'

하며 조심스럽게 더 앞으로 나아가려는데, 공교로이 뒤에서 다급한 외침이 들렸다.

"어이~ 이 사람이 어디를 간 거야. 이봐, 독고설기!"

흠칫한 그 교도관은 곧장 자신을 찾는 동료를 향해 대답했다.

"저 여기 있습니다! 왜 그러십니까?"

"허허, 왜라니. 우리 일복이 터진 거지! 요새 잠잠하더니 재소자들끼리 또 시비가 붙었지 뭐야! 안 그래도 힘들건만, 왜 자꾸 일을 만드는지 모르겠어!"

잠시 머뭇거리던 독고설기 교도관은 거듭 저를 애타게 부르짖는 그 동료를 음시했다.

"지금 여유 찾을 때가 아니야! 흥분한 재소자들이 어떤지 잊었어? 빨리 뛰라고!"

은연히 갈팡질팡하던 독고설기 교도관은 어느 순간 자신도 모르게 한숨지어 버렸다.

"쳇!"

결국 돌아서고 만 독고설기 교도관이 동료가 부르는 쪽으로 민첩히 달렸는데, 아직 약간의 의식이 남아 있던 구승희는 끝끝내 저를 돌아서는 독고설기 교도관의 행동에 들릴 듯 말 듯 은은히 침음했다. 그가 달려간 뒤, 모습을 드러낸 '누군가'는 구승희를 데리고 잽싸게 어딘가로 향했다.

"……."

'누군가'가 간 곳에는 빙과를 모두 내린 화물차들이 죽 주차되어 있었다. 때마침 아무도 없어 괜스레 거리낄 것이 없었으므로 무리 없이 행동할 수 있었다. 길게 늘어선 차량들을 빠르게 훑던 '누군가'는 망설임 없이 한 화물차의 화물을 싣는 공간에 들어갔다. 이어 의식을 잃은 구승희를 옆에 놓고서 바닥을 더듬었다.

"......!"

더듬던 바닥에서 곧 숨겨진 문을 찾아낸 '누군가'는 그 안에 든 환자복을 꺼낸 직후 구승희를 그것으로 갈아입혔다. 그러고는 바닥의 숨겨진 공간, 자그마해 한 사람이 겨우 들어갈 정도인 그 안에 구승희를 눕힌 다음 문을 닫았다. 그 과정에서 남은 구승희의 수의를 급히 제 옷 안에 숨겨 밖으로 나온 '누군가'는 신속히 다른 화물차의 운전석으로 들어가 앉았다.

"후우~"

뒤늦게 자신을 조이는 긴장감이 찾아와 천천히 심호흡하던 '누군가'는 미처 운전대를 잡을 생각도 하지 못 했다. 그러는 사이, 다른 화물차의 운전수들이 기지개하며 돌아오는 모습을 보게 되었다.

"오늘 유난히 힘들었습니다만, 모쪼록 앞으로도 잘 부탁드리겠습니다. 그럼, 안녕히 가세요!"

"네~"

뒤따라온 몇몇 교도관들이 고생한 운전수들을 짧게 격려하고는 이내 빙과를 싣고 왔던 화물차들이 다 떠날 때까지 손을 흔들었다. 원래는 세세히 검문검색을 해야 옳지만, 그날따라 재소자들이 유난스레 난리를 치는 바람에 다른 때보다 몇 배로 고생하여 시간이 많이 늦어진 운전수들에게 미안해 교도소 측에서 이번만은 간단히 하고 보내 준 것이었다.

어느 틈엔가 모든 고용인들이 사라지고 난 별장은 꽤 적막히 변했으나, 황운보 의사에게는 도리어 반가운 일이었다. 가뜩 장인목 병원장이 어려워 눈치가 보이는 판에, 그들의 눈치 또한 무시할 수 없었기 때문이었다.

으리으리한 그곳에는 평소 구경도 못해 본 것이 많아, 슬그머니 눈치를 살피던 황운보 의사는 곧 지천에 널린 먹을거리를 홀랑홀랑 탐하기 시작했다. 그래도 장인목 병원장이 무서운지라 한가득 챙긴 그것을 가지고 냉큼 제 방으로 와 버렸다. 이어, 앞서 침대 위에 어질렀던 각종 포장지와 여타 부스러기를 단숨에 바닥으로 밀어 버린 그는 새 먹을거리를 그곳에 늘어놓았다.

'내가 이런 것들을 먹게 될 줄이야!'

조심스럽게 하나를 까먹은 황운보 의사는 처음 느껴 보는 풍미에 놀라 기절할 것만 같았다. 입안에 맴도는 그것으로 인해 침대에 픽 쓰러지면서도 마냥 행복해, 기분 좋게 채광이 스민 방 안을 둘러보다가 스르르 눈이 감겼다.

불현듯 단잠에서 깨어나게 된 황운보 의사는 느리터분하니 목덜미를 긁었다. 시간이 그다지 많이 지난 것 같지 않았지만, 혹 자신이 잠든 사이 놓친 게 있는지 걱정되었다. 일단 기지개를 늘어지게 켜며 몸을 일으킨 그는 방 한가운데에 섰다.

"……."

이제 어떡할까 고민하던 중, 느닷없이 장인목 병원장의 목소리가 들렸다.

"황운보! 그만 나오게!"

"!"

오도카니 섰던 황운보 의사는 부리나케 거실로 달려갔다. 뒤늦게 흐트러진 모양새를 황급히 고치려 했으나 그리 간단하게 해결될 것이 아니었다. 급기야 장인목 병원장이 그를 보며 헛웃음 짓고는 재빨리 외면해 버렸다.

"이제 시간이 됐어."

"……."

"날 따라오게."

서둘러 수술복으로 갈아입은 황운보 의사는 벌써 만반의 준비를 마친 장인목 병원장의 뒤를 따랐다. 그길로 지하 포도주 저장고를 지난 그들은 어느새 어둡고 은밀한 통로를 걷고 있었다.


"……."

제 상상력으로는 어림도 없는 그런 곳을 지나던 황운보 의사는 상대적으로 환한 건너편에서 뭔가를 보더니 매우 놀랐다.

"이, 이게."

그들이 당도한 곳은 어디에 내놔도 손색없을 규모의 수술실이었는데, 그곳을 밝게 비추는 조명 아래 선 황운보 의사는 문득문득 전율이 일고 있었다. 그곳은 오팔병원의 가장 큰 수술실이 사뭇 누추하게 느껴질 만큼 굉장했으며, 모든 게 구비된 상태라 꼭 수술이 아니더라도 부족하니 여길 것 같지 않았다.

'이런 데가 지하에……'

가히 처음 보는 장소 탓에 주눅이 들어 그저 벙히 안을 둘러보던 그의 눈길은 마침내 두 개의 수술대에 머물렀다. 그 두 개의 수술대 사이가 커튼으로 가려져 있어 한 개의 수술대는 알 수 없었고, 나머지 한 개 위에 환자복을 입은 누군가가 누워 있는 것이 보였다. 그런데 희한하게도 그 얼굴이 황운보 의사의 눈에는 익숙히 느껴졌다. 더 자세히 보려 가까이 다가간 그는 머지않아, 그 수술대 위에 고이 마취되어 있는 이가 자신이 아는 구승희라는 걸 인지하게 되었다.

'?!'

동공이 흔들릴 정도로 크게 놀란 황운보 의사는 저가 떨고 있다는 사실도 모른 채 시선을 돌렸다. 가려진 커튼 너머, 생명 유지 장치 덕에 간신히 살아 있는 이가 의식도 없이 누워 있는 게 보였다. 비스듬히 보는 거라 정확히는 몰라도 의사인 자신이 보기에 그의 상태는 보통 심각해 보이는 것이 아니었다. 안색을 포함해 몸 전체가 파리한 데다, 몹시 안 좋은 기운이 진동했기에 차마 더 보기 힘들었다.

"사고가 있었네."

갑자기 다가온 장인목 병원장으로 인해, 황운보 의사는 심장이 내려앉는 동시에 머릿속이 하얘지고 말았다.

"나도 예상 못한 것이라. 다행히 나머지는 내 뜻대로 되었지만……이렇게 되었어."

착잡해하면서도 담담히 말하는 장인목 병원장의 얼굴에 아무것도 서려 있지 않아, 황운보 의사는 어떻게 반응해야 하는지조차 헷갈렸다. 당황히 구승희의 얼굴을 힐끗한 그는 스멀대는 겁을 무릅쓰고 장인목 병원장에게 말했다.

"그런데 여기 누운 게, 구승희가 맞나요? 그럴 리 없겠죠?"

다 봤으면서 이제 와 제발 아니기를 바라는 투로 저를 뚫어지게 보는 황운보 의사가 이해되지 않아, 장인목 병원장은 속으로 한숨을 쉬었다.

"알아보는군, 자네가 본 게 맞아."

장인목 병원장이 태연하게 대답하자, 곧 오금을 저리게 된 황운보 의사는 질겁하며 제 귀를 의심했다.

"말도 안 됩니다! 구승희가 맞다니……. 이놈은 지금 감옥에 있어야 하지 않습니까? 그런데…… 지금 왜 여기에 있는 거죠?!"

"자네 말이 맞네. 지금 구승희는 감옥에 있어야 하지……. 그렇지만 내가 그걸 두고 볼 수 없었어. 왜냐하면, 내 아들이 이 지경이 되고 말았으니까."

별안간 언성을 높인 장인목 병원장이 아들의 모습을 가렸던 커튼을 걷어 낸 순간, 감춰져 있던 그를 본 황운보 의사는 덜컥 경악하게 되었다. 생명 유지 장치로 미약하게나마 연명하고 있던 장용빈은 피부가

359

전체적으로 거무튀튀했으며, 왼쪽 손과 발이 잘린 채로 썩어 가는 중
이었다.

"결국…… 이 꼴을 보이고 말았군."

"……."

장용빈과 구승희를 번갈아 보던 황운보 의사는 이내 장인목 병원장
을 보며 울먹였다.

"하지만, 다른 방법이 있지 않을까요?"

황운보 의사의 가련한 말에, 장인목 병원장은 대뜸 그를 다그쳤다.

"바보 같은 소리! 그새 잊은 모양인데…… 지금껏 기증자를 찾아 헤
맨 내게 구승희를 알려 준 건 자네야. 내색하지 않았지만 이토록 내 아
들과 완벽하게 일치하는 사람은 처음이라고! 이런 기회를 그냥 놓치
라니, 제 정신이야?"

"그래도……."

장인목 병원장은 후들후들 자저하는 황운보 의사의 어깨에 가만히
손을 올렸다. 그러고는 상대방을 지그시 바라보며 또박또박 말했다.

"자네는 목표가 뚜렷하지 않은가. 만약 끝내 못 하겠거든 그렇게 하
게. 하지만 그리 된다면, 가능성이 충분한 자네의 미래는 그대로 사그
라지고 말겠지."

마냥 덜덜대던 황운보 의사의 어깨는 장인목 병원장이 건넨 말을 들
은 후, 차차로 그 떨림이 잦아들었다. 그는 언제나 허덕여야만 했던 자
신을 회상한 데 이어, 나어린 딸의 모습이 떠올라 울컥하고 말았다.

"이번 일이 잘된다면 자네의 미래는 내 보장해 주지. 바로 나, 장인

목이!"

장인목 병원장의 눈동자가 요요히 번득이는 가운데, 황운보 의사는 기습이라도 당한 듯 허물어지는 심정으로 초점마저 잃고 있었다.

"……."

"그래서……. 자네의 선택은?"

고개 숙인 황운보 의사는 잠시간 첨리하게 갈등하다, 이윽고 입을 열었다.

"……병원장님을 돕겠습니다."

장인목 병원장은 드디어 고대하던 대답을 듣고 쌕 웃는가 싶더니, 바로 몸을 돌리며 말했다.

"잘 생각했어! 지금 시간이 없으니 서두르게! 무슨 일이 있어도 모든 걸 해내야 해, 알겠나?"

"네!"


황운보 의사는 일단 대답은 했으나, 만만치 않은 일을 앞둔 상태라 긴장한 기색이 완연했다.

'더 이상 무의미하게 살 수는 없어.'

일변으로, 아무것도 모른 채 누워 있는 구승희를 보자니 못내 궁금증이 일었다. 때문에 그는 얼핏얼핏 초조한 기상이 떠올라 결국 장인목 병원장한테 질문하기에 이르렀다.

"저…… 지금 구승희가 여기에 있잖습니까? 그럼 지금쯤 감옥에서 난리가 났을 텐데, 이래도 괜찮을까요?"

갖춘 것을 하나하나 확인하던 장인목 병원장은 전순 멈칫하더니만 곧 아무렇지 않게 말했다.

"그렇겠지. 하지만 자네가 걱정할 일은 아니니, 정신 바짝 차리고 내 아들을 살려!"

"네, 물론입니다!"

"흠. 일부러 속초에 눈을 돌리도록 해 뒀으니, 그 단순한 무리는 모조리 그곳에 집중하게 되어 있어. 그 덕에 구승희를 이곳까지 빼돌릴 수 있었다고⋯⋯. 이제 안심이 되나?"

"⋯⋯."

감히 장인목 병원장과 눈도 못 마주치던 황운보 의사는 그제야 수긍하는 태도였다.

"시작해!"

"네!"

애써 스스로를 진정시킨 황운보 의사는 구승희의 몸에 메스를 쓰려다가 돌연 멈칫했다. 메스가 그에 닿으려는 순간, 제 안에서 뭔가 덜컹거리며 소름이 쫙 퍼졌기 때문이었다.

'정말 이래도 되는 걸까⋯⋯.'

살짝 고민하던 황운보 의사가 장인목 병원장을 햘금햘금하니, 그는 관록 때문인지 전혀 흔들리지 않는 모습이었다. 그걸 보고 마음을 굳게 먹은 황운보 의사는 이내 눈을 부릅뜨고 거침없이 수술하기 시작했다. 최선을 다하고 있었지만, 긴 시간 동안 지속된 그 수술은 언제 끝나려는지 알 수 없을 만큼 길고 길게 이어졌다. 더구나 엄청난 체력과 집중력을 요구했기에, 그것이 낯선 황운보 의사는 짬을 내 휴식을 취하는데도 눈앞이 아찔할 때가 많아 더없이 곤란할 지경이었다.

'장난이 아니네. 그렇다고 이제 와서 포기할 수도 없고…… 설마 이 정도일 줄은. 그래도 뭐, 별수 있나.'

황운보 의사는 아직 젊음에도 불구하고, 속으로 여실한 고한을 호소하는 중이었다. 그러나 장인목 병원장이 마치 기계라도 된 양 움직이며 대단한 집중력을 발휘하자, 그에 저절로 고개가 숙여진 황운보 의사는 남은 힘을 모두 끌어모아 수술에 임했다.

그렇게 사력을 다한 그들은 어느덧 수술을 마치게 되었고, 이내 황운보 의사는 혼이 나간 것처럼 바닥에 주저앉고 말았다. 누가 와서 협박한다고 해도 더는 움직이지도 못할 만큼 지쳐 넋을 놓을 수밖에 없었다.

'죽을 것 같아! 팔다리에 힘이 안 들어간다고. 눈앞이 노랗고…… 이상해.'

"쯧쯧."

혀를 차는 소리에 흠칫한 황운보 의사는 자신을 보며 언짢아하는 장인목 병원장을 보게 되었다. 그가 보기에 장인목 병원장은 모든 신경이 먹먹해지도록 어려운 일을 마쳤다는 걸 모를 정도로 강기가 넘치는 모습이라 그저 존경스러웠다.

"나보다 젊은 사람이 골골대는 꼴이라니……. 일어나! 위에 가서 축

배나 들자고!"

"축배요?"

안 움직여지는 몸을 겨우 일으킨 황운보 의사는 다분히 얼떨떨한 표정으로 장인목 병원장을 보았다.

"당연히 준비했지. 자네나 나나, 축하할 일만 남았잖은가. 자네, 샴페인 싫어하나?"

"아, 저야 감사할 따름입니다!"

그저 기뻐하는 황운보 의사를 뒤로한 채, 장인목 병원장은 위에 준비해 둔 샴페인을 떠올렸다. 그 자신이 몸소 준비한 그것은 풍부한 맛과 분위기를 띄우는 역할 외에도 기실 특별한 게 있었다. 일단 마시게 되면 깊은 잠을 선사한다는 점이 그랬는데, 물론 황운보 의사의 불면증을 걱정한 탓은 아니었다.

"……."

바보스럽다 싶을 만큼 불민한 황운보 의사를 보면서도 장인목 병원장은 좀처럼 의심이 가시지 않았다. 겉으로 어떤 모습을 했든, 그 속까지 예측할 수 없다는 걸 알기에 '샴페인'을 이용하는 것이었다. 조조이 철두철미한 성정의 그는 황운보 의사가 '샴페인'에 의해 곯아떨어지고 나면, 자질구레한 것까지 샅샅이 뒤질 요량이었다. 그로써 만일을 대비해 후환을 없앨 목적이었으며, 막판에 와서야 황운보 의사에게 '수술'을 밝힌 것 또한 치밀히 계산한 결과였다.

## 67

설명을 마친 장인목 병원장은 무엇 때문인지 탐탁지 않다는 분위기
였다. 그러면서도 공수겸 보좌관에게 애석하다는 눈길을 주는 한편,
이십일 년 전 형에 대한 전말을 비로소 듣게 된 공수겸 보좌관은 선뜻
그를 받아들이기 힘들어했다.

'왼손뿐이 아니었다고?'

"그런 반응을 보이는 것도 무리는 아니지."

장인목 병원장이 들려준 이야기도 충격적이지만, 무엇보다 저를 동
정한다는 투의 그 태도가 견딜 수 없어 공수겸 보좌관은 이를 으득 악
물었다.

"……그래서? 얼마나 이식한 거지?"

공수겸 보좌관은 글썽한 눈을 힘껏 부라렸으나, 그것은 그다지 위협
적이지 못했다. 적어도 곁에 부하들을 둔 장인목 병원장에게는 그랬
는데, 외려 그는 자신을 노려보는 공수겸 보좌관을 유감스럽다는 듯
바라본 후 차분히 대답했다.

"워낙 다급해서, 미처 그런 걸 따져 볼 틈이 없었어. 그때, 수술 직후
의 자네 형은…… 넝마 같았지. 도저히 사람의 형상으로 보이지 않기
에, 서둘러 그를 태우라고 시켰어……."

이어 한 손으로 얼굴을 감싼 장인목 병원장은 말을 할수록 착잡했는지 엔간히 힘에 겨운 기색이었다. 그에, 천천히 일그러트린 얼굴로 씩씩거리던 공수겸 보좌관은 어느새 평정을 되찾더니만 독기가 빠진 모습을 했다.

　"당신, 정말 연기 못하네."

　장인목 병원장은 제게 냉소 짓는 공수겸 보좌관을 보며 여전히 측은해하는 모습이었다.

　"그렇게 미안하다면…… 눈물이라도 흘리던가."

　쉽게 흥분할 것 같았던 공수겸 보좌관이 침착히 대응하자, 멈칫한 장인목 병원장은 한 손으로 가렸던 얼굴을 드러내었다. 공수겸 보좌관을 빤히 보는 그 시선은 조금 흥미로워하는 빛을 띠었는데, 무표정하던 장인목 병원장의 얼굴은 어느 순간 인자하니 바뀌어 있었다. 그를 외면해 버린 공수겸 보좌관은 차츰 이해가 된다는 듯 고개를 끄덕였다.

　"그래서 황운보를 그렇게, 놓으려고 하지 않았구나."

　가까스로 몸을 일으켜 앉은 공수겸 보좌관은 나직이 비소하며 중얼거렸다.

　"말이 나왔으니 말인데, 황운보 그 친구는 참……. 이렇게 되고 보니 맘이 안 좋아서 말이야. 근본이 천미한 것 치고는 의사로서의 실력이 꽤 좋았어. 솔직히 과분했지."

　고개를 절레절레 흔들고 난 장인목 병원장은 곧 불만스레 한숨지었다.

　"눈치껏 행동했더라면 좋았을 텐데. 그랬다면 최소한 '개천에서 난 용'쯤 되었겠지. 하지만 지나쳤어! 누가 봐도 도를 넘고 있었다고. 황운보는 실력은 좋았을지 몰라도, 심하게 달려서…….”

장인목 병원장이 집게손가락을 머리에 대고 두드리는 와중, 그의 얘기를 듣던 공수겸 보좌관은 가만히 실소를 터트렸다.

“그러니까 황운보가 엉망으로 살도록, 직접 밀었다는 거네?”

장인목 병원장은 스스럼없이 빈정거리는 공수겸 보좌관을 지켜보다, 넌지시 물었다

“……네 형에 대한 이야기는 어땠나?”

“생각보다 자세해서.”

주억주억하던 공수겸 보좌관이 자연 장인목 병원장과 눈을 마주하는 모습에, 탁성일은 그런 공수겸 보좌관의 꼿꼿한 태도가 자못 못마땅했다. 그렇지만 장인목 병원장에게서 별다른 지시가 없었으므로 조용히 참는 수밖에 없었다.

“뭐, 아무리 허무맹랑하더라도 이제 와서 확인할 길도 없으니. 다만, 이해가 안 되는 건 당신의 태도야.”

공수겸 보좌관이 저를 가리키며 말했으나 장인목 병원장은 가만히 있을 뿐이었다. 그는 스스로를 여린 마음을 가진 선량한 사람으로 포장하고 있었지만, 공수겸 보좌관의 눈에 그 관대한 분위기는 위화감만 불러일으킬 따름이었다.

“나는 말이야. 그때 일을 후회하고 있어.”

“…….”

장인목 병원장이 말끝에 슬며시 세운 집게손가락을 제 입가에 대는 순간에도, 그를 응시한 공수겸 보좌관은 오로지 정색만 하고 있었다.

"이것만큼은…… 자네가 알아줬으면 해. 애당초 난 네 형을 해칠 생각이 없었다는 것! 그냥, 일이 꼬여 버리는 통에……. 막다른 곳에 몰린 내가 한, 어쩔 수 없는 선택이었네."

힘겹게 말한 장인목 병원장은 차마 공수겸 보좌관을 바라볼 수 없었는지, 끝내 눈을 감고는 고개를 돌렸다. 묵묵히 그 말을 듣고 난 공수겸 보좌관은 희미하니 애통한 표정으로 입을 열었다.

"그걸, 지금 변명이라고 하는 거야?"

공수겸 보좌관의 목소리가 울린 탓에, 감았던 눈을 뜬 장인목 병원장은 그를 보며 갸웃거렸다.

"변명이라니. 무슨 소리를 하는 거야? 그런 건 실패자들이나 입에 달고 사는 것이고. 난 항상 확고하게 살아왔으니 당연히 해당되지 않아. 거기에다 그럴 만한 가치도 없는 일에 왜, 뭐 때문에 그런 수고를 하지?"

"……."

"내가 후회한다는 것은, 이토록 일이 수고스럽게 된 걸 두고 말한 거야. 내가 처음부터 네 존재를 알았거나, 그 녀석이 그런 일을 벌일 걸 알았다면…… 진작 모든 걸 알았다면! 주저 없이 다른 방법을 강구했을 거야."

아무렇지 않게 속내평을 밝힌 장인목 병원장은 그새 측은히 여기던 기색을 가라앉힌 상태였다.

'역시…… 몰지각한 거구나.'

허무한 눈빛으로 장인목 병원장을 말끄러미 보던 공수겸 보좌관은 이윽고 하릴없이 시선을 헤매었다.

"이미 일은 벌어졌으니 어쩔 도리가 없어. 자네는 모든 걸 걸고서 그 녀석을 납치했겠지만, 사실 결론은 기위 난 것이나 다름없어. 그 녀석이 제아무리 정의롭다고 한들, 과연 자신이 얽혀 있는 일을 솔직하게 드러낼 수 있을까? 납치 좀 당했다고, 네가 원하는 대로 하지는 않을 걸⋯⋯."

"⋯⋯."

분했지만 틀린 말은 아니라고 여겨 공수겸 보좌관은 굳이 그에 맞받아치려 하지 않았다. 또한 지금은 장인목 병원장을 향하여 저의 증오를 뭉쳐 비난할 때가 아니라는 생각이 들었다.

'해가 저무는 산속이고, 부하들이 저렇게 많이 버티고 있으니⋯⋯.'

공수겸 보좌관으로서는 어떻게 해서든지 안전을 확보해야 했으나, 그러기에 상황이 여의치 않았다. 날이 어두워지는 건 제게 유리할지언정, 장인목 병원장의 부하들을 따돌리는 것은 어림도 없게 보였기 때문이었다. 더욱이 복부를 정통으로 가격 당하는 바람에 움직임이 자유롭지 못하다 보니, 도망은커녕 걸을 엄두도 나지 않았다.

"그거 아나? 위기는 곧 기회라는 걸. 비록 자네가 설치는 통에 이런 사달이 났지만, 뜻밖에도 솟아난 구멍을 찾을 수 있었다고."

은근히 만족스러워하는 장인목 병원장의 눈빛이 공수겸 보좌관으로 하여금 처연히 굼틀대도록 만들었다.

"내가 여태 제멋대로인 그 녀석을 참고 봐준 건, 딱 한 가지 이유 때문이었어. 우리 집안을 이을, 나의 유일한 핏줄이라는 이유!"

"⋯⋯."

근엄한 얼굴로 말을 마친 장인목 병원장은 이내 어떤 낌새를 느낀 공수겸 보좌관을 보고서 빙긋이 웃었다.

"사람 일은 알 수가 없어……. 자네의 정체도 그렇고, 국회의원이 된 그 녀석도 그렇고, 우리 집안을 이을 인물이 또 하나 있다는 것도."

그에 흠칫한 공수겸 보좌관은 자신이 들은 걸 되뇌다, 종내 입을 다물어 버렸다. 머지않아 어렵지 않게 짐작 가는 바가 있었으므로, 저도 모르게 나지막이 중얼거렸다.

"……황남영?"

용히 그걸 들은 장인목 병원장은 적이 놀라운 듯 피식거렸는데, 그건 누가 봐도 조소를 날리는 것으로 보였다. 이윽고 점잖게 고개를 끄덕인 장인목 병원장은 여유작작하게 말했다.

"이야~ 그걸 알고 있다니 감탄스러워. 그간 후계 문제로 골몰하던 차였는데 때마침 나타나 준 거지. 자네도 알고 있다니, 숨길 필요도 없고 편하게 되었어. 흠, 나도 얼마 전에 우연히 안 사실이건만 자네는 어떻게 알았는지 모르겠군."

장인목 병원장은 궁금하다는 뜻을 내비치며 공수겸 보좌관을 힐긋 댔으나, 그는 입을 다문 채 장인목 병원장을 외면했다.

"자네 말대로 황남영은 홑몸이 아니라네. 처음에는 귀찮게 여겼었지만, 돌아가는 판을 보자니 꼭 그렇게 단정 지을 필요는 없더라고. 알다시피…… 그 녀석은 너무 제멋대로야. 자세한 건 말할 수 없네만, 그 녀석으로 인해 나까지 곤란에 빠지게 되었단 말이지……."

장인목 병원장은 뭔가를 회상하더니 불현듯 인상을 찡그렸다.

"그런데 천만다행으로 황남영이! 어찌 보면 자네는 황남영에게 은인일 거라고 봐. 이렇게 일을 벌여 줘서, 내 생각이 바뀌게 되었거든. 아무튼 자네 덕분에 황남영과 그 태아를 거두기로 했으니, 이제 그 녀석은 필요 없어."

가볍게 말하는 장인목 병원장의 태도가 너무 의연해 공수겸 보좌관은 그저 멍해질 수밖에 없었다.

"외동아들이라는 이유로…… 그동안 난 헤아릴 수도 없이 희생해야만 했다고. 지금까지 계속 그랬건만, 그 녀석은 정말이지 얼토당토않게 실망스러웠어! 내 피가 섞였다는 게 어떻게 그런 '불량품'일 수가 있지……?"

피로가 급속히 몰린 것처럼 더부룩이 불편해진 장인목 병원장은 별안간 미간을 구기더니만 혀를 찼다. 여간 언짢은 게 아니었는지 그는 몸을 부르르 떨기도 했다.

"쯧. 그래서! 나도 자네에게 복수할 겸, 그 녀석도 처리할 겸. 내 친히 자네 앞에 나타난 거야."

'뭐라고?'

"이런! 그새 해가 저물고 말았잖아……. 서둘러야겠어."

캄캄해진 하늘을 본 장인목 병원장은 옆에 선 탁성일을 스윽 쳐다보았다. 그에 고개를 끄덕여 보인 탁성일은 곧 부하들에게 눈짓했다. 숨을 깊게 쉬고 난 장인목 병원장은 공수겸 보좌관을 보며 인자하게 웃다가 순식간에 웃음기가 싹 사라진, 사뭇 서늘한 얼굴로 말했다.

"넌 내 아들을 납치했고, 그걸로 날 협박했어……. 그래서 난 이쯤에서 갈무리하려고. 그게 어떤 건지, 궁금해?"

막상 본색을 드러내는 장인목 병원장을 보니, 공수겸 보좌관은 아스라이 전율할 뿐이었다.

"난, 널 떳떳하지 못하게 만들 거야."

"……."

"평생 도망자로 살게 만들 거라고…… 내 아들의 살인자로!"

음흉스레 속내를 드러낸 장인목 병원장이 제게 가까이 다가와, 당황한 공수겸 보좌관은 미동도 하지 못했으며 그의 눈을 피할 수도 없었다.

"온 세상이 널 살인자로 알게 되겠지. 네 형을 '희대의 탈옥수'로 아는 것처럼! 물론…… 네 양부모도 그리 알 테고, 그 사실로 끝내 실망하게 될 거야."

부쩍 수척해진 분위기의 공수겸 보좌관은 그저 가만히 있을 뿐, 어떤 말도 꺼내지 못했다. 그 모습을 보며 비꼬는 조로 웃음을 흘리던 장인목 병원장은 넌짓 그에게서 눈길을 돌렸다.

"곧 그렇게 될 거야. 그때가 되면 '구승희'는 완전히 잊힐 거라고! 나중에 네가 아무리 버르적버르적한들, 누가 너 같은 도망자를 믿어 주겠어? 아, 박재익에게 기대하는 거라면……. 그런 겁쟁이가 이제 와서 무슨 도움이 되겠나? 기존의 근거를 반박할 증거가 없는 판에, 누가 널 위해 나서 줄까? 그런 기적 따위는 없으니 넌 잠자코 도망 다니기나 해! 그래도 만약 네가 그런 시도를 한다면…… 네 양부모는?"

끊임없이 고개를 젓던 공수겸 보좌관은 갑자기 튀어나온 양부모 얘기에, 일찰나 송연해져 더 움직일 수 없었다.

"제법 당차더니……. 이제야 제 처지를 실감했나?"

주위가 더욱 어두워진 걸 확인한 장인목 병원장은 바로 눈을 치켜떴다. 그러고는 지하실이 있는 쪽을 보며 말했다.

"자, 그럼! 일단 시신이 있어야겠지?"

퍼뜩 정신이 든 공수겸 보좌관은 두려운 마음이 또록또록 앞섰음에도, 겨우겨우 목소리를 냈다.

"설마…… 아들을 죽이겠다고?"

"어쩔 수 있나."

어깨를 한 번 으쓱해 보인 장인목 병원장은 비스듬히 앉은 공수겸 보좌관을 그대로 돌아서 버렸다. 이내 지하실 주위를 둘러싼 부하들이 화염병을 준비했는데, 그것을 본 공수겸 보좌관은 머리카락이 주뼛 서는 것 같았다. 그는 곧장 욱신거리는 몸을 기어, 떨리는 손으로 장인목 병원장의 발목을 잡으려 했다.

"응?"

장인목 병원장은 반사적으로 시선을 내리다가 헛웃음이 나오고 말았다. 이를 목격한 탁성일은 장인목 병원장에게 매달린 공수겸 보좌관을 당장에 후려치려 했지만, 장인목 병원장이 조용히 그를 저지했다.

"뭐…… 유언이라도 남기고 싶나?"

"황남영은, 어떡하고."

"황남영?"

저를 비웃는 장인목 병원장이 자못 소름 끼쳤으나, 눈앞에서 살인이 벌어지는 게 더 끔찍이 싫었기에 공수겸 보좌관은 애원하듯 말했다.

"황남영을 봐서라도 그러면 안 되는 거잖아. 장용빈이 죽는다면…… 혼자 남게 될 텐데."

"……."

잠시 침묵이 흘렀다. 그것에 희망을 걸기로 한 공수겸 보좌관은 삼연히 고개를 숙인 채, 장인목 병원장의 대답을 기다렸다.

"하하하하하하!"

느닷없이 터져 버린 장인목 병원장의 웃음소리에 고요했던 그곳은 한층 더 기괴망측해졌으며, 그를 제외한 모두가 그 웃음에 의문을 가졌다. 숨이 넘어갈 듯 크게 웃던 장인목 병원장은 눈언저리에 맺힌 눈물을 가만 닦아 내더니, 이윽고 공수겸 보좌관에게 말했다.

"이거…… 덕분에 웃어 보게 되는군! 요즘 계속 심란했었는데, 아주 배꼽이 빠지는 줄 알았어. 이렇게 웃어 보는 게 얼마 만이던가."

'어째서…….'

갑작스런 장인목 병원장의 웃음이 의아스러워 공수겸 보좌관은 숙였던 고개를 들었다.

"아까는 눈치가 제법 빠르다고 생각했었거든. 근데 이제 보니 순 엉뚱한 치였군! 황남영은 지금 여기서 무슨 일이 일어나는지도 모르고 있네만, 만약 이 사실을 안다면 오히려 반길 걸세."

공수겸 보좌관의 눈동자는 그저 어리둥절히 장인목 병원장을 좇고 있었다.

"말했잖은가? 그 녀석은 '불량품'이라고, 내가 어떻게 손쓸 틈이 없을 정도로. 혹여 그 녀석의 아이가 어딘가에 있다고 해도, 난 거들떠도 안 볼 거야……. '불량품'의 피가 섞였다면 틀림없이 '불량품'일 테니."

혼란스러워진 공수겸 보좌관은 홀로 미간을 찌푸리던 중, 돌연 눈을 크게 떴다.

"확실히 황남영의 뱃속에는 우리 집안을 이을 후계자가 있어. 하지만 그 아이의 아버지는 '불량품' 따위가 아니야. 명망이 무척 드높아서 현재, 규양병원의 병원장 노릇을 하고 있거든. 그리고 널 도망자로 만들려고 하는 중이지."

순간 얼어 버린 공수겸 보좌관을 들여다보며 조곤조곤 말하던 장인목 병원장은 곧 눈길을 돌렸다.

"나만 보면 미주알고주알 일러바치는 황남영 덕에, 황운보의 몸에 이상이 있다는 걸 알 수 있었어."

"……."

공수겸 보좌관이 침묵하자, 슬그니 돌아선 장인목 병원장은 그를 물끄러미 바라보았다.

"왜, 믿기지 않아? 만일 그게 사실이 아니라면…… 그 아둔한 게 어찌 승진을 척척 했겠나. 거기는 회장이 고리타분해서, 아무리 잘난 여성이라도 승진하길 기다리는 것보다 하늘의 별을 따는 게 낫다고 하지."

핏기가 흐릿해진 공수겸 보좌관의 눈동자에서 그나마 발하던 작은 희망마저 허무히 스러지고 말았다. 그를 확인한 장인목 병원장은 내심 만족스러워하고 있었다.

"차라리 잘됐지 뭔가. 그깟 희소성이 뭐라고, 늘 그 녀석에게 끌려 다니는 판이었는데……! 머지않아 태어날 아이에게는 장차 나의 위치에 올라도 불편 따위 없도록 가르칠 거야. 지금의 '불량품'처럼 망가지는 일이 없도록, 감히 아버지의 뜻에 반하는 일이 없도록 하나부터 열까지 철저히 교육시키겠어. 그래서…… 모든 걸 누리도록!"

곧이어 장인목 병원장이 팔을 휘두르니, 이에 부하들은 하나씩 화염병에 불을 붙였다.

"안 돼!"

공수겸 보좌관은 그들을 막을 수 없다는 걸 알면서도 바짝 마른 입술을 벌려 소리쳤다. 그 모습을 보던 장인목 병원장은 허리를 숙여 그에게 말했다.

"이제 와서 위선 떨지 마. 이건 다, 너로 인한 거라고."

그러고는 성큼성큼 걸어 지하실로 향했다. 그러다, 한 명이 지하실로 통하는 작은 창문에 차마 화염병을 던지지 못하고 머뭇거리는 모습이 눈에 띄었다. 그에 화가 난 장인목 병원장은 그가 든 화염병을 빼앗아 한숨지은 직후, 그것을 미련 없이 창문에 던져 버렸다.

"흥, 안 되기는."

장인목 병원장을 보던 부하들은 일제히 목표 지점을 향해 화염병을 던지기 시작했다. 이윽고 불길이 활활 치솟은 지하실에서 뭉게뭉게 연기가 피어오르자, 슬슬 걸음을 옮기던 장인목 병원장은 그제야 안정을 찾은 듯 보였다.

"기세가 제법 좋군. 좋은 징조야!"

다음 순간, 긴장이 풀려 아릿아릿해진 장인목 병원장은 탁성일의 부축을 받아 그 방화의 현장에서 벗어나려 했다.

376

"하…… 피곤하군."

좀 치친 기색이 된 장인목 병원장에게 탁성일은 나직이 말했다.

"큰일 하셨습니다."

"큰일이라……."

어딘가 홀가분히 보인 장인목 병원장은 두연 사색에 잠기는 듯싶더니, 이내 탁성일에게 말했다.

"방송국에 언질은 줬나?"

"네, 말씀하신 대로. 제가 말을 마치기도 전에, 그쪽에서 알아서 달라붙더군요. 급했나 봅니다."

"그럴 거야. 요즘 흥미를 자극할 만한 것도 딱히 없는 마당에, 떡하니 이런 걸 흘려줬으니 거기서는 그저 난리가 났겠지. 그럼 다른 데서도 헐레벌떡 달려들 테고……. 그동안 내 덕에 먹고살았으니, 이제는 내가 그들 덕 좀 봐야겠어."

그러던 중 망연자실하여 땅바닥에 앉아 있는 공수겸 보좌관을 본 그들은 걸음을 멈추게 되었다. 탁성일에게 말없이 눈짓한 장인목 병원장은 곧 다른 이의 부축을 받았고, 공수겸 보좌관에게 다가간 탁성일은 주저 없이 그를 발로 내질렀다.

"?!"

그것은 방심한 공수겸 보좌관에게 정확히 꽂혀 버렸고, 미처 소리도 내지 못 한 그는 다소 눅눅한 땅바닥에 처박히고 말았다. 감당할 수 없는 통증에 휘감기고 만 공수겸 보좌관은 몽롱해진 정신으로 인해 눈이 감기는 순간에도, 불타고 있는 지하실을 하염없이 바라보았다. 그렇게 의식을 잃어 가는 그를 지켜보던 장인목 병원장은 자신을 부축하고 있는 탁성일에게 말을 건넸다.

"이해가 안 돼. 저놈은 납치범이고 그 녀석을 죽이고 싶었을 텐데, 왜 저러는 건지……. 나만 이해를 못 하나?"

"저도 도통 이해가 안 갑니다."

공수겸 보좌관에게서 시선을 거둔 장인목 병원장은 다시금 걸음을 옮기기 시작했다.

"아무튼 일을 마쳤으니…… 지긋지긋하던 게 잠잠해지겠지."

"그럼, 지금 방송국에 연락할까요?"

"으음…… 지금은 피곤해서. 우선 눈부터 붙여야겠네."

"네."

대화를 나누던 장인목 병원장과 탁성일은 시원스레 타오르는 지하실 근처에 선 부하들을 뒤로한 채 그곳을 떠나고 있었다. 땅바닥에 고꾸라진 공수겸 보좌관이야 깨어나면 도망자가 될 것이 분명했으므로, 더 이상 저를 거스를 수 없다고 판단한 장인목 병원장은 내내 그를 향했던 경계를 거두었다.


대부분의 사람들이 잠자리에 들었을 시간, 황운보 교수는 혼자 어두운 길거리를 부지런히 걷고 있었다. 특실에서 간병인의 살뜰한 보살핌을 받던 걸 생각해 본다면 선뜻 이해하기 어려웠다. 그렇지만 그 안락한 생활이 지속됨에 따라, 거부할 수 없는 무료감에 시달리다 보니 그는 남몰래 그곳을 빠져나오게 되었다. 항상 고급스러운 것만을 추

378

구하는 황운보 교수였으나, 가장 편안한 곳은 역시 집 밖에 없는 까닭으로 부리나케 그곳을 향하는 중이었다.

'그동안 너무 편하게 있었나. 별로 먼 것도 아닌데 이 정도로 지치게 되다니! 아직 다 온 것도 아니건만, 어쩌나. 급하게 오느라 주머니가 비어서…… 차에 탈 수도 없고.'

더위 외에도 갑작스러운 도보로 인하여 땀이 흥건해진 황운보 교수는 결국, 숨이 턱에 차 걸음을 멈추고 말았다. 그전에는 좀 걷는 것 정도로 숨이 차지 않았지만, 그간 제한된 공간에서 거의 움직이는 일 없이 편히 지낸 탓에 변하고 만 모양이었다. 게다가 그는 큰 수술을 받은 후라 더 그럴 수밖에 없었다.

'제발…… 힘 좀 내자.'

오기가 발동한 황운보 교수는 타는 듯한 갈증을 애써 무시하며 재차 걸었다. 그렇게 안간힘을 쓴 덕분에, 그는 어찌어찌 집에 다다를 수 있었다. 곧장 현관에 들어선 그는 불도 켜지 않은 채로 용히 움직여, 거실에 있는 안락의자에 고단한 몸을 뉘었다. 이내 익숙한 기분에 취해 잠이 쏟아질 무렵, 설핏 그의 콧방울이 실룩댔다.

'응? 뭐지?'

후텁지근한 공기 사이에서 어렴풋이 누리척지근한 냄새를 감지한 황운보 교수는 눈도 깜박이지 않고 생각했다. 냉방이 안 된 탓도 있겠으나, 어쩌면 제게서 나는 냄새일지도 모른다고 여겨졌다. 어느 쪽이더라도 불편하기는 마찬가지였다.

"……."

끝내 피곤한 몸을 일으킨 황운보 교수는 어둠 속을 더듬으며 겨우 불을 켰다. 이어 환하게 드러난 그곳을 천천히 둘러보던 그는 저절로 인상을 쓰게 되었다.

"이야…… 가관이네."

황운보 교수가 자리를 비운 사이, 그곳은 다소 난장판으로 변해 버린 상태였다. 대놓고 어지른 것은 아니었지만 곳곳이 먼지가 쌓인 채였으며, 간간이 제자리를 지키지 않은 물건도 더러 눈에 띄었다. 그는 딸이 출장을 떠난 걸 알았기에 얼추 예상은 했음에도, 그동안 그녀가 자유를 만끽한 현장을 직접 보니 곧 씁쓸해지고 말았다.

'설마 했더니…… 내가 집을 비운 후에 일부러 전화도 자제해 주고, 얼마나 많이 배려해 줬는데! 좀 불쌍해서 잘해 줬더니만, 이런 식으로 은혜를 갚아? 너, 이 계집애! 돌아오기만 해 봐.'

쭉 화내는 것도 잊고서 편히 요양해 오던 황운보 교수는 딸의 잘못을 육안으로 확인하자마자, 급속히 기운을 차리는 것 같았다. 줄곧 억지로 잠재웠던 성질이 고스란히 돌아오는 게 보였는데, 오랜만에 딸을 조를 수 있다는 것에서 쾌락을 느낀 눈치였다. 이윽고 부랴부랴 냉방을 한 그는 시원한 물로 몸을 씻은 후 다시 거실로 나왔다. 그것으로 한결 편안해졌으나 잠은 싹 달아난 모양이었다.

"……"

기지개를 켜고 난 황운보 교수는 문득 현관으로 가더니, 그곳에 쌓인 택배 상자들을 살폈다. 사람의 손길이 닿은 지 꽤 오래 지난 그것들은 아무렇게나 방치된 꼴이었다. 경직된 얼굴로 그 누런 상자들을 확인하던 그는 살그미 만족스러운 미소를 지었다. 그러고는 중간에 있는 상자를 골라 거실로 가져왔다.

'누가 따로 만진 것 같지는 않은데, 무사하려나……'

걱정스러운 눈으로 그 상자를 바라본 황운보 교수는 소심스레, 굳게 닫힌 그것을 열었다.

"오……! 무사했구나!"

목숨을 걸고 훔친 '치부'가 그 안에 그대로 담긴 걸 확인한 황운보 교수는 크게 안도했다. 행여 빠진 것은 없는지 자세히 살피느라 신경이 잔뜩 곤두서 버린 그는 재빠르게 동작을 마치고 난 후에야 여상해졌다.

'얼마나 조마조마했는데……. 갑자기 그곳이 틸리는 바람에 급히 숨기기는 했지만, 이게 정말로 될 줄 누가 알았겠냐고! 와, 내가 그 영악한 노인네를 속이는 날도 오는구나!'

황운보 교수는 훅 묘한 기분이 들어 좀 히죽거리더니마는, 이내 그 상자에 담긴 '치부'를 유심히 바라보았다. 그는 사실 그것에 담긴 내용이 무엇인지까지는 잘 모르고 있었는데, 훔친 직후 공포에 사로잡히다 보니 경황이 없어 겉에 적힌 이름만 보고 말았었다. 그걸로 어떤 내용인지 짐작만 했을 뿐, 혹야 그리 고생해서 훔친 게 별 내용도 없으면 어쩌나 싶었다. 때문에 지레 겁먹은 채로, 대충 하나를 복사해 장인목 병원장에게 건넸던 것이었다. 그것은 분명 무모했으나, 당시 생사의 기로에 놓인 상태였기에 달리 선택할 것이 없었다.

'정말 처절했지. 어떻게든 살아남겠다고, 얼마나 발악했던가……'

무심히 상자 안을 들여다보던 황운보 교수는 디브이디 하나를 꺼내고서 갸우뚱하는 모습이었다.

'도대체 알 수가 없네. 여기에 무슨 내용이 들었기에, 그 노인네가 그렇게 고분고분한 거야? 제 아들이니까 어쩔 수 없다는 건가.'

황운보 교수가 좇는 것은 부와 명예인 터라, 그 외에 건 돌과도 같았다. 그것은 '치부'도 예외가 아니었으므로 장인목 병원장을 협박하는 것 외에는 그다지 흥미가 없었다. 그럼에도 불구하고 그는 어느덧 '치부'의 내용을 확인할지 고민하고 있었다. 마침 졸리지도 않거니와 딱히 할 것도 없어 지루했기 때문이었다.

'온통 여자 이름이네. 외국인도 더러 있는 것 같고…… 국회의원에, 부잣집 아들이라서 가능한 건가? 이 자식, 뒤로는 이렇게 난잡하면서!'

그래도 한때 사윗감으로 점찍었던 장용빈 의원의 실체를 확인하려니, 은근히 들뜨면서도 한편으로 화가 났다.

"흥!"

욱한 황운보 교수는 말없이 '치부' 하나하나를 살피던 중, 눈에 익은 이름을 보고 멈칫하게 되었다. 수많은 이름들 사이에서 '황남영'을 발견한 그는 께름칙한 그 디브이디를 집어 들었다. 그런데 그 이름이 적힌 디브이디가 한 개에만 그치지 않은 탓으로, 그는 '치부'가 담긴 상자를 들고 얼핏얼핏 초조히 서재로 향했다.

'에이, 설마.'

황운보 교수는 입때껏 저가 단단히 움킨 줄 알았던 딸이 몰래 뒷구멍으로 호박씨를 깠으리라 생각할 수 없었다. 아직 내용을 모르니 단언할 수 없었지만, 그의 뒷모습에서는 불안이 탄산처럼 튀고 있었다.

# 68

깊은 잠에 빠졌던 공수겸 보좌관은 어느 순간 살몃살몃 눈을 떴다. 아직 몽롱한 상태의 그는 자연히 저가 어떤 차에 타고 있음을 인지할 수 있었다. 그 차가 머문, 묘하게 익숙하고 한가로운 느낌의 장소에서 희한하게도 마음이 한결 편안해졌다. 유장히 차창 너머를 보니, 숲이 펼쳐진 와중에 간간 새들의 지저귀는 소리가 들려 다시 잠들어 버릴 것 같았다.

"얍!"

"?!"

공수겸 보좌관이 눈을 감고 새들의 소리에 집중하려는데, 별안간 누군가 튀어나왔다. 깜짝 놀란 공수겸 보좌관은 눈을 번쩍 뜨고 갑작스럽게 나타난 그를 주시했다.

"띠리리리리리~"

그득 경계하는 공수겸 보좌관의 눈빛에 아랑곳하기는커녕, 도리어 더 가까이 다가온 그는 이내 활짝 웃으며 바보 흉내를 냈다. 그로 인해 그의 앞니에 붙은 김이 확연히 드러났는데, 그를 본 공수겸 보좌관은 퍽 우스꽝스레 여겼다. 그렇지만 곧 뭔가 이상하다는 걸 느껴, 시종일관 앞니에 붙은 김을 보여 주는 그를 자세히 보려 노력했다.

"......"

어쩐지 그가 눈에 익다는 생각에, 지긋이 기억을 더듬던 공수겸 보좌관은 언뜻 뭔가를 떠올리더니만 그대로 얼어붙고 말았다. 낮에 정영진 목사가 준 전단지에서 봤던 '스무 살의 구승희'라는 것을 깨닫고 나니, 그에게서 눈을 뗄 수 없었다. 그런 사실을 아는지 모르는지, 그는 공수겸 보좌관을 보며 더 환히 미소 지었다.

"……!"

조급해진 공수겸 보좌관은 차에서 내리려 몸부림치다, 그만 차창에 머리를 부딪쳐 의식이 흐릿해지고 말았다.

"……."

찌뿌드드한 몸을 곰지락거리며 깨어난 공수겸 보좌관은 서둘러 차창 밖을 봤으나, 방금 봤던 광경은 다시 찾을 수 없었다. 단지, 자신을 태운 차가 한갓진 도로를 주행하고 있는 것과 어느새 아침이 되었다는 사실을 알게 되었을 뿐이었다.

'……꿈이었구나.'

서글픈 기분에 느짓 보조석에 몸을 뉘인 공수겸 보좌관은 무심코 옆을 봤다가 움칠했다. 저가 납치했던 장용빈 의원이 버젓이 운전하고 있는 것을 목격한 탓이었다. 운전대를 잡은 그는 피로가 상당히 누적된 느낌이었으며, 지저분히 흐트러져 있는 옷차림 등 그간의 감금으로 인해 얼룩덜룩하고 너더분한 게 전체적이었다. 그를 보며, 어제까지 제게 있었던 일들을 몽땅 기억해 낸 공수겸 보좌관은 재빨리 고개를 돌렸다.

'그래도 다행이야.'

공수겸 보좌관은 내색할 수 없었지만, 죽은 줄 알았던 장용빈 의원이 멀쩡하게 살아 있어 정말 다행스러웠다. 그런다고 자신이 지은 죄가 가벼워지는 게 아님에도, 모든 사실을 뒤로한 공수겸 보좌관은 가만히 안도하게 되었다.

"꽤 끈질기더라."

"……."

"아버지가 몰고 온 사람들 말이야. 지하실도 모자라서 그 옆에 있는 집까지 불 지르고, 그게 다 잘 타는지 죽 지켜보더라고. 그 사람들이 갈 때까지 기다리는 것도 힘든 판에, 쓸데없이 무거운 너를 구하겠다고 이 차가 있는 데까지 옮기려니까. 내 몸 가누기도 만만치 않은데 기어코."

공수겸 보좌관은 무덤덤하게 말을 건네는 장용빈 의원을 새치름히 외면한 채, 조용조용 차창 너머를 바라보았다. 공수겸 보좌관이 침묵을 지켰기에, 그를 힐긋댄 장용빈 의원은 한동안 입을 다물었다.

"……다 들었어."

조용하던 가운데, 다시 장용빈 의원의 목소리가 들렸다.

"그때…… 무사히 이 차에 도착했었는데, 도저히 떠날 수 없었어. 오랜 시간 동고동락한 너를 두고 떠나려니까, 발이 떨어지지 않더라. 분명히 뭔가 오해가 있을 거라는 생각에, 한 번 더 너를 설득하러 되돌아갔더니…… 그곳에서 아버지를 보게 되었고, 거기서…… 구승희에 대한 얘기를 들었어. 그래서 그때야 비로소…… 제대로 안 거야. 지금껏 단단히 오해하고 있던 사람은 나라는 걸."

묵묵히 그 얘기를 듣던 공수겸 보좌관은 살며시 시선을 내리는가 싶더니, 다시금 바깥을 보았다.

"핑계를 대자면…… 난 그때 정말 아무것도 몰랐어. 그냥 하루아침에 건강해진 내가 마냥 반가웠고, 그 외에는 생각할 겨를도 없었어. 언제나 꿈만 꾸던 게 현실이 돼 있으니까, 달리 눈에 뵈는 게 없더라……."

이십일 년 전을 회상하던 장용빈 의원은 어쩐지 입안에 시큼씁쓸한 무언가가 맴도는 것만 같았는데, 머지않아 그는 아리송해지려는 자신을 애써 가다듬었다.

"……그랬을지도 모르죠. 나를 둘러싸고 무슨 일이 벌어지는지 일일이 알기는 힘드니까요."

침울한 모습으로 일관한 공수겸 보좌관은 불쑥 심드렁히 말했다.

"하지만 계속 기다리던 행운이 난데없이 벌어진 걸 두고…… 의심할 수는 있었어요. 도대체 어떻게…… 사고 난 때에 맞춰 수술이 이루어진 건지, 새로 몸에 붙은 그것들이 어디에서 난 건지 정도는 궁금해할 수 있었죠."

묵묵무언하니 운전하는 장용빈 의원의 모습은 짐짓 의연했으나, 자신을 질책하는 말이 가만히 피부를 파고들어 종시 저릿해지고 있었다.

"가능했지만…… 끝끝내 아무것도 하지 않았어요."

'그래. 그게 내가 저지른 잘못이지.'

"말은 그렇게 하지만, 사실 저도 떳떳하지 못해요."

장용빈 의원은 이어진 공수겸 보좌관의 말을 듣고 그게 무슨 뜻으로 하는 말인지 몰라 그를 힐금대었다. 어느 틈에 근심 어린 표정을 풀어버린 공수겸 보좌관은 자세를 바로 했다.

"난 형을 그리워하고…… 내게 해 줬던 약속을 철석같이 믿었어요.

그러던 어느 날, 사람들 사이에서 형의 탈옥 소식을 접했는데. 처음에는 형이 날 데리러 오는 건 줄 알았거든요. 근데 그것도 시간이 많이 지나고 나니 점차 변하게 되더라고요. 기대를 정말 많이 했는데도……. 끝내 실망해 버린 난 그냥, 어딘가 잘못된 거라고 생각하기로 했어요. 탈옥이 아니라 다른 일이 생긴 거라고……. 그렇게 부인하면서도, 사람들한테 나서지는 못했어요. 무척 강하다고 여겼던 형에 대한 내 마음은, 겨우 평온해진 내 삶을 바칠 정도는 아니었던 거예요."

"그때 넌, 어려서……."

"그건 위로가 되지 못해요."

담담하게 읊조린 공수겸 보좌관은 단호히 고개를 내젓고서 말을 이었다.

"그러다 운 좋게 부잣집 아들의 후원을 받게 되었는데. 대학교를 졸업할 적에는 그 사람한테 만년필을 선물 받기도 했고, 나와 양부모님은 그 사람을 은인으로 여겼지만…… 결정적인 건 까맣게 몰랐어요."

"……."

"어제, 돌아오는 길에 정 목사님의 도움을 받았어요. 그리고 몰랐던 얘기를 들었죠. 그 공장 사장님께서는 형이 탈옥한 게 아니라는 걸 굳게 믿으셨고, 돌아가시던 당일에도 형을 위해 노력하시다가 그런 변을 당하셨다고요."

잠자코 듣던 장용빈 의원은 옅게 한숨지었다.

"지독한 원망을 표출하면서 그걸 정당한 체했지만, 가장 비겁한 건 나라는 생각이 들었어요. 줄곧 외면했으면서 이제 와서 이러는 건 형

387

을 위해서가 아니라, 내가 가진 한을…… 끝까지 형을 믿어 주지 않았다는 내 한탄을 풀려는 세상 몰염치한 짓임을 깨닫고 만 거죠. 뿐만 아니라 미국에 계신 양부모님께서 누군가의 도움으로 아주 잘 계신다는 것도 알게 됐고요."

잠시 망설이던 장용빈 의원은 조심스레 공수겸 보좌관의 눈치를 살폈다. 그렇게 뭔가를 고민하던 그는 넌지시 물었다.

"그분들이 내게 도움을 청하신 걸 원망하니?"

"그냥. 잊고 있었던 제 입장을 상기하게 된 계기가 되었어요. 상기하는 것보다 그걸 받아들이는 게 너무……. 이십일 년 전 형이 겪었을 고통에 비하면 아무것도 아닌데."

마음이 휘하여 깊숙이 가라앉아 버린 그들 사이에 정적이 고일 적, 느른한 것 같으면서도 꼿꼿한 기운이 공기를 타고 사방으로 흩어졌다.

"왜, 납치당했을 때 양부모님 얘기를 하지 않았어요?"

"그거 말인데. 네가 날 납치한 걸 안 후에도, 그 사실을 인지하는 데에 시간이 많이 걸렸어. 도저히 믿어지지 않았으니까! 그래서 그 상황이 너무 가짜 같았고, 네가 그때 해 준 얘기도 사실이 아니라고 믿었어. 솔직히 지금도 그래."

씁쓰레한 감이 올라온 장용빈 의원은 기어이 그것을 삼키고는 한층 더 음울해졌다. 하지만 단지 기분에 취해 침몰하는 것은 자신과 맞지 않음을 알기에, 이내 대부분을 털어 버렸다.

"너는 그런 사람이 아니니까……. 그렇게 많은 시간을 알고 지냈으니까, 네가 어떤 사람인지 정도는 알 수 있지. 그렇기 때문에 나는, 네가 한 짓을 이해할 수가 없었고. 분명히…… 오해가 있을 거라고, 그렇지 않고서는 너처럼 화를 잘 내지 않는 사람이 그렇게까지 할 수는 없다고 여겼어."

사지에서 힘이 빠진 듯 공수겸 보좌관이 무기력한 모습이 된 와중, 장용빈 의원은 그에 아랑곳하지 않고 말을 이었다.

"하지만 그게 아니었어. 너라는 사람을 내 입장에서만 생각할 게 아니었던 거야. 사실은, 그랬어. 어지간한 일로 화를 내지 않는 너라는 사람이, 그 정도로 분노할 수밖에 없는 큰 죄를 지은 거! 우리…… 부자가."

"……."

앞만 보던 장용빈 의원은 별안간 아롱거려 눈을 끔뻑이다, 제 왼손을 보게 되었다. 우연히 시선이 닿은 그것을, 뭐에 홀린 것처럼 빤히 보았다.

"뒷모습을 봤어."

장용빈 의원이 가만히 말했다.

"그때……. 어머니가 돌아가신 직후에 아버지 뒷모습을. 그걸 보고 느낌이…… 어땠더라? 아무튼 그 모습, 그 장면이 잊히지가 않아서. 이따금씩 생각나고 그랬어."

조금 흐리멍덩해진 그의 눈동자는 막연히 어딘가를 헤매는 느낌이었다.

"……'불량품'이라니."

가까스로 시선을 옮긴 장용빈 의원이 작게 중얼대자, 그 소리는 곧 공수겸 보좌관의 귓가에 닿았다.

"······."

"아무튼 네 말이 맞아! 그때 난······ 궁금하게 여겼어야 옳았고, 의심해 볼 필요가 있었어. 그런데 그렇게 하기는커녕, 멋대로 살아 버렸지. 그게 결국, 너를 폭발하게끔 만들었고."

공수겸 보좌관이 슬그머니 응시한 장용빈 의원은 퍽 호젓이 보였는데, 그 너머로 느닷없이 찾아온 충격 탓에 적이 아린 빛이 스쳤다. 장용빈 의원은 제법 의젓하게 말하고 있었으나, 방심하다가 얻어맞은 꼴을 숨기는 일은 생각보다 힘들었다.

"······."

그런 장용빈 의원을 말끄러미 보던 공수겸 보좌관은 다시 고개를 돌리고서 담담히 물었다.

"내가 사과해 주길 바라는 거예요?"

숨을 크게 쉬고 난 장용빈 의원은 고개를 저었다.

"아니. 나한테 지금은, 바랄 때가 아니거든! 그건 알아."

단호한 말이었음에도 공수겸 보좌관에게는 횡설수설쯤으로 들려 내심 걸렸다. 지금은 원수라는 것을 알지만 한때는 믿고 따랐었기에, 장용빈 의원이 지금 보여 주는 모습이 힘든 걸 내색하지 않으려는 것임을 알 수 있어 맘이 안 좋았다. 또한 불안정해 보이는 그 모습이 앞으로 어찌 될지 몰라 공수겸 보좌관의 마음은 은연히 부드득거렸다.

"이십일 년 동안 나는 꼼짝 않고, 저절로 사그라들기만 기다렸어. 설명할 수는 없지만······ 뭔가가 나를 계속 불편하게 자극한다는 걸 알

앉거든. 그걸 무시한 결과가 이럴 줄 알았다면 마냥 숨기지는 않았을 텐데."

장용빈 의원은 그동안 수시로 저를 찾아온 것이 구승희와 연관되었음을 알고 오롯하니 혼란해졌다. 차마 입 밖에 낼 수 없는 그것 때문에, 끝없는 허탈감이 몰려 고립될 것만 같았다. 그렇지만 본능적으로 그 감정을 피해야 한다고 여겨 간신히 목적지를 향해 달리고 있었다.

"이제는 더 이상 숨으면 안 된다는 걸 아니까……. 무조건 피하기만 하면 어떻게 되는 지 아니까, 더는 외면하지 않을 거야. 망설이는 것도 안 해. 이제야말로 바로잡겠어."

혼잣말 같은 그것을 마친 후, 코끝이 새큰해진 장용빈 의원은 서글픈 눈으로 백미러를 바라보았다.

'다만…… 이게 온전히 내 의지인지는 모르겠어.'

그들이 탄 차는 어느덧 멈추게 되었는데, 여전히 우울한 모습의 공수겸 보좌관은 차가 멈춘 곳을 확인하자마자 머춤했다.

'바로잡겠다는 게…….'

미처 뭐라 할 새도 없이, 장용빈 의원은 차분히 내릴 채비를 했다. 말없이 그를 보던 공수겸 보좌관은 심장이 점점 빠르게 뛰는 걸 느꼈다.

"이대로……? 무슨 설명이라도 해 줘야 되는 거 아니에요?"

장용빈 의원은 내리려던 도중 고개를 돌려 어리둥절한 반응을 보였다.

"설명을 해 달라고?"

"여태 두루뭉술하게 떠들더니만 대뜸 향한 곳이 경찰서예요?"

"미리 말 안 한 거에 대해선⋯⋯!"

장용빈 의원은 내리려는 자신을 붙잡아 홀연 따지는 공수겸 보좌관에게 습관처럼 사과하려다, 문득 짐짐한 기분이 들어 멈칫했다.

"두루뭉술하다니? 내가 여기 오면서 너한테 해 준 모든 말이 두루뭉술했다고?"

정색하는 장용빈 의원을 빤히 본 공수겸 보좌관은 이내 말했다.

"갑자기 경찰서라뇨? 이대로라면⋯⋯. 물론 충격이 크다는 건 알겠지만."

"충격이 크겠다니, 네가 할 말은 아닌 것 같다."

"⋯⋯."

잠깐 머뭇거리던 장용빈 의원은 고개를 조금 숙였다.

"네가 걱정하는 게 뭔지 알아. 아주 잘 알고 있어. 항상 내 뒤치다꺼리를 해서 더 못 미덥겠지만, 이번에는 달라! 나 좀 믿어 줘⋯⋯."

설명할 수 없는 뭔가가 마음을 소란히 아느작거린 까닭에, 공수겸 보좌관은 미처 대답할 수도 없었다. 아득한 것인지 아쉬운 것인지 알 수 없었는데, 어쩌면 아니꼬운 건지도 몰랐다. 다만 장용빈 의원을 붙잡아야겠다는 생각이 뇌리에서 떠나지 않았다.

"만약 여기서 그만두게 된다면, 나아지는 건 아무것도 없을 거야. 악화되지나 않으면 다행이지⋯⋯. 그럼 너한테도 좋을 게 없잖아? 아버지는 무슨 수를 쓰더라도 네가 설 자리를 없애고 말 텐데, 내가 살아 있다고 해도 그건 달라지지 않을 거야."

그럼에도 공수겸 보좌관은 고집스럽게 등져 뒤통수만을 보여 줬다.

그러다 마침내, 내내 돌아선 그의 뒤통수가 끄덕이는 것이 보였다.

"……."

얼굴에 쓴웃음이 퍼진 장용빈 의원은 고요히 경찰서를 바라보다, 이윽고 차에서 내렸다. 아침이라 그런지 공기는 무거운 느낌 없이 무척 상쾌했다. 마음먹고 왔다지만 떨리는 건 어쩔 수 없어, 장용빈 의원은 저도 모르게 헛웃음이 나와 버렸다.

'나도 어쩔 수 없구나.'

그런데 뒤에서 갑자기 소리가 들린 터라, 반사적으로 고개를 돌린 장용빈 의원은 차에서 내리려는 공수겸 보좌관을 보고 바로 소리쳤다.

"네가 왜 내리는데?"

"저도 자수해야죠."

살짝 아연해진 장용빈 의원은 곧장, 공수겸 보좌관이 차에서 내리지 못하도록 막았다. 그런 그의 행동을 이해하지 못 한 공수겸 보좌관은 미간을 구겼다.

"뭐 하는 거예요, 지금?"

"자수를 하겠다고?"

장용빈 의원을 똑바로 본 공수겸 보좌관은 담담히 말했다.

"내 뜻이 뭐든, 아무리 중요했더라도 방법이 잘못된 건 알아요. 처음 계획할 때부터 이러려고 맘먹었었어요. 확실히 의원님을…… 납치한 건 잘못이니까요."

공수겸 보좌관은 도무지 열리지 않는 차 문보다 그것을 열지 못하는 자신이 원망스러웠다. 잠시간 쉬던 그는 민첩히 반대편으로 내리려 했다.

"난 납치된 적 없는데?"

차 문을 열려던 공수겸 보좌관은 그 말에 멈칫했다.

"그것도 너한테 납치된 적은 더더욱! 나는 내가 아는 대로 말할 거니까, 알아서 해."

의아스러운 표정으로 장용빈 의원을 쳐다보던 공수겸 보좌관은 마지못해 의문을 걷어 내었다. 장용빈 의원이 지은 미소에서 자못 결연한 의지가 보였기에, 그것이 눈에 익은 공수겸 보좌관은 맥없이 고개를 돌려 버렸다.

"나는, 이제부터 모든 걸 바로잡을 거야. 그러니까 너는 걱정 말고 아무 데나 가. 부모님을 뵈러 가는 것도 좋잖아?"

그를 외면한 공수겸 보좌관은 어떤 대답도 하지 않았다. 심경에 소용돌이가 일어, 주위에 무엇이 있다는 것조차 잊어버릴 만큼 가라앉은 탓이었다. 그렇게 끝없이 내려앉던 어느 순간, 불현듯 구승희의 얼굴이 스쳐 걷잡을 수 없는 애통이 그를 에워쌌다.

"……."

그것을 짐작해 낸 장용빈 의원은 무슨 말이라도 해 주고 싶었으나, 딱히 떠오르는 게 없어 안타까웠다. 그렇게 편시 머무적거리던 장용빈 의원은 끝내 저를 외면한 공수겸 보좌관을 뒤로한 채, 경찰서를 향하여 걷기 시작했다.

"……안녕."

"……."

뚜벅뚜벅 걷던 장용빈 의원은 경찰서 입구를 눈앞에 두고 잠깐 멈춰 섰다. 진중히 마음먹은 그였지만, 자꾸만 벅찬 느낌이 들어 다리가 말을 듣는 것 같지 않았다.

"하아……."

이내 자조한 장용빈 의원은 일부러 등을 곧게 펴고서 맑게 갠 하늘을 보다, 문득 한 가지를 깨달았다. 이십일 년 전부터 미묘히 겉돌던 제 마음과 마음이, 어느 순간 반듯하게 들어맞아 있음을 느낀 것이었다. 그동안에는 미미한 그것이 은근하게도 자신을 혼란하도록 만들어 골치였으나, 구태여 손써야겠다 싶을 만큼 티가 나지 않아 부득이 흘려버리듯 감내하고는 했었다.

'잊고 있었는데…… 원래는 이랬었지.'

서서히 벅차오른 감정에 취하게 된 장용빈 의원은 훨씬 가벼운 마음으로 앞으로 나아갈 수 있었다.

"……."

당당하게 경찰서로 향하는 장용빈 의원의 뒷모습을 말없이 응망하던 공수겸 보좌관은 머지않아 고개를 돌렸다. 그의 눈동자에는 어떤 긍정이나 부정 등이 담기지 않은 채로, 오히려 있어야 할 게 깡그리 소실된 것처럼 보였다.

'이것으로…… 된 거겠지.'

무기력하니 사물을 보던 공수겸 보좌관은 돌연히 조금 찡그리더니만, 눈을 감아 숙연히 머리를 숙였다. 이윽고 다시 눈을 뜬 그는 한껏 거칠한 모습으로 차를 출발시켰다.

## 69

아침을 맞은 규양병원의 한 특실에 누군가가 얌전하니 자리하고 있었다. 그는 환자라기보다 고객에 가까워 치료 목적이 거의 없었으나, 겉으로는 엄연한 환자로 보여야 했기에 입원할 필요가 있었다. 본래 위치인 상위에 걸맞게 그 특실 또한 찬란할 만큼 호화로웠거니와 예스럽기까지 하다 보니 무척 교양미가 흘렀다. 그곳의 분위기는 그가 추구하는 하는 것과 상통했으며, 언제나 그렇듯 원하는 결과를 얻어 낼 것이 분명했다. 그의 진심은 앓던 이가 빠진 것처럼 시원시원했지만, 표면적으로는 대단히 엽기적인 만행을 당하여 깊은 실의에 빠진 걸로 보여야 했으므로 그가 입원한 특실은 출입이 통제되었다.

'허어.'

더욱이 그는 자신이 원하는 조건을 충족시킬 만한 재량이 충분한지라, 보이지 않는 사지로 종횡무애 사방을 주물렀다. 삽시간에 퍼져 버린 입김이 활발하게 결과를 이끌어 내자, 석연히 흡족해진 그는 모처럼 한가로운 아침을 즐기고 있었다.

'제보한 지 얼마 되지도 않았는데…… 참 빠르단 말이야.'

포근한 침대에 노곤한 몸을 뉘어 안정을 취하던 그는 한구석에 모인 화환들을 더 자세히 보기 위해 몸을 일으켰다. 그것은 모두 그가 겪은 고초에 대해 동정한다는 듯, 위로를 겸한 애도를 표하고 있었다.

"흐음."

한참 동안 그것을 멀거니 주시하던 그는 조용히 코웃음 쳤다. 그러고는 탁 트인 전망이 보이는 통창 너머로 눈길을 돌렸다. 햇살이 밝아 화창하면서도 아직 이른 시간이라 창밖의 움직임은 좀 뜨막한 느낌을 주었다.

'이것으로 되었겠지.'

그는 태연자약하게 보였으나, 사실은 마음이 뒤숭숭 들썽거려 자꾸 시간을 확인하게 되었다. 조금 있으면 그가 제보한 사건이 약속된 시간에 맞춰, 실화를 바탕으로 재구성한 뉴스로써 모습을 드러내기 때문이었다. 오랜만에 매우 심혈을 기울인 탓인지, 그는 조급해지는 자신을 진정시키려 애쓰고 있었다.

"……."

그가 리모컨을 만지작거리고 있을 때, 특실의 입구에서 인기척이 느껴졌다. 그곳은 한가로운 안과는 달리 건장한 경호원들이 지키고 있어 대단히 삼엄한 분위기였다. 곧 입구에 있는 문이 열리며 황남영 차장의 모습이 나타났다.

"병원장님."

황남영 차장은 쟁반을 들고 있었는데, 그 몸가짐과 맵시가 단아하고 품위 있게 보여 마치 양갓집 규수 같았다. 종전까지 그녀의 언저리를 곰실곰실했던 먹먹한 공포는 온데간데없어, 실로 앙큼하다는 생각이 들 정도로 썩 음전한 모습을 하고는 사붓사붓 걸었다.

"입맛이 없으시겠지만 요기라도 하시라고 가져왔어요."

"……."

장인목 병원장의 침대 옆으로 온 황남영 차장은 조심스레 쟁반을 내밀었다. 그 쟁반 위에 놓인 접시에는 열대 과일이 종류별로 있었으며, 모두 먹기 좋게 손질되어 있었다.

"이것, 병원장님께서 좋아하시기에……."

장인목 병원장은 가만히 황남영 차장을 바라보았다. 제게 다가와서는 눈을 마주치지도 못하고 소곳이 앉아 말만 겨우 하는 그녀가 적잖이 흥미로웠다.

'아무리 생각해 봐도, 외모는 내 취향이 아니야. 그래도 그리 늙지 않은 편이니 건강한 아기를 낳을 수 있겠지. 나와 같이 보낸 시간이 있어서, 이제는 제법 날 보살필 줄도 알고……. 날 대하는 태도가 공손하고 부드러워 다행이지. 이 정도면 내 자식의 어미로 쓸 만하겠어.'

"병원장님……?"

시종일관 엄전한 모습을 한 장인목 병원장은 다음 순간, 황남영 차장이 권한 열대 과일 하나를 입에 넣고 오물거렸다. 그제야 유순한 미소를 짓는 그녀에게 장인목 병원장은 그만 치우라 몸짓했다.

"알겠습니다."

재빨리 다른 곳에 그 쟁반을 치우고 난 그녀는 구석에 놓인 화환들을 보고서 걸음을 멈췄다.

"……저도 이곳에 오면서 대략 듣기는 했지만 설마 했었는데. 저걸보니 받아들일 수밖에 없을 것 같아요."

황남영 차장은 애민하다는 양 굳은 표정을 한 채, 장인목 병원장의 곁으로 돌아왔다. 여전히 그와 눈을 마주하지 못한 황남영 차장은 꽤 나 슬픈 투로 말했다.

"정말 믿기지 않아요. 병원장님께 은혜를 받았다는 사람이…… 물론 그분께도 받았을 테지만. 도대체 어떻게, 그동안 받은 은혜를 원수로 갚을 수 있을까요? 옛날 탈옥수를 친형이라고 믿은 것도 그렇고. 지금 껏 가족같이 잘 대해 준 병원장님과 그분을, 그 탈옥수의 살인자로 몰 다니?! 아무리 망상에 빠졌다지만, 어처구니가 없어요……."

장인목 병원장은 사뭇 철저했으므로, 자신이 주장하는 바를 뒷받침 할 근거를 기위 공수겸 보좌관의 집에 심어 둔 상태였다.

"황당하게 덤터기 씌운 것도 모자라 감히 그분을 납치하고, 그걸로 병원장님을 협박하다니! 병원장님께서는 그동안 피가 마르는 것 같이 힘드셨을 텐데, 누구한테도 알리지 못하셨잖아요. 생각할수록 징그러 워! 복수한답시고 엉뚱하게 나랏일하시는 그분을 납치하고 감금하더 니, 끝내 살해까지……!"

넋두리하듯 떠들던 황남영 차장은 실컷 공수겸 보좌관을 원망한다 는 게 그만, 장용빈 의원의 죽음을 입에 올리고 말았다. 그에 놀란 그 녀는 서둘러 입을 다물었지만, 이미 엎질러진 것을 어떡해야 좋을지 알 수 없어 그저 쥐며느리와도 같은 모양을 한 채로 떨 뿐이었다.

"……."

그녀를 향한 장인목 병원장의 눈에 잠깐 흘기죽죽한 기색이 서리더 니마는, 곧 처연한 빛을 띠었다.

"네 말대로 지독한 악한이었어. 그래도 설마, 불을 지르리라고는."

불호령을 예상했던 황남영 차장은 장인목 병원장의 나긋한 목소리에, 슬며시 고개를 들었다. 물끄럼말끄럼 잠시 말이 없던 그들은 황남영 차장이 먼저 눈길을 내리는 것으로 마무리되었는데, 장인목 병원장은 두연 헛기침을 하더니 새색시처럼 소곳한 그녀의 볼을 손가락으로 살짝 찔렀다.

"?!"

깜짝 놀란 황남영 차장은 순간 장인목 병원장을 힐금하다, 옅은 미소를 띠며 침대 위로 엎드렸다. 그런 그녀의 머리를 귀엽다는 듯 쓰다듬은 장인목 병원장은 한결 느긋해진 모습으로 창밖을 보았다.

"……."

눈길을 조금 돌린 황남영 차장은 화환들을 보며 볼멘소리로 투덜거렸다.

"저걸 보낸 사람들은 참 예의가 없는 것 같아요. 그 일이 벌어진 지 얼마 되지도 않았는데 벌써 저런 걸 보내다니. 아무리 눈치가 없어도 그렇지, 병원장님께서 지금 얼마나……!"

"그 눈치 없는 게 필요하거든, 나는."

"……."

차분히 저를 찌르는 장인목 병원장의 목소리에, 흠칫한 황남영 차장은 이내 눈을 감아 버렸다.

'확실히 내 눈에도 거치적대기는 하지만, 저 유치한 걸 보며 안심이 되는 것도 있단 말이지. 저걸 보낸 사람들도 아는 사실을, 궁남중이나

400

김과수가 모를 리 없어! 그러니 이쯤 되면…… 지금껏 내게 가졌던 의심의 눈초리를 거두는 건 물론, 더 이상 우스꽝스레 맴도는 짓도 못 하겠지. '불량품' 하나가 처리된 덕에 곤궁했던 일들이 한꺼번에 풀리게 되었어!'

속으로는 웃음이 솟아난 장인목 병원장이었으나, 그것을 겉으로 표현하기에 아직 이르다 여겨 지그시 절제하고 있었다. 한편 감정을 누르는 것은 장인목 병원장만이 아니었는데, 바로 얌전히 그의 손길을 받는 황남영 차장이 그러했다. 그저 가만히 있으면서 이따금 장인목 병원장에게 아양이나 부리는 것쯤으로 보였지만, 내색만 하지 않을 뿐이지 사실 그녀의 머릿속은 헐레벌떡 사고하기에 여념이 없었다.

'이것으로…….'

무척 되바라진 내평의 황남영 차장은 말이 없었으나, 은근히 해낙낙하여 보르르 떨릴 것 같았다. 그렇게 아슬아슬하면서도 들뜨는 쾌감은 제가 성년의 날을 맞은 밤에도 느낀 적이 있었다.


지속적인 핍박으로 인해 더할 나위 없이 피폐했던 황남영은 성년을 맞이하던 날 저녁, 기어코 아버지에게 독립을 선언해 버렸다. 이대로 더는 썩어갈 수 없다는 생각에 몇 년 전부터 벼르던 바, 아무리 싫어도 친딸이니 자신이 적극적으로 나선다면 다른 미래를 볼 수 있을 거라 기대한 것이었다. 그녀는 아버지가 무서웠음에도 용기를 내어 줄곧 품었던 제 의지를 꺼냈고, 그를 들은 황운보 교수는 적이 당황한 기색이었다.

"뭐……."

막상 말을 꺼내고 나니 주눅이 들어 금방 기절할 것만 같았지만, 황남영은 억지로 말을 이었다.

"저…… 독립하겠다고요. 이제 저도 컸으니까, 아버지께 의지하지 않고 혼자 살아…… 볼게요."

계속 연습했던 말이, 아버지 앞에서는 엄청난 중력에 부딪히는 느낌이었다. 그 때문에 황남영은 심히 힘에 겨웠지만 기죽지 않으려 애썼다.

"하."

그런 딸이 기가 찬 황운보 교수는 마침내 헛웃음을 짓다, 와락 인상을 쓰며 언성을 높였다.

"야, 웃기네. 얌전한 척하더니…… 이제 다 컸다 이거지? 세상이 얼마나 무서운 줄도 모르고. 야, 이 정신 나간 계집애야! 아무리 내 덕을 보고 살았다지만, 어떻게 너같이 어린 여자가 혼자 살겠다는 말을 해?!"

"그게…… 여기 일은 제가 가끔 들러서 할게요. 그러니까, 허락해 주세요."

바들바들 떨리는 통에 머릿속이 순식 까매진 황남영은 겨우 선 와중, 아버지에게 간절히 빌고 있었다.

'이제 그만 자유롭고 싶어!'

"네 주위를 보니까 다 네가 원하는 대로 될 것 같지? 마음만 먹으면 뭐든지 가질 수 있을 것 같지? 여기에 안 그랬던 사람은 없어! 거리의 노숙자들도 그렇고, 시장에서 물건 파는 사람들도 마찬가지야. 다들 처음에는 너처럼 희망에 부풀어서 그랬어. 근데 지금은 그 꼴이라고! 물론 나야 워낙 뛰어나니까 이 자리에 있지만, 너같이 철없는 걸 먹여 살리고 있지만! 너는 아니잖아?"

저에게 눈을 부라리는 아버지가 무서워, 황남영은 잠자코 듣기만 했다.

"넌 뭐, 잘하는 것도 없이 밥만 축내고 산 것밖에 더 있어? 잘나가는 아버지 밑에서 편하게 사니까, 세상이 어떻게 돌아가는지도 모르지? 나 일하는 규양병원만 해도, 참 별일이 다 있더라. 거기 넘치는 환자 중에 혼자 사는 여자들도 많은데……. 내가 말을 안 해서 그렇지, 네가 지금 얼마나 호강하고 있는데."

황운보 교수는 어떻게든 딸의 뜻을 꺾고 싶었다. 이때껏 힘들여 길들여 놓았더니만 제게 대들어 여간 마음에 들지 않은 것 외에, 이유는 또 있었다. 딸이 이 집에서 나간다면 그 귀찮은 살림살이를 누가 할 것이며, 때때로 쌓이는 화는 누구에게 풀지 감감했다. 여태 그런대로 굴러가고 있건만, 이제 와서 모르는 사람을 불러다 돈까지 쥐어 줘야 한다는 것도 불만스러웠다. 그렇기에 황운보 교수는 무슨 일이 있어도 딸의 고집을 꺾어야 마땅할뿐더러, 그렇게 하는 것이 스스로 정당해 보여 목에 힘이 들어갔다.

'그래도 나는……!'

"너는 뉴스도 안 보냐? 툭하면 도둑이 들고, 강도에 살인, 강간까지!

너처럼 분수도 없이 혼자 사는 계집애들이 제일 먼저야! 아무 걱정도 없이 살다가, 그렇게 흉한 일을 당하고 병원에 오는 게 태반이라고! 너는 잘난 아버지 덕에 이렇게 좋은 집에서 공주처럼 사니까 아무것도 모르고 꿈만 꾸겠지만, 현실은 네 생각과는 차원이 다르다고……. 이건 뭐, 말이 통해야지.”

황남영은 눈물이 쏟아질 것 같았음에도, 거기서 멈출 수 없었다.

“그래요. 알겠는데요. 그래도…… 독립이 하고 싶어요.”

처연할 만치 울상에 다소 창백해진 황남영은 끝끝내 저의 주장을 관철하려 했다. 그러자 황운보 교수는 흥분을 꾹 가라앉힌 다음, 시큰둥하게 얘기했다.

“내가 이렇게까지 말해 줘도 네가 그러겠다니……. 좋아, 그렇게 해.”

“……”

덜컥 아버지의 허락이 떨어져, 황남영은 놀라는 모습이었지만 그건 오래가지 못했다. 황운보 교수에게서 야비한 분위기가 풍긴 탓이었다.

“네 마음대로 하라고. 대신 네가 태어나서 지금까지 먹고 자고 한 거, 다 토해 내고 가!”

“……”

“그런 얼굴 할 것 없어. 야, 나도 사람이야. 순리대로 사는 사람! 그동안 뼈가 부서지도록 널 먹여 살리고, 이만큼 살기까지 아주 허리가 휘는 줄 알았어……. 그런데 넌, 혼자 잘 먹고 잘살겠다고 불철주야 고생하시는 아버지를 버릴 생각이나 해? 정 그렇다면 가. 다 필요 없으니까 가라고! 근데, 나도 받을 건 받아야겠어. 내가 오직 널 위해서 고생한 거, 그거 다 내놓고 가! 다 토해 내!"

버럭 소리치는 아버지에게서 이루 형용할 수 없는 상처를 얻고 만 황남영은 그 충격으로 그곳을 뛰쳐나갔다.

"야, 이 계집애야! 이 시간에 어딜 나가?! 다 토해 놓고 가라고!"

황운보 교수가 말을 다 마치기도 전에 황남영은 이미 집을 나간 상태였다. 딸이 뛰쳐나간 자리를 째려보던 황운보 교수는 그녀가 마냥 한심하게 느껴졌다.

'꼴에 무슨! 주제를 알아야지. 다 저를 위해서 이러는 건데, 네가 뭘 알겠냐.'


권위주의에 푹 빠진 속물 아버지로 인해, 표면적인 것만 보고 악의적으로 자신을 대하는 주변에 의해, 세상 어디에도 기댈 곳이 없다는 사실 때문에 심신이 극심히 지쳐 버린 황남영은 정처 없이 거리를 떠돌았다. 상처를 받으면 언제나 겉으로는 새침한 모습을 고수했었으나, 성년을 맞이한 날에는 유독한 마음이 강하게 울려 도저히 갈피를 잡을 수 없었다.

'뭐 때문이지……?'

아버지로부터 벗어나려 한 첫 시도였다. 황남영은 그토록 벼르고 벼르던 게 수포로 돌아가 버린 이유를 찾고 있었다. 꼭 성공할 것이라 믿은 건 아니었지만, 그렇게 간단히 허물어질 줄은 알지 못했다.

'내가…… 말을 너무 더듬었나? 좀 더 강하게……. 아니면, 시기를 잘못 잡았나. 너무 서둘러서?'

아직도 심장이 빠르게 뛰고 있는 가운데, 너무나 혼란한 그녀는 '이유'를 제게서 찾고 있었다. '시도'라는 것도 오랜 세월에 걸친 열망으로 인했을 뿐이었다. 아무도 그녀에게 뭘 어떻게 하라거나, 뭐가 맞고 뭐가 잘못되었는지조차 가르쳐 주지 않았다. 오로지 스스로 터득한, 아버지가 멋대로 일러 주는 게 아닌 자신이 올바르다 여기는 방식을 삼키고 노력한 결과였다.

'도대체 뭐가.'

그럼에도 불구하고 그녀는 '이유'를 제게서 찾고 있었다. 울울한 속을 껴안은 채 도통 찾아지지 않는 '이유'를 제게서만 찾고 있었다. 아버지는 틀렸다, 인생을 어찌 살아야 하는지 알려 주려고도 하지 않는다. 그저 본인이 아버지로서 누릴 혜택만 따지느라, 딸의 자주나 인권 따위는 철저히 무시한다. 그건 진즉에 알아채고 있었으나, 아직 완전히 깨닫지 못해서인지 결국에는 또 저의 탓으로 돌리고 있었다.

'나는…….'

오랫동안 염원하던 게 이뤄지지 않은 지금, 모든 것이 모호했다. 그러다 보니 그녀의 시선도, 마음도 머물 곳을 찾지 못해 헤맬 뿐이었다.

"……."

황남영의 계획은 열띤 마음에 비하여 그다지 구체적이지 않았다. 그것이 전부였다. 어디에 기대기는커녕 제대로 된 정보도 없이, 심지어 가장 기본적인 안전을 꾀할 곳마저 적절히 제공받지 못한 그녀의 최선이었다.

"……."

머지않아 천천히 시선을 돌려 보니, 저마다의 사연으로 즐거운 표정을 한 사람들이 길가를 가득 메운 게 보였다. 울연한 마음이 깊은 그녀와는 지나치게 대조적이라 진짜가 아닐 거라는 생각도 들었다. 하지만 그렇게 느낀 적이 많은 그녀였기에, 곧 이성을 되찾고는 공허하니 그를 바라보게 되었다.

'다들 즐거워 보이네. 나도, 원래는 저래야 맞겠지?'

어느 건물에 기댄 황남영은 시든 화초처럼 고개를 숙였다.

'앞으로 어떡해야 되지…….'

답답한 속을 달래기 위해 눈물을 쏟으려 흐느끼던 그녀는 불현듯, 자신이 흘릴 눈물이 더 이상 없음을 느꼈다. 요즘 눈물샘을 자극하는 일이 너무 많았던 터라 그것마저 말라 버린 것이었다.

'말도 안 돼.'

제 인생이 그처럼 퍽퍽할 것만 같아 좌절하던 황남영은 이윽고 저만치에서 자신을 향해 선 사람을 발견하게 되었다. 혹시나 아는 사람일까 봐, 황급히 몸을 돌린 그녀는 천천히 그쪽을 돌아보았다.

'인파 때문에 괜찮은 줄 알았는데, 누구……?!'

황남영은 침착한 척, 저를 보고 있는 사람을 살피다가 털컥 얼어 버렸다. 확실히 아는 얼굴은 맞았으나, 이런 곳에서 마주칠 만한 인물이 아니었다.

"병원장님……."

그날이 엊그제처럼 생생히 떠오른 황남영 차장은 눈을 가늘게 떴다.

'그때도 아슬아슬, 했었지.'

그 당시 황남영은 얼마든지 장인목 병원장을 피할 수 있었다. 시커먼 속을 은근히 내비치며 다가오는 그의 본의가 훤히 보였기 때문이었다. 하지만 그녀는 경계를 하거나 장인목 병원장이 내미는 손을 거부하기는커녕, 오히려 그와 친밀해지려 노력하는 모양을 했다. 어려서부터 독살스럽게 학대하는 아버지가 끔찍이 미워 가능한 일이었다. 그는 항상 거들먹거리며 저 외에는 모두 상스럽고 구질구질하다는 인식이 강해, 딸을 천시하는 걸 일상으로 여기고 있었다. 딸인 저를 당연하다는 양 업신여기는 아버지가 유난히 불만스럽던 찰나, 때맞춰 장인목 병원장이 나타난 것이었다.

"……."

장인목 병원장이 온통 최고급으로 둘러싸인 장소에서 제게 술을 대접할 때도, 성의 없는 말로 그럴듯하게 자신을 위로할 때도 그것은 마찬가지였다. 살살 적당히 넘어가 주는 체하며 역으로 그를 탐닉했는데, 그는 모두 일종의 복수심에서 기인한 것이었다.

아직 중학생일 무렵, 아버지에 의해 풍경화 같은 레스토랑으로 끌려온 황남영은 그곳에서 장인목 병원장과 처음 만났었다. 또한 황남영은 그 레스토랑 주위 경관 외에도 진귀한 구경을 하나 더 하게 되었는

데, 바로 늘 코 큰 소리를 하는 아버지가 장인목 병원장한테 굽실거리
는 모습이었다. 아버지가 누군가에게 비굴한 태도를 취하는, 그 광경
이 난생처음이라 막연히 당황스러우면서도 마음속의 뭔가가 조금씩
스러지게 되었다.

'어…….'

지금껏 감히 맞설 생각이나 똑바로 쳐다볼 용기조차 나지 않는 아
버지라는 존재가 대번 달리 보이기 시작했다. 그리고 그때부터, 황남
영의 마음에는 흐지부지 떠돌기만 하던 반항이 차츰 불거져 사물사물
자라 갔다.

**다 토해 내!**

마냥 감감하던 그녀의 반항심이 드디어 본격적인 싹을 틔웠던 그날,
아버지에 대한 복수심으로 인해 급기야 '꽃'이 피려 했다.

'장인목, 아버지가 유일하게 꼬리 치는 사람…….'

그런 생각이 들자, 그냥 노인으로만 보였던 장인목 병원장이 제 쓰
린 속을 해소하기에 제법 도움이 될 만한 도구로 보였다. 그래서 놓쳐
서는 안 될 것 같다는 생각이 어느 틈에 지속적인 만남으로 이어졌고,
생각보다 좋은 효과를 준 그것은 함씬 원만하니 느껴졌다. 적어도 황
남영에게는 그랬으며, 더불어 장인목 병원장을 만나는 동안 아버지를
짓밟는 기분이 들어 더없이 만족스러웠다. 덤으로 오는 모종의 혜택
은 그녀의 입꼬리를 올라가도록 만들었다.

'이런 것도 모르고…… 아버지라는 사람은 날마다 거드름이나 피우
지.'

아무렇지 않게 황운보 교수를 비웃으며 지내던 황남영 차장은 어느 날, 옛 친구 노순지를 만나게 되었다. 처음에는 안 좋게 헤어졌던 노순지와의 재회로 뭉클하고 말았으나, 또 아버지가 말썽이었다.

'아기라니…… 벌써? 아니지, 다들 나같이 사는 건 아니니까. 따지고 보면 내가 늦은 거잖아?'

조용히 자신의 신세를 한탄하던 그녀는 문득 노순지가 보여 줬던 딸 사진을 떠올리다, 어떤 계획을 세우게 되었다.

'나도 아기를 낳고 평화롭게 살고 싶어.'

그것이 사랑하는 사람과의 아이라면 참 좋았을 테지만, 황남영 차장에게 장인목 병원장에 대한 애정은 찾을 수 없었다. 그렇다고 당장 애틋한 사랑의 결실을 안겨 줄 사람을 찾을 수 없었기에, 그녀는 썩 내키지 않는 선택을 할 수밖에 없었다. 그렇지만 이내 그 선택의 이점을 깨닫고서 반색하게 되었다.

'급히 만든 계획이라도 아무나 고를 수는 없는데. 하지만 내가 아는 남자들 중에서, 거만한 아버지에게 가장 큰 타격을 줄 수 있는 건…….
쉽지는 않겠지만, 그래서 더 재미있겠지.'


그때만 해도 황남영 차장에게는 딱히 욕망이랄 게 없었다. 마음은 간절하건만 그간 우악살스러운 학대에 길들여진 탓에 도시 아버지를 떠날 생각이 나지를 않았다. 혼자서는 아무것도 할 수 없게 된 까닭으로, 버팀목이자 디딤돌로써의 아기를 가지고 싶었다. 아무도 모르는 곳에서 아기를 낳고, 그 자체에 위안을 얻으며 온건히 살아가는 게 그녀가 바라는 전부였다. 그리고 그것이 곧 아버지에 대한 복수였다. 그런 황남영 차장에게 장인목 병원장은 단지 도구에 불과했거니와 제 인생을 맡길 마음은 조금도 없었다.

그러나 가까스로 임신한 이후, 갑작스러운 장인목 병원장의 방문과 자신이 생각한 것 이상으로 날카로운 그의 눈썰미로 인하여 무시무시한 위기에 봉착하고 말았었다. 그러고 나자, 자연히 황남영 차장의 생각은 변하게 되었다. 또한 저가 알던 상황도 어느새 많이 달라져 있었는데, 예를 들면 장용빈 의원의 빈자리가 그랬다.

'……흥.'

일편 장인목 병원장과의 비밀스러운 만남으로 그전에는 몰랐던 걸 깨우치게 되었는데, 그중에는 그가 아들을 못마땅히 여기는 것도 섞여 있었다. 그럼에도 불구하고 외동아들이라는 이유에 얽매여 어쩌지도 못하는 꼴이 안쓰러우면서도 조금 우스워 그것을 잠자코 머금었다.

'과정이야 어쨌든, 난 지금 유리한 위치에 올랐어.'

아버지 장인목 병원장에게조차 불만스레 여겨진 장용빈 의원이 없어져 버린 지금, 더할 나위 없이 유리해진 제 위치를 그녀 스스로도 알 수 있었다.

'모두 네 덕이지.'

황남영 차장은 살며시 배를 쓰다듬고는 몰래 미소 지었다. 지금 제 머리를 쓰다듬는 남자는 비록 자신을 홀몸이 아니라는 이유로 해치려 했었으나, 이제 그쯤은 중요한 게 아닌 터라 얌전히 있을 수 있었다. 그동안 그를 알맞게 구워삶는 방식을 알아낸 그녀는 앞으로도 그것이 상당히 유용할 거라는 생각에 절로 그윽해졌다.

'난 혼자가 아니니까.'

장인목 병원장이 지극히 수동적인 여성을 원한다는 걸 파악한 황남영 차장은 뒤이어 아버지와 비슷한 그의 성정에 실망했었지만, 사실은 그래서 제게 수월하다는 사실을 알았다. 일찍이 꽉 막혔던 황운보 교수로 인해, 그게 어떤 것인지 언제 어떻게 대처해야 하는지 등을 오로지 혼자 배운 그녀로서는 그다지 어렵지 않았다.

결국 황남영 차장은 모순적이게도 황운보 교수 밑에서 자란 덕분에 장인목 병원장이라는 까다로운 남자의 옆에 있을 수 있는 것이었다. 그 점이 묘하게 그녀를 분히 만들었으나, 스스로 체감한 사실을 외면하기란 무리였다.

'의도하지 않았지만……'

내내 가시밭 같던 과거가 떠올라 내심 이를 갈던 그녀는 그중 상당 부분을 차지한 아버지에 대하여 신랄히 코웃음 쳤다.


규칙적으로 움직이는 풍경을 감상하던 장인목 병원장은 제 손길을 편안히 받아들이는 황남영 차장에게 슬쩍 눈길을 주다, 곧 화환들이 있는 곳을 보았다.

'가만히 있으면 중간은 간다는데.'

좋은 일도 아니건마는 이르게 그런 걸 건네는 것이 언뜻 보면 실례 같았지만, 장인목 병원장을 포함한 **그들**에게는 규칙 같은 것이었다. 모른 척하지 않겠다는 것 이상으로, **그들** 사이에서는 충성 같은 의미였다.

'아직도, 투영된 의미를 파악할 생각은 안 하고 보이는 것에만 집착하다니.'

은밀한 만남 동안, 선심 쓰는 셈 치고 황남영 차장에게 가르쳐 준 것이 꽤 되었다. 그런데도 별반 달라진 게 없는 그녀를 보려니, 장인목 병원장은 눈살이 찌푸려졌다.

'좀 다른 줄 알았더니…… 아비나 딸이나 가관이야.'

장인목 병원장은 부디 태어날 아기는 그보다 낫기를 바라는 심정이었다. 제게 순종하는 황남영 차장은 퍽 마음에 들었으나, 사고하는 걸 보면 영 미더운 구석이 없어 곤란할 때가 많았다. 그래도 옆에서 보고 배운 것이 많았을 텐데, 막상 그녀가 보여 주는 언행은 다분하니 모자란 데가 있었다.

'흠, 그래도 그때는 신선했건만.'


장인목 병원장은 황남영 차장이 성년의 날을 맞이했던 때를 회상했다. 그는 황운보 교수가 사사건건 마음에 들지 않았는데, 규양병원에서 역량을 펼치던 때나 사치와 향락에 젖어 있을 때나 그것은 마찬가지였다. 어찌어찌 구승희의 일로 인연을 맺기는 했지만, 암만해도 꾸준하니 심각하게 눈치가 없다는 것이 그 이유였다. 특히 아무 때나 앞에서 나대는 것은 물론, 딸을 앞세워 저의 아들을 노리는 게 아주 형편 없었다. 오직 체면 탓으로 꾸역꾸역 참고만 있던 장인목 병원장은 어느 날 그 때문에 너무 화가 나 도무지 잠을 이룰 수 없었다. 꼬리에 꼬리를 무는 생각에 사무치던 그는 퍼뜩, 묘안을 떠올리게 되었다.

'네놈이 그렇게 자신 있어 하는 딸이라면, 내가 직접 확인해 주마.'

그리고 기어이, 화려한 거리에 놓인 인파 사이에서 홀로 비관적인 분위기를 풍기는 황남영을 발견해 냈다. 그녀의 모습은 주의를 기울이지 않아도 충분히 지쳤다는 걸 알 수 있었는데, 장인목 병원장이 보기에 그 모습은 더러 청청했다.

'역시 오늘도…….'

장인목 병원장은 예민한 사람이었으므로 황운보 교수가 딸을 어떻게 대하는지 잘 알고 있었다. 대충 보기에도 황남영의 상태는 그리 좋아 보이지 않아 더더욱 손쉬운 먹잇감으로 여겨져 마음에 들었다. 상처 받고 거리를 헤매는 여자보다 쉬운 것은 없다는 게 뿌리 깊은 관념 중 하나였기에, 장인목 병원장은 춤을 추듯 가벼운 걸음으로 그녀에게 다가갔다. 살뜰히 얼러 주는 척 황남영에게 손을 뻗은 그의 속내는, 황운보 교수가 다시는 장용빈에게 허튼 수작을 부리지 못하게끔 하리라는 것이었다.

'뜸 들이지 말고 내 손을 잡아라, 어서!'

예상한 것보다 순순히 자신을 따르는 황남영이 좀 당황스러웠으나, 마침내 그날 밤 목적을 이룬 장인목 병원장은 승리감에 듬뿍 도취되었다. 그날 이후로도 장인목 병원장은 때때로 그녀를 찾았는데, 점점 혀를 내두르게 하는 황운보 교수의 작태 때문이었다. 다행히 아들에게서 떼어 내기는 했어도 여전히 골칫덩이다 보니, 그를 해소하는 동시에 필요한 정보를 얻을 심산으로 가진 전략적 만남이었다.

'일이 희한하게 되었단 말이야.'

다시금 창밖으로 시선을 돌린 장인목 병원장은 몰래 한숨짓고서 자분자분 고요를 즐겼다.

'나쁘지 않은 걸. 날 간단히 해치려 한 이 남자에게 정이 생긴 건 아니지만.'

얌전히 엎드린 황남영 차장은 제 독자적 선택으로 빚어진 결과가 전에 없이 만족스러웠다. 장인목 병원장의 유일한 아들이 갑작스레 영영 사라진 것으로 모자라, 장차 규양병원을 상속받아 이끌 후계자가 다름 아닌 저의 뱃속에 있으니 막연하게 간지러웠다.

"……"

그때, 조용하던 그곳에 뜬금없이 소란이 새어 들었다. 그로 인해 장인목 병원장과 황남영 차장은 동시에 그 소음이 들리는 쪽을 바라보았다.

"진정하세요! 이러시면 곤란합니다."

"진정…… 진정? 내가 이 규양병원에 얼마나 지대한 영향을 줬는데,

나를 몰라보는 게 말이 돼?!"

"그렇게 말씀하셔도 달라지는 건 없습니다. 그리고 여기는 지금 출입이 통제되어서……."

"알지! 아는데, 나는 다르다고. 뭘 모르는 모양인데, 내가 병원장님 오른팔 역할을 톡톡히 해냈었어! 지금은 내가……! 몸이 좀 안 좋아서 잠깐 쉬고 있지만, 그래도 병원장님께서 날 얼마나 신임하시는데. 그러니까, 좀 비키라고!"

"안 된다니까요!"

한바탕 실랑이가 벌어진 특실 밖에서는 경호원들과 황운보 교수가 서로를 흘기고 있었다.

"새파랗게 어린 녀석이, 어디 어른한테 눈을 부라려?! 내가 누군 줄 알고 까불어! 너희들 지금 이러는 거 나중에 후회할 거라고, 알아?"

"후회는 저희가 알아서 할 테니까 그만 갈 길 가세요."

벌겋게 달아오른 황운보 교수의 낯빛은 누가 봐도 제정신이라 보기 어려웠다. 밤을 샌 건지, 잠을 못 잤음을 광고하듯 때깔부터 좋지 않았다. 거기에다 옷매무시가 단정하지 못해 중간도 못 가는 인상을 주었으며, 얼굴은 또 부족함 없이 추레하여 눈에 눈곱이 오그르르해 몰골이 볼만했다.

"……."

경호원들 중 가장 덩치가 큰 사람이 그새 무슨 연락을 받았는지, 실성한 투의 황운보 교수를 흘긋거렸다.

"……."

말없이 동료들을 저지하고 난 그는 황운보 교수를 빤히 보았다.

"실례했습니다. 들어가 보시죠."

짐짓 점잖은 체하던 황운보 교수는 그 말 속에 약간 떨떠름한 구석이 있음을 알고 더욱 그들을 흘겼다.

"……."

당당하게 안으로 들어간 황운보 교수는 그곳에서 장인목 병원장보다 먼저 딸과 마주치게 되었다. 황남영 차장은 서늘히 무뚝뚝한 모습을 한 채, 아버지와는 다른 방향으로 물 흐르듯 걸었다. 입구에서 마주친 부녀 사이에 어떤 말도 오가지 않고 사뭇 냉담해, 그것이 으레 당연한 것처럼 자연스레 느껴졌다.

"……."

그렇게 부녀 간 상봉이 끝나기 직전, 황남영 차장의 눈길이 그대로 황운보 교수를 살짝 스쳤다. 곧장 밖으로 나와 버린 그녀는 스스로에게 물었다.

'이것으로 되었겠지……?'

당연히 출장 중이라고 생각했던 딸이 떡하니 특실에 있는 것을 보며, 황운보 교수는 어안이 벙벙해졌다. 이내 그의 고개는 묵직한 데 눌린 것처럼 서서히 내려갔는데, 방금 딸이 저를 본 눈길에서 느껴진 게 있어서였다. 짧은 순간이었으나, 그 속에 드러난 의미는 확연했으므로 다른 여지는 없었다. 딸은 자신을 '뒷방 늙은이'로 보고 있었다.

"일찍 왔군, 자네."

장인목 병원장의 목소리가 들리자, 재빨리 아부 섞인 웃음을 흘린 황운보 교수는 그가 있는 침대로 다가갔다.

"당연히 와야죠! 병원장님께 받은 은혜를 생각한다면, 무슨 일이 있어도 와야죠! 몸은 좀……."

제게 끊임없이 들러붙으려 하는 황운보 교수라면 치가 떨려, 장인목 병원장은 일부러 차갑게 말했다.

"얘기는 들었네. 몰래, 집에 갔었다고?"

장인목 병원장이 의도한 대로 흠칫 뜨끔해 버린 황운보 교수는 걷는 방향을 슬그머니 바꾸더니만, 그 쪽을 꼼꼼히 관찰하며 감탄하기 시작했다.

"여기가…… 이랬구나! 제가 근무한 병원인데도, 특실만큼은 구경할 수가 없어서 아쉬웠거든요. 부유층이 애용하는 곳이다 보니 분명히 특별할 거라고만 생각하고 말았었는데……. 이게 다 얼마야? 역시 병원장님의 손길이 닿은 곳이라 품격이 남달라요!"

"자네도 주야장천 특실에 있었잖아."

황운보 교수가 떠드는 게 듣기 싫어 장인목 병원장은 그의 말을 싹둑 잘라 버렸다. 그에 황운보 교수는 조금 작아진 목소리로 말했다.

"그야 그렇지만…… 거기랑은 어쩐지 달라서. 병원장님께서 계셔서 그런 것 같기도 하고. 아무튼, 달라요."

'한결같아……'

자신이 있는 특실의 넓은 공간을 샅샅이 돌아다니며, 마치 제 것인 양 채신없이 좋아하는 황운보 교수를 보니 문득 그런 생각이 들었다.

'한결같이 경박하고 밴들거려. 대체 무슨 생각을 가지고 사는 건지 알 수가 없어.'

"늘 꿈꾸던 게 이런 거였는데, 다 병원장님께 모여 있었네요? 제가 있던 곳이랑은 차원이 다르다니까요! 이래서 제가, 병원장님을 존경할 수밖에 없습니다!"

속이 거북해진 장인목 병원장은 명상에 잠기듯 눈을 감았다, 적당히 숨을 가다듬고 눈을 떴다.

"어젯밤 집에 갔다던데, 급한 일이라도 있었나?"

금세 시원스럽게 뚫린 창에 시선을 고정한 황운보 교수는 홀린 듯 그곳에서 눈을 떼지 못했다.

"참, 제가 급한 일이 뭐가 있겠습니까? 병원장님께서 직접 마련해 주신 그곳은 편안하고, 흠이라고는 잡을 수가 없는데……. 그런데 이상하게, 집이 그립더라고요. 아무리 누추해도 집만 한 데가 없는 것 같아서……."

황운보 교수는 침대 옆 의자에 걸터앉으면서도 눈은 창밖을 향하고 있었다.

"여기서 보니까…… 한눈에 다 들어오네요."

얌체 같은 그 뒤통수를 후려치고 싶었지만, 그를 겨우 참은 장인목 병원장은 자약하니 눈길을 돌렸다. 언제는 '그것'을 쥐고서 득의양양하더니마는, 홀언 들린 비보에 득달같이 달려온 황운보 교수가 마냥 혐만하였다. 이제 협박할 거리가 없어졌으니 저에게 와서 설설 기는 게 상책인 모양이었다.

'하긴, 너한테 나만 한 봉이 또 어디 있다고.'

장인목 병원장은 방금 전, 황남영 차장이 특실을 나가는 모습을 곱씹었다. 서릿발을 연상케 한 그녀의 태도와 그런 딸을 보고 꿀 먹은 벙어리가 되어 버린 황운보 교수의 모습은 씁쓸하니 처량할 정도였다.

'놀라웠겠지? 영문을 알 턱이 없을 테고, 쉬이 가실 충격도 아닐 거야. 그럼에도 불구하고 내게 물어볼 용기 따위도 없으니…….'

아무렇지도 않은 척 아첨하는 황운보 교수가 우스워, 장인목 병원장은 속으로 그를 비웃었다.

'아비나 딸이나, 날 위해 아양이나 떠는 꼴이라니!'

황남영이 성년을 맞이했던 날 가진 첫 만남 당시, 장인목 병원장은 언제나처럼 그것을 몰래 촬영했었다. 그렇게 함으로써 눈꼴틀리는 황운보 교수를 으스러지도록 지르밟고 싶었고, 언젠가는 딸의 모습이 가감 없이 담긴 그 영상을 보여 줘 절대적 절망을 주고 싶었다.

'네 딸은 너와 달리 말을 잘 듣더군. 덕분에 수월히 길들이는 맛이 있었어.'

그들이 은밀하게 만날 때면, 황남영 차장에게서 제 아버지를 헐뜯는 소리를 심심찮게 들을 수 있었다. 시간이 가도 그 모습은 변함이 없었으나, 혹시나 했었던 장인목 병원장은 그 냉랭한 부녀 사이를 직접 확인하고 나서야 비로소 마음을 놓을 수 있었다. 이로써 장인목 병원장은 '집회'에서 비롯된 찜찜함을 말끔히 도려낸 동시에, 협박당하던 '치부'를 폐품으로 전락시켰으며, 운 좋게도 '불량품'의 공석을 황남영 차장으로 대체시킬 수 있게 됨과 더불어 황 씨 부녀의 사이가 앙숙이라는 걸 확인했으니 뒷일은 달리 분운하지 않을 것이었다. 무엇보다 이십일 년 전 사건의 부스럼, 공수겸 보좌관을 알맞게 처리한 데 대하여 마음이 십분 개운해졌다.

'흥, 지금쯤 속이 아주 안 좋겠지……. 평생 날 쥐고 흔들 줄 알았는데, 그 녀석이 하루아침에 비명횡사해 버렸으니! 기껏 옮긴 '그것'의 가치도 곤두박질친 마당에, 기존에 그리 믿어 의심치 않던 '살아 있는 증거'까지 사라졌으니 눈앞이 캄캄할 거야.'

장인목 병원장은 어느덧 자신을 바라보는 황운보 교수를 물끄러미 보며, 희미하게 웃음이 피어올랐다. 그렇게 터져 나오려는 파안대소를 가뿐히 뒤로한 채, 그는 초라한 행색의 황운보 교수를 신기한 듯 바라보았다.

'그러고 보면, 은근히 운이 좋단 말이야. 아무짝에도 쓸모없는 무지렁이 주제에 나랑 사돈을 맺게 생겼으니⋯⋯. 후계자 문제만 아니면 이번 참에 아예 매장시키려고 했건만. 사람 일이라는 게 참, 알 수가 없어.'

"왜 그러십니까? 제게 무슨 하실 말씀이라도 있으세요, 병원장님?"

"아냐! 그럼, 자네 퇴원하겠다는 얘기가 되나?"

슬쩍 고개를 돌린 장인목 병원장은 이불을 매만지는 체, 리모컨을 확인했다.

"아, 그게. 안 그래도 말씀드리려고 했던 건데⋯⋯ 그동안 많이 쉬었으니까요. 그래서 이제 그만 고향으로 돌아가려고요."

장인목 병원장의 눈에는 멋쩍은 것처럼 어색하게 웃는 황운보 교수의 모습이 어째 석연치 않았다. 그러면서도, 급박히 전환된 상황이 그렇게 변화시켰을 거라 여겨져 못내 고소가 나오려 했다.

"특실도 좋지만, 왠지 익숙한 게 끌리더라고요. 그걸 어제 불현듯⋯⋯! 아무튼 면목이 없습니다, 병원장님."

장인목 병원장은 순순히 머리를 조아리는 황운보 교수를 넌지시 본 끝에, 마음과는 다른 말을 했다.

"단지⋯⋯ 자네 몸이 괜찮은지 걸려서 그래. 이제 좀 괜찮은가?"

"저야. 분에 넘치는 호사를 누렸으니까, 당연히 괜찮죠! 걱정해 주셔서 고맙습니다, 병원장님!"

'흠⋯⋯.'

눈에 띄기만 해도 심히 거치적거렸던 황운보 교수가 그사이 눈치가

422

좀 생긴 양 굴자, 장인목 병원장은 그를 두고 비꾸러지게 봐야 좋을지 단순히 비웃어야 좋을지 망설이게 되었다.

"자네 뜻이 그렇다면 좋을 대로 해. 그러면 지금 사는 그 집은, 슬슬 처분하는 게 좋을 텐데?"

장인목 병원장이 건넨 말에는 황남영 차장을 염두에 둔 바가 섞여 있었다. 아직 이른 시기였지만 황운보 교수가 이곳에서 나가는 황남영 차장을 본 이상, 굳이 더 끌어야 할 이유가 없다고 판단한 것이었다. 또 자신과 그녀 사이를 어떻게 보는지 떠보려는 이허도 포함되어 있었다.

"그게……! 어차피 평생 딸이랑 같이 살 생각은 없었거든요. 그렇다고 혼자 살기에는 거기가 좀…… 크겠다고 생각되어서."

다행히 장인목 병원장의 뜻을 알아들은 황운보 교수는 편시 당황스러워하다, 억지로 웃으며 그를 가리려 노력했다. 만약 쌍수를 들고 반기는 분위기였다면, 장인목 병원장의 의심이 더 짙어졌을 것이었다. 하지만 다다 제 권익에만 급급한 태도로 일관하는 황운보 교수의 모습은 그를 오래도록 지켜본 장인목 병원장으로 하여금 희미한 안심을 갖게끔 만들었다.

"자네가 괜찮다면 내가 알아보겠네."

"그래 주신다면 뭐, 감사할 따름이지만. 제가 짐이 좀…… 많아서 말이죠."

조심스럽게 장인목 병원장을 쳐다보는 황운보 교수의 눈빛에, 뭔가를 바라고 있음이 확확 드러났다. 그것을 발견하고 나니 심중에 조금 남았던 경계심마저 싹 가시게 되었다.

"어쩌긴, 줄여야지."

곧 단호히 대꾸한 장인목 병원장은 자못 엄려한 분위기였으나, 일변으로는 한결 느긋해진 빛을 띠었다.

"……."

황운보 교수는 자신을 딱딱하게 대하는 장인목 병원장에게 좀 실망한 듯, 어중간히 불만스러운 고갯짓을 했다. 그러다 순식간에 밴들밴들한 모습을 되찾고는 밝게 말하기 시작했다.

"병원장님 말씀이 옳고말고요! 그동안 정들기는 했지만…… 사실 짐이 많기는 하죠. 안 그래도 어제 그런 생각이 들어서, 집에 있는 물건을 하나둘 정리하게 되었는데! 그러다 보니까…… 밤을 새고 말았어요."

"그래서 그렇게, 부스스한 거로군."

"하하하…… 병원장님도 아시다시피 제가 좀 그렇지 않습니까. 아무튼 어제 짐을 정리하고 있는데 문득, 옛날 생각이 나서요. 그래서 안쓰는 걸 몇 개 골라다가 옛 친구에게 택배로 보내 줬거든요. 버리기에는 아까워서."

'옛 친구?'

무심히 그 얘기를 듣던 장인목 병원장은 곧바로 날카로이 반응하게 되었다. 그것을 감지한 황운보 교수는 냉큼 손사래를 쳤다.

"병원장님께서 신경 쓰실 인물이 아닙니다! 제가 고향에 있을 때 알고 지낸 친구인데, 지금도 쭉 거기 살아서 서로 연락한 지가 꽤 되었죠. 병원장님께는 참 면구스러운 말씀이지만, 저도 이제 노후 생활을 걱정해야 할 처지 아닙니까. 이렇게 되고 보니까…… 자꾸 고향이 그리워져서요."

"그런 것 같기도 하고. 자네 고향이 울산이라고 했던가?"

"네, 잘 알고 계시네요. 남영이도 이제 제 살 길을 찾게 되었으니까, 달리 바랄 게 없어서요. 제게는 특실과도 같은 서울이지만, 이제는 그만 고향에서 쉬어 볼까 하고요."

"……."

어딘가 수그러든 황운보 교수의 모습은 낯선 동시에 다소 불쌍히 보였다. 장인목 병원장 또한 그렇게 느꼈음에도, 재차 일어난 경계는 좀체 가실 기미가 보이지 않았다.

"그래서…… 물건은 잘 보냈나? 연락하고 지낸 지 오래 되었다면서, 어떻게 주소를 확신하는 거야?"

차분해 보이는 장인목 병원장의 질문에, 황운보 교수는 술술 대답했다.

"그런 건 걱정하실 필요가 없습니다. 그 친구는 본토박이인데다가, 다니는 길도 정해 놓고는 했기 때문에 그걸로 놀림을 많이 받았었죠. 그런 습성을 가진 친구가 따로 이사 갔을 리가요."

그 말을 듣고 난 장인목 병원장은 얼추 수긍하는 모양을 했다.

"그 정도라면 믿음이 가겠지. 그런데 그 친구 이름이 뭐라고?"

"네, 이름이……."

"풋!"

이번에도 막힘없이 대답하려던 황운보 교수는 장인목 병원장의 갑작스러운 웃음에 머춤했다.

"……."

장인목 병원장은 어리둥절히 저를 보는 황운보 교수의 모습에 더욱 웃음이 났다. 그렇지만 그 폭소는 짧게 끝났고, 얼른 냉정을 되찾은 그는 황운보 교수에게 비소를 날리듯 말을 건넸다.

"자네도 참! 내가 묻는다고, 뭘 그리 구구절절하게 대답하고 그러나? 수술 한 번 하더니…… 사람이 변했어!"

"아, 그런가요."

장인목 병원장의 입장에서는 구태여 그걸 들을 이유가 없었다. 황운보 교수가 아무리 제게 악감정을 가졌다고 한들, 딸과의 관계를 알아버린 지금 그가 할 수 있는 것이 없다고 판단되었기 때문이었다. 게다가, 딸과 사이가 안 좋더라도 현재 본인이 처한 상황을 반색할 수밖에 없다고 여겼다. 딸 덕분으로 벼랑에 몰릴 위기에서 벗어났음은 물론, 평생 굶고 살 걱정을 덜게 되었으니 오히려 환영해야 옳았다.

'날 놓치면, 당장 살 여력이라고는 전혀 없어. 저렇게 꾀죄한 꼬락서니를 하고서 내 눈치만 살피고 있다니……. 저걸 보고 웃어야 하나, 울어야 하나.'

이제 와 황운보 교수가 할 수 있는 거라고는 굿이나 보고 떡이나 먹는 것 외에는 없다 생각했으므로, 장인목 병원장은 너절한 몰골을 한 그를 곁눈질하며 입술을 비죽거렸다.

"그래도 병원장님께서 물어보시기에……."

"……."

"벌써 이십여 년이 흘렀던가. 그 친구하고는 추억이 참 많아서, 어제처럼 생생하거든요! 아, 그러고 보니까 택배를 보낼 때…… 그 친구 이름 대신 별명을 적어 버렸네요. 사실, 저희끼리는 이름보다 별명을 즐겨 불렀었는데. 갑자기 보내는 바람에 그만."

"음, 그 친구 별명이 뭔데?"

약간 쑥스러워하는 황운보 교수의 모습을 지켜보던 장인목 병원장이 가만 질문했다. 내내 시큰둥한 모습이었어도 내심 궁금한 모양이었다. 아무튼 질문을 받은 황운보 교수는 연방 미소를 흘렸다. 아마도 제 얘기에 흥미를 보이는 장인목 병원장 때문인 것 같았다.

"저는 생각만 해도 웃음이 나지만, 사정을 모르시는 병원장님께서는……."

"뭔데 그래?"

"그 친구 별명은 사마귀라고 하는데요. 생김새 때문에 붙은 거라서. 아마 병원장님께서 직접 보신다면 틀림없이 배꼽을 잡으실 겁니다! 지금은 어떤지 몰라도, 그때는 너무 비슷해서 사람들 혀끝에 오르내렸었거든요?"

입을 조금 벌려 경망스레 웃는 황운보 교수의 얼굴이 발갛게 될 무렵, 장인목 병원장은 그를 실없게 여기면서도 이제야 모든 게 제자리로 돌아오는 것 같아 마음이 놓이고 있었다.

"언제 괜찮으시다면, 그 친구……!"

실성이라도 한 것처럼 웃음이 터진 와중에도 황운보 교수는 말을 건

네려 노력했다. 보기 좋을 리 없는 그 모습은 장인목 병원장으로 하여
금 눈살을 찌푸리게 만들었다.

"알았으니, 그만하라고!"

황운보 교수의 웃음이 잦아들 기미가 보이지 않자, 할 수 없이 그를
내보내려던 장인목 병원장은 뜬금없이 울리는 저의 휴대전화로 인해
멈칫했다. 그 소리에 놀란 건 황운보 교수도 마찬가지였는지, 숨이 금
방 넘어갈 듯하던 제 웃음소리를 뚝 그쳤다.

"저……"

"쉿."

순식간에 경직된 장인목 병원장은 곧 황운보 교수를 등지더니만, 휴
대전화를 든 채 잠시간 망설였다. 계획대로 되고 있다면 이처럼 전화
가 올 리 없다는 걸 잘 아는지라, 그는 살짝 엇히는 것을 느끼며 전화
를 받았다.

"……"

영문을 모르니 한마디 하는 것도 주저되어 장인목 병원장은 부득이
뜸을 들이게 되었다.

"무슨 일이야."

"일이 생겼습니다."

이어 휴대전화에서는 탁성일의 목소리가 들렸는데, 그것은 침착했
으나 뭔가에 부딪히고 말았다는 느낌을 내포하고 있었다. 그에, 눈앞
이 아찔해진 장인목 병원장은 조릿조릿해지려는 마음을 다잡고서 태
연한 체 말했다.

"그게 무슨 소리야."

"말씀하신대로 괴산 현장에 나온 경찰들과 취재진을 감시하던 중, 뭔가 이상해서. 현장을 뒤져 본 그들이 하는 말로는……."

"……."

탁성일에게 보고를 받자마자, 엄청난 충격이 스친 장인목 병원장은 더 이상 말하기는커녕 숨 쉬는 것조차 잊어버려 혼미할 지경이었다. 그것은 뒷모습에도 여실히 나타났기 때문에, 뒤에서 숨죽인 채 그를 지켜보던 황운보 교수는 슬그니 시간을 확인했다.

'도착했다고, 벌써?'

그 뒷모습이 도통 돌아설 것 같지 않은 가운데, 어느 순간 황운보 교수의 눈에서는 꼭꼭 숨겨 두었던 살기가 천천히 일었다.

'내 인생을 늘컹하도록 주무른 걸로 모자라…… 내 딸까지 망가뜨려?!'

황운보 교수는 해일처럼 어마하게 밀려오는 분노를 주체하지 못하여 심장에 무리가 오는 걸 느꼈다. 곧바로 가슴을 움켜쥔 그는 애써 자신을 진정시키더니, 욱기가 가득한 눈으로 여전히 미동도 없는 장인목 병원장의 뒤통수를 노려보았다.

'이제 곧 재밌어지겠지.'

가까스로 안정을 찾은 황운보 교수는 거볍게 다리를 꼬며, 바지 주머니에 넣었던 손을 뺐다.

'이게 다 무슨 소리야?'

그새 흙빛이 되어 버린 장인목 병원장의 머릿속은 빽빽이 어룽어룽

한 상태였다. 제 귀로 들은 사실을 받아들이기에는 그에 따르는 것이
너무 막대한 탓에, 도저히 갈피를 잡을 생각도 할 수 없었다.

'시체가 없다……?'

차라리 까무러치는 게 나을지도 모르지만, 그러기에 장인목 병원장
의 의식이 너무 또렷했다. 이내 얼어붙은 것처럼 경직되었던 그는 겨
우겨우 전화를 끊었는데, 미처 당혹감을 감추지 못하던 중 휴대전화
를 바닥에 떨어트리고 말았다. 그러거나 말거나 그대로 베개에 몸을
기댄 그에게는 자세를 고칠 경황도 없었다. 그 바람에, 매우 건방진 모
습으로 앉아 있는 황운보 교수마저 알아차리지 못했다.

"……."

넋을 놓은 듯한 장인목 병원장의 모습이 꽤 우스워 황운보 교수는
부러 천연덕스레 물었다.

"무슨 일이기에 그러세요, 병원장님?"

"……."

"이제 한 가족인데, 말씀해 보세요. 누가 압니까? 변변찮은 제가 우
리 병원장님께 무슨 도움이 될지……."

야기죽거리는 황운보 교수의 말을 들으면서도, 장인목 병원장은 충
격에서 헤어나지 못하여 제대로 사고할 수 없었다. 그는 어디서 뭐가
잘못된 것인지 알아볼 생각조차 하기 두려웠으며, 이대로 제가 공들
인 탑이 어찌 될 것인지 똑바로 바라볼 용의도 말라 버린 상태였다.

"……."

그들이 각자 침묵하는 사이, 바닥에 납작 엎드린 휴대전화가 또다시

울렸다. 흠칫한 장인목 병원장은 거기에 눈길도 주지 않은 채, 그저 무릎만 바라보았다.

"……."

제법 시끄럽게 울리는 그 소리에도 마치 귀가 안 들리는 양 가만히 있는 장인목 병원장을, 황운보 교수는 슬몃슬몃 흥미롭게 살피며 바지 주머니에 손을 넣었다. 그런 그의 손에는 유독 서슬 퍼런 메스가 쥐어져 있었다.

# COINCIDE 3

1판 1쇄 발행 2023년 3월 23일

지은이 권이한

편집 유별리  마케팅·지원 이진선

펴낸곳 (주)하움출판사  펴낸이 문현광

이메일 haum1000@naver.com  홈페이지 haum.kr
블로그 blog.naver.com/haum1007  인스타 @haum1007

ISBN 979-11-6440-328-8 (03810)